Le pacte

DU MÊME AUTEUR

AUX EDITIONS HARLEQUIN

DANS LA COLLECTION BEST-SELLERS

Sang Froid (N° 159)

Damnation (N° 163)

Les âmes piégées (N° 179)

Obsession meurtrière (N° 199)

L'alliance du mal (N° 219)

ALEX KAVA

Le pacte

BEST SELLERS

éditions Harlequin

Cet ouvrage a été publié en langue anglaise
sous le titre :
A NECESSARY EVIL

Traduction française de
BARBARA VERSINI

83-85, boulevard Vincent-Auriol, 75013 PARIS — Tél. : 01 42 16 63 63
Service Lectrices — Tél. : 01 45 82 47 47
ISBN 2-280-08710-3 — ISSN 1248-511X

1.

Vendredi 2 juillet
Aéroport d'Eppley
Omaha, Nebraska

Personne ne l'avait reconnu, il en était certain, et pourtant il avait le front moite de sueur. Mgr William O'Sullivan avait décidé d'attendre le dernier moment pour se présenter à l'embarquement. Tant qu'il restait de ce côté, personne ne se douterait qu'il était en partance. S'il rencontrait l'un de ses paroissiens, il pourrait toujours faire comme s'il venait chercher quelqu'un. *Faire comme si*, ce n'était pas vraiment mentir. Donc, il n'avait pas l'impression de commettre un péché.

Il s'agita sur le siège en plastique du terminal de l'aéroport, et serra son porte-documents contre sa poitrine à s'en broyer la cage thoracique. Au même moment, il sentit de nouveau cette douleur diffuse… Rien d'inquiétant : il avait dû trop manger, tout simplement, et son estomac délicat s'en plaignait. Comme il avait un long voyage à faire — Omaha-Rome, via New York —, il avait préféré déjeuner avant de partir, afin d'éviter l'affreuse nourriture servie à bord, laquelle lui aurait certainement valu des douleurs encore plus terribles. Bref, il avait abusé du pain de viande et de la purée de pommes de terre préparés la veille par Sofia.

Il décida d'ignorer ce malaise dû à sa gourmandise, et chercha des yeux le chemin le plus court pour se rendre aux toilettes. Il était préférable d'éviter la femme noire qui distribuait de la documentation, comme elle le disait elle-même, aux gens trop bien élevés ou trop gentils pour refuser. Elle avait enfilé des perles de couleurs dans ses cheveux, et revêtu sa plus belle tenue — une robe éclaboussée de mauve qui faisait paraître ses hanches encore plus larges —, et elle portait même des chaussures convenables. Sa voix douce aux intonations profondes semblait chanter lorsqu'elle demandait « Puis-je vous proposer de la documentation ? », et elle saluait tout le monde du même couplet, y compris ceux qui marmonnaient un vague refus en prenant leurs jambes à leur cou et qu'elle poursuivait d'un : « Je vous souhaite une excellente soirée. »

Mgr O'Sullivan n'avait pas besoin de s'approcher pour savoir de quel genre de documentation il s'agissait. Encore une de ces missionnaires modernes. Ces gens-là possédaient un sixième sens, et elle risquait de sentir qu'il prêchait la parole de Dieu, avec son porte-documents en cuir bourré de secrets.

Mieux valait donc faire un détour pour ne pas passer à sa portée.

Il jeta un coup d'œil à gauche, du côté du comptoir Krispy Kreme où l'on vendait des beignets et du café. Des zombies faisaient la queue pour se procurer leur dose de sucre et de caféine, comme des junkies qui auraient pleurniché pour avoir une dernière piqûre avant le départ.

Il tourna la tête vers l'entrée de la librairie, sur sa droite. Un jeune homme portant une casquette de base-ball semblait regarder dans sa direction, et Mgr O'Sullivan détourna vivement les yeux. Malgré ses vêtements civils, il craignait d'avoir été reconnu. Son estomac se noua, et il fit mine de se plonger dans la contemplation de ses chaussures. Son polo en coton — un cadeau de sa sœur — collait à son dos trempé de sueur.

Le haut-parleur répéta une fois de plus qu'il ne fallait pas laisser les bagages sans surveillance, et il serra de nouveau son porte-documents contre lui. Ses mains aussi étaient moites. Il se rendit compte qu'il avait été présomptueux en s'imaginant qu'il pouvait prendre l'avion sans que personne ne le remarque, s'envoler tranquillement, libre, lavé de ses péchés.

Mais lorsqu'il osa de nouveau lever les yeux vers le jeune garçon à la casquette, celui-ci avait disparu. Il soupira de soulagement. Les passagers passaient près de lui sans lui accorder le moindre regard. Même la grosse femme noire ne l'avait pas remarqué.

Il devenait paranoïaque. Cela dit, il y avait de quoi... Après trente-sept ans de bons et loyaux services au sein de l'Eglise catholique, voilà qu'on le montrait du doigt. Il aurait mérité le respect et la reconnaissance de ses paroissiens, et au lieu de cela, on salissait sa réputation avec des accusations mensongères. Il avait essayé de l'expliquer à sa sœur au cours de leur brève conversation téléphonique. Malheureusement il s'était laissé emporter par la colère. Il avait tout de même réussi à lui faire comprendre qu'elle devait absolument mettre à son nom à elle la propriété dont ils avaient hérité de leurs parents. Il ne voulait surtout pas que ces salauds prennent leur maison.

Leur maison. Il aurait tant aimé s'y réfugier en ce moment... Il ne s'agissait pas d'une grande demeure luxueuse, juste d'une petite baraque de bois avec un hectare et demi de terrain traversé par des chemins de terre. Une bicoque entourée d'arbres et de montagnes, avec le ciel à perte de vue — l'endroit où il se sentait le plus proche de Dieu. Cette pensée le fit sourire. Quelle ironie... La fréquentation des cathédrales et des grandes assemblées de fidèles l'avait petit à petit éloigné du Seigneur.

Soudain, des hurlements hystériques provenant du bas de l'escalier roulant le tirèrent de sa rêverie. Il pensa au cri d'un oiseau tropical, mais il s'agissait, en fait, d'un enfant qui faisait un caprice. Sa mère continuait à avancer, imperturbable, comme si elle n'entendait pas ses cris, mais Mgr O'Sullivan, lui, les percevait parfaitement, et ça lui tapait sur les nerfs. Du coup, il se leva. Peu lui importait, à présent, de traverser la foule.

Grâce à Dieu, il trouva rapidement les toilettes. L'endroit était vide, mais il éprouva tout de même le besoin de s'assurer d'un coup d'œil que personne ne s'était enfermé dans un box — facile, les portes ne descendaient pas jusqu'au sol.

Il déposa son porte-documents à ses pieds et le cala contre sa jambe gauche. Il avait besoin de sentir contre lui le poids de sa précieuse charge. Il ôta ses lunettes et les posa sur le rebord du lavabo. Puis il tendit les mains vers le robinet. Rien. Que ces équipements ultramodernes étaient agaçants... Il agita les doigts et réussit à obtenir un mince filet d'eau. Il ferma les yeux et s'aspergea le visage comme il put, pour calmer cette sensation nauséeuse et soulager ses tempes qui commençaient à le lancer.

Ses mains cherchèrent à tâtons le distributeur de serviettes. Il en attrapa une pleine poignée — bien plus que nécessaire —, et se sécha en se tamponnant doucement, un peu écœuré par l'odeur et la rugosité du papier recyclé. En ouvrant les yeux, il découvrit dans le miroir une silhouette floue près de lui. Il n'avait même pas entendu la porte s'ouvrir.

— J'ai bientôt terminé, dit-il.

Il y avait d'autres lavabos ! Pourquoi ce type attendait-il justement le sien ? Une légère odeur de métal lui chatouilla les narines. Sans doute s'agissait-il d'un membre de l'équipe de nettoyage, impatient de passer derrière lui. Il voulut prendre ses lunettes, mais les fit tomber. Il allait se pencher pour les ramasser lorsqu'un bras lui enserra la taille. Un éclair d'argent passa dans son champ de vision et, tout de suite après, il sentit une brûlure, puis une violente douleur lui transpercer la poitrine, en même temps qu'une voix douce et caressante — celle d'un ange, peut-être — murmurait dans son oreille droite :

— A présent, monseigneur O'Sullivan, vous avez réellement terminé.

2.

Washington D.C.

Ramasser la tête d'un être humain, ça n'était pas une partie de plaisir.

Voilà ce que pensait l'agent spécial Maggie O'Dell en observant avec compassion le jeune technicien du labo accroupi en contrebas, qui se penchait sur la « chose ». Debout près de lui, l'inspecteur Julia Racine se taisait, immobile. C'était bien la première fois que Maggie la voyait silencieuse. En d'autres circonstances, elle aurait sûrement donné son avis sur la meilleure façon de procéder.

Stan Whenhoff, chef du département de médecine légale du district, lançait de temps en temps une ou deux instructions, mais demeurait sur le remblai, près de Maggie. Elle était, d'ailleurs, surprise de le voir sur les lieux d'un crime un vendredi après-midi. En temps normal, il aurait envoyé l'un de ses adjoints. Mais là, il s'agissait d'une affaire peu ordinaire qui ferait sûrement les gros titres des journaux. Et, bien sûr, les gros titres, il ne voulait pas les manquer.

Le regard de Maggie se perdit de l'autre côté de la rive, vers la ville où l'on préparait les festivités du week-end du 4 juillet, en dépit des risques d'attentats. Pour ce fameux week-end, qui s'annonçait doux et ensoleillé, elle n'avait rien prévu, à part paresser dans le jardin avec Harvey, préparer un barbecue et se plonger dans la lecture du dernier Jeffery Deaver.

Bref, son humeur aurait été au beau fixe si l'on n'avait pas découvert cette tête sur la rive boueuse. Il fallait avoir atteint un certain degré de monstruosité pour décapiter une personne et se débarrasser ensuite de sa tête comme s'il s'agissait d'une vieille casserole bonne à jeter. La meilleure amie de Maggie, Gwen Patterson, lui reprochait de trop chercher à comprendre le fonctionnement des malades qu'elle traquait. Mais, après tout, ça faisait partie de son travail.

— C'est bon ! lança Stan. Attrape ce truc, Julia, et fourre-le dans ton sac.

Maggie lui jeta un regard en coin. L'attraper ? Facile à dire. La tâche n'avait rien d'agréable. L'odeur de la mort ne parvenait pas jusqu'à eux, et ils ne pataugeaient pas dans la gadoue.

En bas, la rive était jonchée de canettes vides, de gobelets en cartons et de papier d'emballages. Maggie connaissait suffisamment l'endroit — une bande de terre sous un pont — pour savoir qu'il y avait aussi des mégots de cigarettes, des préservatifs et quelques aiguilles. Le tueur avait pris un gros risque en déposant cette tête dans un coin aussi fréquenté.

Normalement, elle aurait attribué cette apparente erreur de tactique à l'affolement. Sauf que l'on avait découvert récemment deux autres têtes dans le district… Il y avait fort à parier que l'assassin n'avait pas agi sous l'emprise de la panique, mais qu'il suivait un plan bien ordonné, une stratégie soigneusement élaborée par son esprit dérangé.

— Ça ne vous ennuie pas si je descends pour regarder de plus près ? cria-t-elle à l'inspecteur.

Racine haussa les épaules.

— Allez-y, fit-elle d'un ton indifférent.

Elle remonta vers le remblai pour tendre la main à Maggie. Celle-ci refusa d'un geste et chercha des yeux quelque chose pour s'agripper — une branche, un rocher —, mais elle ne vit rien d'autre que la boue et l'herbe haute. Il ne lui restait donc plus qu'à se laisser glisser. Elle parvint tout de même à conserver son équilibre, dépassa Julia en dérapant et s'arrêta juste à temps pour ne pas finir dans le fleuve Potomac.

L'inspecteur secoua la tête avec un petit sourire en coin, mais, fort heureusement, elle s'abstint de tout commentaire. Maggie n'avait pas besoin qu'on lui rappelle qu'elle ne se comportait pas toujours correctement avec Julia et, pire encore, qu'elle se sentait une dette envers elle. Mais Racine aussi avait une dette envers elle. Au fond, on pouvait dire qu'elles étaient quittes. Maggie préférait ne pas trop réfléchir à la question.

Elle essuya sur l'herbe les mottes de boue collées à ses chaussures avant d'approcher la scène du crime. Ses ballerines en cuir étaient foutues. Elle aurait dû mettre des bottines. Gwen disait toujours qu'elle maltraitait ses chaussures, et elle songea à celles de Stan, toujours impeccablement cirées. Elle jeta un coup d'œil dans sa direction, du côté du talus. Il avait reculé de quelques pas. Avait-il eu peur qu'elle ne provoque un éboulement de terrain avec sa glissade ou bien voulait-il clairement lui signifier qu'il n'avait pas l'intention de la rejoindre ? Il n'avait pas besoin de s'inquiéter : elle avait déjà compris qu'il ne serait descendu pour rien au monde.

Julia Racine surprit le regard de Maggie.

— Il ne faudrait pas qu'il salisse ses belles pompes si bien cirées ! fit-elle entre ses dents, comme si elle avait lu dans ses pensées.

Puis elle se tourna vers l'objet de leur étude.

— Il s'agit probablement du même assassin que pour les deux autres décapitations, dit-elle. Mais je crois que cette fois, on a de la chance.

Maggie avait lu les rapports concernant les deux premiers meurtres, mais elle ne s'était pas rendue sur place. A présent que Racine et Henderson — le chef de la police du district — pensaient avoir affaire à un tueur en série, la présence d'un agent du FBI s'avérait nécessaire.

— De la chance ? Pourquoi ? demanda-t-elle, tout en constatant, une fois de plus, que cette chère Julia adorait tenir son auditoire en haleine lorsqu'elle exposait ses brillantes théories.

— C'est grâce à un tuyau qu'on a pu arriver ici avant que les asticots n'aient fini leur dîner. Les autres têtes étaient nettoyées jusqu'à l'os. On n'a pas pu les identifier.

Maggie frotta une dernière fois ses chaussures contre l'herbe, et s'approcha. La puanteur l'assaillit comme une bouffée d'air chaud. Elle reconnut l'odeur légèrement métallique du sang, derrière celle de la chair en putréfaction, toutes deux mêlées aux remugles des immondices qui jonchaient la rive.

Elle eut une légère hésitation, puis se concentra sur l'affreux spectacle, à quelques pas devant elle.

Vue d'en haut, la tête lui avait paru coincée dans un enchevêtrement d'algues et d'herbe boueuse, mais à présent, elle voyait que c'était les longs cheveux de la victime entortillés à l'arrière de son crâne qui maintenaient son regard vers le ciel bleu.

En s'approchant encore un peu, Maggie se dit que le mot « regard » ne convenait pas. Les cils s'agitaient sous la poussée des vers d'un blanc laiteux grouillant dans les orbites, au point que l'on aurait pu croire que la femme clignait des yeux. Ses lèvres semblaient remuer doucement dans un dernier murmure, mais là encore, il ne s'agissait que de l'ondulation des parasites occupés à dévorer leur proie de l'intérieur, lentement, inexorablement. Ils occupaient toutes les cavités, concentrés sur leur besogne, indifférents à toute présence humaine.

Maggie écarta de la main une nuée de mouches, et s'accroupit en face du technicien. A présent, derrière le bourdonnement des mouches, elle entendait les vers glisser les uns sur les autres, ainsi qu'un vague bruit de succion.

Seigneur… Elle avait ces bestioles en horreur.

Lorsqu'elle n'était encore qu'une toute nouvelle recrue au FBI, elle avait traqué un meurtrier en série dont la particularité était de fourrer les papiers d'identité de ses victimes dans le fond de leur gorge. A l'époque, elle n'avait peur de rien : elle avait plongé la main dans une bouche pleine d'asticots pour en retirer un permis de conduire — à la demande d'un médecin légiste qui tenait probablement à la mettre à l'épreuve. Les occupants de la cavité s'étaient collés à elle comme des sangsues. Depuis, elle ne pouvait plus regarder ces horreurs sans se rappeler leur présence gluante sur ses mains et le long de ses bras.

Accroupie sur ses talons boueux, elle s'efforça de se concentrer sur le spectacle macabre qui s'offrait à elle. Elle comprenait à présent ce que Julia avait voulu dire en parlant de chance. On voyait distinctement des grappes d'œufs jaunâtres dans les oreilles de la victime, aux commissures de ses lèvres et au coin de ses yeux. La plupart n'avaient pas encore éclos, et les parasites n'en étaient qu'à leur premier stade d'évolution, ce qui signifiait que la tête n'était là que depuis un jour ou deux.

Avec la chaleur, en plein mois de juillet, le processus était rapide, et Maggie le savait. Même si le processus la dégoûtait, elle éprouvait une sorte de respect pour ces mouches capables de détecter l'odeur du sang à des kilomètres à la ronde et qui venaient déposer leurs œufs dans les parties humides et sombres des cadavres.

Les œufs ne mettaient qu'un jour ou deux à éclore, et les bébés asticots se mettaient aussitôt à dévorer. Un jour, alors qu'elle se penchait sur une victime, le Pr Adam Bonzado, qui se trouvait sur les lieux avec elle, lui avait expliqué que trois mouches pondaient suffisamment pour nettoyer un corps aussi rapidement que l'aurait fait un lion adulte. La nature était décidément une merveille d'efficacité.

Racine avait raison. Ils étaient vernis. Ils allaient pouvoir prélever des tissus pour établir un profil ADN, et retracer en partie ce qui était arrivé à cette malheureuse pendant les dernières heures de sa vie.

Le médecin légiste allait sûrement pratiquer l'autopsie *avec* les occupants du cadavre. Bien sûr, il pourrait rincer la tête et la désinfecter par fumigation pour se débarrasser de ces satanées bestioles, mais il risquerait en même temps de faire disparaître des preuves. Donc, pas question.

Maggie leva la tête et scruta le sol autour d'elle. Pas d'empreintes.

— Comment est-elle arrivée jusqu'ici, d'après vous ? demanda-t-elle au jeune technicien du labo.

Elle préférait faire allusion à une personne *entière*, plutôt que de parler, comme Stan, d'un *truc à ramasser.*

Apparemment le technicien avait opté pour la mise à distance, de la même manière que Stan.

— On n'a pas jeté *ça* depuis le pont ou le remblai. Je ne vois pas d'impact ni de traces de glissade dans la boue. Non, on l'a plutôt déposé à cet endroit.

— Donc, selon vous, le tueur est descendu jusqu'ici ?

Maggie leva les yeux vers l'endroit qui permettait d'accéder au bord de la rive, mais elle ne remarqua rien d'autre que ses propres traces de pas.

— Il me semble, oui, fit le technicien en se levant pour s'étirer.

Il avait l'air ravi qu'elle lui donne l'occasion — ne fût-ce qu'un bref instant — de se détourner de l'affligeant spectacle.

— Il y a des empreintes, ajouta-t-il. Il faut que je fasse un moulage.

— Ah, oui ! intervint Julia. Les empreintes de pas. Venez voir.

Elle avança précautionneusement dans la boue et désigna du doigt un point qui se trouvait à près de cinq mètres de la tête.

— Elles sont bien loin, fit remarquer Maggie. Comment pouvez-vous être certains qu'il s'agit bien de celles de l'assassin ?

— Il n'y en a pas d'autres, rétorqua le technicien en haussant les épaules. Il a plu énormément, il y a deux nuits, donc il est passé après.

— Il est vrai que ces traces semblent sorties de nulle part, dit Julia. En plus, elles se dirigent droit vers le fleuve.

— Vers un bateau, peut-être ? suggéra Maggie.

— Un bateau ici ? Et personne ne l'aurait remarqué ? Ça m'étonnerait, répondit l'inspecteur.

— Vous disiez que vous aviez un tuyau, lui rappela Maggie, tout en se penchant sur les larges empreintes profondément enfoncées dans la boue.

Pas de logo apparent. Impossible d'identifier la marque des chaussures.

— Ouais, répondit Julia en croisant les bras sur sa poitrine, comme si elle se sentait brusquement en terrain connu. Une femme a appelé le 911, mais sans donner son nom. J'ai cru comprendre qu'elle-même avait reçu un coup de fil du tueur. Il voulait qu'elle nous informe de l'endroit où il avait déposé la tête. Parce qu'il nous avait trouvés trop lents, les autres fois.

— Vous pensez qu'il tient à ce qu'on identifie la victime ? demanda Maggie.

Racine ne se lança pas dans une théorie alambiquée pour en remontrer à Maggie. Elle se contenta de hocher la tête.

— Qu'est-ce qu'il a fait du corps, d'après vous ? fit le technicien.

Il s'était adressé aux deux femmes.

— Aucune idée, dit Julia en haussant les épaules.

Elle s'éloigna de quelques mètres.

—Notre mystérieuse interlocutrice nous en dira peut-être plus. L'appel a été enregistré, et une équipe recherche son numéro. On sera bientôt fixés.

3.

Avec des jumelles, le Dr Gwen Patterson aurait presque pu apercevoir la tête depuis la fenêtre de son bureau, sauf qu'elle était du mauvais côté de la rive et que le pont lui bouchait la vue.

Elle se passa la main dans les cheveux et constata avec agacement qu'elle tremblait. D'excitation ou de stress ? Au fond, ça n'avait aucune importance. Trois victimes en trois semaines, il y avait de quoi se sentir nerveuse…

Bon sang, comment avait-elle pu laisser les choses aller aussi loin ? Elle aurait pourtant aimé souffler un peu, mais maintenant qu'on avait mis Maggie sur l'affaire, il n'en était plus question.

Elle devait justement dîner avec elle, au *Old Ebbit's Grill*, leur restaurant favori. Elle allait commander un poulet aux noix de pécan, comme d'habitude, et Maggie prendrait un bifteck. Peut-être même qu'elles partageraient une bouteille de vin. Mais ça, ça dépendrait de l'humeur de Maggie et de ce qu'elle aurait vu sur la rive du Potomac, de l'autre côté du pont. Ce qui était certain, c'est que Maggie lui raconterait tout et qu'elle saurait ainsi ce que l'assassin avait laissé derrière lui. Dans cette affaire, Maggie allait être ses yeux et ses oreilles. Il suffirait de lui poser les bonnes questions…

Gwen soupira. Voilà où elle en était. Mais elle n'avait pas le choix.

Quelle étrange ironie du sort, tout de même... Se retrouver mêlée à une histoire pareille, alors qu'elle avait justement choisi de prendre des distances avec les criminels et les psychopathes. Elle se détourna de la fenêtre et contempla les murs de son cabinet. Les rayons du soleil se reflétaient sur ses diplômes, créant un kaléidoscope de couleurs. Toute une kyrielle de qualifications... Gwen se frotta les yeux. Elle manquait de sommeil. Plus elle grandissait en âge, en sagesse — et en mérite —, et moins elle attachait d'importance à ces morceaux de papier. Etrange...

D'après ses collègues qui citaient ses articles et ses livres dans leurs propres travaux, elle était une sommité. Elle avait ses entrées à Quantico, à la Maison Blanche, au Pentagone. Elle fréquentait des sénateurs, des membres du Congrès, des ambassadeurs, des diplomates. Certains étaient même ses patients et possédaient son numéro de portable. On pouvait dire qu'elle avait réussi, mais dans la situation présente, ça ne lui servait à rien.

Le meurtrier lui avait envoyé des messages courts, contenant des instructions simples et des menaces diffuses. Et aujourd'hui, elle avait compris qu'il n'hésiterait pas à mettre ses menaces à exécution. Néanmoins, elle était soulagée de savoir qu'on avait mis Maggie sur l'affaire, car son amie aurait accès à toutes les informations ; elle lui décrirait ce qu'elle avait vu sur la rive, elle dresserait pour elle un profil du meurtrier et l'aiderait à se faire une idée de l'identité de ce salaud. Autrefois, elles avaient travaillé ensemble sur des affaires de meurtres en série. Elles avaient l'habitude de démêler l'écheveau des données pour aboutir à une piste menant droit à l'assassin. Cette fois encore, elles allaient œuvrer côte à côte, comme au bon vieux temps, lorsque Maggie avait débuté à Quantico comme profiler.

Seigneur, comme ça lui semblait loin, à présent ! Combien, déjà ? Dix, onze ans ? A l'époque, Gwen intervenait pour le FBI en tant qu'expert indépendant, et elle avait pris le jeune agent O'Dell sous son aile. Elle l'avait encouragée et lui avait servi de mentor. Ainsi, malgré leur différence d'âge — quinze ans —, elles étaient devenues amies. Les meilleures amies du monde. Gwen s'était quelquefois surprise à jouer le rôle de mère auprès de Maggie, elle qui croyait ne pas avoir la fibre maternelle…

Aujourd'hui, leur relation représentait sa seule planche de salut. Elle prévoyait de soutirer discrètement à Maggie les informations dont elle avait besoin, sous prétexte de la conseiller. Elle comptait la manipuler en douceur et agir à travers elle. Maggie irait là où elle-même ne pouvait aller ; elle poursuivrait le meurtrier et l'arrêterait. Gwen se faisait fort de la mener jusqu'à lui. Ça paraissait tellement simple… Mais est-ce que ça marcherait ? Oui, il *fallait* que ça marche.

Gwen fourra presque au hasard des papiers et quelques dossiers dans son attaché-case, tout en contemplant d'un air désolé son bureau en désordre. Sa table de travail était jonchée de paperasses, les piles s'amoncelaient… Encore un signe de fatigue.

Elle attrapa le téléphone portable que le meurtrier avait glissé dans sa boîte aux lettres le matin même, l'essuya soigneusement, puis le glissa dans un sac en papier kraft. Elle avait décidé d'obéir aux instructions. Il fallait trouver une poubelle sur le chemin de la maison et l'y jeter, sans même sortir de sa voiture.

4.

Omaha, Nebraska

Gibson McCutty entra dans la cuisine en titubant, buta sur la poubelle et jura entre ses dents. Il tendit l'oreille, hésitant. Pas de réaction. Il n'entendait rien. Normal, il était tellement essoufflé qu'il faisait un bruit dingue en respirant…

Il était revenu de l'aéroport à un train d'enfer. Il pédalait debout sur son vélo, de toutes ses forces, accélérant aux feux rouges sans se soucier du concert de Klaxon qu'il déclenchait au passage… Il avait besoin d'un petit moment pour récupérer.

Il s'adossa à la porte du réfrigérateur et se sentit mieux, comme si le bourdonnement familier de l'appareil l'apaisait. Il était chez lui, en sécurité. Du moins pour le moment.

Il sentait ces stupides magnets collés au frigo qui s'enfonçaient dans ses omoplates — des horreurs représentant les animaux qui vivent dans les jardins et dont sa mère se servait pour afficher les œuvres d'art de son petit frère. Comme si elle connaissait quoi que ce soit aux jardins… Jamais elle n'aurait consenti à se salir les ongles en tripotant la terre. L'idée le fit sourire, et il s'efforça de visualiser les petits animaux — histoire de chasser tout ce sang de son esprit. Il ferma les yeux. Un lapin, un écureuil, un raton-laveur, un hérisson. Un hérisson ? Non, il n'en avait jamais vu sur le frigo.

Ça ne marchait pas. Tout ce sang...

Les détails de la scène étaient comme imprimés à l'intérieur de son crâne. Ce visage déformé par la douleur, le sang qui sortait par la bouche. Et ces yeux, qui le fixaient sans ciller... L'avait-il reconnu ? L'avait-il seulement vu ? De toute façon, maintenant, il était mort.

Gibson secoua la tête et s'écarta du réfrigérateur. Il traversa le salon d'un pas mal assuré, puis entreprit de grimper les marches. Il les compta mentalement, et marqua un temps d'arrêt à la huitième. Il posa la main sur la rampe pour se hisser jusqu'à la dixième, sans poser le pied sur celle qui grinçait : la numéro neuf. Quand il aurait dépassé la chambre de sa mère, il serait sauvé. En rentrant du travail, elle montait se déshabiller et allumait quelquefois sa télé pour regarder les nouvelles de cinq heures. Il ne voulait pas qu'elle lui demande d'où il venait. Et dans l'état où il était, elle lui aurait sûrement posé la question. Même ses cheveux étaient trempés et collés à son crâne sous sa casquette de base-ball.

Il approchait du lieu de tous les dangers, mais aucun bruit ne filtrait à travers la porte. Peut-être qu'elle n'était pas encore rentrée ? Et puis soudain, il se rappela... Bien sûr qu'elle n'était pas rentrée : on était vendredi ! Aujourd'hui, elle ne travaillait pas. Et comme le môme ne dormait pas à la maison, elle avait prévu d'aller boire un verre avec ses copines. C'était bien ce soir, vendredi. Oui. Un sacré coup de bol. Les choses n'allaient peut-être pas si mal qu'il le pensait, finalement.

Il se dépêcha tout de même de filer dans sa chambre en prenant soin de ne pas faire de bruit. Il jeta son sac à la volée sur le lit et s'appuya de tout son corps contre la porte, comme si cette pression avait été nécessaire pour la verrouiller. Il retint sa respiration et tendit de nouveau l'oreille. Pas un bruit. Il n'en revenait pas d'avoir autant de chance. Il était chez lui, en sécurité, seul… Et pourtant, il tremblait de la tête aux pieds, violemment. Comme un putain d'épileptique en pleine convulsion, merde !

Il enroula ses bras autour de sa poitrine, mais les défit aussitôt en sentant le devant de son T-shirt trempé. Il mijotait littéralement dans un bain de sueur. Il avait failli plusieurs fois se foutre en l'air, à foncer comme un dingue dans les côtes et à traverser les carrefours en regardant droit devant lui.

Il ôta sa casquette et la jeta sur le lit, puis se débattit pour se débarrasser de son T-shirt qu'il faillit déchirer aux coutures dans sa hâte de se débarrasser de cette odeur de transpiration, d'essence… et de vomi. Il avait rendu tout ce qu'il avait mangé au fast-food, quelque part, un peu après la rampe de sortie du garage de l'aéroport.

Il finit par allumer la petite lampe de bureau et, aussitôt, il remarqua le sang coagulé sous ses ongles. Sans plus tarder, il fila dans la salle de bains qu'il partageait avec son frère, roula son T-shirt en boule, le fourra dans un sac en plastique *Best Buy* qui traînait par terre, et envoya le tout le plus loin possible. Il savait que sa mère ne mettait plus les pieds dans son domaine depuis qu'elle avait découvert les restes moisis d'un demi-sandwich au jambon de Bologne dans son tiroir à chaussettes. En refusant, désormais, de s'occuper de ses affaires, elle pensait sans doute le responsabiliser. Ou alors, c'était encore une façon d'ignorer ce qui la dérangeait…

Il ôta ses tennis sans même défaire les lacets, et les laissa en plein milieu de la chambre. Ce fut à ce moment-là que son regard tomba sur l'icône qui clignotait sur l'écran de l'ordinateur. Il s'approcha lentement. Pourtant, il n'avait pas rendez-vous pour jouer.

Il s'installa à sa chaise, sans quitter des yeux l'image représentant une tête de mort. En temps ordinaire, il aurait été tout heureux de cette invitation à disputer une partie, mais il sentit, au contraire, son estomac se retourner. Il hésita une seconde avant de cliquer, les doigts suspendus au-dessus de la souris. L'écran s'anima, et un message s'afficha en grosses lettres :

« Tu as enfreint les règles. »

Il s'agrippa aux accoudoirs de son fauteuil. Qu'est-ce que c'était que ce bordel ?

Même pas le temps d'y réfléchir, un second message s'affichait déjà :

« Je t'ai vu. »

5.

Old Ebitt's Grill
Washington D.C.

L'hôtesse à l'entrée du restaurant avait l'air débordée, et Maggie lui fit signe qu'elle n'avait pas besoin d'elle pour trouver une place. Elle se faufila à travers la salle bondée, en essayant d'ignorer le divin fumet de bœuf grillé — avec une pointe d'ail — qui lui chatouillait les narines. Elle mourait de faim.

Gwen l'attendait dans leur coin préféré, un peu à l'écart, un verre de Shiraz posé devant elle.

— A ce que je vois, tu as commencé sans moi ! fit Maggie en montrant le verre du doigt, tandis qu'elle s'installait en face de son amie.

— Tu ne crois pas si bien dire : j'en suis à mon deuxième.

Maggie jeta un coup d'œil à sa montre. Elle avait près de dix minutes de retard. Elle allait s'excuser quand Marco se présenta à leur table.

— Bonsoir, madame O'Dell. Puis-je vous servir un cocktail ?

En dépit de quelques rides au coin des yeux, Marco avait

une allure jeune et un teint bronzé. Il s'occupait de ses clients comme si chacun d'eux étaiit la personne la plus importante du monde. Il adorait les appeler par leur nom et montrer qu'il se souvenait de leurs habitudes.

Il ne demanda donc aucune précision lorsque Maggie lui répondit d'un laconique : « Ma drogue habituelle. »

— Entendu, dit-il. Je vous apporte un Pepsi Light avec une rondelle de citron.

Pas de commentaire, pas de coup d'œil entendu. Une discrétion que Maggie appréciait énormément.

Il lui tendit la carte.

— Puis-je vous suggérer une assiette d'escargots ?

— Non, répondit vivement Maggie. Pas pour moi, en tout cas, ajouta-t-elle en espérant que Marco n'avait pas perçu le dégoût que lui inspirait cette idée.

Après avoir contemplé des asticots blancs tout l'après-midi, elle se voyait mal avaler des mollusques.

— Pour moi non plus, déclara Gwen.

— Si nous commencions par des champignons ? proposa Maggie.

Des champignons à l'ail, justement. L'odeur lui avait mis l'eau à la bouche.

— Excellent choix, répondit Marco avec un grand sourire. Je vous apporte ça tout de suite.

Il s'éloigna, et Maggie se tourna vers son amie qui lui souriait en dégustant son Shiraz.

— Qu'y a-t-il ? demanda Gwen.

— J'aurais voulu que tu voies ta tête quand il a parlé des escargots. J'en déduis que tu as passé l'après-midi à contempler des horreurs. Je me trompe ?

— Des vers. Quantité de vers…, répondit Maggie, tout en écartant de son front une mèche de cheveux qu'elle eut la surprise de sentir humide sous ses doigts.

Elle était passée chez elle pour prendre une douche, histoire de se délasser et de chasser la sensation de ces dégoûtantes créatures sur ses bras. Pourtant, elle ne les avait pas même effleurées du doigt.

— La Crim' s'est décidée à appeler le FBI au sujet des femmes décapitées.

— Ça veut dire qu'ils pensent à un meurtrier en série ?

— Oui. De plus…

Maggie se tut, le temps que Marco dépose devant elle son verre de Pepsi Light.

— Je reviens avec votre hors-d'œuvre, dit-il. Désirez-vous autre chose ?

— Pas pour l'instant, merci, répondit Gwen. Continue, dit-elle à Maggie, sans se soucier de la présence de Marco.

Maggie attendit tout de même que le serveur s'éloigne. Elle était un peu étonnée que Gwen s'intéresse à l'affaire. Ces derniers temps, elle semblait plutôt lassée par toutes ces histoires de cadavres et de profils de meurtriers. Et voilà qu'à présent, elle en redemandait… Etrange…

— On a trouvé une troisième tête, aujourd'hui, murmura-t-elle en se penchant en avant et en refermant ses mains sur son verre.

— Seigneur ! s'exclama Gwen en reculant brusquement, comme si la nouvelle la scotchait à la banquette.

— Et c'est Julia Racine qui est chargée de l'affaire, ajouta Maggie en secouant la tête.

Elle s'interrompit pour goûter son Pepsi.

— J'ai l'impression qu'elle ne sait pas par où commencer.

Elle but en quelques gorgées la moitié de son verre. Lorsqu'elle était passée chez elle pour se doucher, elle s'était laissé attendrir par Harvey, si bien qu'elle était sortie avec lui pour le faire courir un petit quart d'heure. Elle se rendait compte seulement maintenant à quel point elle était assoiffée.

— Tu ne serais pas un peu de parti pris ? lança Gwen. Je crois me rappeler que tu ne portes pas Julia dans ton cœur.

Ce n'était pas la première fois que Gwen lui faisait remarquer qu'elle manquait d'objectivité aussitôt qu'il s'agissait de l'inspecteur Racine. Maggie se tut et croqua un morceau de glace pour résister à l'envie d'enchaîner sur un Scotch. Gwen avait raison. Ça faisait des années que Julia l'agaçait. Elle la trouvait opportuniste ; elle détestait la façon dont cette femme utilisait son charme pour avancer dans sa carrière. De plus, Racine se montrait parfois d'une négligence qui frisait l'inconscience. Et, pour tout dire, Maggie ne se sentait pas à l'aise avec elle depuis qu'elle lui avait fait du gringue, lors de la première enquête qu'elles avaient menée ensemble... Seulement, Julia avait sauvé la mère de Maggie du suicide. Et Maggie, de son côté, avait tiré le père de Julia des griffes d'un tueur en série. Elles auraient donc pu considérer qu'elles étaient quittes. Mais dans la réalité, les choses n'étaient pas aussi simples, et leur relation demeurait tendue. Alors, effectivement, Maggie avait beaucoup de mal à être totalement objective quand il s'agissait de Julia Racine. Et ce n'était pas seulement une question de compétences.

— Je trouve qu'elle met du temps à identifier les deux premières victimes, déclara-t-elle un peu perfidement.

— En l'occurrence, c'est plutôt le légiste qui piétine, à mon avis... Pourquoi ne pas accorder un peu plus de crédit à Julia, pour une fois ?

Maggie haussa les épaules en se demandant pourquoi Gwen manifestait brusquement une telle tendresse pour cet inspecteur en jupons qu'elle ne connaissait même pas.

— Elle ne respecte pas le règlement, rétorqua-t-elle.

Gwen lui adressa un grand sourire, et elle prit aussitôt la mesure de sa mauvaise foi.

— Parce que toi, tu le respectes ?

— Il m'arrive de le contourner, je le reconnais. Mais je te rappelle que c'est toi qui m'as appris à le faire. Tu disais : « On n'a pas toujours le choix quand on veut combattre le mal. » Je me rappelle parfaitement tes propos.

— Mais on doit tout de même s'efforcer de suivre certaines règles, déclara Gwen d'un air grave. Du moins quand on est du côté du bien. C'est injuste, mais c'est comme ça.

Marco arriva sur ces entrefaites avec un plat encore fumant de champignons à l'ail.

— Bon appétit, mesdames. Je reviens dans un instant.

Elles contemplèrent le plat un moment sans broncher. Même Maggie ne fit pas un geste, alors que son estomac criait famine.

— Comment se fait-il que Stan n'ait abouti à rien ? demanda Gwen en servant copieusement son amie.

— D'après ce que j'ai compris, il ne restait pratiquement que les crânes, les deux premières fois, répondit Maggie en jetant un coup d'œil autour d'elle car l'endroit était fréquenté par des politiciens de haut vol et attirait pas mal d'indiscrets.

Rassurée de constater que personne ne s'intéressait à leur conversation, elle poursuivit :

— Stan n'y peut rien, mais il aurait pu envoyer les crânes à un expert anthropologue.

— Tu penses à quelqu'un en particulier ? demanda Gwen.

De nouveau, elle arbora son petit sourire en coin, et Maggie s'efforça de ne pas rougir.

— Ce n'est pas ce que je voulais dire, fit-elle.

Elle savait que Gwen faisait allusion à Adam Bonzado, professeur à l'université de New Heaven, avec lequel elle avait fortement sympathisé, l'année précédente, à l'occasion d'une collaboration.

— Sérieusement, poursuivit Gwen en abandonnant l'idée de faire un sermon à son amie sur le thème de la vie amoureuse — ou plutôt sur *l'absence* de vie amoureuse —, tu penses que Stan sera vexé si tu mets un expert du Connecticut sur le coup ?

— J'espère qu'au contraire, il sera soulagé qu'on lui vienne en aide, fit Maggie en piquant un champignon avec sa fourchette. J'en ai déjà vaguement parlé à Racine. C'est à elle de le convaincre. D'ailleurs, quand je suis arrivée sur le site aujourd'hui, il m'a tout de suite dit que l'affaire ne relevait pas de sa juridiction.

— Comment ça ?

— Oui, quand on a un corps démembré, c'est le district sur lequel se trouve le cœur qui est chargé officiellement de l'affaire.

— C'est absurde, fit Gwen.

Elle avait dit ça d'un ton tellement agacé que Maggie, qui cherchait un serveur des yeux, reporta son regard sur elle pour la contempler d'un air interrogateur.

Gwen se rendit compte qu'elle avait commis une erreur. Elle s'adossa posément à son siège, en dissimulant mal l'effort qu'elle faisait pour se maîtriser.

— C'est idiot, reprit-elle, mais je ne me souvenais pas du tout de cette règle archaïque. Et si on ne retrouve jamais les corps ?

— Julia doit vérifier sur son ordinateur que personne n'a signalé de corps amputés. Le tueur a très bien pu se débarrasser des autres parties ailleurs.

Maggie jeta un regard en coin à son amie qui faisait

mine de s'intéresser à la carte. Décidément, elle paraissait sur les nerfs. D'ailleurs, ses cheveux blond-roux étaient mal coiffés, ses ongles négligés — alors que Maggie ne les avait jamais vus qu'impeccablement manucurés —, et ses yeux cernés de noir.

— Si le tueur disperse les corps aux quatre coins des Etats-Unis, c'est sans doute qu'il voyage pour son travail ou qu'il a un emploi du temps flexible, commenta Gwen.

Elle s'exprimait de nouveau calmement, mais Maggie nota qu'elle triturait sa serviette en papier.

— Possible. De toute façon, Stan doit prendre ses responsabilités. Les problèmes de juridiction, en ce moment, on s'en fiche.

Gwen but une gorgée de vin, et Maggie constata que ses mains tremblaient légèrement. Elle se demanda si son amie était simplement fatiguée ou si elle avait un problème avec l'un de ses patients… Mais peut-être se faisait-elle elle-même des idées, tout simplement.

— Tu vas bien ? demanda-t-elle, malgré tout.

— Oui. Pourquoi ? répondit précipitamment Gwen. Je vais parfaitement bien, pas de problème.

Le ton était un peu trop défensif, mais elle se reprit et ajouta plus calmement :

— Juste un peu surmenée.

Puis elle sourit et se replongea dans la lecture du menu, une façon de clore le sujet. Maggie se tut et ouvrit à son tour la carte posée devant elle, avec la sensation confuse que son amie lui cachait quelque chose.

6.

Aéroport d'Eppley
Omaha, Nebraska

L'inspecteur Tommy Pakula détestait découvrir sur les lieux d'un crime des éléments capables de brouiller les pistes. En vingt ans de carrière, il avait vu du sang. Il supportait sans broncher les cervelles explosées et les membres écartelés. Ça, il s'en fichait. Mais toutes ces saletés qui venaient s'interposer, ça lui mettait les nerfs en boule.

Il passa la main sur son crâne rasé. Après vingt-quatre heures, ses cheveux commençaient à repousser. Il avait juste eu le temps de passer chez lui pour changer de chemise et de chaussettes — les chaussettes, c'était parce que sa femme, Clare, avait insisté. Il transpirait des pieds et, en vingt ans de mariage, elle n'avait pas réussi à s'y habituer. Cette idée le fit sourire. Au fond, il avait de la chance. Elle aurait pu se plaindre de pas mal d'autres choses… Par exemple du téléphone qui sonnait en plein milieu d'un repas et l'obligeait à délaisser de délicieuses lasagnes et des petits pains à l'ail encore chauds, cuisinés avec amour. Tout ça pour s'occuper d'un cadavre dans les toilettes d'un aéroport.

Appuyé au chambranle de la porte, il avait une vue superbe

sur ce qui l'agaçait le plus. Au moins trois empreintes de pied différentes. Des curieux avaient marché dans le sang. Encore des abrutis qui ne savaient pas lire. La police avait pourtant accroché un panneau jaune à la porte des toilettes : « Accès interdit », bien visible. Pour couronner le tout, le macchabée était vraisemblablement un prêtre. Un évêque, si l'on en croyait son permis de conduire.

— Quel merdier ! marmonna-t-il pour lui-même. Ma vieille mère de quatre-vingts ans ne peut pas passer par la zone d'embarquement d'un aéroport sans qu'on la fouille, mais n'importe quel pékin peut venir pisser ici, à côté d'un macchabée.

— Pourtant, le type qui l'a découvert a demandé à un gardien de mettre un chariot devant la porte pour bloquer l'entrée pendant qu'il allait chercher de l'aide, fit remarquer Pete Kasab en consultant son petit carnet de notes et en griffonnant quelques pattes de mouche.

Pakula se retint de lever les yeux au ciel. Dieu que cet inspecteur en herbe pouvait être agaçant !

Il se tourna vers la jeune femme noire, une technicienne du labo du comté de Douglas. Elle se concentrait sur sa tâche comme si elle n'entendait pas leurs commentaires. Elle avait déjà filmé la scène sous tous les angles et, à présent, elle était à genoux pour quadriller le terrain et remplir ses sacs et ses flacons de minuscules échantillons qu'elle attrapait avec des pinces. De l'endroit où il se trouvait, Pakula ne pouvait pas les identifier, et certains n'étaient même pas visibles. Il n'avait jamais travaillé avec Terese Medina, mais il la connaissait de réputation. Si le tueur avait laissé un indice derrière lui, elle le trouverait... Il aurait bien voulu l'avoir comme adjointe à la place de Pete Kasab.

— Il dit aussi qu'il a probablement croisé l'assassin, poursuivit Pete en déchiffrant ses gribouillis.

— Il dit quoi ?

— Il pense avoir heurté le criminel qui sortait précipitamment des toilettes, expliqua patiemment Pete.

Pakula fit la grimace. Le criminel ! Mais d'où sortait ce bleu qu'on lui avait fourré dans les pattes ?

— Et il a un nom ce type ?

— Quel type ? Celui qu'il a heurté ?

— Mais non ! fit Pakula en secouant la tête.

Il faillit rajouter « imbécile », mais se retint à temps.

— Le témoin. Celui qui a trouvé le corps.

— Bien sûr, répondit Pete en tournant fébrilement ses pages. Il s'appelle... Scott...

Il plissa les yeux. Il n'arrivait même pas à se relire !

— Linquist, acheva-t-il. J'ai noté tous ses numéros de téléphone : à son travail, chez lui, ainsi que son portable. J'ai même son adresse, ajouta-t-il fièrement en tapotant sa feuille.

— Tu aurais une description, par hasard ?

— De Linquist ?

— Mais non, merde ! De l'assassin.

Kasab rougit et consulta ses notes.

— Bien entendu, murmura-t-il.

Pakula eut un peu honte d'accabler ainsi le pauvre garçon. C'est un peu trop facile : comme de marcher sur la patte d'un chiot. Il se frotta les yeux, pour effacer sa fatigue et son impatience. Il avait bu trop de café, pourtant il savait que ça le rendait grincheux.

— Linquist dit qu'il avait l'air jeune et qu'il était un peu plus petit que lui. Lui, il doit mesurer environ un mètre quatre-vingts, d'après ce qu'il m'a semblé. Le suspect portait un jean et une casquette de base-ball. Ils se sont croisés. Il entrait et le gamin lui a foncé dessus dans sa hâte de sortir. Ensuite, Linquist a vu le corps ensanglanté et il est aussitôt reparti en courant pour chercher de l'aide, mais le gamin avait déjà disparu.

— Un gamin de quel âge ? fit Pakula d'un air sceptique.

Il avait du mal à croire qu'il puisse s'agir du coupable. Le gosse avait fui parce que la vue du corps l'avait choqué. Il n'avait pas su comment réagir et il avait sans doute craint d'être accusé.

— Linquist n'en avait aucune idée, répondit Kasab tout en continuant à consulter ses notes. Ah ! c'est là... Il a dit qu'il n'a pas pu voir son visage.

— Alors, comment peut-il être certain qu'il s'agissait d'un homme jeune ?

Kasab leva le nez et contempla son chef avec appréhension. Il se demandait probablement s'il s'agissait d'une question piège.

— A cause de son allure et de sa taille, je suppose, lâcha-t-il après un temps de réflexion.

Pakula se retint de gémir d'exaspération, et se tourna de nouveau vers Terese Medina qui avançait petit à petit vers le corps, tout en ramassant ses échantillons. Voilà que son inspecteur en herbe se mettait à *supposer* ! Brillant travail, vraiment... Medina recueillait quelque chose sur la chemisette empesée de la victime. C'était bon signe. Peut-être un morceau de peau ou d'ongle ayant appartenu à l'assassin. Ça, c'était du boulot.

Elle se redressa, justement, et s'adressa à lui en montrant sa pince.

— C'est bizarre, fit-elle d'un air songeur en contemplant son trophée.

De loin, on aurait dit une plume de duvet blanc.

— Qu'est-ce que c'est ? demanda Pakula en s'approchant, tandis qu'elle glissait la supposée pièce à conviction dans un sac en plastique et en prélevait une autre, toujours sur le devant de la chemise du cadavre.

— Je ne vois pas ce que ça vient faire là, dit-elle en élevant sa pince devant son nez. On dirait des miettes.

— Des miettes ?

— Oui, des miettes de pain.

Avant que Pakula ait pu faire le moindre commentaire, son portable se mit à carillonner. Sa fille Angie, qui était férue de techno, lui avait programmé des cloches qui tintaient. Des millions de cloches. Il n'aurait jamais dû la laisser faire. Il ne savait pas comment sélectionner une autre sonnerie, et celle-ci lui tapait sur les nerfs. Il se dépêcha de décrocher le téléphone de sa ceinture en battant son record de vitesse.

— Pakula, annonça-t-il.

Mais, à l'autre bout de la ligne, il n'y avait que de la friture.

— Attendez ! fit-il.

Il sortit dans le hall, en espérant que ça passerait mieux.

— Je vous écoute, maintenant.

— Pakula, c'est Carmichael.

— Putain, merde, Carmichael, où es-tu ? J'aurais besoin de toi à l'aéroport.

— Je suis toujours au commissariat.

— J'ai ici un macchabée qui s'avère être un prêtre. Des crétins ont marché dans son sang en allant pisser, et un autre a mangé un sandwich au-dessus du macchabée.

— Quoi ?

— Non, rien. Laisse tomber.

— Je viens de recevoir un coup de fil qui va t'intéresser. Un certain frère Sebastian de l'archidiocèse d'Omaha voudrait savoir dans quel état se trouve le corps de Mgr O'Sullivan.

— Tu déconnes ou quoi ? Comment peut-il savoir qu'on

a trouvé son cadavre ? On l'a identifié il y a à peine une heure.

— Il prétend qu'il a reçu un coup de fil anonyme.

— Vraiment ?

Pakula l'entendait mastiquer à l'autre bout du fil. Elle grignotait toute la journée, c'était nerveux. Après, elle grossissait et il devait supporter ses jérémiades. Mais il la préférait tout de même à Kasab.

— Et il y a encore autre chose, Pakula ! Le frère Sebastian semblait très désireux de savoir si O'Sullivan avait avec lui un certain porte-documents en cuir. D'autre part, il tenait à nous dire que l'archevêque Armstrong nous seconderait de son mieux dans notre enquête et qu'il était donc inutile de faire appel au FBI.

— Le FBI ? s'esclaffa Pakula. Très amusant, Carmichael. C'est une excellente blague, mais vois-tu, je suis épuisé et…

— Je ne plaisante pas, Tommy. Je te répète mot pour mot ce qu'il m'a dit. Je l'ai même noté.

— Et pourquoi est-ce qu'on appellerait le FBI pour un simple homicide ?

— Je n'en sais rien, mais il doit avoir sa petite idée. Il faisait de son mieux pour prendre un ton détaché, mais il était nerveux. Il choisissait soigneusement ses mots.

Pakula s'appuya au mur, à bonne distance du bruyant comptoir où l'on vendait des beignets et du café. Il ne se rappelait pas avoir vu un porte-documents en cuir. Il avait d'abord pensé qu'il s'agissait d'une tentative de vol qui avait mal tourné. Vraiment mal, d'ailleurs, puisque l'assassin s'était enfui sans même emporter le portefeuille bourré d'euros. Les euros, ça n'était pas très utile ici. A présent, il commençait à se demander si le criminel avait délibérément visé le prêtre. Et ça changeait tout.

— Hé, Pakula ! Tu t'es endormi ?

— Tu vas me rendre un petit service, Carmichael. Appelle Bob Weston et raconte-lui tout.

— Tu es sûr ?

— Il faut faire ce que l'archevêque semble redouter le plus : demander au FBI de s'en mêler.

7.

Newburgh Heights, près de Washington D.C.

Maggie venait tout juste de franchir le seuil de sa maison lorsque la sonnerie de son portable vint interrompre la fête que lui faisait Harvey. Depuis qu'elle avait récupéré ce brave chien à la fourrière, il lui vouait une totale adoration. Sans pour autant couper court à sa démonstration d'affection, elle s'assit par terre dans l'entrée pour prendre la communication.

— Maggie O'Dell, dit-elle tout en faisant signe à Harvey de se tenir tranquille.

Il n'aboya pas, mais elle se trouvait à sa hauteur et il en profita pour lui lécher le visage.

— O'Dell, c'est Racine. Je ne vous dérange pas, j'espère ?

Maggie se demanda si Julia entendait le bruit mouillé des coups de langues d'Harvey ou si elle faisait référence à l'heure tardive.

— Je viens d'arriver chez moi, répondit-elle. Que se passe-t-il ?

— Il est tard. Vous êtes certaine que je ne tombe pas au mauvais moment ?

Maggie sourit. Pas de doute, Julia avait entendu... Elle tapota gentiment la tête du chien, mais ne le repoussa pas. Ça ne la dérangeait pas que Racine s'imagine qu'elle avait un amant.

— Pas du tout. Je vous écoute.

— La piste du coup de fil anonyme n'a rien donné.

— Ah !

— Il a été passé depuis un portable volé.

— Volé ? fit Maggie en frottant les oreilles d'Harvey.

— Oui. Déclaré volé la semaine dernière, au Parc National Regan. Le propriétaire a l'air réglo.

— Vous avez un moyen de savoir d'où a été passé l'appel ?

— Dans le district de Washington D.C., c'est tout ce qu'on peut dire. L'appareil se trouve sûrement dans une poubelle, à l'heure qu'il est.

Maggie se demanda pourquoi Julia éprouvait le besoin de l'appeler à minuit pour lui confirmer ce qu'elles soupçonnaient déjà toutes les deux. L'inspecteur ne s'attendait sûrement pas à ce qu'elle dresse un profil avant l'autopsie. Il y avait sûrement autre chose. D'ailleurs, Racine demeurait étrangement silencieuse. Maggie attendit la suite.

— J'ai parlé à Henderson des deux crânes. Il est d'accord — et Stan aussi — pour que nous fassions appel à un expert anthropologue.

C'était donc ça... Julia s'était rangée à son avis.

— Excellente initiative, déclara-t-elle.

Mais quelque chose dans la voix de son interlocutrice lui laissait supposer que la démarche posait problème.

— Stan peut avoir quelqu'un pour la fin de la semaine prochaine, mais je vais justement rendre visite à mon père, dimanche. Nous avions prévu de pêcher ensemble. Je partirai tôt le matin… Au fait, Stan commence demain l'autopsie de la troisième tête.

Julia se tut en attendant les commentaires de Maggie, mais celle-ci était occupée à imaginer l'inspecteur à la pêche, en train d'attendre patiemment que le poisson morde à l'hameçon. Ça ne collait pas.

— Donc, poursuivit-elle, puisque je vais dans le Connecticut, je propose d'apporter les deux autres têtes au Pr Bonzado. Il est devenu très ami avec mon père, depuis… Vous savez de quoi je parle.

Elle ne jugea pas utile d'en dire plus, fort heureusement. Bonzado et le père de Racine avaient sauvé Maggie d'un fou qui enfermait ses victimes dans des chambres froides. Depuis, les deux hommes étaient restés en contact.

— Vous êtes sûre que Stan ne connaît aucun anthropologue du district qui pourrait s'en charger rapidement ?

Elle s'en voulut d'avoir posé la question. Après tout, elle-même avait songé à proposer Bonzado. Ce n'était pas très fin de sa part de montrer qu'elle redoutait de rencontrer le trop charmant professeur.

— Il y a bien quelqu'un, je vous l'ai dit, mais il faudrait attendre plusieurs jours.

Elle marqua un temps d'arrêt.

— Ecoutez, O'Dell, je vais être honnête avec vous. En ce moment, j'ai les journalistes aux fesses. Avec trois victimes, il faut que je trouve quelque chose à leur répondre. Et vite. J'ai déjà contacté Bonzado. Il est d'accord pour venir dimanche jeter un coup d'œil à nos clientes, et comme je dois aller là-bas, de toute façon… Je sais que ce n'est pas très orthodoxe, mais Stan ne s'est pas opposé à ce que je transporte les têtes dans ma voiture. J'ai l'habitude de faire le trajet. Il ne me faudra pas plus de quatre heures.

On aurait dit qu'elle parlait d'une randonnée. Mais pourquoi éprouvait-elle constamment le besoin de se justifier…

Maggie s'installa sur la première marche de son escalier. Harvey s'allongea près d'elle et posa sa tête sur ses genoux.

— Je ne trouverai jamais de place d'avion pour dimanche, reprit Julia. Et puis, je ne peux quand même pas me présenter au contrôle d'enregistrement avec deux têtes.

Elle laissa entendre un petit rire nerveux. Maggie sentait qu'elle ne lui avait pas encore tout dit, et elle eut envie de lui demander de cracher le morceau. Mais elle se tut et attendit, cette fois encore, que Julia veuille bien se décider à poursuivre.

— Donc, reprit celle-ci, je me demandais si vous accepteriez de m'accompagner.

Ainsi, c'était pour lui proposer d'être de la fête qu'elle avait tourné autour du pot pendant près de dix minutes !

— C'est juste pour une journée. Une longue journée, il est vrai. Mais ça vaut le coup : Adam est un as, comme vous le savez, et il devrait nous fournir des informations décisives.

Maggie nota qu'elle parlait maintenant d'*Adam*, et plus du tout du *professeur* Bonzado.

— En plus, je suis certaine que mon père sera ravi de vous voir. Il me demande souvent de vos nouvelles. Enfin, quand il a toute sa tête. En ce moment, ça ne va pas trop mal de ce côté-là, mais les médecins disent que ça ne durera pas.

— Moi aussi je serai ravie, répondit Maggie, tout en songeant qu'elle aurait eu d'autres personnes à rencontrer dans le Connecticut.

Son demi-frère, par exemple, qu'elle avait envie de revoir. Puis elle se dit qu'il avait sûrement des projets dans lesquels une demi-sœur retrouvée depuis moins d'un an n'avait aucune place. Il fallait lui laisser un peu de temps, attendre qu'il vienne vers elle.

Et puis… Il y avait Adam Bonzado. Julia lui fournissait un excellent prétexte pour le revoir. Mais tout de même, il faudrait passer quatre heures dans une voiture avec Julia Racine — huit si l'on comptait le retour… Elle appréhendait un peu.

8.

23 h 50
Venezuela

Il inséra une cassette de Vivaldi dans son lecteur et écrasa un moustique plein de sang — le sien, en l'occurrence. La sale bête avait eu le temps de se régaler. Une cloque de plus sur sa peau si délicate qui ressemblait déjà à celle d'un lépreux… Le père Michael Keller avait appris à oublier la démangeaison permanente des piqûres de moustiques, comme il avait appris à supporter que son corps reste moite en permanence, même après la douche du soir. Il préférait se concentrer sur les petits plaisirs de la vie, les choses simples et agréables : la musique de Vivaldi, par exemple. Il ferma les yeux, se laissa porter par le son des violons et s'envola très loin. La victoire de l'esprit sur la matière. Il avait découvert depuis longtemps déjà qu'il pouvait contrôler ses pensées à sa guise.

Il alluma des bougies à la citronnelle et vérifia que la bouilloire était bien en contact avec son socle électrique — deux autres éléments de son rituel du soir. La chemise blanche fraîchement lavée et repassée par une femme du village lui collait déjà à la peau ; il sentait la sueur dégouliner sur sa poitrine, mais ça ne l'empêcherait pas de boire un thé sans théine, bien chaud, provenant du colis de son ami internaute. Il consommait avec parcimonie les échantillons et les biscuits que ce dernier lui envoyait, histoire de faire durer le plaisir et de savourer l'idée que ce merveilleux présent lui venait d'un parfait inconnu.

Il remplit sa boule à thé, la plongea dans l'eau bouillante, couvrit sa tasse et laissa infuser. Puis il souleva légèrement le couvercle. La vapeur chaude lui monta au visage et il respira avec délices l'arôme du breuvage. Enfin, il enleva la boule et la tapota doucement sur le rebord de la tasse pour ne pas en perdre une goutte.

Un moustique esseulé et indifférent à l'odeur de la citronnelle vint bourdonner autour de sa tête. Dehors, une averse nocturne ajoutait encore à l'étouffante moiteur. Mais là, assis avec sa tasse à écouter Vivaldi, le père Keller se sentait presque au paradis.

Il n'avait pas terminé son thé lorsqu'un bruit à l'extérieur le fit sursauter. Il se redressa, attendant qu'on frappe à sa porte. Rien. Curieux. On venait rarement le chercher à cette heure-ci, et personne ne lui rendait visite sans y avoir été invité. Les gens du village respectaient son intimité et se répandaient en excuses quand ils le dérangeaient, même pour une urgence…

C'était peut-être le vent. Il se redressa et écouta attentivement. Mais il n'y avait pas de vent…

Intrigué, il reposa sa tasse et se leva. La tête lui tournait. La chaleur, sans doute… Il attendit que ça passe et s'approcha silencieusement de la porte pour coller son oreille au battant. Il se sentait un peu ridicule. Devenait-il paranoïaque ? Non, simplement prudent. La prudence, il avait dû apprendre ça aussi. Par nécessité.

Il déverrouilla la porte et l'ouvrit avec une telle violence que le petit garçon qui se trouvait derrière tomba en avant.

— Arturo ? fit-il en tendant la main pour rattraper l'enfant.

Arturo était l'un de ses enfants de chœur. Le plus fidèle. Petit pour son âge, mince et frêle, il avait toujours un regard triste. Debout sous la pluie, avec cette grosse boîte en carton dans les mains, il avait l'air plus vulnérable que jamais.

— Mais que viens-tu faire ici ? lui demanda le père Michael.

Puis, comme le gamin le regardait d'un air hagard et confus, il répéta, en espagnol cette fois :

— *¿ Qué hace usted aquí ?*

— *Para usted Padre…*, répondit Arturo en lui tendant le paquet avec un grand sourire.

Il paraissait fier d'avoir été choisi pour cette mission de confiance.

— Un paquet pour moi ? Mais qui peut bien me l'envoyer ? *¿ Quién le dio a usted ?*

Le père prit le paquet, et remarqua aussitôt qu'il était étonnamment léger.

— *Un viejo…*

Un homme âgé.

Le père Keller essaya de percer les ténèbres, mais il ne vit personne sur le vieux chemin menant à l'église. Celui qui avait donné ce paquet à Arturo avait préféré ne pas traîner dans le coin.

— *Gracias* Arturo, fit Keller en lui tapotant affectueusement la tête.

Cet enfant lui rappelait un peu le petit garçon qu'il avait été. Un petit garçon qui aurait eu grand besoin qu'on s'intéresse à lui, qu'on l'aime un peu plus.

— *Hasta Domingo*, lui dit-il en lui pinçant gentiment la joue.

— *Si, Padre.*

L'enfant s'éloigna, toujours souriant, puis il se mit à courir et disparut.

Le père Keller referma la porte, tout en contemplant le paquet. Sûrement un présent envoyé par son mystérieux internaute qui vivait aux Etats-Unis. Encore du thé et des gâteaux ? Le vieil homme qui avait donné la boîte à Arturo n'était peut-être qu'un intermédiaire, un employé de la poste. Pour un enfant, toute personne ayant dépassé la trentaine était un vieillard. Mais il eut beau retourner la boîte, il ne vit ni adresse mail ni timbres postaux. Absolument rien.

Il alla s'asseoir et remarqua de nouveau à quel point le paquet était léger. Trop léger pour renfermer un quelconque danger, en tout cas. Il le posa sur sa petite table de bois, et l'examina sous toutes les coutures avant de l'ouvrir. Aucune inscription. Pas de traces d'étiquette arrachée. Il arrivait que les colis soient un peu malmenés avant de parvenir à destination, mais ce n'était pas le cas de celui-là.

Il se leva pour aller chercher un couteau, coupa la ficelle et hésita encore un instant avant de soulever les rabats…

Il *le* vit avant même d'avoir ôté le papier qui l'enveloppait, et retira sa main comme s'il s'était brûlé.

S'agissait-il d'une mauvaise plaisanterie ? Mais qui pouvait savoir ? Et comment l'avait-on retrouvé ?

Ses mains tremblaient encore quand il se décida à sortir de la boîte le masque en caoutchouc représentant Richard Nixon.

9.

Omaha, Nebraska

Gibson se réveilla en sursaut et tendit l'oreille. Il lui semblait entendre un bruit d'eau qui coulait. Ça devait venir des toilettes de la salle de bains qu'il partageait avec son frère. Il suffisait de secouer un peu la manette de la chasse d'eau pour que ça s'arrête, mais Tyler n'y pensait jamais.

Il se tourna d'un bond sur le côté et enfouit sa tête dans l'oreiller pour ne plus entendre ce bruit lancinant. Rien à faire. L'eau continuait de glouglouter, de plus en plus fort.

Merde. Ce n'était pourtant pas sorcier de secouer cette putain de manette.

Il s'extirpa de son lit et trouva sans difficulté son chemin dans le noir. Il lui arrivait souvent de se lever la nuit. S'il allumait la lumière, sa mère se mettait à gueuler en demandant ce qui se passait. De toute façon, elle laissait toujours dans le couloir une veilleuse qui s'allumait quand on passait devant. Mais ce soir, le système ne fonctionnait pas. L'ampoule avait dû griller. Quelle saloperie !

Il avança à tâtons. Le glouglou provenait bien de la salle de bains. Gibson eut envie de réveiller Tyler pour lui apprendre à vivre... Mais, au fait, il était censé dormir chez un copain, non ? Ce gros bébé avait dû changer d'avis.

Gibson remarqua la lumière sous la porte de la salle de bains. Quel emmerdeur, ce môme...

Il ouvrit la porte et se figea sur place. Là, dans la minuscule salle de bains, allongé sur le côté, il y avait le corps de Mgr O'Sullivan. Le gargouillis provenait du sang qui coulait de son nez, de sa bouche et de sa poitrine. Et il le fixait de ses yeux qui ne cillaient pas.

Gibson recula jusqu'au mur. Il secoua la tête et jeta un regard circulaire. Tout semblait à sa place, même la serviette qu'il avait jetée par terre, en boule, tout à l'heure. Il ferma les yeux et les rouvrit.

Au même moment, le prêtre cligna des paupières.

Merde ! Gibson fit demi-tour pour sortir de là, mais la porte s'était refermée derrière lui. Il ne trouvait plus la poignée... Il n'y en avait plus. Qu'est-ce qui se passait, putain ?

Il jeta un coup d'œil par-dessus son épaule. Le prêtre eut un sursaut et se tourna, puis commença à se redresser. Saisi, Gibson se pressa contre le mur. Ses jambes étaient paralysées, son cœur cognait dans sa poitrine et un mince filet de sueur froide se mit à couler le long de son dos. La dernière fois qu'il avait vu O'Sullivan, c'était dans les toilettes de l'aéroport. Il y avait du sang partout. Plein de sang. Il aurait juré qu'il était mort. Comment diable était-il arrivé jusque chez lui ?

O'Sullivan défroissa son pantalon du revers de la main, en lui adressant un grand sourire.

— Tu ne pensais tout de même pas te débarrasser de moi aussi facilement, Gibson ?

Le prêtre frotta son pouce contre sa chemise ensanglantée, puis contre les carreaux blancs. Il était bien en vie. Ses yeux brillaient de colère.

— Tu me croyais mort, n'est-ce pas ?

On aurait dit qu'il lisait dans ses pensées.

— Gibson, voyons ! Un gamin intelligent comme toi ! Tu aurais dû te douter que j'avais la dent dure.

L'évêque fit un pas vers lui.

— Ma mère dort à l'autre bout du couloir…

— Elle n'est pas là. J'ai vérifié.

Il continua à avancer en secouant sa main pleine de sang, avec ce sourire et ce regard lubrique qui retournaient l'estomac de Gibson. Effectivement, il n'avait pas entendu sa mère rentrer. Quant à Tyler, il ne dormait pas là. Donc, personne ne viendrait à son secours, même s'il se mettait à hurler.

— A genoux, mon fils ! ordonna l'évêque. Tu sais ce que tu dois faire.

A présent, il était tout près, et Gibson sentait son haleine qui empestait l'alcool…

Il se réveilla emmêlé dans la couverture, en se débattant comme un diable. Il était trempé et il tremblait, mais il poussa un soupir de soulagement quand il comprit qu'il ne s'agissait que d'un cauchemar. Ce fut à ce moment-là qu'il se rendit compte qu'il murmurait le « Notre Père ».

Il se tut et se força à demeurer immobile pour écouter.

Pas de bruit d'eau. Il n'entendait rien.

Il regarda le plafond et l'ombre familière des branches d'arbres qui s'y balançaient. Enfin, il perçut l'odeur. Il eut un mouvement de recul et poussa un soupir de dégoût en bondissant hors de son lit. Puis il se mit à arracher ses draps sans même allumer la lumière. Il fallait qu'il les lave avant que sa mère ne se rende compte de quelque chose. Il ne voulait pas l'inquiéter. Il ne voulait pas qu'elle sache. Il avait honte. Ça faisait un an qu'il n'avait plus mouillé son lit.

10.

Samedi 3 juillet
Washington D.C.

Gwen Patterson venait de se servir une troisième tasse de café. Elle était assise en tailleur au milieu de son salon, en robe de chambre, les cheveux encore humides de la douche. Elle avait poussé la table basse pour étaler autour d'elle les articles de journaux, ses dossiers et les messages de l'assassin : des petits bouts de papier glissés dans des pochettes en plastique qu'elle manipulait avec précaution, comme des pièces à conviction. Pourtant, elle savait qu'elle ne les remettrait pas aux autorités, c'est-à-dire à l'inspecteur Julia Racine et à toute sa clique — dont Maggie faisait partie pour cette affaire.

Dehors, l'orage commençait à s'éloigner ; elle n'entendait plus que la pluie qui frappait doucement aux carreaux, et un lointain grondement de tonnerre. Elle avait laissé les fenêtres ouvertes en espérant que l'air frais et l'odeur de la pluie la revigoreraient après une nuit d'insomnie — une de plus.

Elle contempla rêveusement les papiers épars autour d'elle, en se demandant ce qu'elle y cherchait exactement. Comment trouver là-dedans un indice pertinent ? Pourquoi le tueur s'acharnait-il sur elle ? La connaissait-il personnellement ou bien avait-il juste vu sa photographie dans les journaux ou à la télévision ? Il pouvait aussi avoir suivi l'une de ses interviews à la radio. A moins qu'il n'eût assisté à une signature de son livre… S'il s'intéressait à elle, c'était probablement à cause de sa qualité d'expert en psychiatrie. Il était facile de se procurer des informations sur son parcours professionnel. Suffisamment pour qu'il ait l'impression de la connaître sans l'avoir jamais rencontrée.

Elle s'empara de l'un des messages, et lut les mots écrits en lettres capitales. Toujours des instructions simples, suivies d'une menace.

« FAITES CE QUE JE VOUS DEMANDE OU QUELQU'UN QUE VOUS AIMEZ EN PATIRA. »

C'était à partir du troisième message qu'elle avait commencé à soupçonner que son persécuteur la connaissait. Mais elle n'en était pas encore certaine.

« SI VOUS AIMEZ VOTRE PERE, NE DITES PAS UN MOT. »

Rien de plus.

Mais il ne s'agissait peut-être que de paroles en l'air. N'importe qui pouvait obtenir des renseignements sur son père. De plus, le Dr John Patterson vivait à plus de mille kilomètres de là. Il habitait New York, dans une résidence hautement sécurisée. Il travaillait dans un centre de recherche financé par le gouvernement, dans lequel on n'entrait pas comme dans un moulin. Si elle lui avait parlé de ces menaces, il aurait probablement haussé les épaules en riant avec indulgence des peurs de sa petite fille.

« Sa petite fille »… Cette expression l'horripilait. Une ribambelle de diplômes et de certificats, un livre vendu à des millions d'exemplaires, des douzaines d'articles publiés dans des journaux scientifiques, une brillante carrière, en somme... Et il ne la prenait toujours pas au sérieux. Il considérait sa fascination pour le comportement des criminels comme un gaspillage de temps et d'intelligence...

Gwen prit l'un des articles découpés dans le *Washington Post.* Elle l'avait lu tant de fois qu'elle le connaissait par cœur. Il ne contenait que de vagues informations. Elle le reposa et attrapa les dossiers de ses patients qu'elle avait emportés chez elle. Elle ne mit pas longtemps à en choisir un, et se mit à le feuilleter. C'était celui de Rubin Nash...

Pendant les séances, elle ne prenait que peu de notes : quelques mots en abrégés, une sorte de sténographie personnelle. Elle préférait ne pas attirer l'attention de ses patients sur ce qu'elle écrivait car en général, ça les rendait anxieux. Elle se contentait donc de griffonner avec nonchalance des mots comme : « Imprévisible », « Père absent », « 11 »... Des mots sans suite qui n'avaient de sens que pour elle. Il lui suffisait ensuite d'un simple coup d'œil pour se souvenir que Rubin Nash perdait les pédales dès qu'il évoquait l'été de ses onze ans, lorsque sa mère avait demandé à son père de quitter la maison.

Elle le revoyait expliquer — ou plutôt raconter, car il savait qu'elle le comprenait et que les explications étaient superflues — qu'il avait parfois le désir violent d'étrangler quelqu'un. Une femme plus précisément. N'importe quelle femme, connue ou inconnue. Les femmes l'avaient fait souffrir ; il éprouvait le besoin de le leur faire payer. Une sorte de geste symbolique, avait-il ajouté un jour en riant. Il avait même précisé — et elle l'avait noté mot pour mot — qu'il se demandait quel effet ça faisait « d'entendre craquer les vertèbres quand on tordait un cou ».

Mais cela ne prouvait pas qu'il était capable de passer à l'acte. Elle en avait entendu bien d'autres. Le plus souvent, les patients se libéraient de leurs fantasmes en les verbalisant. C'était plutôt bon signe quand ils livraient leurs plus noirs secrets, leurs désirs les plus fous, leur besoin de vengeance. Cela signifiait simplement qu'ils étaient entrés dans le processus thérapeutique et qu'ils se sentaient à l'aise avec leur thérapeute. Pourtant, après des années passées à dresser des profils de criminels et à observer leur fonctionnement, Gwen savait qu'on ne pouvait pas complètement banaliser ce genre de commentaires, surtout lorsqu'on vous les balançait avec le calme de Rubin Nash. Elle commençait à s'intéresser de très près à Rubin, même s'il n'était qu'un patient comme les autres, et non pas un suspect que le FBI lui envoyait pour une expertise.

Son père avait peut-être raison : l'analyse du comportement des criminels devenait chez elle une obsession. A une période de sa vie, elle avait adoré passer le plus clair de son temps à Quantico, à collaborer avec le département des sciences comportementales. Pourtant, lorsqu'elle avait cessé de travailler avec les fédéraux, elle s'était sentie soulagée d'échanger les violeurs et les meurtriers contre les frustrations des femmes de sénateur et les élucubrations des membres du Congrès. Elle s'était même récemment vantée auprès de Maggie de n'avoir pas côtoyé un seul meurtrier depuis deux ans. Depuis qu'Eric Pratt — le cinglé qui vivait enfermé pour parer à une éventuelle catastrophe planétaire — avait failli lui planter un stylo dans la gorge.

Déplorable épisode, aurait dit son père. Mais elle ne le lui avait pas raconté. Elle lui avait toujours soigneusement dissimulé — ainsi qu'à sa mère — les risques que son métier lui faisait courir.

De toute façon, ça n'avait plus vraiment d'importance. Le FBI la contactait de moins en moins. Elle avait clairement fait savoir qu'elle souhaitait espacer les expertises. Elle préférait rester chez elle à écrire des articles sur les comportements déviants. Ça ne lui manquait pas de ne plus s'occuper des fous furieux et de ne plus se perdre dans les méandres de leur esprit tortueux…

Et pourtant, elle se retrouvait de nouveau plongée dans l'univers mental d'un assassin, un salaud qui avait décidé de la manipuler pour faire d'elle sa complice. Cette fois, on ne la menaçait pas avec un couteau, un stylo ou un revolver, mais c'était pire. Le criminel qui avait jeté son dévolu sur elle connaissait exactement la manière de procéder. Il savait qu'elle ne prendrait pas le risque de prévenir la police et qu'elle n'oserait pas en parler à son père. D'où l'idée qu'il devait la connaître. Elle se demandait si celui qui l'avait si bien cernée était l'un de ceux qui la payaient chaque semaine pour s'asseoir dans son cabinet.

Elle jeta un coup d'œil au réveil posé sur la cheminée. Il lui restait encore deux heures avant la première séance du samedi matin, avec Nash. Il lui avait demandé de déplacer leur rendez-vous parce qu'il avait un empêchement. Gwen songea brusquement à ce que Maggie lui avait dit au sujet des trois corps qui devaient se trouver quelque part dans une poubelle, peut-être même en dehors du district. Rubin Nash avait beaucoup voyagé pour son travail, cette semaine. Etait-ce une coïncidence ?

La sonnerie de son téléphone portable interrompit ses pensées. Il était encore au fond de son attaché-case, et elle s'empressa d'aller le chercher.

— Dr Patterson à l'appareil, fit-elle.

— Salut, ma chérie. C'est ton père.

Un frisson la parcourut, et elle se leva d'un bond. Mais elle se rendit compte aussitôt qu'elle se comportait comme une idiote. Il l'appelait souvent le week-end. Il avait l'air normal, joyeux même.

— Toi et maman, vous allez bien ?

— Parfaitement bien, oui. Nous sommes en grande forme. Ta mère joue au bridge, en ce moment. Mais où es-tu, ma chérie ? Ça fait presque une demi-heure que je t'attends *Chez Regis*.

— Pardon ?

— Tu m'as envoyé un mot pour me donner rendez-vous *Chez Regis*, à l'heure du petit déjeuner. Tu aurais pu me prévenir plus tôt que tu serais en ville ce week-end !

Gwen recula jusqu'au bord du canapé et se laissa tomber. Le tueur s'amusait à lui démontrer qu'il lui serait facile de mettre ses menaces à exécution.

11.

Commissariat d'Omaha

L'inspecteur Tommy Pakula se frotta les yeux et avala une gorgée de café froid. Il avait reçu une éducation catholique et n'avait jamais douté de l'existence de Dieu, mais il lui arrivait de se poser des questions sur le sens de l'humour un peu particulier de son créateur. Comme en ce moment. Assis sur sa chaise à haut dossier, il écoutait le discours lénifiant de l'agent spécial Bob Weston, tout en songeant que le Seigneur lui infligeait ce pensum pour le punir de ses péchés.

— Une minute ! lança-t-il soudain en levant la main.

Weston ne devait pas avoir l'habitude d'être interrompu car il eut l'air abasourdi.

— Voilà presque une demi-heure que vous essayez de m'expliquer qu'il y a un lien entre votre Ellison poignardé pendant un festival à Minneapolis et mon prêtre saigné comme un cochon dans les toilettes de l'aéroport d'Eppley, dit Pakula. Mais je ne vois toujours pas le rapport.

— Vous voulez que je reprenne depuis le début ?

— Non ! s'exclamèrent à l'unisson Pakula et Carmichael.

— Nous voudrions au contraire que vous alliez à l'essentiel, dit Pakula avec une certaine satisfaction.

A présent, Weston souriait comme un homme qui sait être le seul à posséder la pièce maîtresse d'un puzzle.

— Je vous accorde que ça n'est pas évident de prime abord. Je suis originaire de Minneapolis ; j'ai même un frère qui vit encore là-bas avec toute sa famille.

Pakula gémit et se frotta de nouveau les yeux. Weston le remarqua, et son sourire fit place à un froncement de sourcils interrogateur. Pakula se demanda s'il valait mieux affronter un Weston en colère ou un Weston en train de pérorer. Il s'adossa posément à sa chaise et le contempla en silence.

Ce fut Carmichael qui rompit le silence.

— Poursuivez, Weston, dit-elle. Nous ne doutons pas de vos compétences, mais il faut nous expliquer cette fichue connexion.

— C'est précisément ce que j'essaye de faire, rétorqua Weston en détachant ses mots. Mon frère et sa famille fréquentaient l'église Saint-Pat quand Daniel Ellison y était rattaché — c'est-à-dire pendant une période très courte. Ensuite, il a quitté l'Eglise pour se marier, et il est devenu publicitaire.

Il avait terminé sa harangue et arborait un air satisfait. Il posa les fesses sur un coin du bureau et écrasa du même coup une pile de dossiers. Il ne parut pas s'en apercevoir et attendit l'avalanche de louanges qu'il estimait mériter.

— C'est ça votre connexion ? demanda Carmichael. C'est qu'il a été prêtre ?

— Il a aussi été tué d'un coup de couteau dans la poitrine dans un lieu public, en plein après-midi, pendant un festival.

Weston était de nouveau debout.

— Personne n'a rien vu. Sa femme dit qu'il a heurté quelqu'un et qu'il s'est effondré d'un seul coup.

Il tendit à Pakula le dossier qu'il avait apporté avec lui.

— Quand vous aurez le rapport d'autopsie de votre cadavre, vous jetterez un œil là-dessus.

— Et que dois-je chercher ?

— Des points communs avec le meurtre de Mgr O'Sullivan.

— Et si j'en trouve, je devrai conclure à un assassin qui prend les prêtres pour cible, c'est ça ?

Pakula secoua la tête. Il ne paraissait pas convaincu.

— Pour l'instant, je ne vois rien de très pertinent dans votre démonstration.

— Je vous ferai remarquer que c'est vous qui m'avez appelé.

A présent, c'était au tour de Weston de lever les mains en signe de reddition.

— Vous vouliez savoir pourquoi l'archevêque Armstrong préférait que le FBI ne mette pas son nez là-dedans.

Kasab apparut à la porte et fit signe à Pakula. En temps normal, l'inspecteur l'aurait envoyé paître, mais il décida de sauter sur cette occasion de s'échapper.

— Je reviens tout de suite, dit-il à Carmichael.

Il adressa un signe de tête à Weston en passant, et rejoignit Kasab, lequel arborait l'air de quelqu'un qui a quelque chose à cacher. Il faillit lui dire de ne jamais jouer au poker, mais après avoir affronté Weston, il n'avait plus le cœur à plaisanter.

— Que se passe-t-il ?

— J'ai de bonnes et de mauvaises nouvelles à t'annoncer.

— Très bien, fit Pakula.

Il attendit la suite, mais Kasab se taisait, et il lui fallut quelques secondes pour comprendre que cet idiot attendait qu'il lui dise par quoi commencer.

— Très bien, répéta-t-il. Les bonnes nouvelles d'abord.

— J'ai pu obtenir la liste des appels passés depuis le portable du prêtre, le jour de sa mort. Il a contacté le presbytère de Notre Dame des Lamentations — la conversation n'a duré qu'une minute —, puis le père Tony Gallagher sur son téléphone cellulaire. Lui aussi est rattaché à cette paroisse. Sept minutes, cette fois. A 18 h 46.

— Donc, le père Gallagher est probablement le dernier à s'être entretenu avec lui.

— Oui. A moins qu'il n'ait parlé à quelqu'un à l'aéroport.

— Bon. Arrange-moi un entretien avec ce Gallagher.

— Entendu.

— Les mauvaises nouvelles, maintenant.

— Je suis retourné à l'aéroport pour prendre le bagage que le prêtre avait enregistré. Tu te souviens qu'ils devaient le récupérer à New York et le renvoyer sur Omaha ce matin ?

— Laisse-moi deviner… Sa valise a atterri à Rome ?

— Non, elle est bien arrivée à Omaha, mais quelqu'un est venu la chercher avant moi.

— Tu plaisantes ? Quel est le crétin qui a filé cette valise à une personne qui n'avait pas autorité pour la récupérer ?

— Eh bien, d'après l'employé de la réception, cette personne *avait* autorité pour la récupérer.

— Quoi ?

Kasab aimait la précision. Il se mit à feuilleter ses notes.

— Il s'agissait du frère Sebastian de l'archidiocèse d'Omaha.

— Et il s'est fait remettre la valise ?

— Oui. Comme m'a dit le gars du comptoir des bagages, qui se serait méfié d'un religieux envoyé par l'archevêque ?

12.

Washington D.C.

Maggie avait hâte que cette autopsie commence. Son esprit était uniquement occupé à rassembler les pièces du puzzle et à faire l'inventaire des éléments manquants. Au point qu'elle s'était réveillée en pleine nuit pour consulter les copies des dossiers.

Les cas de démembrements perturbaient les flics les plus endurcis, et Maggie ne faisait pas exception à la règle. Ils l'obsédaient longtemps — comme les affaires de meurtres d'enfants. Il lui arrivait encore de faire des cauchemars où elle trouvait des organes dans des poubelles — un cadeau d'Albert Stucky — ou de rêver qu'elle butait sur des cadavres de jeunes garçons abandonnés dans la boue et l'herbe haute de la rive du Platte River. Albert Stucky était mort et enterré, elle y avait personnellement veillé, mais le père Michael Keller avait réussi à s'enfuir en Amérique du Sud. Même les hautes autorités de l'Eglise catholique ignoraient où il se trouvait exactement.

Maggie s'arrêta à la porte de la petite salle où devait se dérouler l'autopsie, pour s'éclaircir les idées et terminer son Pepsi Light. Stan Wenhoff ne laissait personne entrer avec de la nourriture : il affirmait que c'était une question de respect pour le mort, et Maggie ne lui donnait pas tort. Cela dit, on ne pouvait s'empêcher de buter sur ses contradictions quand on l'entendait ordonner à son assistant de « ramasser ce truc » en parlant de la tête du mort qu'il allait devoir autopsier.

Elle entra — c'était un peu comme un réfrigérateur —, prit une blouse en plastique sur la pile posée à l'entrée, et salua Stan qui lui répondit d'un vague grognement. Julia Racine ne semblait pas d'excellente humeur, elle non plus. Elle fouillait dans la pile de blouses pour trouver une paire à sa taille car les X-large que Stan mettait à la disposition de ses visiteurs ne lui convenaient pas. Toujours aussi futile…

— Pourquoi est-ce qu'il fait aussi froid là-dedans ? se plaignit-elle.

— Nous avons le choix entre ça et les vers, répliqua Stan.

Maggie ne se souvenait pas que Stan eût déjà mis la climatisation pendant une autopsie. On avait rénové les locaux depuis peu, mais sans refaire les canalisations, et le fait de mettre le chauffage ou l'air conditionné pouvait détruire des preuves car les conduits charriaient des poussières. Mais, apparemment, Stan n'avait pas envie de se laisser envahir par les asticots.

Julia ne répondit rien et contempla d'un œil étonné Maggie qui enfilait une deuxième blouse par-dessus la première. Puis elle suivit son exemple. Elle ressemblait maintenant à une momie : les vêtements de protections étaient beaucoup trop grands, et elle avait dû les enrouler autour d'elle pour ne pas flotter dedans. Maggie se rendit compte que l'athlétique inspecteur avait perdu du poids. Elle savait que Julia faisait régulièrement des allers-retours dans le Connecticut pour rendre visite à son père dont l'état de santé se détériorait.

Maggie aimait bien le père de Julia ; elle l'avait rencontré lors d'une enquête qui s'était pratiquement déroulée dans son jardin. A présent, il était atteint de la maladie d'Alzheimer, mais elle continuait à correspondre avec lui. Sans doute souffraient-ils tous les deux de solitude... Malheureusement, cette complicité avec le père créait des liens avec la fille, et ça, Maggie n'était pas certaine d'en avoir envie. Elle se demandait parfois si elles seraient devenues amies en d'autres circonstances — c'est-à-dire si elles ne s'étaient pas rencontrées à l'occasion d'une affaire qui avait failli mal tourner et au cours de laquelle, en plus, la belle Julia lui avait fait des avances...

En ce moment, l'inspecteur contemplait les pointes de ses longs cheveux blonds en se mirant dans un plateau de dissection. Sous ses airs bravaches, Julia était une femme fragile et vulnérable, qui marchait sur un fil, qui avait peur de cafouiller et qui dissimulait soigneusement ses craintes et ses doutes. Elles avaient ça en commun. Elles réussissaient plutôt bien à cacher leur véritable personnalité.

Maggie tendit une paire de gants en plastique mauve à Julia. Celle-ci haussa les sourcils.

— Il faut reconnaître que vous avez toujours des accessoires dernier cri ! dit-elle à Stan.

Il lui jeta un regard renfrogné par-dessus son épaule, tout en tirant du tiroir réfrigérant un sac qu'il posa sur un plateau. Racine avait dit ça pour détendre l'atmosphère, mais visiblement, Stan l'avait pris pour un reproche. Il ignorait donc que le comportement désinvolte de l'inspecteur et ses remarques un peu déplacées visaient à masquer le malaise qu'elle éprouvait pendant les autopsies. Sans doute était-il trop habitué à manipuler des cadavres pour se rendre compte que certains supportaient mal cet aspect du travail.

— Vous avez besoin d'aide ? proposa Maggie en retroussant les manches de ses deux blouses.

Elle aussi éprouvait le besoin de détendre l'atmosphère, mais un méchant regard de Stan lui fit comprendre son erreur. Il aurait probablement préféré travailler seul, songea-t-elle, et il devait souvent rêver d'accrocher sur sa porte une pancarte « Interdit aux visiteurs ».

— La dernière fois, j'ai dû improviser un dispositif. Je vais m'en resservir, dit-il en montrant du doigt un engin fait de tuyaux en PVC et en aluminium qui ressemblait à un étau. Je ne pensais pas devoir le réutiliser si rapidement, ajouta-t-il d'un ton morne.

La perspective ne semblait pas le réjouir.

Il eut un peu de mal à défaire la fermeture Eclair du sac contenant la tête — une version miniature de ceux qui servaient à envelopper les cadavres entiers.

Maggie jeta un coup d'œil du côté de Julia en songeant qu'elle aussi devait trouver qu'il mettait un temps fou à extirper cette tête de son emballage, mais Julia passait en revue les échantillons rangés dans des bocaux sur les étagères, d'un air faussement distrait. Puis elle rajusta la ceinture de sa blouse, vérifia que ses chaussures étaient bien protégées... Elle évitait soigneusement de regarder la tête que Stan sortait du sac pour la caler avec son dispositif maison.

Les vers avaient disparu, sans doute chassés par le froid. La femme avait donc des yeux propres et nets qui fixaient un point devant elle, et ses cheveux emmêlés étaient rassemblés en paquet sur un côté. Soudain, un nuage de vapeur parut sortir de sa bouche ouverte. Maggie savait que cela provenait des sales bestioles qui se trouvaient à l'intérieur, pourtant elle eut l'impression que la malheureuse exhalait un dernier soupir.

— Seigneur ! s'exclama Julia. Qu'est-ce que c'était ?

Le phénomène ne lui avait pas échappé, en dépit de ses efforts pour regarder ailleurs.

— Ces petites saloperies possèdent un métabolisme interne qui leur permet de conserver une température de plus de quinze degrés par rapport au milieu extérieur, expliqua Stan. C'est la même chose que lorsque vous marchez dehors, qu'il fait en dessous de zéro et que vous voyez votre haleine.

— C'est vraiment monstrueux, dit Julia.

Maggie remarqua qu'elle ne quittait plus la tête des yeux, comme si elle avait peur, désormais, de manquer la prochaine manifestation « monstrueuse ». Elle se demanda combien de temps la pauvre Julia tiendrait le coup. Elle n'allait sûrement pas tarder à vérifier de nouveau les protections qui enveloppaient ses chaussures. Sans doute quand Stan ôterait les yeux ou quand elle entendrait le bruit mouillé du cerveau que l'on retire de la boîte crânienne. Il n'y avait qu'à attendre. Maggie eut pitié d'elle et faillit lui conseiller de penser aux vagues, à l'océan, au doux son du ressac contre le sable blanc. Il fallait évoquer une belle image pour se calmer les nerfs et éviter la nausée : Maggie avait expérimenté le truc lors de sa première autopsie — celle d'un type qui avait reçu une balle en pleine face et dont le visage n'était plus qu'une bouillie de cartilages et de chair.

— Allons-y ! fit Stan en prenant une pince et un scalpel sur son plateau. Il faut se dépêcher avant que ces salauds ne nous grimpent dessus.

Maggie vit Julia pâlir, et comprit brusquement son problème. Ça leur faisait un deuxième point commun. L'inspecteur ne redoutait pas l'autopsie en elle-même, mais ces cochonneries d'asticots.

13.

Assis devant son ordinateur, Gibson McCutty attendait en surveillant l'heure, en haut de son écran. Il se frotta les yeux. Il était épuisé, mais comme il ne cessait de penser à ce qui s'était passé la veille, il avait envie de se changer les idées. Le jeu devait commencer dans une vingtaine de minutes, mais certains participants se connectaient un peu avant.

On ne pouvait s'inscrire que sur invitation, et il se rappelait encore le moment où il avait reçu l'e-mail. Ce jour-là, il se sentait déprimé et il surfait sur le net pour tromper son ennui. Puis ce message était arrivé dans sa boîte aux lettres. Comme il n'avait pas reconnu l'adresse de l'expéditeur, il avait failli le mettre à la poubelle, par crainte d'un virus, mais la signature avait piqué sa curiosité. Le Dévoreur de péchés. Ça faisait penser à Donjons et Dragons, et il avait cru qu'il s'agissait d'une sorte de jeu de rôles dans lequel il était question de se laver de ses péchés.

L'idée l'avait tenté. Se sentir lavé de tout péché, une sorte de confession via Internet… Le contenu du message était réduit au strict minimum :

« Voulez-vous jouer ? »

Il fallait respecter des règles strictes, comme utiliser un pseudonyme et ne pas échanger d'informations personnelles.

Mais avant le début de chaque partie, il y avait un *chat* collectif pendant lequel ils pouvaient discuter stratégies et personnages, c'est-à-dire se faire quelques confidences déguisées.

Gibson préférait rester en retrait et analyser les tactiques de chacun afin de pouvoir les parer au moment du jeu. La première fois, il s'était senti coupable de se comporter en voyeur. Pour assister au *chat*, il fallait télécharger et s'inscrire, mais il avait trouvé un moyen pour que son nom n'apparaisse pas à l'écran. Il ne se montrait que lorsque le jeu démarrait.

Il attendait donc, prêt à prendre des notes. Il se sentait plutôt détendu. En plein jour, il ne craignait plus les fantômes qui hantaient ses cauchemars. Mais un coup frappé à sa porte le fit sursauter.

— Gibson, il fait un temps magnifique ! Pourquoi t'enfermes-tu dans ta chambre ?

Il ferma instinctivement la fenêtre de son écran, bien que sa mère ne pût le voir à travers la porte.

— Je joue sur mon ordinateur.

Dès qu'il abandonnait son clavier, il portait les mains à son visage pour vérifier que sa peau n'était pas couverte de boutons. Une sorte de TOC dont il ne parvenait pas à se débarrasser.

— Tu ne veux pas plutôt aller à la piscine ou jouer au ballon avec des copains ?

Il sentit un bouton sur son front, caché sous la frange. Sa mère essayait de communiquer avec lui, on ne pouvait pas lui enlever ça. Elle faisait des efforts. Mais elle le traitait comme un gamin de onze ans alors qu'il en avait quinze. *Jouer au ballon avec des copains ! Quels copains ?* Elle s'imaginait donc qu'il en avait ? Elle le prenait pour un grand sportif, comme son père. Elle avait sans doute cru qu'il suffirait de lui donner le même prénom pour lui transmettre les qualités du cher homme. Que d'illusions…

— Plus tard, peut-être, répondit-il.

Elle avait besoin d'espérer. Il ne fallait pas la décevoir. Mieux valait lui laisser croire que tout allait bien. Si elle découvrait la vérité, elle ne le lâcherait plus d'une semelle. Sans compter qu'il gérait les problèmes beaucoup mieux qu'elle.

— D'accord, dit-elle. Plus tard. Mais promets-moi de sortir. Je ne veux pas que tu passes tout ton temps dans ta chambre.

— Oui, oui ! cria-t-il, tout en sachant qu'il ne mettrait pas le nez dehors.

Il sentit qu'elle hésitait légèrement à lâcher prise. Comme toujours. Parfois, il se prenait à regretter qu'elle n'insiste pas un peu plus, qu'elle ne le pousse pas, qu'elle ne menace pas de le punir, comme l'aurait fait son père.

Il écouta son pas qui s'éloignait dans l'escalier et attendit d'entendre la marche qui craquait. C'était le feu vert. Il essuya ses doigts souillés de sang — il venait de percer son bouton —, et ouvrit de nouveau la fenêtre de son écran.

Son œil fut aussitôt attiré par le message qui s'affichait en haut et à gauche, en lettres rouges. Il se mit à trembler, et eut l'impulsion de l'effacer, mais ses doigts ne lui obéissaient plus, et il resta là, à fixer les mots qui lui sautaient à la figure :

« Je sais que tu es là, Gibson. »

Il se mordit la lèvre inférieure et secoua ses mains au-dessus du clavier pour arrêter ce putain de tremblement, tout en essayant de maîtriser sa panique. Au bout d'un moment, il parvint à inspirer profondément, et tapa une réponse, très vite, avant de se dégonfler :

« Qui êtes-vous ? »

Puis il attendit.

Rien ne venait. L'autre était peut-être parti. Il ne s'attendait probablement pas à une riposte. Ou alors il n'avait pas assez de couilles pour...

« Je suis le maître du jeu et tu as enfreint les règles. »

Gibson sentit un frisson lui parcourir le dos. Il resta de nouveau figé, attendant une explication. Mais il n'en avait pas besoin, en réalité. Il savait exactement ce que ça voulait dire. Il venait de comprendre qu'il n'était même pas à l'abri chez lui, dans sa propre chambre.

14.

Platte City, Nebraska

Nick Morelli buvait un thé glacé en espérant que ça l'aiderait à digérer la salade de pommes de terre préparée par sa mère. Il regrettait presque d'avoir pris cette semaine de congé qui l'avait contraint à abandonner l'affaire Carlucci qu'il instruisait en tant que procureur, et aussi à renoncer à un match des Red Sox alors qu'il avait déjà des places. Les Red Sox, ça n'était pas si important, mais tout de même… Tout ça pour venir dans le Nebraska assister à cette stupide fête dans la maison familiale.

— Tu te caches ?

La voix de sa sœur, Christine, le fit sursauter. Elle venait d'envahir son petit coin de jardin.

— Non, je ne me cache pas. Mais il faut bien que quelqu'un s'occupe de Raphie, dit-il en tapotant la tête du vieux chien, tout en tenant son assiette en carton hors de portée de ses coups de langue.

Précaution d'ailleurs inutile, car le vieux Raphie somnolait à moitié.

— Ouais, tu as raison. On voit qu'il apprécie hautement ta compagnie.

Christine s'installa sur la chaise voisine et fit la grimace en l'entendant grincer.

— D'après maman, il est naturel que les hommes s'ennuient à ce genre de manifestations, dit-il en contemplant le grand jardin rempli de monde.

Des gens que Nick connaissait à peine…

— Il me semblait pourtant, reprit sa sœur, que c'était une bonne façon de marquer ce tournant que tu comptes prendre dans la vie. Celui d'un adulte responsable.

Elle lui offrit un brownie intact, pas comme lorsqu'ils étaient enfants et qu'elle ne pouvait s'empêcher de tout goûter avant lui… En l'occurrence, il lui fut impossible de refuser. Il en coupa un bout qu'il fourra dans sa bouche.

— Je ne trouve pas ça drôle de devenir un adulte responsable, dit-il, la bouche pleine. En plus, il n'y a que des inconnus dans cette assemblée.

Il se rendit compte qu'il en faisait un peu trop, mais Christine fit mine de le croire.

— Par respect pour Jill, nous n'avons pas voulu inviter les voisines avec lesquelles tu avais couché. Malheureusement, ça éliminait toutes tes connaissances.

— Ouch ! fit Nick en renversant la tête en arrière, comme s'il venait de recevoir un coup de poing.

Christine n'avait pas tort : il avait passé une partie de sa vie de célibataire à collectionner les aventures d'un soir, et elle se chargeait de le lui rappeler de temps à autre.

— Sérieusement, Nick, je ne te comprends pas.

Cette fois, elle chercha son regard, et il comprit qu'elle ne plaisantait plus.

— Tu ne cesses de répéter que Jill Campbell représente ce qui t'est arrivé de plus beau, et tu te planques dans un coin du jardin pendant ta fête de fiançailles.

Il ne trouva rien à répondre, et chercha Jill des yeux. Elle allait et venait parmi les invités, légère et gracieuse dans cette robe jaune qui lui allait si bien. Elle ressemblait à un mannequin et plus du tout à une avocate. Pour une fois, elle avait lâché ses cheveux blonds, et ils lui couvraient les épaules. Lorsqu'elle plaidait, elle les attachait ou les relevait en chignon afin de donner un peu de gravité à son doux visage juvénile.

Nick lui disait parfois qu'elle l'avait sauvé de lui-même, sans lui donner davantage d'explications. Elle avait probablement compris qu'il essayait d'oublier quelqu'un, mais elle ne lui avait pas demandé de détails.

— Tu recommences !

La voix de Christine le tira de sa rêverie, et il sut qu'il avait encore raté quelque chose. Sans lui laisser le temps de se justifier, elle ajouta :

— Tu as toujours l'air ailleurs, Nicky. Ce n'est pas normal.

Il leva les yeux au ciel, mais elle avait raison. Ça faisait des mois qu'il n'arrivait plus à se concentrer sur quoi que ce soit. Son ami et associé, Will Finley, prétendait que ça avait commencé le jour où Jill et lui avaient fixé la date de leur mariage. Ou, pour reprendre les termes exacts de Will, *le jour où il s'était rendu*.

Nick l'avait pris sur le ton de la plaisanterie. Il lui avait répondu qu'il était naturel d'avoir l'air dans les vapes quand on était amoureux et qu'on avait décidé de faire le grand plongeon.

Will l'avait déjà fait, le grand plongeon, en épousant Tess McGoven, quelques mois plus tôt. Nick s'attendait donc à ce qu'il le comprenne, mais son ami s'était moqué de lui. Le grand plongeon ? Quand on considérait le mariage comme un saut dans le vide, mieux valait réfléchir avant de se lancer…

Nick but une gorgée de thé glacé. Will ne pouvait pas savoir. Les gens heureux oubliaient ce qu'était la souffrance.

La souffrance ?

Mais qu'est-ce qui lui prenait, à la fin ? Il n'était pas à plaindre. Avec Jill, il avait retrouvé la joie de vivre...

Zut ! Il se rendit compte que son esprit battait de nouveau la campagne. Il jeta un coup d'œil à Christine, mais elle ne s'intéressait plus à lui. Il suivit son regard. Elle lorgnait du côté de l'allée où une voiture noire et blanche venait de se garer.

— S'il s'agit d'une mauvaise plaisanterie, dit-il, je sais déjà que ça vient de toi, Christine.

Mais sa sœur ne souriait pas.

— J'ignore de quoi il s'agit, dit-elle.

Deux agents en uniformes étaient sortis de la voiture et parlaient au père Tony. La première pensée de Nick fut qu'il y avait eu un accident ou qu'il était arrivé un malheur. Bref, que l'on avait besoin d'un prêtre pour administrer les derniers sacrements. Il contempla Tony qui hochait la tête en signe d'assentiment, puis cherchait quelqu'un des yeux. Il s'arrêta sur lui. Nick voulut lui faire signe qu'il pouvait partir, qu'il comprenait, mais Tony traversa à grands pas la pelouse dans sa direction, en se faufilant au milieu de la foule colorée des invités qui s'écartaient sur son passage.

— Que se passe-t-il ? demanda Christine.

Le père Tony ne lui répondit pas. Il haussa les épaules.

— Ils veulent que je les suive au commissariat pour répondre à quelques questions, dit-il à Nick.

Nick ne s'attendait pas à ça.

— Des questions ? s'étonna-t-il. A quel sujet ?

Tony haussa de nouveau les épaules, et Nick eut l'impression de voir un gamin qui vient de faire une bêtise et auquel un adulte demande des comptes.

— Mgr O'Sullivan est mort à l'aéroport, la nuit dernière.

— Seigneur ! s'exclama Christine. Pas d'une crise cardiaque, je suppose... Si c'était le cas, les policiers ne viendraient pas jusqu'ici pour te demander de les suivre au commissariat.

Nick lui jeta un mauvais regard. Il devinait à son air qu'elle venait de se brancher sur le mode « journaliste » et qu'elle prenait mentalement des notes.

— Ça m'ennuie de t'arracher à ta fête, Nick, mais j'aimerais vraiment que tu m'accompagnes.

— Bien entendu, répondit Nick sans la moindre hésitation.

Il avait fait connaissance avec le père Gallagher au jardin d'enfants, autour d'un pot de colle qu'ils avaient mangé ensemble et qui les avait rendus malades. Depuis, ils ne s'étaient plus quittés.

Nick lisait dans l'âme de son vieil ami comme dans un livre ouvert. Et il aurait juré que Tony n'était pas surpris d'apprendre la mort de Mgr O'Sullivan.

15.

Pour démembrer un corps, on utilisait généralement une scie à métaux, mais, d'après ce que voyait Maggie, le type qui avait fait ça n'en avait jamais tenue une dans ses mains.

Stan laissa tomber quelques mèches de cheveux dans un flacon de solvant, et secoua un peu le récipient avant de le fermer et de le mettre de côté. Tandis qu'il prélevait ces précieux échantillons, Maggie ne pouvait détacher ses yeux du cou de la victime. Une scie tranchait proprement les os et les articulations. Il arrivait que la lame dérape à cause du sang, mais tout de même, l'endroit de la découpe restait net. Or, quand Stan avait nettoyé le sang coagulé et ôté la boue de la rivière, ils avaient vu apparaître un cou déchiqueté, déchiré, des entailles tellement irrégulières qu'on avait l'impression que la tête avait été arrachée plutôt que coupée.

Ils n'avaient pas affaire à un criminel agissant sous le coup d'une sauvage impulsion. Décapiter plusieurs personnes réclamait un certain sang-froid. Sans compter qu'il avait fallu se débarrasser des corps. Tout cela nécessitait du temps et un endroit où œuvrer tranquillement. Après avoir tué ses victimes, l'assassin avait dû les emporter dans un lieu sûr.

Donc, si cet homme était si bien organisé, s'il avait pris le temps de régler tous ces détails, pourquoi ne s'était-il pas donné la peine de se procurer un outil approprié qui lui aurait facilité la tâche ?

Le bruit de la tondeuse électrique la tira de ses réflexions. Stan rasait à présent les longs cheveux de la victime. Elle paraissait plus jeune que Maggie ne l'avait cru tout d'abord, et elle portait des diamants aux oreilles. Apparemment, pas de piercings, mais elle se promit de demander à Stan de vérifier la langue.

— Nous n'avons pas beaucoup d'indices, fit-il comme s'il avait lu dans ses pensées.

Quand il eut terminé de raser les cheveux, il montra du doigt un trou, une sorte d'entaille circulaire en haut du crâne, à gauche.

— Je dirais qu'on a fait ça avec un maillet, dit-il en suivant de son doigt ganté le bord de la marque.

— C'est ce qui a causé la mort ? demanda Julia en balayant du revers de la main quelques vers qui grimpaient sur sa blouse.

— Il a frappé sacrément fort, répondit Stan en continuant à palper le crâne.

Mais il ne semblait pas absolument sûr que ce coup constituait la cause de la mort.

— L'analyse des cheveux nous dira s'il l'avait droguée.

Maggie hocha la tête. Elle savait que les bulbes des racines retenaient longtemps les substances chimiques.

— Ah bon ? fit l'inspecteur.

— Bien sûr. Dans les racines des cheveux, on peut retrouver la cocaïne, l'héroïne, mais aussi n'importe quel tranquillisant. Je pourrai même vous dire si elle fumait ou si elle était sous Prozac. J'ai de quoi faire, conclut-il. Plus qu'avec les deux autres crânes sur lesquels il ne restait rien.

— A ce propos, dit Julia, j'ai contacté un expert en anthropologie du Connecticut pour qu'il s'occupe de ça.

— Très bien. Moi, je ne peux pas en tirer grand-chose.

Apparemment, la proposition l'arrangeait.

Il coucha la tête de la femme et ajusta son dispositif pour coincer le visage vers le plafond. Quelques asticots tombèrent sur la table en acier en faisant un léger bruit, comme des gouttes de pluie sur un toit de tôle.

— Je ne pense pas que ce soit le coup sur la tête qui l'ait tuée, déclara finalement Stan. Regardez, ajouta-t-il en ôtant les vers qui se tortillaient sur les joues de la femme.

Il prit un forceps et souleva les paupières avec une dextérité qui étonna Maggie. Il n'était pas si maladroit que ça.

— Vous voyez ce que je veux dire ?

— Hémorragie pétéchiale, énonça Maggie.

— Hémorragie quoi ? fit Julia.

— Ruptures de capillaires si vous préférez, expliqua Stan tout en effleurant du bout des doigts le visage de la victime.

Julia ne semblait toujours pas avoir compris.

— Ça signifie qu'il l'a étranglée, dit Maggie.

— Vous en êtes sûrs ?

— Pas le moindre doute, répondit Stan sans lever les yeux. La rupture de capillaires est due à l'absence d'alimentation en oxygène. On ne peut pas observer les traces de strangulation sur son cou, mais je suis sûr de moi.

— Attendez un peu, fit Julia, les mains sur les hanches.

Elle semblait mettre en doute les conclusions de Stan.

— Vous venez de dire qu'il l'avait droguée et…

— Je n'ai jamais dit ça ! J'ai dit que l'analyse des échantillons de cheveux nous apprendrait s'il l'avait droguée ou non.

— Bon, admettons : il l'a *peut-être* droguée, corrigea Julia. Ensuite, il l'a frappée sur la tête avec un maillet. Tout ça avant de l'étrangler. Et après, il lui a coupé la tête pour s'amuser. C'est bien ça ?

— *Coupé* ? intervint Maggie. Je dirais plutôt qu'il l'a *arrachée.*

— Pardon ? fit Julia en s'approchant de la table pour mieux voir.

Stan fit pivoter son dispositif pour lui montrer l'endroit de la séparation.

— L'agent O'Dell a probablement raison, dit-il.

— Seigneur ! murmura Julia. Mais à quel genre de monstre avons-nous affaire ?

16.

Rubin Nash but une petite gorgée d'eau et reposa le verre que le Dr Patterson lui avait offert, tout en continuant à parler de la meilleure amie de sa mère qui lui avait volé sa virginité lorsqu'il avait 15 ans. Décidément, il avait de quoi en vouloir aux femmes… Mais ce n'était pas tant la révélation en elle-même qui paraissait compter pour lui. Il tenait surtout à entrer dans les détails, d'une façon précise et imagée. Sans doute essayait-il de choquer sa thérapeute ou de la faire réagir. Il semblait fier de ses prouesses sexuelles d'adolescent. Cet épisode avait sûrement influencé sa vision des femmes et du sexe, mais il était fort peu probable qu'il l'eût perturbé au point de faire de lui un meurtrier.

Rubin Nash avait de grandes mains, des doigts épais et courts, assez de force sans doute pour tuer quelqu'un par strangulation. Gwen regretta de ne pas avoir arrêté la climatisation, ce qui l'aurait incité à relever ses manches. Des manches longues en plein mois de juillet… Elle se demanda s'il ne cherchait pas à dissimuler des marques de griffures.

Gwen étudia attentivement son visage. Il s'était coupé au menton, probablement en se rasant. Sa chemise ouverte au col laissait voir une partie de son cou. Une personne que l'on essayait d'étrangler se débattait ; elle vous laissait des traces. A moins qu'on ne la prenne vraiment par surprise... Gwen se rappela tout à coup les mots de Rubin. *Tordre le cou à quelqu'un et l'entendre craquer.*

Il fallait qu'elle demande à Maggie comment étaient mortes les trois victimes. Peut-être délirait-elle complètement en soupçonnant l'un de ses patients...

— Vous n'êtes pas d'accord, docteur Patterson ?

La voix de Rubin la ramena à la réalité. Elle s'était laissé aller à divaguer au lieu de l'écouter.

— Excusez-moi. Que disiez-vous ?

— Pourquoi les vieilles femmes cherchent-elles à coucher avec des gamins, d'après vous ? Je crois qu'elles ont besoin qu'on les mette sur un piédestal.

— Vous avez placé l'amie de votre mère sur un piédestal ?

Il détourna le regard avant qu'elle ne lise la réponse dans ses yeux. Il n'était pas prêt à répondre à cette question. Cachait-il sa gêne ou sa culpabilité ?

— Nous en reparlerons la prochaine fois, dit-il en consultant sa montre, comme si c'était lui le thérapeute. Et je tâcherai de me montrer moins vulgaire, ajouta-t-il avec un sourire en coin qui révélait à quel point il était satisfait de sa petite démonstration du jour.

— Comme vous voudrez, dit Gwen en se levant en même temps que lui.

Elle ne laissait jamais ses patients prendre le dessus.

— Mais n'oubliez pas, Rubin. Quoiqu'il vous soit arrivé, vous conservez votre libre arbitre.

Cette fois, il plongea ses yeux gris dans ceux de Gwen, et elle songea à un loup. Puis il la détailla des pieds à la tête avec un sourire entendu. Ce n'était pas la première fois, et elle ne s'en formalisa pas. Il faisait ça pour tenter de l'intimider quand elle avait touché un point sensible...

Il cherchait ainsi à lui rappeler qu'il la considérait, ainsi que toutes les autres femmes, comme *une proie sexuelle potentielle*, selon ses propres termes.

— A la prochaine fois, dit-il en lui tournant le dos pour sortir.

Elle attendit qu'il eût refermé la porte derrière lui pour commencer à prendre frénétiquement des notes. Elle écrivit tout ce dont elle se souvenait, même ce qui ne lui paraissait pas important dans l'immédiat. Il ne fallait rien négliger : la clé de l'énigme pouvait se trouver n'importe où. Maggie rapporterait peut-être de l'autopsie des éléments qui permettraient d'éclairer les paroles de Nash…

Gwen était en train de noircir la sixième page de son carnet lorsque sa secrétaire lui annonça par l'Interphone l'arrivée du patient suivant.

Elle arracha les feuilles et les rangea dans un dossier, tout en continuant à réfléchir. Elle pensait encore à Rubin Nash lorsque James Campion entra.

— Bonjour, docteur Patterson.

— James.

Elle lui désigna un siège, mais elle savait déjà qu'il ne s'assiérait pas avant elle. Il se comportait toujours en parfait gentleman — tout le contraire de Nash. Il lui avait expliqué un jour que les sœurs de Saint-Lawrence avaient réussi à lui inculquer les bonnes manières mais qu'elles avaient échoué dans pas mal d'autres domaines.

Gwen s'assit, donc, et il en fit autant. Il étira ses longues jambes et les croisa l'une sur l'autre au niveau des chevilles. C'était sa façon de se détendre. Il ne s'autorisait aucune autre privauté.

Aujourd'hui plus que jamais — sans doute parce qu'elle avait observé en détail les caractéristiques physiques de Nash —, Gwen était frappée par les différences entre les deux hommes. Autant Rubin Nash était grossier et extraverti, autant James Campion était délicat et introverti. Lui aussi portait une chemise à manches longues, mais c'était pour tenter de dissimuler de vilaines cicatrices au poignet gauche. Gwen les avait remarquées lors de leur première séance, bien avant qu'il ne lui avoue ses tentatives de suicide.

James ne se vantait jamais de ses prouesses ou de ses fantasmes sexuels. Il n'abordait le sujet de la sexualité qu'avec honte et réticence, comme cette fois où il lui avait parlé du prêtre catholique qui avait abusé de lui durant son adolescence. Nash et Campion avaient tous deux été trahis par des adultes qu'ils avaient aimés et admirés. Mais leur ressemblance s'arrêtait là.

Gwen s'adossa à son fauteuil. Elle sentait ses épaules se détendre peu à peu, et se rendit compte à quel point Nash lui avait tapé sur les nerfs. Elle contempla James qui croisait les bras, puis les décroisait, puis posait les mains sur ses genoux.

Ça prendrait peut-être du temps, mais Gwen savait que ce patient finirait par s'en sortir. Rubin Nash, par contre… c'était une autre affaire.

17.

— C'est ridicule ! protesta Nick.

Il contempla les deux inspecteurs qui s'étaient présentés sous le nom de Carmichael et Pakula, et ne put s'empêcher de penser qu'ils formaient une drôle d'équipe. Une petite femme d'origine asiatique, toute potelée, avec un homme ridé, au crâne rasé, la cinquantaine… La version hollywoodienne du gentil et du méchant flic.

— Vous le traitez comme un suspect.

— Rappelez-moi qui vous êtes, dit Carmichael.

— Je suis son ami : Nick Morelli.

— Il est avocat, précisa Tony.

Nick vit que ça n'impressionnait pas le duo de choc. La femme lui lança un regard éloquent qui signifiait qu'elle n'en avait rien à faire. Un regard qu'il avait utilisé lui-même plus d'une fois pour faire comprendre à une crapule qu'il ne se laisserait pas manipuler.

— Morelli ? fit Pakula en passant la main sur son crâne rasé. Je vous connais ?

— Non, je ne pense pas.

Nick commençait à s'impatienter. Carmichael s'en aperçut, mais elle se contenta de décroiser les bras.

— Toutes mes excuses si nos agents vous ont donné l'impression que vous étiez un suspect, dit-elle à Tony. Nous souhaitons seulement vous poser quelques questions. Vous avez des raisons de refuser d'y répondre ?

Sa voix s'était brusquement radoucie. Nick se demanda si elle se sentait mal à l'aise dans le rôle du mauvais flic ou si elle changeait tout simplement de tactique.

Tony jeta un coup d'œil du côté de Nick, comme s'il espérait l'entendre répondre à sa place. Nick hocha la tête pour le rassurer, mais il trouvait quand même son ami un peu trop nerveux. Comme quelqu'un qui a quelque chose à cacher.

— Non, dit Tony. Je n'ai aucune raison de ne pas répondre à vos questions. Allez-y.

— Mgr O'Sullivan vous a appelé depuis l'aéroport, commença Pakula, tout en se mettant à arpenter la pièce.

Carmichael resta assise, mais Nick remarqua que sa jambe droite ne cessait de battre la mesure.

— Oui, c'est exact.

— Vous êtes probablement la dernière personne à avoir eu un contact avec lui. Pourriez-vous nous dire de quoi vous avez parlé ?

— Je devais le remplacer pendant son absence. Nous avons parlé de son emploi du temps. Il ne savait plus s'il m'avait informé d'une réunion du comité de gestion de la paroisse, et il ne retrouvait plus le carnet sur lequel il avait noté l'heure.

Tony croisa les jambes. Il paraissait calme et détendu, à présent. Presque un peu trop au goût de Nick.

— Où étiez-vous quand vous avez reçu son appel ?

— Au presbytère, répondit Tony sans la moindre hésitation.

— Vraiment ? fit Pakula.

Nick connaissait aussi ce regard-là : un mélange d'étonnement feint et d'ironie. Mais Tony ne cilla pas.

— Au presbytère, vous en êtes certain ? reprit Pakula.

— Oui. Je reste toujours plus tard, le vendredi, pour faire de la paperasse.

— Ah ! Et, bien sûr, Mgr O'Sullivan le savait.

— Oui, il le savait.

— Dans ce cas, pourquoi vous a-t-il appelé sur votre portable plutôt qu'au presbytère ?

— Aucune idée, répondit Tony.

C'était un peu comme assister à un échange de balle sur un court de tennis, mais Nick ne voyait pas où le policier voulait en venir.

— Hé ! fit Pakula en se tournant brusquement vers lui. Ça y est, je me souviens de vous ! Morelli. Nick Morelli. Vous jouiez avec les Huskers en 82-83.

Nick mit quelques secondes à comprendre ce dont il parlait. Tout à l'heure, quand l'inspecteur avait déclaré l'avoir déjà vu, Nick avait cru qu'il faisait allusion à la période où il était shérif à Platte City, dans le Nebraska. Dans le coin, personne ne risquait d'oublier le meurtre des deux jeunes garçons et l'enquête minable du jeune shérif, surtout avec le battage médiatique qui avait couvert ces affaires. Actuellement, deux hommes attendaient leur exécution en prison, mais Nick n'était pas certain d'avoir arrêté le véritable coupable. Il se sentit soulagé d'apprendre que l'inspecteur se souvenait plutôt d'un épisode glorieux de sa vie. Un épisode dont il n'avait pas à rougir.

— C'est exact, dit-il simplement.

— Je me disais bien que j'avais déjà entendu ce nom.

Mais Pakula ne se laissa pas distraire plus longtemps, et revint à son interrogatoire.

— Depuis combien de temps travaillez-vous à Notre Dame des Lamentations avec Mgr O'Sullivan, père Gallagher ?

— Depuis près de trois ans, en tant qu'assistant.

— Vous vous entendiez bien avec lui ?

— Pardon ?

— Je vous demande si vous vous entendiez bien avec lui, si vous étiez copains.

— Copains ? Le terme me semble inapproprié. C'était avant tout un collègue. Je l'assistais aussi dans sa charge de directeur au collège Notre Dame des Lamentations.

Nick remarqua que son ami décroisait les jambes et posait les deux mains à plat sur ses genoux. Il n'avait plus l'air tellement à l'aise.

— Il voyageait souvent ?

— Tout dépend de ce que vous entendez par souvent.

— Pourquoi allait-il à Rome ?

— Il ne s'était jamais rendu au Vatican. Je suppose que l'archevêque a jugé utile de l'y envoyer.

— Et il était content de faire ce voyage ?

— Bien sûr, voyons !

— Etait-il censé remettre quelque chose d'important à quelqu'un ?

— A quoi pensez-vous ? demanda Tony.

Nick eut envie de prendre son ami par le col et de lui conseiller de répondre à ces putains de questions sans faire de commentaires. Mais il se contenta de remuer légèrement sur sa chaise pour attirer son attention.

Il surprit les deux inspecteurs qui échangeaient un regard. Ils avaient beau prétendre qu'il ne s'agissait que d'un interrogatoire de routine, ils avaient une idée derrière la tête, c'était certain. Nick se demanda ce qu'ils savaient exactement, et s'ils soupçonnaient Tony de leur cacher quelque chose.

— Nous nous demandions..., commença Carmichael.

Pakula s'était adossé au mur, visiblement décidé à faire une pause. La femme prenait donc la relève. Elle posa ses coudes sur la table, lentement. Elle aussi paraissait un peu trop calme et détachée. Nick avait de plus en plus l'impression qu'ils attendaient quelque chose de précis de cet interrogatoire.

— L'archevêque, reprit-elle, a demandé à Mgr O'Sullivan de se rendre au Vatican. On n'entreprend pas un tel voyage pour rien.

— Sans doute.

Tony s'en tirait bien.

— Mgr O'Sullivan possédait-il un porte-documents en cuir ?

Carmichael semblait tâtonner. Peut-être qu'ils ne savaient pas ce qu'ils cherchaient, après tout.

— Oui, je crois, répondit Tony après un temps de réflexion.

— L'avait-il emporté, hier ?

— Je ne l'ai pas vu partir pour l'aéroport.

— Mais vous l'avez vu peu de temps avant son départ ?

— C'est exact.

Carmichael regardait fixement Tony. Elle attendait la suite. Nick se rendit compte qu'il attendait, lui aussi. Mais Tony se contenta de hausser les épaules.

— Je ne l'ai pas vu partir, répéta-t-il. Comment voulez-vous que je sache ce qu'il a emporté avec lui ?

Cette fois, Carmichael poussa un léger soupir.

— Dernière question... pour l'instant, dit-elle. Selon vous, qui aurait pu avoir des raisons de tuer Mgr O'Sullivan ?

— Pour moi, la vie est un don de Dieu. Je suis incapable d'imaginer les motivations d'un meurtrier, déclara Tony sur un ton un peu trop solennel.

Nick jeta un coup d'œil du côté de Carmichael. S'était-elle rendu compte que Tony avait, une fois de plus, éludé la question ?

Elle acquiesça, tout en continuant à écrire, puis regarda Pakula et, enfin, Nick.

— Nous ne manquerons pas de vous contacter si nous avons besoin de vous.

A présent, Nick en était certain : ces deux inspecteurs en savaient bien plus qu'ils ne voulaient le dire. Jusque-là, ils ne s'étaient pas intéressés à lui, et voilà qu'ils concluaient l'entrevue en lui faisant comprendre qu'ils allaient se revoir. C'était une information que l'on donnait à un avocat. En l'occurrence, l'avocat de Tony. C'est-à-dire lui.

18.

Gwen Patterson rangea son carnet de notes. Elle avait hâte de rentrer chez elle. Elle songeait à s'arrêter au passage au *World Market* de M. Lee pour prendre de la mozzarella, de l'ail et de la saucisse italienne. Elle avait envie de se faire des *manicotti* à la Bolonaise. Cuisiner l'aidait toujours à se détendre.

Elle avait déjà dîné avec Maggie, la veille, donc pas question de l'inviter. Inutile de lui montrer qu'elle avait particulièrement besoin de compagnie en ce moment…

Il y avait bien le partenaire de Maggie, R.J. Tully, mais il était absent et il ne rentrerait pas avant une semaine. Quinze jours de vacances avec sa fille Emma, quelque part en Floride, et déjà… Seigneur… Elle détestait se l'avouer, mais R.J. lui manquait. Ce n'était pas bon signe car ils avaient décidé de prendre leur temps. Le temps d'apprendre à se connaître en dehors du lourd contexte du FBI.

Amusant. Elle ne cessait de conseiller à Maggie de prendre son destin en main, d'envoyer la prudence au diable et de s'amuser… et elle était incapable de le faire dans sa propre vie. Ou alors, elle ne *voulait* pas.

Un léger coup frappé à la porte de son bureau la fit sursauter.

— Entrez ! fit-elle.

Sa secrétaire, Dena, passa la tête dans l'embrasure.

— Je viens de terminer. Je peux faire quelque chose pour vous avant de partir ?

— Non, ça va. Merci d'être venue un samedi.

— Pas de problème. J'avais quelques trucs à ranger.

Gwen se retint de lui faire remarquer qu'elle n'aurait pas besoin de venir ranger le week-end si elle passait un peu moins de temps au téléphone pendant la semaine. Mais il ne fallait pas se montrer injuste. Dena faisait du bon boulot ; les patients l'appréciaient et se sentaient à l'aise avec elle. Et ça, c'était le plus important.

— Vous avez des projets pour demain ? lui demanda-t-elle.

— Un ami m'a appelée pour me proposer d'essayer une nouvelle boîte de nuit. Et vous ?

— Non. Je n'aspire qu'à me reposer.

— Ce n'est pas une mauvaise idée. Je trouve que vous n'avez pas l'air dans votre assiette.

— Je suis juste un peu fatiguée. J'ai besoin d'une journée de repos.

— Très bien. Alors, reposez-vous bien.

— Merci, Dena.

— A lundi… Oh ! Attendez, j'ai failli oublier.

Elle disparut en laissant la porte ouverte, et revint quelques secondes plus tard avec une enveloppe en papier kraft.

— On a laissé ça pour vous, dit-elle.

Gwen la regarda poser l'enveloppe sur un coin de son bureau. Elle vit que l'adresse de l'expéditeur n'y figurait pas, et comprit aussitôt de quoi il s'agissait. Elle se sentit brusquement oppressée.

— Qui l'a déposée ? demanda-t-elle.

— Je n'ai pas vu. Je devais être en train de faire du café ou des photocopies.

— C'était à quelle heure, à peu près ?

— Pardon ?

— A quelle heure avez-vous découvert la présence de cette enveloppe ?

Gwen avait essayé de poser la question d'un ton dégagé, mais elle devait être une piètre comédienne car Dena la considérait à présent d'un air inquiet.

— Je ne sais pas exactement. Entre les deux rendez-vous de ce matin.

Gwen s'efforça de détacher son regard de l'objet du délit. Elle se demanda s'il y aurait des empreintes, cette fois. On ne pouvait tout de même pas porter des gants en plein mois de juillet sans se faire remarquer !

— Pourquoi ? demanda Dena. C'est vraiment important ?

Gwen avait presque oublié sa présence, et elle fit de son mieux pour ne pas lui montrer qu'elle interrompait une intense cogitation.

— Je ne pense pas, répondit-elle en haussant les épaules. Sinon, on vous l'aurait dit, il me semble.

— En effet. D'ailleurs, je ne me suis pas absentée longtemps, même si j'ai un peu de mal avec la nouvelle machine.

Elle sourit pour bien souligner qu'elle plaisantait. Elle n'arrêtait pas de taquiner Gwen au sujet de la cafetière de luxe qu'elle avait achetée récemment.

— A lundi, alors ! lança Dena.

Mais elle demeura sur le pas de la porte et, comme Gwen ne répondait pas, elle ajouta :

— Vous devriez prendre quelques jours de vacances.

Gwen leva les yeux vers la jeune femme et lui sourit. C'était la première de ses secrétaires qui lui manifestait un peu d'affection. Les précédentes étaient sans doute plus efficaces, mais elles manquaient de chaleur et de bienveillance, deux qualités essentielles dans un cabinet de psy.

— Je vais y réfléchir sérieusement. Maintenant, partez et profitez de ce qui reste du week-end.

— Oui, docteur.

Elle sortit doucement en refermant la porte derrière elle.

Gwen regarda l'objet de son inquiétude posé sur le bureau. Grâce à la gentillesse de Dena, elle l'avait oublié pendant quelques secondes.

Elle l'attrapa avec précaution, entre le pouce et l'index, pour ne pas effacer les empreintes éventuelles, et remarqua un petit renflement dans le fond. De son autre main, elle s'empara d'un coupe-papier et décacheta l'enveloppe lentement mais avec fermeté. Puis elle prit une profonde inspiration, et déversa le contenu sur son bureau. Aucun message. Ça l'étonna tellement qu'elle jeta un coup d'œil à l'intérieur pour s'assurer que rien n'était resté coincé. Devant elle, il n'y avait qu'un petit sac de bijouterie en plastique contenant une unique boucle d'oreille.

19.

Nick serrait très fort le volant, et il prit le virage suivant un peu trop vite. Il ne savait pas exactement ce qui avait déclenché sa colère, mais il sentait qu'il fallait qu'il se calme et qu'il s'installe dans un café avec Tony pour avoir avec lui une conversation sérieuse.

Il jeta un coup d'œil à son ami, mais celui-ci regardait par la vitre de la voiture de location. Les voitures de location… Il avait vendu sa jeep quand il avait quitté le Nebraska pour s'installer à Boston. Il la regrettait. Avec une jeep, on pouvait se balader partout : dans les prés, dans la boue, au milieu des cailloux. Avec une Oldsmobile Alero de location, c'était une tout autre histoire.

Et il ne regrettait pas seulement la jeep. Depuis plusieurs années, il se sentait tiraillé entre deux mondes. Parfois, il songeait qu'il avait fait le bon choix en s'installant à Boston où il avait pu enfin sortir de l'ombre de son père et choisir sa propre voix. Pourtant, il avait aimé son travail de procureur adjoint du comté de Suffolk. Il y avait rencontré des gens merveilleux — et notamment, Jill. Lorsqu'il se promenait de nouveau dans ce paysage qu'il connaissait si bien, il avait l'impression de n'avoir jamais quitté le Nebraska, de faire encore partie des gens qui vivaient ici et avec lesquels il avait tant de choses en commun. Par exemple, cette impatience. Ce n'était pas sa sœur Christine qui aurait dit le contraire.

— Vas-tu enfin m'expliquer ce qui passe ? demanda-t-il à Tony.

Cette fameuse impatience... Il n'avait pas pu attendre.

— Assassiner un prêtre... Je n'arrive pas à y croire.

— Moi, ce que je n'arrive pas à croire, c'est que tu puisses t'imaginer que je suis dupe de ton attitude.

— Pardon ?

Cette fois, Tony tourna la tête vers lui.

— Les flics t'ont laissé partir, alors tu penses que tu leur as donné le change. Mais je les connais. Eux non plus, ils n'ont pas été dupes, et tu peux être sûr qu'ils vont te convoquer de nouveau.

— Mais j'ai déjà répondu à toutes leurs questions.

— En effet. Tu y as parfaitement répondu...

Il fit un effort pour se maîtriser avant de poursuivre :

— Tu te rappelles, au collège, quand on avait subtilisé le vase antique de Mme Wilke parce qu'on en avait marre qu'elle nous demande de nous en inspirer pour écrire des poèmes ?

— Des haïkus, pas des poèmes.

— C'était tout aussi chiant.

— Oui, je m'en souviens.

Tony avait dit ça tranquillement, et Nick vit que l'évocation de cet épisode n'éveillait chez lui ni honte ni culpabilité.

— On détestait ce vase hideux, poursuivit-il. On aurait voulu s'en débarrasser, mais on n'a pas osé. On s'est contenté de le dissimuler dans les toilettes pendant un petit moment. On voulait faire semblant de le retrouver et passer pour des héros.

— C'était vraiment une brillante idée ! lança Tony en riant.

— Oui, brillante. Sauf que tu l'as fait tomber.

— Il m'a glissé des mains.

— Et il s'est brisé en mille morceaux.

— C'était un accident ! affirma Tony, sur la défensive.

— Le proviseur nous a convoqués dans son bureau, lui rappela Nick.

Tony avait l'air moins fier que tout à l'heure. Il avait croisé les bras sur la poitrine et attendait, l'air agacé.

— Il nous a demandé si on avait volé ce vase, et tu lui as répondu que non. Ce n'était qu'un demi-mensonge, car on n'avait pas l'intention de le voler, seulement de le faire disparaître un petit moment. Ensuite, il a demandé si on l'avait cassé et, là encore, tu as répondu non. Effectivement, tu ne l'avais pas fait exprès, et tu as considéré que ce n'était pas ta faute. Eh bien, quand je t'ai vu répondre aux questions de ces deux inspecteurs, j'ai eu l'impression de te revoir dans le bureau du proviseur. Tu jouais sur les mots pour répondre à côté. Avec une certaine dose de mauvaise foi, il faut bien le reconnaître.

Il lança un regard appuyé à Tony, et leurs yeux se croisèrent.

— Donc, j'en conclus que tu as menti. Pour dissimuler quoi, Tony ?

Nick s'attendait à une réponse évasive ou à ce que Tony se mette en colère. Mais celui-ci tourna la tête et murmura :

— Je ne peux pas te le dire, Nick. N'insiste pas.

Le sujet était clos, et Nick n'était pas plus avancé.

20.

Gibson ignorait depuis combien de temps il était assis devant son écran, dans le noir. La partie était terminée et il n'y avait même pas participé. Il s'était contenté de regarder, l'esprit ailleurs. C'était la première fois que ça lui arrivait.

Il entendit claquer la porte d'entrée et jeta un coup d'œil à l'horloge de son ordinateur : 17 h 25. Merde ! Sa mère allait être furieuse. Elle allait encore lui faire un sermon et lui reprocher de passer son temps enfermé dans sa chambre. Elle prétendait qu'il allait devenir un reclus, comme Emilie Dickinson, et qu'il finirait par mourir seul, sans que personne ne s'en aperçoive. Quelques semaines plus tôt, elle l'avait même comparé à un terroriste palestinien de quatorze ans. Elle avait vu ses parents à la télévision… Ils se lamentaient en racontant qu'ils pensaient avoir un garçon calme, doux et réservé, et qu'ils ne comprenaient pas pour quelle raison il était entré dans un café israélien, le corps bardé de dynamite — suffisamment pour tuer quinze innocents qui se trouvaient là par hasard. Emilie Dickinson, un terroriste palestinien… Sa mère trouvait régulièrement de nouvelles références.

Elle avait beaucoup changé depuis la mort de son mari. Elle était perpétuellement inquiète, tendue, indécise. Elle se mettait dans tous ses états parce qu'un vendeur lui refusait une réduction annoncée sur un article, dans une épicerie.

Elle ne cessait de pleurnicher... Enfin, un peu moins depuis qu'elle prenait du Zoloft.

Gibson ne l'avait jamais vue pleurer à l'époque où son père était encore de ce monde. Ils n'avaient aucune raison de s'inquiéter, à ce moment-là. Le chef de famille s'occupait de tout. C'était un homme fort, sur lequel on pouvait s'appuyer. Le meilleur homme que Gibson eût jamais connu.

Il était capable de réparer sa bicyclette ou de se plaindre auprès de M. Fitz — son professeur d'anglais, un véritable nazi — qui ne leur laissait pas assez de temps pour faire leurs devoirs. Mais il y avait bien plus. Avec lui, la famille McCutty avait vécu des années de vrai bonheur.

Puis le père de Gibson avait croisé le chemin d'un conducteur ivre, et ça lui avait coûté la vie. A partir de là, Mgr O'Sullivan avait commencé à appeler Gibson dans son bureau sous prétexte de le soutenir moralement et de lui venir en aide. Ils avaient commencé par prier ensemble. Ensuite, Mgr O'Sullivan lui avait demandé de réciter le Notre Père. Il lui avait dit qu'il n'était pas un jeune garçon comme les autres. Petit à petit, il s'était approché de lui, si près que Gibson avait pu sentir son haleine qui empestait l'alcool. Il lui avait caressé les épaules, la nuque. Et aussi autre chose. La première fois, Gibson avait été tellement surpris qu'il avait à peine compris ce qu'il lui arrivait.

Il secoua la tête et repoussa sa chaise loin de l'ordinateur. Il ne voulait pas repenser à tout ça. Ce salaud ne lui avait raconté que des mensonges. Sinon, pourquoi aurait-il tant insisté pour qu'il ne parle à personne de ce qui se passait dans son bureau ? De toute façon, à qui le dire ? A qui se confier ? Personne ne l'aurait cru. Personne, sauf le Dévoreur de Péchés.

Gibson entendit au loin des pétards exploser. C'était sans

doute Tyler et ses potes qui s'amusaient. Ça lui rappela qu'on était le 4 juillet. Autrefois, il aurait fait la fête avec les autres, mais à présent, le 4 juillet n'évoquait plus pour lui qu'un excès de bruit et d'agitation qui lui tapait sur les nerfs.

21.

Nick fit signe à Jill en lui souriant gentiment. Elle ne remarqua pas son soulagement et s'engouffra dans la BMW avec ses copines. Depuis leur fête de fiançailles, elle était en pleine euphorie. Il ne l'avait jamais vue comme ça. Il découvrait qu'elle pouvait se conduire comme une gamine écervelée. Lui, il se sentait un peu hors du coup. Il avait l'impression de tenir le second rôle dans cette histoire.

— Je suppose que tu restes ici ce soir ! lança Christine à son frère, en apparaissant sous la véranda.

Elle laissa claquer la porte moustiquaire derrière elle, et lui tendit une bière.

Il lui fit de la place et elle s'installa près de lui sur la vieille balancelle de bois qui craqua et oscilla sous son poids. La bouteille était fraîche ; il sentait l'humidité sous ses doigts. Juste ce dont il avait besoin… Il but la moitié de la bière en quelques lampées, et s'interrompit en entendant Christine éclater de rire.

— La perspective de passer une soirée dans la maison de ton enfance avec ta grande sœur te paraît si terrible que ça ?

— Non, mais ça a été une putain de sale journée, dit-il, tout en faisant rouler la bouteille entre ses mains.

Il contempla rêveusement le liquide ambré qui tourbillonnait à l'intérieur.

— Ça te dirait qu'on sorte pour aller manger une pizza ? Je t'invite, avec Timmy et maman.

— Maman, ça m'étonnerait qu'elle vienne. Elle est crevée. Quant à Timmy, il est parti au cinéma avec des copains.

— Voir quoi ?

— Je n'en sais rien. Et je m'en fiche. Du moment qu'il sort… Figure-toi que j'ai dû insister. Il passe trop de temps devant son ordinateur.

Nick jeta un coup d'œil à sa sœur. On voyait que le sujet la préoccupait. Ça n'était pas facile d'élever seule un adolescent. Mais elle se plaignait rarement de son fils — elle qui était pourtant une râleuse-née. Son mari l'avait trompée, Bruce aussi. Elle les avait quittés, mais sa deuxième rupture l'avait moins perturbée que la première. Un peu comme si elle s'y était attendue et préparée.

Nick se demandait parfois si l'émotion ne finirait pas par la rattraper, comme une réaction « après coup ». Christine réagissait le plus souvent par impulsions, sans prendre le temps de réfléchir aux conséquences de ses actes. Il espérait qu'elle n'avait pas trop vite éliminé Bruce de sa vie, et qu'elle ne s'en repentirait pas dans quelque temps. Mais on ne pouvait pas juger de ce qui se passait dans un couple. Lui-même n'était pas vraiment un expert. Il venait de se fiancer, et il passait son samedi soir dans la maison de ses parents, en compagnie de sa sœur.

— Comment ça s'est passé avec Tony ? demanda brusquement Christine.

— C'est l'amie de Tony qui pose la question ou la journaliste ?

— Oh, tu ne vas pas remettre ça ! protesta Christine.

Mais il connaissait ce regard. Elle détourna les yeux et donna une petite poussée à la balancelle.

— J'ai entendu dire, poursuivit-elle, que Mgr O'Sullivan avait probablement été assassiné.

— D'où tiens-tu ce renseignement ?

Cette fois, elle n'éprouva pas le besoin de fuir son regard, mais leva les yeux au ciel.

— Je travaille pour le journal le plus important du Nebraska, tu sembles l'oublier !

— Ce qui me conduit à reposer ma question. Est-ce l'amie de Tony ou la journaliste qui s'intéresse à la question ?

— L'amie, idiot ! La journaliste a d'autres moyens de se procurer l'information. Je t'en prie, cesse de te méfier de moi. Je sais que tu penses à cette vieille histoire... Mais ça fait presque quatre ans, maintenant.

Nick but une autre lampée de bière, tout en lui jetant un regard en coin pour bien lui faire comprendre que la *vieille histoire* à laquelle elle faisait allusion n'était pas facile à oublier, et qu'il n'avait pas encore enterré le passé.

Quatre ans plus tôt, alors qu'il menait cette mémorable enquête à Platte City, Christine n'avait pas hésité à l'utiliser pour se faire une place dans son journal et publier des articles en première page — au risque de saborder son travail.

— La police voulait juste lui poser quelques questions de routine, fit-il prudemment.

— Des questions de routine... Par exemple, qui aurait pu souhaiter la mort de Mgr O'Sullivan ?

— Par exemple, oui.

Christine secoua la tête et lui sourit. Elle avait compris qu'elle n'en tirerait rien de plus. Nick lui rendit son sourire et porta le goulot à ses lèvres. Ils se connaissaient trop bien. Ce petit jeu entre eux durait depuis si longtemps... Deux pas en avant et trois en arrière — voilà ce que disait leur père, mais Nick ne se rappelait plus ce qu'il entendait exactement par là. Antonio Morelli adorait *faire de l'esprit.* Enfin, autrefois, parce qu'à présent, il restait allongé, sans parler ni bouger, à la suite d'une attaque cérébrale. Pour communiquer, il ne lui restait plus que les yeux.

— Je ne devrais pas te le dire…, commença Christine.

Elle marqua un temps d'arrêt pour ménager son effet.

— Mais nous sommes en train de monter un dossier dans lequel l'archidiocèse d'Omaha est impliqué. Ainsi que Mgr O'Sullivan.

Elle avait réussi à attiser la curiosité de Nick. Il se demanda si c'était à cela que Tony avait fait allusion dans la voiture. *Ce dont il ne pouvait pas parler.*

— Et dans quelle affaire l'archidiocèse serait-il impliqué ? demanda-t-il d'un ton dégagé.

— D'après toi ? Dans l'une de ces affaires qui défrayent la chronique depuis plusieurs années.

— Tu es en train de suggérer que Mgr O'Sullivan aimait les jeunes garçons ?

— Moins fort ! murmura Christine en se levant pour aller jeter un coup d'œil à l'intérieur de la maison. Si maman apprend que je travaille contre l'Eglise catholique, elle va passer des semaines à allumer des cierges pour le salut de mon âme.

Leur mère n'étant pas en vue, elle revint s'asseoir et but une gorgée de bière avant de poursuivre :

— Pour l'instant, les informations que nous avons recueillies sont considérées comme des rumeurs parce que personne n'a osé porter plainte.

— Peut-être bien que personne n'a porté plainte parce qu'il ne s'agit que de fausses rumeurs, justement !

Nick ne cachait pas son mépris pour les journalistes et les médias en général, même si Christine faisait partie de ce milieu de fous furieux. Ça l'agaçait de constater qu'elle était prête à utiliser la mort de Mgr O'Sullivan pour accréditer une thèse douteuse mais *vendeuse*… Elle n'avait donc pas tiré les enseignements de ce qui s'était passé quatre ans plus tôt ?

— Il n'y a pas de fumée sans feu, rétorqua-t-elle. Ou rarement.

— Il arrive aussi que des gens aigris à l'esprit revanchard fassent courir de faux bruits, répliqua-t-il du tac au tac.

— Très bien. Alors, explique-moi pourquoi les documents secrets que Mgr O'Sullivan était chargé de remettre au Vatican ont disparu.

Merde ! Elle avait remarqué son air surpris, et hochait la tête avec un regard qui en disait long.

— Quels documents ?

— Tu n'es pas au courant ? La police n'a donc pas interrogé Tony à ce sujet ?

Elle se pencha vers Nick d'un air de conspiratrice, et il chuchota en entrant dans son jeu :

— Ils ont demandé à Tony si Mgr O'Sullivan était chargé d'une mission auprès du Vatican. Et aussi s'il avait emporté avec lui un porte-documents en cuir.

— Donc, les documents ont disparu.

— Mais quels documents, Christine ?

Elle se tut, comme si elle répugnait à partager ses précieuses informations avec lui.

Nick aurait dû s'amuser de ce retournement de situation. D'habitude, c'était lui qui se tracassait pour savoir s'il devait divulguer à sa sœur les éléments de telle ou telle enquête.

— Il ne s'agit pas de simples rumeurs, lui confia-t-elle enfin. Des plaintes concernant les agissements de Mgr O'Sullivan ont été déposées auprès de l'archevêque.

Elle jeta un nouveau coup d'œil inquiet du côté de la porte.

— Des déclarations sous serment, reprit-elle tout bas. Et signées. On a donné de l'argent aux plaignants en échange de leur discrétion, et l'archevêque Armstrong leur a fait des promesses. Tout ça dans le plus grand secret.

— Dans le plus grand secret... Mais alors, comment es-tu au courant ?

— Il se trouve que l'archevêque n'a pas tenu parole. Conséquence : les langues se sont déliées.

— Mais pourquoi se donner le mal de remettre ces soi-disant documents au Vatican ? On aurait pu les détruire, tout simplement.

Nick n'arrivait pas à croire ce que lui racontait Christine. Tout cela sentait le coup monté.

— Nicky, je suis étonnée d'entendre ça dans la bouche d'un avocat. Ce serait illégal, tout simplement, déclara-t-elle avec un sourire ironique.

Puis elle redevint sérieuse.

— Le *Boston Globe* a découvert que le Cardinal Law de l'archidiocèse de Boston avait demandé aux évêques de rapatrier les documents de ce type au Vatican. Ça, ce n'est pas illégal, et ça les met hors de portée de la justice puisque le Vatican bénéficie de l'immunité diplomatique.

— Et tu penses qu'il y a eu des prêtres pédophiles ici ? Dans le Nebraska ?

De nouveau, elle sourit, puis haussa les épaules et but une gorgée de bière.

Nick commençait à douter. Après tout, cette thèse pouvait expliquer le silence de Tony. Sa loyauté envers l'Eglise lui interdisait probablement de révéler des secrets honteux. Mais Nick savait aussi que son ami n'aurait pas laissé un violeur d'enfants impuni. Même si ce violeur avait été un évêque.

— Tu crois que Tony est au courant ? demanda Nick en espérant que Christine pousserait les hauts cris.

Mais elle lui lança un regard qui en disait long.

— C'est justement ce que j'aimerais savoir, répondit-elle.

22.

En s'engageant sur le petit parking du *World Market* de M. Lee, Gwen jeta un énième coup d'œil dans son rétroviseur. Elle avait cru remarquer une SUV qui la suivait, et elle avait fait trois fois le tour du pâté de maisons avant de prendre une décision. Devenait-elle complètement parano ?

La SUV était équipée de vitres teintées, et elle n'avait pas pu voir distinctement le conducteur. En tournant à gauche, elle avait juste aperçu une silhouette d'homme. Il y avait une circulation dingue le samedi, et en plus, c'était le week-end du 4 juillet. Trouver une place dans ce quartier commerçant n'était pas une mince affaire, et il était probable que son hypothétique poursuivant cherchait juste à se garer, comme elle. Pourtant, elle ne se décidait pas à sortir de sa voiture, et surveillait la rue de tous les côtés.

Mais pourquoi le tueur se serait-il donné la peine de la suivre ? Il savait qu'elle prenait ses menaces au sérieux. Jusqu'à présent, elle avait accepté de se prêter à son jeu diabolique. Il n'avait aucune raison de s'inquiéter ni de croire qu'elle se déciderait brusquement à aller trouver la police pour montrer l'enveloppe qu'il venait de déposer dans son cabinet, même si celle-ci était différente des autres. Jusque-là il lui avait envoyé des messages, des cartes, un portable, sans doute pour lui montrer de quoi il était capable. Mais une simple boucle d'oreille… Elle ne pouvait s'empêcher de se demander si la dernière victime était encore en vie et s'il voulait lui laisser une chance de la sauver. A moins qu'il cherche uniquement à pimenter le jeu…

Elle se tourna sur son siège pour scruter la rue derrière elle, mais ne vit pas de SUV aux vitres teintées. Elle se trouva brusquement ridicule. Son imagination lui jouait des tours. Décidément, son mystérieux interlocuteur avait acquis sur elle un certain pouvoir.

Elle jeta un coup d'œil à l'enveloppe en papier kraft posée sur le siège arrière, qu'elle avait pris soin de ranger dans un sac en plastique, à côté du verre utilisé par Rubin Nash — enfermé dans un sac, lui aussi. Avant de quitter son cabinet, elle avait appelé le laboratoire indépendant de Benny Hassert. Elle devait y déposer les deux objets. Benny avait accepté de s'en occuper en priorité, sans lui poser de questions. Il croyait probablement qu'elle intervenait une fois de plus pour le FBI. Elle aurait les résultats lundi, et elle saurait enfin si les empreintes trouvées sur l'enveloppe et la boucle d'oreille correspondaient à celles que Rubin Nash avait laissées sur le verre. Elle saurait si c'était bien lui le meurtrier. Et, dans ce cas, elle comptait confier à Maggie tout ce qu'elle savait. Tant pis pour la déontologie et le secret médical. Elle posséderait alors suffisamment d'éléments pour permettre à la police d'arrêter le tueur.

Mais elle était peut-être présomptueuse de croire qu'elle coincerait aussi aisément Rubin Nash. Elle ne l'avait pas soupçonné dès le début, sinon elle aurait réagi plus tôt pour mettre un terme à cette série de meurtres. Cette fois, elle espérait sauver la personne à qui appartenait cette boucle d'oreille. Si la malheureuse était encore en vie…

De nouveau, elle parcourut la rue du regard. Toujours pas de SUV en vue. Décidément, elle commençait à devenir aussi anxieuse que ses patients : elle avait besoin de se reposer. Une bonne nuit de sommeil lui ferait le plus grand bien… Aussitôt qu'elle entra dans le supermarché, elle se dirigea vers le rayon des vins. Avec un bon Chardonnay, elle s'endormirait plus facilement.

L'odeur de gingembre, d'ail et de pain frais eut un effet magique sur ses nerfs. Chaque allée du magasin proposait une aromathérapie différente. Gwen n'avait pas besoin de faire appel à ses connaissances en psychologie pour savoir que la nourriture l'apaisait. Préparer un repas, le partager, elle ne connaissait rien de mieux. Elle pouvait remercier sa mère — une mère italienne qui avait toujours fait du repas un moment convivial et agréable. Il était interdit de se disputer en mangeant, et tout le monde mettait la main à la pâte. Toutes les conversations importantes avec ses parents s'étaient déroulées à table ou dans la cuisine. C'était en farcissant des cannellonis qu'elle avait convaincu son père de la laisser partir à New York, au moment de choisir une université. Et sa mère l'avait soutenue, sans se douter qu'elle ne reviendrait jamais vivre auprès d'eux.

Ce n'était qu'au moment de son doctorat que Gwen avait pris pleinement conscience de l'importance de la cuisine dans la philosophie de sa mère. C'était tout un monde de médiations et de négociations. Il lui arrivait à présent de conseiller à ses patients — en particulier ceux que les rituels rassuraient — d'inviter les gens à dîner lorsqu'ils avaient un problème à régler avec eux.

— Salut, Doc ! Ça va aujourd'hui ?

Tout en découpant un morceau de bœuf, M. Lee lui faisait signe depuis son comptoir.

— Je suis en manque de mozzarella, se plaignit-elle.

— Ne vous en faites pas, j'en ai en quantité. Je peux aussi

vous donner du beurre d'ail. Bien fort, comme vous l'aimez. Je viens de le faire : il est tout frais.

— Hmm. J'en ai déjà l'eau à la bouche.

Elle lui sourit, en songeant qu'il était bon de savoir qu'un homme était capable de devancer vos désirs. Même si cet homme avait quatre-vingt-un ans, dix centimètres de moins qu'elle et une femme jalouse qui le soupçonnait de flirter avec les clientes rousses.

Il alla chercher la mozzarella et le beurre d'ail dans une petite pièce derrière le comptoir. Il réservait à Gwen un traitement de faveur, et lui servait tout dans des petits récipients en plastique. Exactement comme un ami qui vous donne à emporter un plat qu'il a cuisiné à votre intention.

Gwen jeta un coup d'œil autour d'elle pour tromper son attente. Une femme tourna précipitamment dans l'allée suivante, la tête baissée.

— Dena ? appela-t-elle sans bouger.

Elle n'était pas sûre qu'il s'agît bien d'elle.

Dena mit un certain temps à réapparaître, les joues en feu, comme si on venait de la surprendre dans un endroit où elle n'avait rien à faire.

— Ah ! Docteur Patterson, il me semblait bien avoir reconnu votre voix, mais je ne vous avais pas vue, dit-elle en écartant ostensiblement une mèche de cheveux noirs qui lui tombait devant les yeux.

— J'ignorais que vous faisiez vos courses ici, dit Gwen en lorgnant sur le panier de Dena.

Elle avait pris un assortiment de fromages, une bouteille de vin et des chocolats. Ça sentait le dîner en tête à tête, mais, apparemment, la jeune femme n'était pas accompagnée. Ou peut-être que si, car elle jeta un bref coup d'œil par-dessus son épaule.

— Moi, je savais que vous faisiez vos courses ici, dit-elle. Vous en avez parlé un jour devant moi.

Puis, comme si elle éprouvait le besoin de se justifier, elle ajouta dans un murmure :

— J'ai rendez-vous ce soir avec une personne que je viens de rencontrer.

— Vous avez choisi le bon endroit pour faire votre marché, approuva Gwen tout en regardant de nouveau autour d'elle d'un air intrigué.

Dena paraissait mal à l'aise.

— Oui, c'est vraiment bon ce qu'ils vendent ici... Mais excusez-moi, je suis un peu pressée, ajouta-t-elle en s'éloignant brusquement. A lundi !

— Passez un bon week-end ! fit Gwen.

Mais Dena avait déjà disparu au coin de l'allée.

Apparemment, elle était gênée de l'avoir rencontrée en dehors du travail. Gwen n'en fut pas étonnée. Elle préférait entretenir des relations strictement professionnelles avec ses employées. C'était une règle d'or. Jamais elle ne parlait de sa vie privée avec elles.

Et elle était absolument certaine de n'avoir jamais évoqué le *World Market* de M. Lee en présence de Dena.

23.

Samedi, 20 h 45
Columbia, Missouri

Le père Gerald Kincaid abandonna en s'excusant le groupe de femmes qui papotaient entre elles. Elles se plaignaient sans cesse de leur travail, de leur mari, de leurs gamins. Il songea que si elles leur avaient accordé la moitié de l'attention qu'elles lui accordaient à lui, elles auraient probablement eu moins de doléances à formuler. Un cercle vicieux, sans aucun doute.

Mais il n'allait pas cracher dans la soupe. Il aimait bien qu'on s'occupe de lui. C'était bon de se sentir de nouveau utile. Les faiblesses et les péchés de ses paroissiennes lui donnaient de l'énergie. Il avait besoin d'elles, autant qu'elles avaient besoin de lui.

Officiellement, ils célébraient aujourd'hui le jubilée d'argent de l'Eglise catholique de Tous les Saints et — un peu prématurément — le 4 juillet. Mais c'était aussi un anniversaire pour le père Kincaid. Cela faisait six mois aujourd'hui qu'il était revenu dans sa paroisse. Cette retraite au Nouveau Mexique avait été salutaire — même si l'air de là-bas lui avait desséché la peau. Les Servantes de Paraclet l'avaient reçu avec gentillesse et générosité. A présent, il se sentait prêt — enfin presque — à assumer son sacerdoce.

Il traversa le parking bondé en saluant chacun par son nom, satisfait de constater que ses ouailles semblaient se réjouir de son retour. Cela le récompensait du mal qu'il s'était donné.

Toute la paroisse avait travaillé pendant deux jours à installer une fête foraine qui occupait le parking et le terrain de jeu pour enfants. Dans les charrettes à bras, on vendait des gâteaux, de la barbe à papa, des glaces et des saucisses enrobées de farine de maïs frite. Les stands de jeux s'alignaient dans le fond, et le propriétaire de la quincaillerie locale avait même construit un palais des miroirs. Les banderoles et les ballons de baudruche flottaient en se balançant dans le vent — quelques-uns s'étaient échappés et volaient à présent dans le ciel sans nuage.

Les familles avaient déployé les couvertures de pique-nique sur le sol et déposé leurs victuailles en attendant le feu d'artifice qui n'allait pas tarder à être tiré, dès qu'il ferait nuit. Les plus petits brandissaient leurs tiges fluorescentes et les faisaient tournoyer, impatients de participer à la fête. Quelques adolescents avaient préféré s'installer sur le capot de la voiture familiale garée aux abords du parking, et de jeunes garçons s'étaient rassemblés dans un coin dégagé pour jouer à une variante du football américain.

Le père Gerald avait à faire, mais il se dirigea vers les enfants, presque malgré lui. Avec eux, il se sentait particulièrement à l'aise, sans doute parce que sa propre enfance avait été saccagée. Il lui arrivait de regretter que sa mère ne l'ait pas laissé entrer à l'université, qu'elle l'ait obligé à choisir le séminaire. Ça et bien d'autres choses…

En compagnie des enfants, il avait un peu l'impression de vivre ce qui lui avait été refusé quand il avait leur âge, et ça lui faisait plus de bien que n'importe quel séjour dans un centre médical du Nouveau Mexique. Il avait essayé de l'expliquer au Dr Marik, mais il avait bien vu que le vieux médecin ne comprenait pas. Son seul souci était de rédiger des bilans de santé rassurants pour satisfaire le Cardinal Rose.

Deux des garçons lui firent signe, et il les rejoignit au pas de course. Quelqu'un lui lança la balle et, après quelques passes, il se retrouva presque enseveli sous un groupe d'enfants qui hurlaient et riaient. Sean Harris était allongé sur lui, et Jacob Raine menaçait de lui écraser la figure avec son pied… Il se rendit compte alors qu'il était excité, suffisamment pour avoir une érection, suffisamment pour demander à Sean Harris de rester avec lui après le feu d'artifice pour l'aider à ranger.

Le père de cet enfant avait récemment perdu son travail. La famille Harris était à court d'argent, et les vingt dollars qu'il comptait offrir à Sean en rétribution de son aide seraient les bienvenus. La mère de Sean ne verrait probablement aucun inconvénient à ce que son fils passe une heure avec un prêtre qui le raccompagnerait ensuite chez lui.

Cet anniversaire s'annonçait particulièrement agréable. Kincaid se fraya un chemin à travers la foule, butant sur les spectateurs qui poussaient des cris d'admiration, le visage tourné vers le ciel, vers le magnifique feu d'artifice qui venait de commencer. Pour mieux apprécier le spectacle, on avait éteint toutes les lumières, et de grandes enceintes diffusaient la musique qui accompagnait les fusées et les explosions.

Il enjamba quelques couvertures en veillant à ne piétiner personne. Les éclairs lumineux qui zébraient le ciel perturbaient son équilibre, et il dut faire un effort pour ajuster sa vision. Il trébucha sur une glacière, fit un vague geste au propriétaire qui s'excusait, et heurta un groupe de jeunes garçons qui se bousculaient pour mieux voir.

— Désolé, mon père ! lança l'un d'eux.

Les explosions devenaient de plus en plus fortes, et Kincaid sentait les vibrations résonner dans tout son corps. Soudain, quelqu'un fonça sur lui sans même s'excuser. Le choc lui coupa le souffle. Il porta la main à sa poitrine et ouvrit la bouche pour tenter de respirer. Il sentit alors quelque chose d'humide et de poisseux sous ses mains, mais dans le noir, il ne vit pas ce dont il s'agissait.

Le ciel s'illumina de nouveau, et il aperçut en un éclair la tache qui s'élargissait sur le devant de sa chemise. En même temps, il prit conscience d'une douleur aiguë qui lui transperçait le torse. Quand était-il tombé à genoux ? Il entendait toujours le crépitement du feu d'artifice, de plus en plus lointain, comme à travers un écran.

La fête continuait, sûrement, mais pour lui tout devint noir.

24.

Dimanche 4 juillet
Autoroute 95

Elles roulaient depuis déjà deux heures, et Maggie se rendit brusquement compte qu'elles échangeaient tranquillement leurs points de vue sur l'affaire, sans rivalité et sans aigreur. Julia avait même accepté d'emmener Harvey. Elle l'avait installé sur le siège arrière de son Infinity G 35, sans râler quand il avait posé ses grosses pattes sur la banquette en cuir. Pourtant, elle n'était pas du genre à la boucler quand quelque chose la dérangeait…

— D'après votre cinglomètre, ce type se placerait dans quelle catégorie ?

— Mon *cinglomètre* ?

— Vous avez déjà couru après pas mal de ces enculés — excusez mon langage. Merde, il faut que j'essaie de corriger un peu mon vocabulaire. Mon père dit que je parle comme un charretier.

Elle but une gorgée de Pepsi Light.

— Bon, vous avez compris ce que je voulais dire. Dans quelle catégorie rangeriez-vous notre cinglé ? Plutôt Simon Shelby ou plutôt Albert Stucky ?

Julia faisait allusion à deux tueurs en série que Maggie avait fait arrêter. Traumatisé par une enfance passée en partie à l'hôpital, Simon Shelby collectionnait les parties malades de ses victimes dans des bocaux — tumeur du cerveau, cœur en mauvais état. Un schizophrène, sans aucun doute. Albert Stucky, lui, était plutôt psychopathe. Du moins, c'est ainsi que Maggie qualifiait un type qui mettait les organes internes des gens qu'il tuait dans des boîtes qu'il déposait ensuite n'importe où, attendant qu'un passant les découvre.

Le travail d'un profiler n'était pas aussi simple que les gens le pensaient. Il n'existait aucune classification permettant de cerner les criminels et de prévoir leur tactique ou leur prochain coup, comme dans une partie d'échecs. Il fallait s'imprégner en profondeur du fonctionnement de chacun.

— Il ne s'agit pas de le ranger dans une catégorie.

— Je m'en doute, dit Julia. Mais vous pouvez tout de même essayer de me décrire quel genre de type serait capable de tuer une femme, puis de lui arracher la tête. Je crois qu'il faut être gravement atteint pour faire ça. On est loin du malheureux qui cherche simplement à avoir une érection.

— Je crois que *notre homme* agit sous le coup de la colère. Rien à voir avec un désir sexuel.

— Ah bon ! Vous ne croyez pas qu'il conserve le reste du corps pour s'en servir comme d'une poupée gonflable ?

Maggie sourit. Julia parlait un peu à tort et à travers... Ses conclusions lui paraissaient vraiment simplistes. Elle jeta un coup d'œil à cet inspecteur en Ray Ban, aux cheveux blonds coiffés en brosse, qui portait un petit haut rose et un pantalon Ralph Lauren. Elle-même n'avait jamais réussi à avoir l'air aussi élégant. Peu lui importaient les apparences. Même sa petite maison située sur les hauteurs de Newburgh, aux abords du district, achetée avec l'assurance vie de son père, était décorée très simplement, sans souci de modernisme.

Maggie se définissait comme une femme logique, disciplinée et décidée, voire têtue. Elle attribuait cela au fait qu'elle avait dû grandir un peu trop vite. Elle avait perdu son père très jeune. A l'âge de douze ans, elle avait dû prendre soin de sa mère alcoolique et suicidaire. On perd vite son insouciance à cette école-là. Elle avait dû se battre pour arriver jusqu'à l'université, et c'est son sens du devoir et sa maturité qui avaient séduit Greg, son ex-mari. Ces mêmes traits de caractère l'avaient, d'ailleurs, fait fuir, quelque temps plus tard, quand elle avait intégré le FBI.

Julia avait, elle aussi, perdu l'un de ses parents lorsqu'elle était encore très jeune. Encore un point commun ! Elle n'avait pas eu une enfance de conte de fées, mais son père l'avait aimée, choyée et protégée. Julia Racine admirait Maggie et se donnait un mal fou pour l'impressionner et rivaliser avec elle. Maggie enviait Julia. La vie était décidément bizarre. Elle vous surprenait toujours.

— O'Dell, ici la terre... Vous m'entendez ? Vous êtes toujours avec moi ? Vous voulez peut-être qu'on s'arrête un peu pour se dégourdir les jambes ?

Maggie se rendit compte qu'elle avait oublié sa compagne de voyage.

— Non, ça va, dit-elle en se retournant pour regarder comment se comportait Harvey.

Etalé de tout son long sur la banquette, il dormait tranquillement.

— Vous en êtes sûre ?

— Un peu fatiguée, peut-être.

— Vous avez passé une nuit agitée, hein ?

Maggie se rappela que Julia avait entendu les coups de langue d'Harvey quand elle l'avait appelée, vendredi soir.

Elle éclata de rire.

— Remarquez, ça ne me regarde pas, dit Julia en agitant la main dans sa direction. Vous n'avez pas d'explications à me donner.

Maggie riait de plus en plus fort.

— C'était Harvey, avoua-t-elle enfin.

— Quoi ?

— Ce sont ses démonstrations d'affection que vous avez entendues.

Il fallut une petite seconde à Julia pour enregistrer l'information. Maggie crut même la voir rougir, mais, avec ses énormes lunettes, c'était difficile à dire. Elle partit d'un grand éclat de rire, et Julia ne tarda pas à l'imiter.

25.

Omaha, Nebraska

Tommy Pakula savait qu'il allait devoir payer ce manquement au devoir familial pendant des mois. Pas parce qu'on était un jour de fête. Clare, sa femme, avait l'habitude qu'il travaille, les jours fériés. Mais le dimanche, c'était sacré, et il avait promis depuis longtemps de le réserver à sa famille. Il avait même accepté de remplir le rôle d'huissier à l'église Saint-Stan pour preuve de sa bonne volonté. Tous les dimanches, ils allaient à la messe, puis dégustaient un brunch quelque part en ville, tous ensemble. Tommy avait appris à apprécier ce rituel et se surprenait même à l'attendre avec impatience.

Depuis que ce pacte était entré en vigueur, il n'y avait dérogé que trois fois. Quand on exigeait sa présence pour une urgence, Clare pardonnait aisément, mais cette fois, ce serait un peu plus difficile. Il avait essayé de lui expliquer qu'il n'avait pas le choix, mais il avait eu le malheur d'ajouter en plaisantant qu'après tout, il ratait la messe pour un entretien privé avec un évêque.

A présent, il contemplait le corps grisâtre de Mgr O'Sullivan allongé sur la table d'autopsie, et il se rendait compte que sa plaisanterie était d'assez mauvais goût. Un entretien... en quelque sorte. Un entretien durant lequel il espérait que Mgr O'Sullivan pourrait lui révéler ce qui s'était passé dans les toilettes de l'aéroport.

Marta Stofko avait déjà terminé de prendre les mesures et de prélever les échantillons. Avant de procéder à l'incision en Y, elle inspecta longuement la poitrine du prêtre et prit plusieurs photographies, puis elle enfonça son doigt ganté dans le trou béant de la blessure.

— Dire qu'on est obligés de faire ça un dimanche matin ! dit-elle en soupirant.

— Tu peux remercier l'archevêque Armstrong : c'est grâce à lui. Il a mis notre supérieur hiérarchique dans sa poche.

Pakula n'était pas certain que Stofko comprendrait. Elle était une pièce rapportée ; elle venait d'un trou perdu de Californie, ce n'était pas une citadine. Elle ne possédait pas les données nécessaires pour mesurer l'importance d'un archevêque dans une communauté comme la leur.

— Ramsey est catholique ?

Finalement, songea Pakula, elle n'était peut-être pas aussi larguée qu'il le pensait.

— La sœur de ce bon prêtre voudrait que le corps soit rapatrié dans le Connecticut le plus vite possible, dit-il en répétant mot pour mot les paroles du frère Sebastian.

Il l'avait eu au téléphone quelques jours plus tôt, et il avait bien compris qu'il s'agissait d'un ordre plutôt que d'une requête.

Cette fois, Martha Stofko leva les yeux vers Pakula et le contempla par-dessus ses lunettes qu'elle plaçait au bout de son nez. Celui-ci se contenta de hausser les épaules.

— Tu me connais, Martha. J'obéis aux ordres, c'est tout.

— Très bien. Dans ce cas, obéis aux miens et approche-toi pour jeter un coup d'œil là-dessus.

Pakula la regarda enfoncer ses doigts dans la chair et écarter les bords de la plaie.

— Tu as remarqué la forme de la blessure ?

— Oui, on dirait un X.

— Ou une croix. Généralement, ça signifie que l'assassin a vrillé le couteau en même temps qu'il l'enfonçait. En l'occurrence, celui qui nous intéresse aujourd'hui avait une lame à double tranchant, épaisse au centre mais de moins de deux centimètres de large. Je pourrai déterminer la longueur quand j'aurai mesuré la profondeur de la blessure.

Elle enfonça son index dans le trou ; il disparut presque complètement.

— Il me semble que le coup a été porté vers le haut, mais je te le confirmerai quand j'aurai disséqué.

— Il s'agit d'un droitier ou d'un gaucher ?

— Je ne sais pas encore.

Elle examinait à présent les mains du prêtre. Elle les souleva pour observer toute la longueur du bras.

— Pas d'ecchymoses ou de griffures. Apparemment, il ne s'est pas défendu.

— J'avais remarqué, dit Pakula. On l'a trouvé devant le lavabo. Je pense que le tueur l'a surpris en arrivant derrière lui.

— Dans ce cas, je dirai qu'il s'agit d'un droitier. Il a dû se présenter à la droite de la victime, se pencher et le poignarder sous la cage thoracique.

— Il a eu de la chance de ne pas buter sur un os ou bien c'est facile ?

— C'est cinquante-cinquante. Notre gars a frappé fort, pour améliorer ses chances. Regarde un peu la couleur de la blessure.

La plaie mesurait cinq bons centimètres. C'était une ligne bleue violacé.

— Le manche du couteau a laissé une ecchymose ; ça veut dire que le type a appuyé violemment.

— Est-ce que ça peut nous donner une idée de sa taille ?

— Pas forcément. C'est plutôt fonction de la vitesse et de la force du coup porté. Toute cette zone, ajouta-t-elle en montrant du bout du doigt l'abdomen du prêtre, est particulièrement vulnérable. La peau est l'organe le plus résistant du corps humain. Une fois qu'on l'a transpercée, il n'y a pas de problème pour atteindre ce qui est en dessous, surtout si on ne rencontre pas d'os. Comme je sais que le manche a touché le corps, je vais pouvoir déterminer avec une assez grande précision la longueur de la lame, même si, généralement, avec un impact pareil, la profondeur de la blessure dépasse la longueur de l'arme. Mais il suffit de prendre cette donnée en considération.

— Tu as une idée du type de couteau qu'il a utilisé ?

— Un modèle à large manche, avec une lame longue et étroite. Je n'ai encore jamais vu ça. Un genre de dague, je suppose… Tu vois cette grande trace noire au centre de l'impact ?

Elle la montra du doigt. Pakula ne l'avait pas remarquée, jusque-là.

— Qu'est-ce que c'est ?

— Pour l'instant, il ne s'agit que d'une supposition, mais il me semble qu'il devait y avoir quelque chose de gravé sur le manche. Ça confirmerait l'hypothèse d'une dague ou d'un coupe-papier de luxe.

Stofko pratiqua l'incision en Y sur le torse, et se mit à soulever les couches de peau et de graisse, en faisant attention de ne pas endommager l'endroit de la blessure.

Pakula détestait le bruit des cartilages qui craquent, mais il ne détourna pas les yeux quand Stofko s'empara d'un drôle d'instrument qui ressemblait à une tondeuse à gazon miniature, pour découper la cage thoracique. Il avait déjà les informations dont il avait besoin, mais il décida de tenir compagnie à la jeune femme encore quelques minutes avant de faire un tour au labo. Il espérait que les techniciens lui fourniraient une piste.

Le frère Sebastian et l'archevêque paraissaient accréditer la thèse selon laquelle Mgr O'Sullivan aurait été la malchanceuse victime d'une violence aveugle. Ils semblaient plus concernés par le sort du porte-documents que par celui du prêtre lui-même. A présent, Pakula pensait que le hasard n'avait rien à voir avec le meurtre de l'évêque. Cette affaire comportait pas mal de zones d'ombre — à commencer par ce fameux porte-documents marron qui semblait s'être volatilisé.

— Voilà qui est intéressant ! s'exclama Martha Stofko.

Pakula s'intéressa de nouveau au cadavre. Martha avait sorti de l'abdomen du prêtre une boule jaunâtre qu'elle plaça sur une balance.

— 1 500 grammes, murmura-t-elle.

Elle nota rapidement les chiffres et déposa l'organe sur un plateau de dissection.

— D'accord, mais de quoi s'agit-il ? fit Pakula en s'approchant d'elle.

Il avait beau faire des efforts, il ne voyait jamais qu'un amas de chair là où les médecins légistes reconnaissaient des tumeurs et des nodules.

Stofko attrapa un instrument qui ressemblait à un vulgaire couteau à beurre, et entreprit de découper l'organe. On aurait dit qu'elle taillait dans de la graisse de poulet.

— Quand c'est sain, ça a l'aspect d'un foie de veau. Tu en as déjà vu dans un rayon de boucherie, je suppose.

— Ah ! Dans ce cas, celui-ci n'a pas l'air particulièrement sain, commenta Pakula en grimaçant devant la bouillie jaune et molle. Mgr O'Sullivan avait donc un problème de santé.

— Je dirai qu'il avait un faible pour la bouteille. Un peu plus qu'un faible, même. Et depuis un certain temps.

— Génial, un prêtre alcoolique ! fit Pakula en passant une main sur son crâne rasé.

Cela faisait un secret honteux de plus à ajouter à cette affaire décidément pas si simple.

26.

Venezuela

Le père Michael Keller plia ses vêtements et les rangea dans le coffre de bois où il conservait également toutes ses coupures de presse. Il était satisfait de lui-même. En dépit de ses nausées, il avait assuré la messe dominicale mieux qu'il ne l'aurait cru. Mais tout de même, il aurait bien aimé qu'on lui dise de quoi il souffrait.

Il s'était habitué à la chaleur humide, et il savait se protéger des insectes. Chez lui, il n'en avait pratiquement plus. Les moustiques, bien sûr, on ne s'en débarrassait jamais, mais il devait être immunisé, à présent… Peut-être qu'il avait attrapé le paludisme ou la maladie à virus West Nile ?

Il posa une main sur son front moite et chaud. Pas de doute, il avait la fièvre. Une tasse de thé lui ferait sûrement le plus grand bien. Il en avait bu une avant la messe. Ça lui avait permis de tenir le coup pendant l'office et aussi de supporter le rituel des au revoir qui n'en finissait plus.

Il détestait ce moment où les villageois venaient vers lui pour le remercier. Il fallait sourire et hocher la tête en faisant mine de comprendre leur anglais approximatif. Il leur servait toujours la même réponse, pour qu'ils repartent le plus vite possible, avec cet air profondément satisfait et reconnaissant qu'il trouvait stupide. *Je prierai pour vous.* Ça marchait à tous les coups. Ces pauvres crétins avaient besoin que quelqu'un prie pour eux.

Il partageait depuis suffisamment longtemps la vie de leur misérable petite communauté pour savoir comment les prendre.

Il avait fini par se fatiguer de rassembler ses affaires à la hâte, en pleine nuit, pour trouver un nouveau refuge, alors il avait élu domicile dans ce petit village pareil aux autres. Ils se ressemblaient tous. Partout les mêmes baraques de bois qui ne tenaient debout que par la grâce de Dieu. Partout les mêmes villageois vêtus de chiffons, se nourrissant de leur gruau de maïs, apparemment résignés à leur sort, mais qui réclamaient sans cesse l'attention de Dieu, et par voie de conséquence, la sienne. Pour les vieilles femmes proches de la fin et pour les enfants, il représentait le seul espoir possible.

Pas de doute, il en avait assez de fuir. Il avait bien failli, pourtant, en découvrant le masque d'Halloween — ce masque du passé. Mais il avait fini par se convaincre qu'il s'agissait d'une mauvaise plaisanterie. Il ne pouvait en être autrement. Personne n'avait pu suivre sa trace jusqu'ici. C'était impossible. Et il refusait de se laisser dominer une fois de plus par la peur, et de tout abandonner.

La théière siffla au moment précis où la pluie se remettait à tomber. Keller se demanda depuis combien de temps il n'avait pas vu le soleil. Ce climat humide commençait à détruire sa santé. Il sentait de nouveau cet élancement douloureux au niveau des tempes et du front. Peut-être avait-il tout simplement des problèmes de sinus... Mais... Et la fièvre, les nausées, les migraines ?

Il se versa une tasse de thé et respira la vapeur tiède. Il

se sentait déjà mieux. Le thé lui rappelait sa mère, sa très chère sainte mère. Un thé avec des biscuits, un petit plaisir qu'elle s'autorisait en cachette de son mari. Le jour où elle avait invité son petit Michael à partager ce rituel secret, il avait compris qu'elle tissait entre eux un lien éternel, et cette cérémonie était devenue un moment à part, rien qu'à eux. Encore aujourd'hui, boire une tasse de thé lui procurait un plaisir infini et l'aidait à conjurer les mauvais souvenirs qui le hantaient.

Il consulta sa montre, puis alla s'asseoir derrière la table de bois où il avait installé son ordinateur portable. Cette acquisition avait été une folie, un plaisir coupable, mais c'était son unique contact avec le monde civilisé. Et, miracle, il y avait toujours quelqu'un au village pour l'aider à établir la connexion Internet. L'ennui, c'est qu'il ne parvenait à la conserver que pendant un court laps de temps. Enfin, il fallait bien s'en contenter.

Il attendit patiemment que la machine s'allume, puis qu'elle cherche — lentement — la connexion. Il but une petite gorgée de thé et s'adossa à son siège en écoutant la pluie. Quand son mot de passe lui fut demandé, il le tapa fébrilement.

« Vous avez un message. »

Aussitôt, il ressentit un immense sentiment de bien-être, aussi violent que celui que lui procurait le thé. Cela ne pouvait provenir que du mystérieux interlocuteur qui lui écrivait depuis les Etats-Unis : il était le seul à connaître son adresse e-mail. Ils n'avaient jamais échangé de renseignements personnels, mais ils entretenaient des conversations intéressantes, sur les sujets les plus anodins comme sur les problèmes importants de la vie. Un véritable ami… Le seul qu'il ait eu de toute sa vie.

Il cliqua pour ouvrir le message, et sourit de plaisir en découvrant l'adresse.

Ledévoreurdepéchés@aol.com

Les messages étaient toujours directs : ils entraient immédiatement dans le vif du sujet. Le Dévoreur de péchés ne perdait pas de temps en politesses inutiles — une qualité que Keller appréciait à sa juste valeur.

Cette fois, il trouva deux liens qui renvoyaient à des articles de journaux. Il ne s'en étonna pas : il commentait souvent l'actualité avec son ami. A la fin du mail, celui-ci avait simplement ajouté :

« Vous serez probablement le suivant. »

Un trait d'humour, sans aucun doute. Le Dévoreur de péchés n'en manquait pas.

Le père Keller cliqua sur le premier lien et, de nouveau, attendit patiemment que la page s'affiche.

« Omaha : un prêtre poignardé à mort dans les toilettes d'un aéroport. »

Michael Keller fit un tel bond qu'il faillit renverser sa tasse de thé.

27.

Université de New Haven
New Haven, Connecticut

Maggie observait le professeur Adam Bonzado qui manipulait ce qu'il restait de chair sur le crâne, comme s'il s'était agi d'un bijou précieux. Il avait des doigts longs et fins de pianiste qui se posaient doucement sur la peau en putréfaction, des doigts curieux et décidés. Lui aussi souffrait d'une sorte de fascination pour le mal.

— Il n'en reste pas grand-chose, dit Julia, qui se tenait un peu en retrait.

Elle avait déposé sa glacière en métal sur la table de la salle de travaux pratiques de l'université, laissant au professeur le soin de l'ouvrir. Maggie se demanda s'il s'agissait d'un geste de courtoisie professionnelle ou si elle redoutait tout simplement de manipuler ce matériel humain — avec ou sans asticots.

— J'en ai vu passer de bien pires, rétorqua Bonzado en élevant le crâne et en l'examinant sous tous les angles. J'aime enseigner, mais voyez-vous, *ceci* est ma véritable passion. Je suis aux anges… Sans compter que j'espère déjeuner ensuite avec deux charmantes jeunes femmes.

Julia se détourna et fit mine de s'intéresser aux installations de la pièce, mais Maggie avait eu le temps de la voir rougir. Elle avait entendu dire plus d'une fois que l'inspecteur s'intéressait aux hommes autant qu'aux femmes, mais lorsque la belle Julia lui avait fait des avances, elle avait été sincèrement étonnée. A l'époque, Maggie vivait avec son mari ; elle ne songeait qu'à son travail, et si quelqu'un — homme ou femme — cherchait à flirter avec elle, elle s'en rendait à peine compte. En y réfléchissant, elle n'avait pas beaucoup changé. Sauf qu'elle n'était plus mariée.

— Maggie, je promets de ne pas vous servir une soupe de légumes mitonnée sur mon bec Bunsen ! lança Bonzado.

Il lui jeta un coup d'œil à la dérobée, et elle ne put s'empêcher de sourire. Comment aurait-elle pu oublier ? La dernière fois qu'elle était entrée dans cette salle de classe, il faisait cuire une soupe à côté d'une casserole où flottaient des ossements humains…

Bonzado reposa délicatement le crâne sur la table, et alla chercher une minuscule lampe de poche pour examiner l'intérieur des orifices. Cette table était l'une des rares à ne pas être encombrée de boîtes et de squelettes incomplets.

Maggie était heureuse que la pièce ne sente pas le cochon grillé, comme l'autre fois, que les éviers soient propres et nets, et qu'aucune main ne leur fasse signe depuis les séchoirs… Adam devait faire une pause pendant le week-end.

Les étagères qui s'alignaient sur le mur du fond étaient, comme dans son souvenir, couvertes de bocaux et de fioles, de grands bols et de boîtes en carton. Tous ces récipients contenaient des ossements, certains déjà étiquetés, d'autres attendant sans doute d'être identifiés.

Un rayon de soleil entra comme un éclair par les fenêtres à double battant, posant une tache orange qui donna à la pièce un aspect étrange. Maggie ne put s'empêcher de trouver l'atmosphère inquiétante. Avec ce crâne à la main, qu'il contemplait d'un air inspiré, Bonzado semblait sortir tout droit d'une pièce de Shakespeare. A condition, bien sûr, de pouvoir se représenter un Hamlet en chemise hawaïenne mauve et jaune, short kaki et baskets aux pieds.

— Celle que nous avons trouvée hier sera plus facile à identifier, expliqua Julia. Le visage est reconnaissable. Nous cherchons parmi les personnes disparues. La dentition est encore intacte. Bref, l'ensemble est en bien meilleur état.

Maggie se demanda si elle cherchait à rompre le pesant silence. Bonzado ne paraissait pas avoir entendu. En tout cas, il ne répondit rien.

— Enfin, en meilleur état, c'est une façon de parler, reprit Julia sans se décourager. Je n'avais jamais vu autant de vers de toute ma vie.

— Alors, vous avez eu de la chance qu'il reste quelque chose, commenta Bonzado. Ces petits vampires sont extrêmement rapides.

Donc, il écoutait, malgré son air absent et pénétré.

— Cette tête, vous l'avez également trouvée au bord de l'eau ?

— C'est la A ou la B ? demanda Julia en jetant un coup d'œil du côté des sacs étiquetés par Stan.

Elle n'arrivait pas à les différencier l'une de l'autre. Elle fouilla dans la glacière vide.

— La B, dit-elle enfin en sortant l'étiquette. Elle se trouvait dans Rock Creek Park. Un coin boisé, en contrebas d'une voie ferrée. C'est une femme qui se promenait avec son chien qui l'a découverte. Elle a tout de suite appelé la police.

— Pour un crâne qui a séjourné dans un bois, je le trouve bien conservé.

— Il était enseveli sous les feuilles et la poussière ; c'est le chien qui l'a senti, expliqua Julia en consultant le dossier.

— Vous dites qu'une femme a prévenu la police ? intervint Maggie.

Elle ne se souvenait pas d'avoir lu son nom.

— Elle vous a simplement indiqué l'endroit ou bien vous l'avez rencontrée sur place ?

— Elle n'est même pas venue témoigner, répondit Julia. Elle a prévenu le 911 et le standardiste a noté le renseignement.

— Elle n'a pas décliné son identité ?

— Non, répondit Julia en levant les yeux de son dossier.

Maggie comprit que l'inspecteur avait la même idée qu'elle. Vendredi aussi, une femme avait appelé pour leur signaler une tête abandonnée sur la rive du fleuve Potomac. Etait-ce la même ?

— Et pour le sujet A, c'est aussi une femme qui vous a prévenue ?

Julia sortit un autre dossier et se mit à le consulter.

— On a découvert le sujet A dans le chantier de construction d'un parking, lut-elle. C'est le propriétaire, un certain Bradford Zahn, qui a prévenu la police. Cette fois, aucune femme dans l'histoire.

Elle paraissait déçue, et haussa les épaules en regardant Maggie.

— Tant pis pour notre théorie ! fit-elle.

Indifférent à leur conversation, Bonzado poursuivait imperturbablement son travail. Il avait posé le crâne sur le côté et examinait l'endroit où il avait été sectionné.

— Je ne pourrais pas vous dire ce qu'il a utilisé pour séparer cette tête du reste du corps, mais c'est du travail de sauvage, déclara-t-il.

— Apparemment, la tête que nous avons trouvée au bord du Potomac avait été arrachée, expliqua Maggie.

— Ça me rappelle une affaire qui date d'il y a deux ans, dit Bonzado. Nous n'avions qu'une jambe droite, en état de décomposition avancée. Quelqu'un l'avait pêchée dans le fleuve Connecticut. L'endroit de la séparation avait à peu près cette allure. J'ai essayé de reproduire les marques en utilisant tout ce qui me tombait sous la main. J'ai obtenu un résultat assez proche avec une petite hachette, comme celle qu'on emporte en camping.

— Quelle délicatesse ! lança Julia avec un petit sourire.

Mais Bonzado n'avait pas envie de sourire, et il se contenta de montrer du doigt les entailles.

— D'habitude, expliqua-t-il, on démembre un corps en le sciant ou en séparant les articulations avec une lame. Là, on a dû essayer avec un objet tranchant mal taillé, comme une hachette, une hache ou une machette.

— Il y a tout de même quelque chose qui me tracasse, déclara Maggie, tout en observant Bonzado qui nettoyait les os avec un solvant pour mettre à nu l'endroit où les coups avaient été portés. Cet homme a soigneusement planifié ses meurtres, mais on dirait qu'il perd les pédales quand il se retrouve devant un cadavre.

— C'est vrai, dit Julia. Pourquoi n'a-t-il pas plutôt utilisé une scie ou un couteau ? Il n'avait pas prévu son coup ou quoi ? Il a pris ce qui lui tombait sous la main ?

Sa question s'adressait au profiler du FBI.

— Il a d'abord fallu qu'il transporte ses victimes dans un endroit isolé et sûr, répondit Maggie. C'est tout de même bizarre qu'il n'ait pas pensé à emporter un outil approprié.

— Mon père a une machette dans la cabane de son jardin, fit Bonzado. Il prétend que c'est un outil qui convient aussi bien pour couper les branches d'un arbre que pour enlever les pissenlits. Quant à la hachette, n'importe quel campeur en garde une dans le coffre de sa camionnette.

— Admettons qu'il ait eu une machette ou une petite hache à portée de main, poursuivit Julia. Ça ne nous dit pas où il a emmené ses victimes. Couper la tête de quelqu'un, ça fait des saletés. Et je n'ai pas vu beaucoup de jardins avec des cabanes à outil dans notre district.

— On a retrouvé les têtes chez nous, mais il a peut-être commis ses crimes ailleurs, fit remarquer Maggie.

— C'est vrai, convint Julia, à bout d'arguments.

Maggie fut étonnée qu'elle se montre aussi conciliante.

— Donc, reprit l'inspecteur Racine, il a probablement accès à une cabane isolée ou à une cabane de jardin. D'après ce que je crois savoir des tueurs en série, ils opèrent en général à proximité de leur maison ou de leur lieu de travail.

— Pardonnez-moi de vous interrompre, mesdames, intervint Bonzalo.

Il avait pris des forceps, et se penchait sur une bande de chair qu'il détachait précautionneusement de la base du crâne.

— Je crois que j'ai trouvé quelque chose d'intéressant. Vous m'autorisez à le prélever ?

— Faites ce qui vous paraît nécessaire.

Maggie vint regarder par-dessus son épaule le morceau de peau en état de décomposition avancée, d'environ cinq centimètres de diamètre, gris et noir aux endroits où il adhérait à l'os, et que le solvant n'avait pas réussi à détacher.

— Qu'est-ce que c'est ? demanda-t-elle enfin.

Bonzado essuya son échantillon et l'éleva pour le regarder à la lumière du soleil, mais Maggie ne voyait toujours pas ce qui avait attiré son attention.

— L'épiderme a été gratté, déclara-t-il avec le sourire réjoui d'un écolier qui s'apprête à faire une démonstration.

Mais si je ne me trompe pas, nous sommes en présence d'un tatouage. L'assassin a cru le faire disparaître en arrachant la couche de peau superficielle, mais les tatouages laissent des marques dans le derme, car l'encre pénètre profondément.

— Vous croyez que ce petit morceau de peau sera suffisant pour reconstituer le dessin ?

— Je l'ignore, pour l'instant, répondit-il en posant l'échantillon sur une table fluorescente. Mais si c'est le cas, ça devrait nous permettre d'identifier notre client car, comme vous le savez, chaque tatouage est unique.

— Notre homme aurait donc enfin commis une erreur ? demanda Julia d'un ton plein d'espoir.

— Peut-être bien, répondit Bonzado. En tout cas, je l'espère.

28.

Omaha, Nebraska

Pakula abandonna Clare et les filles sous la verrière du jardin. Elles étaient plongées dans l'élaboration de leurs projets pour la grande fête du 4 juillet qu'ils devaient passer à Memorial Park et, manifestement, elles n'avaient pas besoin de lui.

Il ne s'en formalisa pas. Il avait le salon pour lui tout seul, et personne avec qui se battre pour choisir le programme télé. Il mit Fox News en bruit de fond, puis alla chercher le dossier qu'il projetait d'étudier. Il lui arrivait rarement de rapporter du travail chez lui, mais quelque chose le titillait dans cette affaire ; les élucubrations de Weston l'avaient rendu nerveux.

Il sortit les photos du cadavre de Mgr O'Sullivan et celles de l'autopsie, ainsi que le rapport sur l'affaire de Minneapolis. Ses collègues de là-bas ne s'étaient pas fait prier pour lui fournir des renseignements. Ils n'avaient aucune piste, et sa collaboration était bienvenue, même s'ils estimaient que le meurtrier avait probablement frappé au hasard.

Il n'avait pas encore étudié les résultats du labo concernant l'affaire O'Sullivan, et il décida de commencer par là. Un assassin laissait toujours des traces, parfois invisibles à l'œil nu mais qui n'échappaient pas aux analyses — de la boue, des fibres de vêtements, et même, avec beaucoup de chance, quelques cheveux.

Il contempla avec intérêt les sachets d'échantillons prélevés par Medina. Le premier contenait les fameuses miettes de pain. Il l'éleva à hauteur de ses yeux pour lire l'étiquette.

« Prélevement effectué sur la chemise de la victime.
Conclusion du laboratoire : pain blanc sans levure. »

Il se gratta la tête. Des miettes sur la chemise de la victime ? Est-ce que quelqu'un s'était penché sur le cadavre avec un sandwich à la main ? Si le prêtre avait mangé un sandwich, ils auraient trouvé l'emballage. A moins que quelqu'un ne soit venu le lui piquer. L'idée qu'un crétin ait pu prendre le sandwich d'un macchabée était plus que saugrenue, mais Pakula avait vu des choses encore plus étranges au cours de sa carrière.

Il prit le second sachet, et un frisson d'excitation le parcourut lorsqu'il aperçut une mèche de cheveux courts. Les cheveux ne suffisaient pas toujours à établir un profil ADN ; il fallait une partie du bulbe ou de la racine pour obtenir quelque chose de fiable, même si l'on possédait plusieurs échantillons. Enfin, au point où il en était, il se serait contenté d'un poil de nez, pouvu que ce fût celui de l'assassin.

Il lut l'inscription de Medina, et poussa un soupir de déception. Il dut même se retenir de balancer le truc à travers la pièce.

« Prélèvement effectué au dos de la chemise de la victime.

Conclusions du laboratoire : poils canins, race non identifiée. »

Merde !

Il jeta un coup d'œil par la fenêtre. Clare et les filles étaient toujours sous la véranda. Elles riaient. Apparemment, tout se passait bien ; elles paraissaient d'accord sur le programme : le temps était au beau fixe.

Il fouilla dans le paquet de photographies et en choisit plusieurs qu'il étala devant lui, sur la table basse.

Sur l'une d'elles, on voyait Mgr O'Sullivan couché sur le côté, les jambes entortillées, ses lunettes écrabouillées près de lui. Pakula s'intéressa de plus près aux lunettes, et comprit aussitôt ce qui avait attiré son attention. Elles ne s'étaient pas brisées en tombant : quelqu'un avait marché dessus. Probablement l'assassin. Il se promit de vérifier si Medina avait réussi à tirer quelque chose des débris de verre — un bout d'empreinte de chaussures, par exemple.

Il consulta les notes de l'expert. Elle avait trouvé par terre une frite, une pastille mentholée, plusieurs fibres de vêtements, des traces d'argile et quelques brindilles de mauvaises herbes. Mais rien ne prouvait que tout ceci eût un rapport quelconque avec le crime ou même simplement avec la victime. Visiblement, le meurtrier était entré, il avait poignardé le prêtre, puis il était ressorti sans prendre la peine de se laver les mains. On n'avait même pas découvert de mouchoir en papier ensanglanté dans la poubelle. Il était donc parti avec son arme ensanglantée, et personne — pas même le type qu'il avait croisé en sortant — n'avait rien remarqué. Incroyable !

Pakula abandonna les photos et s'intéressa au dossier de l'affaire de Minneapolis. Il parcourut rapidement le rapport de police. Comme Weston le lui avait dit, on avait planté un couteau dans le cœur du prêtre en plein milieu de la foule, à l'extérieur, pendant la fête du Memorial. Personne n'avait rien vu venir. Daniel Ellison s'était brusquement affaissé sur les genoux en se tenant la poitrine à deux mains. Un geste inexpliqué.

Pakula aligna les photos de Daniel Ellison à côté de celles de Mgr O'Sullivan. Rien de bien concluant. Il s'enfonça dans le canapé et appuya la tête contre le dossier en cuir, tout en regardant distraitement les gros titres des infos sur Fox News, l'esprit encore occupé par les maigres indices qu'il avait devant lui.

Il se sentait fatigué et énervé. Il redoutait de devoir annoncer à Ramsey qu'il ne possédait rien de concret pour démarrer son enquête. Il savait que l'archevêque voulait enterrer l'affaire au plus vite. Etait-ce pour éviter que l'alcoolisme de Mgr O'Sullivan soit rendu public ? Quant au porte-documents en cuir, l'archevêché ignorait peut-être ce qu'il contenait ? Et même s'il le savait, il pouvait s'agir d'informations que la hiérarchie de l'Eglise préférait garder secrètes ; cela ne signifiait pas obligatoirement qu'elles étaient gênantes ou compromettantes.

Tout de même... Pakula se souvenait que, quelques mois plus tôt, l'archevêque Armstrong avait exclu d'un lycée catholique de la paroisse deux étudiants qui avaient consulté des sites pornographiques depuis les ordinateurs de l'école. Sites que les deux adolescents prétendaient avoir connus par le biais de leur professeur de théologie — un prêtre dont Pakula avait oublié le nom.

L'archevêque avait évité les rapports de police et les poursuites judiciaires en se débarrassant tout simplement des deux gêneurs.

Pakula réfléchissait tout en regardant vaguement l'écran de télévision, lorsqu'il vit apparaître la photographie d'un prêtre — son attention fut d'abord attirée par le col blanc et la soutane. Il attrapa aussitôt la télécommande pour augmenter le volume et réussit à entendre la fin :

« … a été mystérieusement poignardé pendant un feu d'artifice. C'est tout ce que nous savons pour l'instant. Agé de cinquante-deux ans, le père Gerald Kincaid était le prêtre d'une église catholique de Columbia, dans le Missouri. »

Pakula frissonna et sentit son estomac se nouer. Il se jeta sur son téléphone portable et composa le numéro personnel de Ramsey. Ça ne lui plaisait guère de l'admettre, mais il commençait à croire que Bob Weston avait raison.

Quelqu'un s'acharnait sur les prêtres catholiques.

29.

Meriden, Connecticut

Maggie n'avait jamais vu Harvey comme ça. Il s'amusait comme un fou à pourchasser le fox-terrier de Luc Racine — à tel point qu'elle avait l'impression de l'entendre rire. Luc riait, lui aussi, et la jeune femme songea que Julia devait être soulagée de constater que son père se comportait normalement depuis qu'ils étaient entrés dans le parc de Meriden, surtout après l'accueil alarmant auquel elles avaient eu droit, tout à l'heure, quand il les avait reçues sur le seuil de sa maison.

Julia avait appelé son père en sortant du laboratoire de l'université. Il avait paru excité et ravi de leur arrivée, et avait même invité Bonzado à se joindre à eux. Pourtant, lorsqu'elles avaient sonné à sa porte, moins d'une heure plus tard, il ne les avait pas reconnues et leur avait ouvert avec un air hagard, comme quelqu'un qui ne sait pas ce qu'on lui veut.

Maggie se souvenait encore du coup qu'elle avait reçu à l'estomac lorsqu'elle avait découvert ce regard vide et confus, un regard qui prouvait que quelque chose ne fonctionnait plus, en dépit des efforts du vieil homme.

Mais Luc était de nouveau présent. Il avait échangé avec Adam des plaisanteries sur les expertises médico-légales, tout en engloutissant plusieurs sandwichs. Il avait même participé activement à la conversation lorsque sa fille avait commencé à parler boulot. Ensuite, il s'était éloigné pour jouer avec les chiens. Finalement, pour un homme souffrant d'un début d'Alzheimer, Maggie ne le trouvait pas en si mauvais état.

— Il faut que je vous montre comment Scrapple attrape ça ! dit Julia à Maggie, en désignant la balle de tennis d'un jaune sale que son père avait apportée.

Elle la jeta en direction de Luc, qui se trouvait toujours avec les deux chiens, et partit dans leur direction. Elle voulait probablement s'isoler un peu avec son père.

— Ils sont très attachés l'un à l'autre, constata Adam lorsqu'il se retrouva seul avec Maggie. Je ne sais pas si Julia le reconnaîtrait devant vous, mais c'est la vérité.

— Elle ne m'en parlerait pas spontanément, en tout cas, répondit Maggie. En fait, je ne sais pratiquement rien d'elle.

— Vraiment ? fit Bonzado qui paraissait sincèrement surpris. Pourtant, elle parle beaucoup de vous. Je pensais même que vous étiez des amies proches.

Maggie se tut. Elle se demandait comment qualifier exactement sa relation avec Julia. Peut-on qualifier d'*amie proche* quelqu'un avec qui l'on ne parle que de têtes de morts farcies d'asticots ? Une fois de plus, Maggie se surprit à penser qu'au fond, Julia n'était pas si différente d'elle. Elle-même n'avait pas beaucoup d'amis à part Gwen — et peut-être Tully, son collègue du FBI… Elle se rendit compte alors qu'Adam la regardait.

— Qu'est-ce qu'il y a ? fit-elle. J'ai de la mayonnaise sur le nez ?

— Non, pas du tout. J'admirais la perfection de votre visage.

Il lui adressa un sourire enjôleur, et elle se rendit compte qu'il essayait de flirter avec elle.

— Pourquoi sépare-t-il les têtes des corps, d'après vous ? lui demanda-t-elle.

Mieux valait rester sur le terrain du boulot. D'ailleurs, elle n'était pas sûre de se souvenir comment on flirtait.

— Pardon ?

— Je parlais du tueur. C'est certainement plus facile de transporter une tête qu'un corps tout entier. Mais je me demande s'il ne cherche pas à nous dire quelque chose.

Adam se mit à rire.

— Toujours en service, à ce que je vois !

— Quand je suis sur une affaire…

Mais elle ne voulait pas avoir l'air de s'en excuser. Elle adorait son travail. Ses proches le savaient et l'avaient accepté. Elle songea que si Bonzado voulait la connaître un peu mieux, il fallait qu'il s'y fasse.

— La tête, le visage, c'est ce qu'il y a de plus personnel. Quant au message que l'assassin voudrait nous faire passer, c'est à vous de le découvrir : c'est votre job de profiler… Une chose me tracasse, tout de même, ajouta-t-il en posant ses mains à plat sur la table de pique-nique.

L'index de sa main droite traça une ligne sur la table.

— Il ne s'est pas contenté de trancher la nuque et le cou. Il est remonté en dessous de l'oreille gauche.

Cette fois, il indiqua le tracé sur son propre cou.

— Là, il a enfoncé profondément son arme, puis il est reparti dans l'autre sens. Comme s'il avait voulu dessiner un nœud.

— Vous pensez que ça signifie quelque chose ?

— Aucune idée.

— C'est peut-être tout simplement un geste rageur.

— Possible, mais j'ai constaté exactement la même chose sur l'autre crâne. Le reste de la nuque est déchiqueté, on dirait l'œuvre d'un fou, mais là c'est très précis : un nœud carré à la base de la gorge. C'est tout de même étrange. Il faudrait que vous demandiez au médecin qui a pratiqué l'autopsie de la troisième victime s'il a remarqué la même chose.

— D'accord.

Elle se tut et se mit à réfléchir. Ce geste avait peut-être une signification précise pour le tueur, mais laquelle ? De nouveau, elle se rendit compte qu'Adam l'observait avec attention.

— Le mois prochain, le congrès national de médecine légale aura lieu à Washington. Je resterai là-bas un peu plus d'une semaine. En plus, je dois aussi travailler pour le Smithsonian… On pourrait dîner ensemble ?

Cette fois, son sourire était plus hésitant et son doux regard brun paraissait un peu inquiet. Maggie se demanda si elle l'intimidait. Avant qu'elle ait eu le temps de répondre, il ajouta :

— Je jure de ne pas bousculer votre routine et de ne pas vous envahir.

Elle ne put s'empêcher de lui sourire.

— Et moi, je promets de ne pas parler de têtes coupées, répondit-elle.

Son portable sonna au même instant.

— Je dois répondre, dit-elle d'un ton d'excuse. Maggie O'Dell, fit-elle dans l'appareil.

— O'Dell, je suis content de vous entendre. Désolé de vous déranger pendant le week-end.

C'était son patron, Cunningham, l'assistant du directeur du FBI. En l'entendant farfouiller dans ses papiers, elle l'imagina assis à son bureau, l'appareil coincé entre son épaule et sa joue. Il ne prenait jamais un jour de repos. Elle fit un vague geste d'excuse en direction de Bonzado, et s'éloigna pour parler plus tranquillement.

— En fait, je ne suis pas en week-end, répondit-elle. Je travaille. Je suis venue dans le Connecticut avec l'inspecteur Racine : nous avons apporté les deux premières têtes au professeur Bonzado pour qu'il les examine.

— Est-ce qu'on peut déjà savoir si on a affaire à un ou à plusieurs meurtriers ?

Il allait droit au but, comme toujours, mais elle s'était habituée à ses manières un peu brusques. De nouveau, elle l'entendit tourner fébrilement des pages, avec la télévision en bruit de fond. Peut-être n'était-il pas au bureau, après tout ?

— Il est trop tôt pour tirer des conclusions définitives, dit-elle.

Mais elle savait qu'il voulait connaître ses premières impressions, et elle poursuivit :

— Il semble que les têtes aient été séparées des corps d'une façon assez similaire. Le meurtrier agit sous l'emprise d'une violente colère : il tire et coupe comme il peut dans une sorte de crise de folie. Bonzado pense qu'il a utilisé un outil destiné à tailler les haies, ce qui peut signifier qu'il agit non loin d'une cabane de jardinier. Soit il perd la tête au moment où il assassine ses victimes, soit il se sent suffisamment en sécurité pour donner libre cours à sa fureur. Il est probable qu'il les décapite après les avoir étranglées. Ensuite, il reprend ses esprits et il dépose les têtes à un endroit soigneusement choisi pour qu'on les retrouve. Pour l'instant, je n'ai pas la moindre idée de ce qu'il a pu faire des corps.

— On dirait que vous êtes sur la bonne voie. Ça m'ennuie d'autant plus de devoir vous envoyer sur une autre affaire, mais je n'ai pas d'autre agent disponible. Tully est en vacances et les autres sont occupés… Dans l'immédiat, vous croyez que vous avez de quoi tracer un profil pour Racine et Henderson ?

— Ça risque d'être un peu vague, mais je peux leur donner quelque chose, oui.

— Très bien. Ça leur fera un point de départ… Attendez une seconde !

Cette fois, Maggie entendit des voix, et Cunnigham répondit qu'il n'en avait plus que pour cinq minutes. Il l'appelait de chez lui. C'était donc urgent… Elle avait du mal à l'imaginer en famille, même si elle le savait marié. Elle n'avait jamais vu de photos sur son bureau si bien rangé, ni rien qui puisse laisser soupçonner qu'il avait une vie en dehors du FBI. En fait, après dix ans de collaboration, elle ignorait encore tout de lui, y compris l'endroit où il habitait, s'il vivait dans une maison en banlieue ou dans un appartement chic de Georgetown.

— Vous prenez l'avion demain matin, dit-il.

Elle comprit brusquement qu'il s'adressait de nouveau à elle.

— Et où m'envoyez-vous, monsieur ?

— A Omaha, dans le Nebraska.

30.

Memorial Park
Omaha, Nebraska

Tommy Pakula détestait tout dans ce genre de manifestations. La foule, le bruit, la chaleur... Jusqu'aux artistes des années soixante qu'il jugeait ridicules — de véritables caricatures. Il devait pourtant reconnaître que Frankie Avalon était bien conservé pour son âge et qu'il aurait pu faire bonne figure s'il avait laissé ces invraisemblables chaussures blanches au vestiaire.

Les officiels qui lui tapaient dans le dos l'agaçaient aussi prodigieusement. Il se demanda comment Ramsey pouvait supporter ça. Mais ils étaient tous deux des gars du pays — Pakula avait fait ses études à l'université de South High, et Ramsey à Creighton Prep, quelques années avant lui. Ils connaissaient la chanson et avaient développé une certaine endurance. Ramsey encore plus que Pakula, car il avait quitté Omaha pendant près de dix ans, avant de revenir au pays se mêler de politique et de bureaucratie. Les rouages de la politique, ils connaissaient bien, et c'était d'ailleurs pour cela qu'ils étaient en train de parler de procédures de police — ou plutôt de protocole — au beau milieu d'un parc d'attractions bondé, alors qu'ils auraient été bien mieux dans un petit café tranquille de la ville. C'était plus discret, personne ne se douterait qu'ils pouvaient avoir une conversation aussi sérieuse par une belle journée ensoleillée, en plein week-end de fête, au milieu de Memorial Park sur une pelouse parsemée de couvertures, de chaises pliantes, de glacières et de parasols qui ne laissaient que de minces espaces d'herbe verte pour circuler.

Ils avaient abandonné leurs familles respectives quelque part dans cette mer rouge, bleu et blanche, sous prétexte d'aller chercher une boisson fraîche. Les vendeurs ambulants s'alignaient autour du monument, en haut du parc, loin de la foule et presque hors de portée de la demi-douzaine de gigantesques enceintes installées par Frankie et sa bande. Pakula avait commandé un hot dog choucroute et un énorme gobelet de Coca ; son patron s'était contenté d'un hot dog classique et d'une bière.

— Je me demande comment tu peux manger ça, dit Pakula en montrant d'un signe de tête le pathétique hot dog de Ramsey : une maigre saucisse noyée dans la moutarde, entre deux petits pains.

— Tu me reposeras la question quand tu auras toi-même des aigreurs d'estomac, répliqua Ramsey en suivant des yeux deux adolescents à bicyclette qui roulaient en contrebas et filaient droit vers la foule.

Pakula reconnut là un réflexe de flic. Lui-même ne put s'empêcher de remarquer un van aux portes grandes ouvertes que le propriétaire semblait avoir abandonné. Clare lui reprochait régulièrement de ne pas l'écouter et de regarder ailleurs quand elle s'adressait à lui, mais entre flics ils se comprenaient et ils pouvaient parler tout en observant ce qui se passait autour d'eux.

— Il y a quelque chose que tu dois savoir, Tommy, dit

Ramsey en faisant semblant de s'intéresser à ce qui se passait derrière lui. La brigade des mineurs surveillait depuis un moment Mgr O'Sullivan et Notre Dame des Lamentations.

— Merde ! s'exclama Pakula, la bouche pleine.

Il s'essuya les lèvres du revers de la main.

— Tu aurais pu me le dire hier !

— Je ne t'en ai pas parlé parce que ça n'a rien d'officiel. Il n'y a pas eu de plainte. Juste une journaliste du *Herald* qui a mis son nez là-dedans et qui harcelait Sassco pour qu'il fasse quelque chose. Mais Sassco n'a rien trouvé, et tu sais comment les gens montent sur leurs grands chevaux dès qu'il est question de mineurs. Il ne s'agissait peut-être que de fausses rumeurs, et cette dame cherchait sans doute une piste pour écrire un article juteux. Tu connais les médias...

Pakula hocha la tête, mais demeura silencieux. Ramsey n'avait pas terminé. Il attendit la suite en buvant une rasade de Coca.

— C'est sans doute pour ça que l'archevêque est dans ses petits souliers avec cette histoire de meurtre, poursuivit Ramsey. Il prétend que ça ne l'inquiète pas, mais il s'est vite dépêché d'envoyer quelqu'un récupérer la valise de Mgr O'Sullivan.

— Tu crois qu'il est au courant pour les autres prêtres ?

— C'est possible. Il a la réputation de s'entourer de gens qui ne le contredisent jamais et de jeter sans pitié le discrédit sur ceux qu'il considère comme ses ennemis.

— Peut-être, mais si un dingue se met à éliminer les prêtres catholiques, il devrait faire tout ce qui est en son pouvoir pour l'arrêter, non ? Ou alors j'ai raté une étape de ta démonstration.

Pakula ajusta ses lunettes de soleil sur son nez, et jeta le papier de son hot dog, tout en jetant un coup d'œil du côté du vendeur. Il lui restait encore plus de la moitié de son Coca : il fallait bien manger quelque chose avec.

Son regard de convoitise n'échappa pas à Ramsey.

— Vas-y, prends-en un autre puisque tu en meurs d'envie ! lui lança-t-il en riant.

— Ce ne serait pas raisonnable. Clare a apporté des sandwichs aux boulettes de viande.

— Ah ! tu ne m'avais pas dit ça... Bon, pour en revenir à notre affaire, il s'est passé des trucs louches à Notre Dame des Lamentations, et l'archevêque préfère sans doute qu'on ne creuse pas trop la question. O'Sullivan transportait peut-être avec lui un porte-documents, mais on n'a pas réussi à mettre la main dessus. Si on classe l'affaire, c'est terminé. Je ne crois pas une seconde à cette histoire de sœur qui attend la dépouille de O'Sullivan dans le Connecticut pour l'enterrer le plus rapidement possible. A mon avis, c'est Armstrong qui est pressé de les mettre sous terre, lui et ses secrets.

— Ce meurtre tombe à pic. Une véritable bénédiction...

— Exactement.

— Alors, qu'est-ce qu'on va faire ?

— Je suis fatigué que ce type nous manipule et nous dicte notre conduite par personne interposée. Il n'a même pas les couilles de le faire lui-même : il nous envoie ce tyran de frère Sebastian avec son teint terreux.

Ramsey fit une pause, comme s'il avait besoin de se calmer, et but une longue gorgée de bière.

— J'ai un pote au FBI : Kyle Cunningham. Un type haut placé qui me doit un service. C'est une longue histoire et je ne vais pas te la raconter. Bref. Puisque l'archevêque se croit tellement au-dessus des lois, on va lui envoyer quelqu'un d'encore plus puissant que lui, quelqu'un qui n'a pas peur de l'affronter et qui n'hésitera pas à remuer ciel et terre s'il s'avère qu'un taré de tueur en série a pris les prêtres pour cible. Si c'est le cas, tu verras qu'on aura d'autres soucis que les réactions d'Armstrong et du *Herald Tribune*. Surtout qu'en ce moment, les gens ne se gênent pas pour critiquer le FBI.

— Tu veux vraiment faire intervenir ton ami ? Weston ne te paraît pas suffisant ?

— Cunningham m'a promis de m'envoyer son meilleur profiler. Pas toute une armada. Un type de choc. Je pense que ça devrait aller.

— Je préférerais résoudre cette affaire moi-même, protesta Pakula.

Il ne voulait pas avoir l'air de critiquer la décision de son chef, mais il doutait que le FBI pût leur être d'une grande utilité. Il savait qu'il serait en première ligne quand les choses tourneraient mal, et il ne voyait pas en quoi un profiler, même inspiré, lui simplifierait la tâche. Il pourrait tout au plus lui expliquer que le tueur enfilait son pantalon en commençant par la jambe droite, mais ça ne le mènerait pas bien loin... Enfin, avec un peu de chance, les fédéraux les aideraient au moins à faire des recoupements avec d'autres meurtres. S'ils avaient affaire à un tueur en série, ça leur permettrait d'y voir un peu plus clair.

Pakula regarda son chef droit dans les yeux. Il s'attendait à être rabroué, mais Ramsey hocha la tête d'un air songeur.

— Je suis d'accord avec toi, fit-il en mordant enfin dans son hot dog, comme si l'appétit lui était brusquement revenu. En tout cas, tu ferais bien de te préparer à affronter la presse. La venue du FBI risque de faire du bruit.

31.

Il s'installa devant son ordinateur. Il était épuisé ; sa vision se brouillait, il avait mal partout. Cela lui arrivait de plus en plus souvent, comme si on l'avait vidé de sa substance. Pourtant, il restait là, à lire le *chat* qui démarrait : un échange de considérations débiles et sans intérêt. Comme d'habitude, il n'avait pas l'intention d'y participer : il attendait simplement le début de la partie.

Il avait laissé la fenêtre ouverte, en dépit de l'air chaud et humide qu'il sentait sur sa nuque. Il entendait le bruit de la circulation, étonnamment dense pour l'heure tardive. Le feu d'artifice n'était pas encore terminé, et on avait encore droit à ces stupides explosions.

De temps à autre, une salve parvenait jusqu'à lui. Un sifflement suivi d'une détonation ou un petit grésillement qui mourait doucement.

Une fois de plus, il se rendit compte à quel point il détestait le 4 juillet et les souvenirs qui y étaient associés. Ils surgissaient de nulle part, inattendus, imprévisibles. Parfois, ils le submergeaient et d'autres fois, ils restaient là, tapis dans l'ombre, à peine perceptibles mais sournoisement présents. Il avait beau essayer de les repousser, il n'y parvenait pas.

Il jeta un coup d'œil à l'horloge de l'ordinateur — encore quinze minutes —, tout en se demandant ce qui le poussait à demeurer sur cette chaise alors qu'il était épuisé et qu'il n'aspirait qu'à allonger son corps las. Mais le jeu apaisait son angoisse. Là, il trouvait exactement ce dont il avait besoin : un endroit où il pouvait enfin donner libre cours à sa colère et se venger de ses ennemis sans prendre le moindre risque. Ça ne faisait pas disparaître les mauvais souvenirs, mais ça les mettait en sourdine.

A présent, il se rappelait à quel moment le jeu ne lui avait plus suffi, à quel moment il avait senti qu'il lui fallait davantage que ce maigre soulagement, d'autant plus que l'objet de sa rage se promenait en liberté. Ça, il ne pouvait plus le supporter.

Il regarda ses mains, et se rendit compte qu'il avait encore du sang sur les doigts et que des gouttelettes tombaient régulièrement sur son clavier et son bureau. Il fit un bond et leva ses mains à hauteur de son visage en les contemplant comme si elles appartenaient à quelqu'un d'autre. Quelqu'un qu'il ne reconnaissait pas...

Son état empirait, il le sentait au plus profond de lui-même. Un monstre pénétrait sa peau, ses veines, ses os. Un être malfaisant qui allait le détruire s'il ne trouvait pas rapidement un moyen de s'en débarrasser. Il fallait aller à la source du mal... La source, il savait où la trouver. Il ne lui restait plus qu'à rassembler le courage nécessaire pour la faire disparaître.

Il respira profondément à plusieurs reprises, et jeta de nouveau un coup d'œil sur la pendule de l'ordinateur. Il avait juste le temps d'aller se laver les mains.

Il se dirigea vers la salle de bains en jetant à peine un regard à la tête fraîchement décapitée de Dena Wayne qui le contemplait fixement depuis la table basse du salon.

32.

Mardi 5 juillet
Bureaux administratifs de l'archidiocèse d'Omaha

Tommy Pakula remua sur son siège, mais pas moyen de trouver une position confortable avec ce dossier de bois. Il était assis en face d'un magnifique bureau, sur un siège un peu trop bas, spécialement étudié pour permettre à l'archevêque de contempler son visiteur de haut — quand il daignerait apparaître. Pour l'instant, Pakula attendait, et il était certain que cela faisait partie de la manœuvre d'intimidation.

N'ayant rien d'autre à faire, il se mit à observer les immenses portraits des archevêques alignés sur le mur derrière le bureau. Il ne reconnaissait que Sheehan et Curtis…

Il remua de nouveau sur son siège, tout en jetant un coup d'œil autour de lui. Il eut envie de passer un doigt sur le rebord de la fenêtre et sur le dessus de la bibliothèque pour voir si quelque grain de poussière osait souiller cette pièce emplie de sainte présence.

Avant d'annoncer que les fédéraux allaient mettre leur nez dans l'affaire, Ramsey tenait à faire savoir à l'évêché qu'ils avaient fait tout ce qui était en leur pouvoir. Il avait donc insisté pour que Pakula fasse le déplacement.

Tommy n'avait jamais rencontré l'archevêque Armstrong, et Ramsey avait semblé surpris de l'apprendre.

— Et moi qui te prenais pour une grenouille de bénitier ! avait-il commenté sans la moindre gêne. Tu ne vas pas régulièrement à Saint-Stan ?

Il y allait, en effet, mais c'était surtout pour faire plaisir à Clare. Il avait néanmoins accepté d'élever ses filles dans la foi chrétienne, en leur laissant le soin de faire le tri entre ce qu'il y avait à prendre et à laisser. Clare lui avait fait remarquer récemment qu'ils avaient probablement fait le bon choix car leur fille aînée, Angie, avait décidé de rester à Omaha pour suivre des cours à l'université catholique de Creighton, comme sa mère avant elle. Elle avait même travaillé dur pendant ses dernières années de lycée pour décrocher une bourse et contribuer ainsi aux frais liés à la fréquentation de ce prestigieux établissement.

Tommy taquinait régulièrement Angie en prétendant qu'il regrettait qu'elle ne quitte pas Omaha, parce qu'il aurait bien voulu installer son punching-ball et ses haltères dans sa chambre, mais il était fier de sa fille et se réjouissait de l'avoir encore près de lui pendant quelques années. Et, bien entendu, il avait hâte de la voir jouer au foot dans l'équipe de l'université, cet automne — elle leur avait déjà dit qu'on réservait les places d'honneur aux parents des joueurs de l'équipe…

Une porte s'ouvrit brusquement, et il se redressa malgré lui, comme s'il avait été à l'église et qu'on l'avait surpris en train de s'assoupir en plein sermon. Il hésita à se lever, puis décida de rester assis.

— Monsieur Pakela ! lança Armstrong en se trompant sans doute volontairement.

— Je m'appelle Pakula, corrigea Tommy, et je suis inspecteur de police.

L'archevêque restait debout à côté de son bureau, avec l'air d'hésiter. Attendait-il que son visiteur se lève en signe de respect ?

Pakula se rappelait parfaitement les consignes de Ramsey : il lui avait recommandé de se montrer poli, mais il ne lui avait pas dit de lécher les bottes d'Armstrong.

Tommy demeura donc assis.

— Vous êtes d'origine tchèque ?

— Polonaise.

— Ah oui, bien sûr ! répondit l'archevêque en se glissant enfin dans son fauteuil.

Comme si cette information avait été indispensable pour engager la conversation sur des bases saines…

Le grand fauteuil de bois parut avaler le corps long et mince du vieil homme. Il devait le savoir car il se redressa aussitôt et s'avança sur le bord du siège en joignant ses mains devant lui sur le bureau, comme pour une prière.

Pakula n'avait jamais vu d'aussi petites mains chez un homme : des mains sans la moindre callosité, avec des ongles impeccablement polis et transparents. Il devait recourir aux soins d'une manucure. Pour quelqu'un qui avait fait vœu de pauvreté…

— Que puis-je pour vous, monsieur Pakula ? demanda l'évêque en penchant légèrement la tête de côté, d'un air inquiet.

Pakula remarqua qu'il persistait à l'appeler *monsieur*, au lieu d'inspecteur. Encore une manière de le rabaisser… Il fit mine de ne pas le remarquer.

— Le frère Sebastian nous a dit que vous étiez prêt à collaborer avec nous. J'aurais voulu savoir si vous aviez une idée, un soupçon... D'après vous, qui aurait pu tuer Mgr O'Sullivan ?

Ce n'était pas la peine de tourner autour du pot ; mieux valait aller droit au but.

— Bonne question ! commença l'archevêque d'une voix doucereuse, comme s'il allait débiter un sermon.

Il ouvrit ses mains en signe de prière, et tourna ses paumes vers le ciel avant de les reposer sur le plateau de son bureau et de tambouriner doucement de ses dix doigts. On aurait dit qu'il s'apprêtait à faire une bénédiction, mais Pakula doutait fort qu'il eût envie de le bénir.

— Il s'agissait peut-être d'un drogué qui cherchait à se procurer un peu d'argent pour s'acheter sa dose, hasarda Armstrong.

Pakula se retint d'éclater de rire. C'était d'autant plus drôle que son interlocuteur paraissait extrêmement sérieux. Son front était plissé sous l'effet de l'inquiétude, et ses doigts continuèrent à taper un code secret en morse.

— Mgr O'Sullivan n'a pas eu de chance, dit-il. Vous n'êtes pas de mon avis ?

— Il est un peu tôt pour répondre à cette question.

— Mais vous n'avez pas de suspect ?

— Pas pour le moment, non.

Pakula contempla attentivement l'archevêque pour essayer de deviner s'il était déçu ou soulagé par cette réponse, mais il ne parvint pas à se faire une opinion.

— Mgr O'Sullivan avait-il des problèmes à Notre Dame des Lamentations ?

— Des problèmes ?

— Oui. Il était bien le directeur de la paroisse ?

— En effet. Un excellent directeur.

Pakula remarqua que l'archevêque se défendait avant même qu'on ne l'attaque. Il n'avait pas demandé si O'Sullivan faisait du bon travail, simplement s'il avait rencontré des difficultés.

— Vous avait-il fait part de préoccupations, récemment ? De problèmes avec un professeur ou un élève, par exemple.

Tommy observa attentivement le visage du vieil homme dont l'expression pouvait lui apprendre plus que ses réponses.

— Les élèves..., fit l'archevêque d'un air songeur. Non. Il ne m'a pas parlé de menaces émanant d'un élève.

De nouveau, Pakula eut envie de sourire. L'archevêque traduisait *problèmes* par *menaces*. Décidément, il avait quelque chose à cacher.

— Nous avons interrogé le père Tony Gallagher, samedi.

Tommy se doutait qu'Armstrong était déjà au courant. Il se demanda si c'était un péché de cuisiner un archevêque — mais, même si c'en était un, il avait bien l'intention de continuer.

— Pourquoi avez-vous envoyé Mgr O'Sullivan à Rome ? Etait-il censé remettre quelque chose de particulier au Vatican ?

— Si c'est ce que vous a dit le père Tony..., commença l'archevêque en secouant la tête, comme s'il hésitait à avouer quelque chose de désagréable.

Il ouvrit de nouveau les mains, dans un geste qui évoquait le pardon.

— J'ai bien peur qu'il ne faille y voir un peu de jalousie. Lui et sœur Kate avaient des projets que nous avons dû différer par manque d'argent.

Il haussa les épaules en regardant Pakula d'un air entendu, comme si celui-ci était au courant.

— Sœur Kate ?

— Sœur Katherine Rosetti. Elle enseigne l'histoire et, à ce titre, elle organise des sorties dans les musées et autres lieux culturels. Elle donne aussi des conférences et tient des séminaires un peu partout. Ce qu'elle gagne lors de ces interventions rembourse en grande partie ses frais de déplacements, mais elle aurait voulu emmener ses étudiants avec elle un peu plus souvent. Malheureusement, cela nous coûte très cher. Sans compter les responsabilités que cela implique de se déplacer avec des adolescents. Nous avons dû réduire son budget, et elle n'est pas du genre à rester silencieuse quand elle est mécontente.

— Donc, en ce moment, elle est mécontente ?

— En effet. Et ça ne m'étonnerait pas qu'elle ait fait des commentaires au sujet du voyage de Mgr O'Sullivan.

— Nous verrons ça. Je ne l'ai pas encore rencontrée, mais j'ai bien l'intention de le faire, dit Pakula.

Il se demanda si sœur Kate s'était plainte qu'on lui coupe les vivres ou si on lui avait coupé les vivres parce qu'elle avait une grande gueule... Mais ce n'était pas le plus important. Armstrong ne niait pas avoir envoyé O'Sullivan en mission au Vatican, et il s'inquiétait de la présence de deux brebis galeuses dans son troupeau.

— Mgr O'Sullivan transportait-il dans son porte-documents des papiers que vous lui aviez demandé de remettre au Vatican ?

— Il semblerait qu'il n'y ait pas de porte-documents.

Les longs doigts de l'archevêque cessèrent de tambouriner, et il joignit de nouveau les mains.

— Vous avez raison, convint Pakula. Nous ne l'avons pas trouvé et nous n'avons aucun moyen de savoir s'il l'avait fait enregistrer avec la valise que frère Sebastian a récupérée à l'aéroport.

Il fit une pause et ajouta :

— Tout à fait illégalement, d'ailleurs.

— J'ai donné des instructions pour qu'il tienne ce bagage

à votre disposition. Vous pourrez l'emporter avec vous en partant.

Pakula eut envie de répondre qu'il n'était pas dupe, qu'on avait certainement vidé la valise de tout ce qui aurait pu se révéler compromettant, mais il se contenta d'un petit sourire éloquent.

— J'espère que cette affaire ne sera bientôt plus qu'un mauvais souvenir, conclut le vieil homme en se frottant les mains et en se levant pour mettre fin à l'entretien. Je compte sur vous pour me tenir informé des progrès de l'enquête.

Cette fois, Pakula ne put résister. Ramsey allait être furieux, mais tant pis. De toute façon, l'archevêque finirait bien par apprendre la nouvelle. On allait probablement en parler au journal télévisé du soir.

Il se leva.

— Je vous remercie du temps que vous avez bien voulu m'accorder, fit-il d'un ton mielleux. J'aurai probablement d'autres questions à vous poser lorsque l'agent du FBI sera arrivé.

— L'agent du FBI ?

Pakula hocha la tête en se tournant vers la sortie.

— Le major Franklin estime que c'est nécessaire ? insista l'évêque.

Pakula s'arrêta net sur le pas de la porte. Ainsi, Ramsey avait raison : l'archevêque n'hésiterait pas à faire intervenir ses amis. La lutte pour le pouvoir avait commencé, et Armstrong venait de lui révéler la première étape de sa stratégie.

— Ce n'est pas le major Franklin qui a pris la décision. Vous comprendrez certainement que dans une affaire aussi délicate, la présence du FBI fait partie de la procédure habituelle.

— Bien entendu, répondit l'archevêque en faisant un geste apaisant de la main.

Il se dirigea vers la porte par laquelle il était entré tout à l'heure, sur le côté, et s'arrêta sur le seuil. Ils se trouvaient donc tous deux sur le point de sortir, tournés l'un vers l'autre, prêts à décocher une dernière flèche avant de disparaître.

— Bien entendu, répéta l'archevêque, je comprends. Nous aussi, nous avons des procédures à suivre — notamment en matière de budgets scolaires et de bourses. Vous voyez ce que je veux dire. Bonne journée, monsieur Pakula.

Il sortit sans laisser à Tommy le temps de riposter. De toute façon, il n'aurait pas pu répondre à cause de la boule qui venait de se former dans sa gorge.

33.

Lycée Notre Dame des Lamentations
Omaha, Nebraska

Gibson McCutty contempla les étagères avec l'air de celui qui s'ennuie prodigieusement, alors qu'en réalité, il adorait cette pièce. C'était la plus belle et la plus intéressante de tout le lycée, mais il aurait eu l'impression d'être un véritable crétin en le reconnaissant.

Il ne comprenait pas comment sœur Kate s'y prenait pour mélanger avec tant de bonheur les vieilleries et les nouveautés. Enfin, les *nouveautés*, tout était relatif : ici, la plupart des objets avaient plusieurs centaines d'années. Elle conservait les plus fragiles ou les plus précieux dans une vitrine qui fermait à clé, comme l'orgue de Barbarie — un étrange instrument datant du XIIe siècle, avec une manivelle et une rangée de touches —, utilisé par les musiciens de rues et les mendiants en Europe.

Seigneur ! Il n'en revenait pas de se rappeler tous ces détails. Il faut dire que sœur Kate avait le don de transmettre sa passion pour les antiquités.

Il la regarda accueillir les nouveaux élèves, et admira son calme et sa gentillesse. Gibson se sentait apaisé dès qu'elle se trouvait dans les parages. De plus, elle était jolie, ce qui ne gâtait rien. Quand elle portait comme aujourd'hui un pantalon kaki et un T-shirt, elle ressemblait plus à un élève qu'à un professeur. D'ailleurs, même lorsqu'elle s'habillait en tailleur, elle se démarquait de ses collègues à cause des couleurs : jaune d'or, bleu vif, vert citron... Sœur Kate était vraiment une personne originale.

Gibson contempla d'un œil critique les élèves qui passaient la porte : rien que des victimes de la mode. Le programme d'été était ouvert à tous les lycéens de la paroisse depuis que sœur Kate s'en occupait, mais Gibson avait l'avantage de faire déjà partie de la maison. Pour une fois qu'il était privilégié... Par exemple, il allait être le seul à savoir où se trouvait le foyer et comment s'y prendre pour obliger le distributeur à cracher un Pepsi gratuit. Mais sa connaissance des lieux ne lui avait pas permis de rejoindre la salle d'histoire, au premier étage, sans passer devant le bureau de Mgr O'Sullivan, en haut de l'escalier — pour la bonne raison qu'il n'y avait pas d'autre chemin. D'ailleurs, c'était probablement pour ça que Mgr O'Sullivan avait élu domicile à cet endroit stratégique.

Gibson avait essayé de filer le plus vite possible, en détournant les yeux au moment où il prenait son virage pour attaquer les marches menant au premier étage. Et là, il l'avait vu, debout devant son bureau, avec une chemise noire à manches courtes et un pantalon noir. L'espace d'une minute, il avait cru délirer. Il en était resté paralysé, avec une sueur froide qui lui dégoulinait dans le dos. Il commençait à croire aux fantômes lorsque la silhouette s'était brusquement tournée vers lui. Il ne s'agissait pas de Mgr O'Sullivan mais d'un homme au nez de faucon et à la peau très blanche. Ses yeux noirs s'étaient posés froidement sur Gibson, le clouant sur place.

— Vous avez besoin de quelque chose ? avait-il demandé d'une voix profonde que Gibson avait cru reconnaître.

— Non, euh… J'avais cru voir Mgr O'Sullivan.

Gibson se rendit compte à quel point sa réponse était stupide, mais les mots étaient sortis de sa bouche avant qu'il puisse les retenir.

— Mgr O'Sullivan ne reviendra jamais, avait dit l'homme en fronçant les sourcils.

Merde ! Ce type lui avait vraiment foutu les chocottes. Gibson avait fait volte-face en réajustant son sac à dos, pour grimper l'escalier quatre à quatre. Il lui avait semblé entendre l'homme le héler, mais il ne s'était pas retourné et il avait foncé directement jusqu'à la salle de cours où sœur Kate attendait ses élèves.

L'autre n'avait pas jugé utile de le suivre, mais Gibson en avait encore un nœud à l'estomac.

Il ne fallait plus qu'il y pense ; il fallait qu'il se concentre sur autre chose. Par exemple, sur les nouveaux arrivants qui erraient dans la salle : les fameux lycéens soi-disant triés sur le volet.

Gibson inspira profondément et s'assit en attendant que la nausée passe. Il essaya de se souvenir à quel point il aimait cette pièce, à quel point il s'y sentait bien, en temps normal… Il se perdit dans la contemplation de ceux qui entraient, et fut surpris de constater que ça l'apaisait un peu. Il se dit que ce serait peut-être agréable d'être comme eux, même s'ils avaient plutôt l'air paumé.

Il y avait douze inscrits : trois filles et neuf garçons. Il le savait pour avoir jeté un coup d'œil sur la liste de sœur Kate. Il avait vu par la même occasion qu'il était le seul de Notre Dame des Lamentations. Sa mère en avait été tout émoustillée, comme s'il s'agissait d'une distinction extraordinaire. Même quand elle s'était aperçue qu'il fallait cracher cinq cents dollars pour couvrir les frais de scolarité, son enthousiasme n'avait pas été entamé. Elle avait haussé les épaules en disant qu'il suffirait de demander l'argent à grand-mère McCutty. Gibson s'était plaint que ces trois semaines de travail allaient foutre son été en l'air, mais il savait que la partie était déjà perdue pour lui. Il avait entendu sa mère réclamer mille dollars à sa grand-mère, au téléphone. Mille dollars, c'était peu pour que son petit-fils pût participer à cette session... Ainsi, sa mère n'était pas seulement ravie de savoir qu'il serait occupé pendant les vacances et qu'il ne passerait pas tout son temps enfermé dans sa chambre, derrière l'écran de son ordinateur. Elle se réjouissait de l'occasion qui lui avait été donnée d'escroquer la vieille McCutty.

— Qu'est-ce que c'est que ce truc, d'après toi ? demanda un garçon plutôt petit, roux, au visage constellé de taches.

Il désignait l'un des objets préférés de Gibson.

— C'est un crâne qui servait de calice, expliqua-t-il en prenant la chose entre ses mains avec d'infinies précautions.

Le garçon écarquilla les yeux d'un air apeuré, comme si Gibson venait de transgresser un interdit, mais celui-ci savait qu'on avait le droit de manipuler — certes avec délicatesse — les objets que sœur Kate laissait à portée de main. Il renversa l'objet pour montrer à son condisciple la base de la coupe formée d'un crâne humain.

— Les prêtres du Tibet l'utilisaient pour leurs cérémonies, expliqua-t-il. Ils coupaient le haut du crâne pour s'en servir comme récipient, et rajoutaient tout un tas de trucs destinés à décorer.

Il montra du doigt les pierres incrustées. Son estomac ne le faisait plus du tout souffrir.

— Ça symbolisait pour eux le fait d'absorber l'esprit du mort. Ou quelque chose de ce genre.

L'autre le regardait d'un air admiratif. Il le trouvait probablement brillant, et Gibson fit mine de ne même pas le remarquer. Finalement, ce stage lui réservait peut-être de bonnes surprises.

34.

Reagan, aéroport national

Gwen Patterson referma son téléphone portable d'un coup sec et le fourra dans sa poche.

— Toujours pas de réponse ? demanda Maggie tandis qu'elles se frayaient un chemin dans la foule des voyageurs particulièrement dense, ce lundi matin.

— Non. Elle a fait des heures supplémentaires, samedi. Je comprends qu'elle arrive plus tard aujourd'hui, mais elle aurait tout de même pu me prévenir.

— Tu n'as pas besoin de rester ici jusqu'à ce que mon avion décolle, fit Maggie. Tu peux filer à ton cabinet, si tu as des patients. Cet endroit est un véritable zoo, aujourd'hui.

— Ça m'est égal. Harvey peut encore patienter dans la voiture ?

— Oui, ça va. Il a l'air plutôt calme. On a laissé la vitre entrouverte : il ne risque pas de manquer d'air.

Elles trouvèrent deux sièges, non loin de la zone d'embarquement. Maggie glissa son ordinateur portable dans la pochette extérieure de son bagage à main, elle rangea son billet dans la poche de sa veste, puis ôta sa montre et un bracelet qu'elle fourra dans une autre poche. Son arme et l'étui qu'elle portait sous sa veste, elle les avait déjà rangés. Bref, les formalités habituelles pour franchir sans encombre la zone de sécurité.

Gwen le dissimulait soigneusement, mais elle se sentait désespérée. Maggie serait à des centaines de kilomètres quand elle recevrait les résultats du labo. Elle eut envie de tout lui révéler maintenant. Ce matin, déjà, elle avait été sur le point de lui parler de la boucle d'oreille. Malheureusement, cela aurait signifié ouvrir la boîte de Pandore, et elle se serait trouvée dans l'obligation de tout confesser — les messages, la carte et le téléphone portable.

— Bonzado pense que le tueur a utilisé une petite hache ou une machette, dit Maggie tout à trac.

Visiblement, elle aussi était obsédée par cette affaire.

— Comment va notre séduisant professeur ? demanda Gwen.

Elle essayait de changer de sujet. Pourtant, elle mourait d'envie de parler du meurtrier, mais elle se sentait tellement coupable de chercher à manipuler son amie qu'elle essayait de compenser. Elle fouilla dans sa mémoire. Est-ce que Rubin Nash possédait une petite hache ou une machette ?

— Il va très bien, répondit Maggie.

Gwen fut heureuse de voir son visage s'éclairer en parlant d'un homme. Ce n'était pas arrivé depuis que ce cow-boy du Nebraska reconverti en avocat l'avait laissé tomber. Trop d'attirance physique et pas assez d'affinités, voilà comment Maggie expliquait la désertion de Nick. Mais avec Adam Bonzado, c'était différent : il y avait de l'espoir. Lui ne serait pas gêné par son rythme de vie délirant ni par sa fascination pour le mal — fascination qu'ils partageaient. Adam Bonzado n'était pas homme à s'inquiéter de vivre avec une femme qui traquait des tueurs en série. Au contraire, ça faisait probablement partie de l'intérêt qu'il lui portait.

Il savait ce qu'il voulait et il attendrait qu'elle soit prête à s'engager. Pas comme Morelli, ce paumé qui ne possédait pas une once de patience.

— Bonzado sera dans le district le mois prochain, pour une conférence, annonça Maggie.

— Ah !

— Et il m'a proposé de dîner avec lui.

— Très bien.

— Tu as eu des nouvelles de Tully ? demanda Maggie comme si c'était la suite logique de leur conversation.

Gwen se sentit immédiatement gênée. Elle avait peut-être eu tort de parler de Bonzado à Maggie ; maintenant, c'était à elle de se confier. Elle n'avait pas la moindre envie d'avouer à son amie les sentiments qu'elle éprouvait pour Tully, encore moins de se les avouer à elle-même ou de reconnaître qu'il lui manquait.

— Cunnigham pourrait peut-être l'envoyer dans le Nebraska à ta place quand il rentrera ?

— Gwen ! fit Maggie en riant. Il a encore une semaine de congé… Et je pensais que tu avais hâte de le retrouver.

— Bien sûr, je serai ravie de le voir. Mais je ne comprends pas pourquoi Cunnigham te met sur cette affaire alors que tu es déjà sur une autre. Sans compter que tu as l'air de progresser… Tu me parlais d'un outil de jardin, non ?

— J'ai envoyé mes rapports préliminaires à Cunningham ce matin, répondit Maggie.

Elle consulta sa montre, et Gwen en déduisit qu'elle n'allait pas tarder à embarquer.

— Tu as pu déjà établir un profil ? Aussi rapidement ?

— Une ébauche, seulement. Quand nous en saurons plus sur les victimes, ce sera la même chose pour le meurtrier. Racine et Stan ont identifié la tête numéro trois. Ça va nous aider à avancer.

— Ah ? Qui est-ce ?

— Les empreintes dentaires correspondent à une étudiante de l'université technique de Virginia. Elle s'appelait Libby Hopper et elle avait disparu depuis le début de la semaine dernière.

— Disparue ? Comment ça ?

Gwen essaya vainement de se rappeler où se trouvait cette université. Nash draguait-il dans les campus ? Pourquoi pas ? Les étudiantes représentaient des proies faciles.

— Elle passait des vacances en famille, et on a retrouvé sa voiture dans le parking d'une boîte de nuit de Richmond.

— Pourquoi l'assassin aurait-il pris le risque de la ramener jusqu'ici depuis Richmond ?

— Il ne l'a peut-être pas pris.

— Comment ça ? Vous avez bien retrouvé sa tête sur les bords du Potomac.

— Ça ne prouve pas qu'il l'ait tuée ici, répondit Maggie en baissant la voix.

Mais elle aurait pu se dispenser de cette précaution car personne ne les entendait, avec ces haut-parleurs qui hurlaient toutes les cinq minutes que les passagers étaient priés de garder leurs bagages près d'eux sous peine de les voir détruits par le service de sécurité.

— Il a pu agir n'importe où entre Richmond et ici. Ça expliquerait que nous n'ayons pas encore retrouvé le reste du corps. C'est plus facile de transporter juste une tête.

— Si Racine a pris la peine de te transmettre toutes ces informations, ça signifie que tu restes sur l'affaire, non ?

Elle s'efforçait de prendre un ton détaché. Elle ne voulait pas que Maggie se doute à quel point cela comptait pour elle.

— Je pense qu'elle aimerait bien que je continue, oui.

Mais Gwen était tout de même inquiète. Pendant l'absence

de Maggie, elle n'aurait plus aucune information concernant les progrès de l'enquête.

— Je te fais perdre ton temps, dit Maggie en consultant de nouveau sa montre.

Cette fois, elle se leva.

— Il faut que j'y aille, annonça-t-elle.

Elle ouvrit les bras et attendit que Gwen se lève à son tour pour l'embrasser.

— Merci de t'occuper de mon chien.

— On s'entend très bien tous les deux, affirma Gwen. Il m'oblige à faire de longues promenades dans Rock Creek Park… Grâce à lui, je découvre quantité de choses que je n'aurais pas remarquées seule.

Elle essaya de ne pas penser à la carte qui les avait menés jusqu'au deuxième crâne, sur l'un des chemins du parc.

Elle serra Maggie dans ses bras, puis fit un pas en arrière et lui sourit.

— Au fait, j'ai oublié de te demander de quoi il s'agissait, dans le Nebraska.

— Et bien, figure-toi qu'il s'agit de prêtres assassinés. Pour une fois que ce sont eux les victimes…

— Ah bon !

Gwen connaissait suffisamment Maggie pour comprendre que cette tentative d'humour noir visait à dissimuler son anxiété. Jusque-là, elle avait été trop préoccupée par ses propres problèmes pour se soucier de ceux de son amie.

Maggie évita son regard, comme si elle s'attendait à la question suivante.

— Tu redoutes d'y retourner, n'est-ce pas ? demanda Gwen.

— Pas du tout, prétendit Maggie. Ça ne me pose aucun problème. Cette histoire remonte à quatre ans.

— Certaines blessures mettent plus de quatre ans à cicatriser, rétorqua Gwen en la regardant droit dans les yeux. Surtout quand on a l'impression de ne pas être allé jusqu'au bout d'une enquête.

Maggie se contenta de hausser les épaules, puis elle allongea le bras et pressa tendrement la main de son amie.

— Ne t'en fais pas pour moi, dit-elle. Pense plutôt à toi. Tu as l'air épuisé. Je t'appellerai ce soir.

Et elle s'éloigna de ce pas ferme et décidé qui trompait tout le monde, sauf Gwen. Mais Gwen ne chercha pas à la retenir car elle aussi avait un lourd secret à porter. Elle était soulagée que Maggie n'ait pas soupçonné une seconde à quel point elle était écrasée par l'angoisse et la culpabilité.

35.

Lycée Notre Dame des Lamentations
Omaha, Nebraska

Nick Morelli avait accepté d'accompagner sa sœur et son neveu, et il espérait ne pas avoir à le regretter. C'était la rentrée de Timmy — ou plutôt le premier jour de sa session d'été — dans ce qui allait être son nouveau lycée à partir de l'automne. Car Christine avait décidé de déménager à Omaha après son divorce.

Elle prétendait que Timmy était surexcité à l'idée de débuter l'année dans un établissement où il aurait tout à découvrir, mais Nick se demandait si elle ne faisait pas preuve d'un optimisme forcené. Pas plus tard que la veille, elle s'était plainte parce qu'il passait trop de temps devant son ordinateur. Ce comportement, chez un enfant de quatorze ans ne trahissait certainement pas la joie de vivre.

En arrivant, Christine avait présenté Nick à sœur Kate Rosetti, le professeur d'histoire, comme *une conférencière de renommée internationale*. Un compliment qui avait fait rougir Kate.

— Nous avons de la chance d'avoir une personne aussi qualifiée qu'elle à Omaha, avait insisté Christine.

Nick n'en avait pas été surpris. La session coûtait la bagatelle de cinq cents dollars, et il supposait que sa sœur s'était assurée que ça valait le coup.

— On dirait que vous êtes très occupée cet été, avait dit Christine à Kate Rosetti.

En bonne journaliste, elle était parfaitement renseignée.

— En effet, mais je ne donne que de courtes conférences. La plupart ne durent pas plus d'un week-end, surtout maintenant que le stage d'été a commencé... Hier, j'étais à Saint-Louis.

Puis, Christine avait pris Nick par surprise en lui proposant d'assister au premier cours pendant qu'elle faisait un tour dans le lycée. Elle possédait une excellente mémoire : elle savait que son frère sauterait sur l'occasion. Il avait suivi un cursus d'histoire à l'université, et en avait conservé une passion pour les cultures anciennes, notamment pour les armes et les outils, justement le genre d'objets que sœur Kate collectionnait. Depuis le pas de la porte, il avait déjà remarqué les épées médiévales enfermées dans les vitrines. Un véritable paradis à explorer.

Au fond, ça ne le dérangeait pas que Christine eût éprouvé le besoin de se débarrasser de lui. Car c'était bien là le but de la manœuvre. Elle voulait fureter tranquillement. Elle avait déjà eu une prise de bec avec un type qui occupait le bureau de feu Mgr O'Sullivan : un certain frère Sebastian, assistant de l'archevêque Armstrong. Et Nick n'avait aucune envie d'assister à ces échanges houleux dont sa sœur était coutumière.

Loin d'être impressionnée par la superbe du frère Sebastian, Christine avait décidé d'appeler le commissariat pour demander si ce brave frère avait le droit de farfouiller dans le bureau de Mgr O'Sullivan. Nick se demanda si sa sœur était vraiment soucieuse de justice et de légalité ou si elle était tout simplement furieuse que le type lui ait claqué la porte au nez.

— Monsieur Morelli, fit sœur Kate en apparaissant brusquement près de lui. Votre sœur m'a dit que vous aimeriez vous joindre à nous pour ce premier cours.

— Vous êtes sûre que je ne vais pas vous déranger ?

— Pas du tout. Cette première heure est surtout une prise de contact avec les élèves. Je veux qu'ils se sentent à l'aise. Ils vont faire connaissance avec la salle et se présenter les uns aux autres. Nous commençons dans cinq minutes.

— C'est une classe superbe, commenta Nick en espérant qu'il n'avait pas trop l'air d'un gamin maladroit.

Elle sourit et il ne put s'empêcher de penser qu'elle ne ressemblait en rien aux religieuses qu'il avait côtoyées autrefois dans sa propre école. Pour commencer, sœur Kate portait du rouge à lèvres et elle se maquillait les paupières, mais elle aurait pu s'en passer. Nick la trouvait belle, avec ses cheveux courts épais et soyeux, sa peau au grain lisse et ses yeux bleus au regard si chaleureux.

— Je ne voudrais pas vous paraître indiscret, mais... J'aimerais savoir comment vous vous êtes procurée tout ça.

— Vous seriez surpris si je vous faisais la liste de ce qu'on m'apporte spontanément quand on connaît ma passion pour les antiquités, répondit-elle. La plupart de ces pièces m'ont d'abord été prêtées, puis leurs propriétaires ont jugé bon de me les offrir. J'en ai déniché quelques-unes moi-même dans des endroits perdus ou sur Internet. La plupart des gens n'ont pas conscience de la valeur de ce qui dort dans leurs placards. Surtout quand cela leur vient de leurs ancêtres. Tenez, par exemple, ce braquemart..., poursuivit-elle en soulevant une épée à lame plate. Je compte le montrer aujourd'hui à mes élèves. Il date du XVe siècle.

— Ne me dites pas qu'il dormait dans une armoire poussiéreuse !

— Non, je l'ai trouvé dans la boutique d'un boucher, près d'un petit village français appelé Machecoal. Quelqu'un l'avait offert au père du commerçant, mais elle appartenait à l'origine à un riche baron, un soldat qui avait combattu aux côtés de Jeanne d'Arc… Regardez.

Elle la lui tendit, et il caressa du bout de l'index le poinçon gravé sur le manche. Il était presque effacé, mais on voyait qu'il s'agissait d'un vieux symbole, pas d'une initiale, comme on aurait pu s'y attendre. Nick sentit l'odeur métallique d'un produit sur ses doigts. Sœur Kate prenait soin de ses trouvailles.

— C'est émouvant de penser qu'il est arrivé jusqu'à moi après six cents ans, dit-elle.

— Jeanne d'Arc, hein ? Ça ne m'étonne pas que vous collectionniez des objets ayant appartenu à des saints ou à des héros.

— Oh ! Si vous saviez ! Cette arme était celle de Gilles de Rais. Une personnalité pour le moins complexe…

Elle reposa l'épée avec un grand respect, et caressa du bout des doigts la lame à double tranchant.

— On prétend qu'il aurait éventré près de cent quarante jeunes garçons avec cette arme, et qu'il en aurait même décapité quelques-uns. Tout ça après les avoir étranglés, pendus et s'être masturbé au-dessus d'eux. Vous voyez, il n'était ni un saint ni un héros. C'est le moins que l'on puisse dire.

36.

Maggie venait à peine de s'installer en première classe que l'hôtesse de l'air — une dénommée Cassy — lui apportait son Pepsi Light avec des glaçons et plusieurs sachets de mélange apéritif. Apparemment, on lui réservait un traitement de faveur. Elle aurait dû voyager en classe économique mais, sur ordre du commandant de bord, Cassy avait insisté pour qu'elle abandonne son siège tout au fond de l'appareil.

Bien entendu, Maggie ne s'était pas fait prier. En classe économique, c'était bondé, tandis qu'ici il n'y avait quasiment personne. Le commandant avait probablement découvert qu'elle appartenait au FBI en consultant la liste des passagers, et il préférait la garder à proximité de la cabine de pilotage. Son arme lui avait été confisquée pour la durée du vol — suivant la procédure de sécurité —, mais elle comprenait qu'il apprécie sa présence et qu'il veuille s'entourer du maximum de précautions. Depuis le 11 septembre, il lui était souvent arrivé de se retrouver dans les grands fauteuils près du cockpit, et elle se gardait bien d'avouer à l'équipage qu'elle ne serait pas d'un grand secours en cas de problème. En vérité, elle détestait l'avion.

Pour s'occuper, elle déplia les deux plateaux — le sien et celui du siège d'à côté qui était vide —, et y posa ses dossiers, dont celui que Cunningham lui avait envoyé par mail le matin, avec en pièces jointes les photos prises sur le lieu du crime et celles de l'autopsie. Elle les regarda discrètement, sans les sortir de la chemise pour ne pas risquer de perturber les autres passagers. Les clichés n'étaient pas aussi impressionnants que ceux des têtes décapitées. Les victimes avaient été simplement poignardées. Pas de mutilation, pas de mise en scène, pas de traces de coups ou de torture.

Apparemment, il s'agissait de trois affaires distinctes : deux prêtres en exercice et un ancien prêtre, tués dans un lieu public. Maggie allait devoir établir si oui ou non il existait un lien entre les trois meurtres, s'il y avait derrière tout cela un ou plusieurs assassins — complices ou non — et, éventuellement, elle allait devoir dresser un profil.

Elle prit le rapport de police et lut attentivement les détails de l'affaire d'Omaha. Mgr O'Sullivan, cinquante-sept ans, avait reçu un coup de couteau à la poitrine dans les toilettes de l'aéroport, un vendredi après-midi, jour où les voyageurs étaient nombreux — surtout qu'il s'agissait d'une veille de fête. Il n'y avait aucun témoin, à part un certain Scott Linquist qui prétendait avoir buté dans le meurtrier au moment où celui-ci s'enfuyait. Il en avait donné une description sommaire : un jeune homme portant une casquette de base-ball. Il n'avait remarqué ni arme ni sang.

Le rapport d'autopsie n'apportait rien, pas plus que l'analyse toxicologique du labo. Maggie s'arrêta et revint en arrière pour lire en détail le rapport, au cas où quelque chose retiendrait son attention. Tiens, d'après le médecin légiste, l'arme possédait une lame à double tranchant mesurant environ une vingtaine de centimètres, plus épaisse au centre que sur les bords, avec un manche assez large qui laissait supposer que quelque chose y était gravé. Le médecin avait d'ailleurs dessiné dans la marge un croquis représentant vaguement un vieux poignard.

Un poignard. La dernière fois qu'elle était allée enquêter dans le Nebraska, le tueur avait utilisé un couteau à viande. Elle se rappelait chaque détail de l'affaire : les petits caleçons blancs, le masque de Halloween, l'huile sainte sur le front des victimes. Lorsqu'elle y pensait — au cours des deux derniers mois, elle avait à peu près réussi à l'éviter —, elle revoyait la neige et les morceaux de glace qui flottaient dans le Platte River. Et surtout, elle ne pouvait oublier l'image de ces petits corps bleuis abandonnés sur la rive boueuse, avec cette plaie en forme de X sur la poitrine — une croix tracée par le meurtrier.

Deux hommes avaient écopé de la peine de mort pour ces crimes atroces, mais Maggie restait persuadée que le coupable se promenait toujours dans la nature. Elle avait essayé de le traquer pendant des mois, mais sans succès. Comment coincer un criminel qui s'était réfugié en Amérique du Sud, hors de sa juridiction ? De plus, à Platte City, la petite communauté que cet homme avait trahie et ravagée, les gens refusaient de croire qu'un jeune prêtre catholique ait pu commettre de telles atrocités, que le mal puisse être tapi au fond d'un homme qui s'était voué à Dieu. D'ailleurs, Maggie se demandait si le père Michael Keller ne s'était pas persuadé qu'il œuvrait pour le bien. Sinon, pourquoi se serait-il donné la peine d'administrer les derniers sacrements à ses victimes ?

Maggie avait dit à Gwen que cela ne lui posait pas de problème de retourner dans le Nebraska. Cette fois, elle se rendait à Omaha, à cinquante kilomètres au nord de Platte City. Au lieu d'avoir affaire au shérif incompétent d'une petite ville, elle allait collaborer avec un vétéran de la police. Il n'y avait donc aucune raison pour qu'elle se retrouve plongée dans l'atmosphère qu'elle avait connue quatre ans auparavant. D'ailleurs, l'affaire était officiellement classée, même pas pour elle. Surtout avec la cicatrice que le tueur lui avait laissée en essayant de lui enfoncer son couteau dans le cœur.

Gwen avait raison : certaines cicatrices ne disparaissent pas aisément.

Ses cauchemars étaient moins fréquents mais toujours aussi vivaces. Elle rêvait parfois de ce tunnel sombre et humide, sous le cimetière. L'odeur de la pourriture lui emplissait les narines. Elle entendait crisser des pas qui se rapprochaient ; elle sentait le souffle de l'homme sur sa nuque… Et, dans le rêve, le couteau ne dérapait pas : il traçait profondément le signe de la croix dans sa chair.

— Madame O'Dell…

La voix de Cassy la fit sursauter.

— Désirez-vous autre chose ?

— Non, je vous remercie. Je n'ai besoin de rien. Tout va très bien.

Elle sourit à l'hôtesse et attendit que celle-ci s'éloigne vers un autre passager. En vérité, tout n'allait pas *très bien*. Elle avait les paumes moites de sueur et l'estomac noué. Mais ce n'était pas à cause de la peur de l'avion. Gwen avait parlé d'un travail qui n'était pas terminé, et c'était exactement ce que le père Keller représentait pour Maggie. Un homme capable de tuer de jeunes garçons et de tracer une croix sur leur poitrine n'allait pas s'arrêter sous prétexte qu'il avait changé d'endroit. Son cœur, lui, n'avait pas changé. Quand on était habité par le démon, c'était pour toujours.

Pour en revenir à l'affaire qui l'attendait dans le Nebraska, Maggie avait déjà l'intuition qu'il existait un lien entre les trois crimes. Elle sortit du tas de dossiers une chemise qu'elle avait glissée à la hâte au milieu des autres, au moment où Gwen était venue la chercher pour l'accompagner à l'aéroport. A présent, elle avait tout son temps pour étudier les articles téléchargés sur Internet. De Boston à Portland, de New York à Albuquerque, les accusations d'abus sexuels sur mineurs commis par des prêtres s'étaient récemment multipliées. Aucun état ne semblait épargné. Trois hommes seulement avaient été reconnus coupables et condamnés — James Porter, Paul Shanley, John Geoghan —, mais on avait porté plainte contre près de mille cinq cents ecclésiastiques au cours des quinze dernières années.

Maggie n'en savait pas encore assez pour tirer des conclusions, mais elle avait l'impression que ces trois crimes étaient l'œuvre d'un tueur en série qui avait décidé de remplacer une justice défaillante, et non pas d'un fou qui s'en serait pris aux prêtres catholiques en raison de ses convictions religieuses. Un coup de poignard en plein cœur, cela ressemblait à une exécution.

37.

Washington D.C.

Gwen décida de laisser la messagerie vocale répondre à sa place. Après le coup de fil de Benny Hassert lui annonçant que les empreintes relevées sur l'enveloppe kraft ne correspondaient pas à celles présentes sur le verre de Rubin Nash, elle ne se sentait pas le courage de parler à qui que ce fût. Ainsi, Rubin n'était pas son mystérieux messager ou alors il s'était montré plus précautionneux qu'elle ne l'aurait cru. Il était tout de même difficile d'imaginer qu'il eût manipulé cette enveloppe sans y laisser une seule empreinte… Elle se promit de creuser la question ultérieurement. Dans l'immédiat, elle n'en pouvait plus.

Elle ne prenait pas la peine de décrocher, mais elle subissait tout de même la sonnerie, et ça lui tapait sur les nerfs. Pour couronner le tout, Harvey sursautait et se réveillait, puis il se mettait à faire des allers-retours entre elle et le téléphone, jusqu'à ce qu'elle lui ordonne de se tenir tranquille…

Elle avait appelé Dena à plusieurs reprises, chez elle et sur son portable. Elle avait d'abord pensé que sa secrétaire avait décidé de rester au lit avec son nouvel amoureux, et elle s'était reproché de toujours engager des jeunes femmes sans cervelle. Mais, en réalité, Dena n'avait rien d'une écervelée, même s'il lui arrivait de faire quelques bourdes au travail.

Puis Gwen avait commencé à se faire du souci. Dena était-elle malade ? Quelqu'un de sa famille avait peut-être des ennuis... Elle avait toujours pris soin de garder ses distances avec sa secrétaire, mais elle regrettait à présent de ne pas savoir si elle partageait son logement avec quelqu'un ou si elle avait de la famille dans le district. Elle ne pouvait appeler personne pour prendre de ses nouvelles.

Avant Dena, Gwen avait été proche de ses assistantes, puis elle s'était rendu compte que cela n'apportait rien de bon, si bien qu'elle avait changé de politique. Les précédentes lui demandaient souvent conseil et lui parlaient de leur vie privée, comme si elles trouvaient tout naturel de profiter des compétences de leur patronne. Donner des consultations gratuites ne dérangeait pas Gwen, mais elle en avait assez de s'investir dans la vie souvent chaotique de ses collaboratrices et d'essayer d'y mettre un peu d'ordre.

L'une d'elles l'avait poussée à se poser en médiatrice lors de son divorce, lorsqu'il avait fallu se battre pour la garde des enfants. Une autre lui avait demandé de se porter garante pour la mise en liberté conditionnelle de son frère. Une troisième, enfin, l'avait suppliée de convaincre sa vieille mère d'aller vivre dans une maison de retraite. C'était celle-là qui avait versé la goutte d'eau en trop — celle qui fait déborder le vase... Gwen avait découvert par la suite que la jeune femme s'était installée dans la maison familiale avec son petit copain, au lieu de la vendre pour payer les soins de sa mère, comme prévu...

Gwen se demandait parfois si elle ne se laissait pas absorber par la vie privée des autres parce qu'elle-même n'en avait pas. Elle n'avait pas voulu travailler à Manhattan, où elle aurait vécu dans l'ombre de son père — y compris professionnellement.

Elle rendait visite à ses parents une demi-douzaine de fois par an. Là-bas, elle était avant tout la fille de John Patterson. Mais elle avait quarante-sept ans, et elle ne voulait plus qu'on la considère comme une gamine. Evidemment, elle continuait à passer les fêtes de Noël avec eux, comme si cela tombait sous le sens. L'année dernière, Tully lui avait proposé de rester avec lui, et elle s'était alors aperçu qu'elle avait le choix. Quelle découverte !

Autre découverte : Tully lui manquait, et elle n'était pas ravie de s'en apercevoir. Cela faisait près de dix ans qu'elle n'avait pas *attendu* quelqu'un. Elle songea à l'appeler. Juste pour parler. Avant de partir en vacances avec sa fille Emma, il s'était assuré qu'elle avait bien son numéro de portable, celui de son hôtel et celui d'un ami chez qui il comptait passer quelques jours. Elle avait compris qu'il espérait avoir de ses nouvelles, mais elle s'était bien gardée de se manifester. C'était stupide… A leur âge, ils en étaient encore à feindre l'indifférence, comme deux adolescents. Sans doute avaient-ils du mal à abandonner ne fût-ce qu'un peu de leur indépendance… Gwen songea qu'elle redoutait surtout d'avoir le cœur brisé. Elle avait trouvé un équilibre dans la solitude, elle s'y sentait presque heureuse. Pourtant, ça ne l'avait pas empêchée de s'attacher à Tully… Décidément, il lui manquait : inutile de le nier.

Elle entendit quelqu'un ouvrir la porte de la réception, et Harvey se leva d'un bond en la regardant. Gwen n'avait pas de rendez-vous aujourd'hui, et elle avait projeté de s'enfermer dans son bureau pour travailler, mais puisque Dena avait décidé de prendre son jour de congé… Elle avait dû préparer elle-même son café, réceptionner des fournitures et le dossier médical d'un patient adressé par un certain Dr Kalb.

— Un colis pour le Dr G. Patterson, dit le coursier sans quitter des yeux son agenda électronique.

Il avait déjà déposé la boîte sur le comptoir de la réception.

— Il me faut juste une signature, ajouta-t-il.

Il leva les yeux, et sursauta en découvrant Harvey aux côtés de Gwen.

— Il est inoffensif ! assura-t-elle en signant.

— En tout cas, il est sûrement capable de dissuader les gens mal intentionnés, dit le jeune homme en flattant la tête d'Harvey.

Après qu'il fut sorti, Gwen chercha l'adresse de l'expéditeur, mais elle ne figurait nulle part. Elle ne s'en inquiéta pas, et mit le colis de côté, tout en prenant le téléphone pour écouter les messages. Puis elle ouvrit l'enveloppe qui accompagnait le paquet. A l'intérieur, il n'y avait pas de lettres, seulement une boucle d'oreille qui glissa et tomba sur le comptoir. Gwen la regarda rouler comme une pièce de monnaie et s'arrêter dans un coin. L'espace d'une seconde, il n'y eut plus que ce bijou qui tournait au ralenti… Son cœur s'arrêta. Elle n'avait pas besoin d'y regarder de plus près pour voir que c'était la même boucle que celle qu'elle avait reçue samedi.

Elle reposa très lentement le combiné, sans quitter le bijou des yeux. La terreur vint se nicher au creux de son estomac, et elle dut faire un effort pour poser les yeux sur la boîte qui mesurait environ trente centimètres de côté… Que pouvait-elle bien contenir, cette fois ? Des instructions ? Une carte ? Un téléphone ? Elle la trouvait un peu grande et ne put s'empêcher de penser qu'une tête humaine pouvait y tenir. Non… Tout de même pas… Jamais il n'oserait… Mais comment savoir…

Elle jeta un regard du côté d'Harvey. Assis à ses pieds,

il la contemplait fixement, l'air inquiet mais pas affolé. S'il y avait eu un morceau de cadavre là-dedans, il l'aurait sûrement senti. L'odeur du sang, même coagulé, ne pouvait pas lui échapper.

Elle prit le coupe-papier pour découper avec précaution le papier d'emballage qui enveloppait le paquet, et souleva délicatement le couvercle de la boîte, en se servant de ses paumes pour éviter de rajouter des empreintes à celles qui devaient déjà s'y trouver. L'intérieur était rempli de papier de soie blanc, et elle ne vit pas tout de suite ce que contenait le colis. Elle tâta avec le bout du coupe-papier. C'était mou.

Elle resta un moment immobile, paralysée, à regarder fixement l'intérieur du colis. Puis elle se décida à soulever un coin du papier blanc, avec un mouvement de recul, comme s'il elle craignait que quelque chose ne lui saute à la figure. Depuis quand retenait-elle sa respiration ? Elle en avait mal au cœur, mais ses doigts demeurèrent fermes. Dieu merci, car tout foutait le camp en ce moment.

Elle ôta fébrilement le tas de papiers qui s'amoncelait maintenant sur le comptoir. Au fond de la boîte, il ne resta plus qu'une clé, scotchée sur une fiche. Elle reconnut aussitôt l'écriture. Pire encore, elle reconnut l'adresse inscrite sur la fiche.

38.

Lycée Notre Dame des Lamentations
Omaha, Nebraska

Nick chercha vainement Christine en sortant de la classe de sœur Kate. Elle était partie sans l'attendre, mais il n'en fut pas vraiment surpris. Il alla jusqu'aux fenêtres du premier étage pour contempler la rue. Pas de voiture de patrouille, pas de flics. C'était bon signe.

Il fourra ses mains dans les poches de son jean. Il avait bien envie de retourner assister à la deuxième moitié du cours… En revenant sur ses pas, il remarqua que la porte du bureau de Tony était ouverte, au bout du couloir. Il hésita. Lui et Tony se connaissaient depuis longtemps, et il regrettait de s'être montré si froid avec lui, l'autre jour, au commissariat. Tony aurait eu besoin du soutien d'un ami, et il avait adopté le comportement distant d'un avocat vis-à-vis de son client.

Il frappa à la porte. Tony sursauta.

— Oh, c'est toi ! dit-il avec un hochement de tête. Entre.

Mais ses yeux revinrent aussitôt sur l'écran de son ordinateur, et Nick crut voir ses doigts s'agiter au-dessus du clavier, comme s'il voulait fermer précipitamment la fenêtre de son écran…

— Tu n'as pas vu Christine ?

— Non. Je ne savais même pas qu'elle était ici.

— Nous avons accompagné Timmy. Il suit la classe de découverte de sœur Kate. Je viens d'assister à la première demi-heure de cours. Quant à Christine, elle doit être à l'étage en dessous, en train de se battre avec le type qui occupe le bureau de Mgr O'Sullivan.

Tony leva soudain les yeux d'un air intéressé, et Nick se demanda ce qu'il pensait de la situation. Mais Tony s'abstint de tout commentaire et attrapa une tasse posée tout au bord d'une étagère pleine de livres. Nick attendit qu'il boive une gorgée de ce qu'il savait être du chocolat. Tony ne prenait jamais de café ; il le taquinait souvent à ce sujet, prétendant qu'un prêtre qui carbure au chocolat chaud, ça ne fait pas sérieux.

— Christine devrait se montrer prudente.

— Qu'est-ce que tu veux dire par là ?

Tony haussa les épaules et but posément une autre gorgée de chocolat.

— Tout le monde est sur les nerfs, avec cette histoire. A mon avis, l'archevêque ne sera pas ravi d'apprendre que les médias mettent leur nez là-dedans.

— Par contre, ça ne le dérange pas qu'un gorille mette son nez dans les affaires de Mgr O'Sullivan, fit remarquer Nick.

Tony ne put s'empêcher de sourire.

— Frère Sebastian n'a pas une mine engageante, je te l'accorde.

— C'est un euphémisme ! Personnellement, il me fait froid dans le dos. Qui est-ce exactement ?

— Le bras droit de l'archevêque, mon cher, rien de moins.

— Et ça fait partie de ses attributions de fouiller dans les affaires des morts ?

Tony haussa de nouveau les épaules.

— Frère Sebastian ne fait qu'obéir aux ordres de l'archevêque.

Nick s'adossa au mur. Tony ne semblait pas se formaliser outre mesure de la présence du sbire de l'archevêque. Christine avait encore exagéré. De toute façon, il fallait bien que quelqu'un mette de l'ordre dans les papiers de Mgr O'Sullivan... Nick songea à son propre bureau, à Boston, puis contempla celui de Tony, à peine mieux rangé que le sien. Des magazines empilés dans un coin, des livres et des jeux vidéo sur les deux étagères de la bibliothèque, la littérature anglaise au milieu des jeux de stratégie... Curieux mélange. Quant au tableau d'affichage, il était recouvert d'une multitude de papiers — changements d'horaires, numéros de téléphone des enseignants, tickets pour un match de football, factures de pressing, tout cela s'entassait pêle-mêle. Le sac de Tony était négligemment jeté sur son bureau, ouvert, avec une serviette sale qui dépassait et, à côté, des chaussures de sport pleines de boues. Nick avait oublié à quel point les pieds de son ami étaient petits. On aurait dit des chaussures d'enfants.

Il jeta un coup d'œil en direction du couloir, puis se décida à entrer tout à fait, et vint s'asseoir dans le fauteuil inclinable installé dans un coin.

— Christine pense que l'archevêque dissimule quelques petits secrets qu'il voudrait bien voir disparaître avec Mgr O'Sullivan, fit-il en baissant la voix. Ne t'en fais pas, je n'ai pas l'intention de te cuisiner à ce sujet ; je me doute bien que tu dois rester discret, même si tu sais quelque chose.

Il dévisagea Tony, mais celui-ci ne répondit rien, comme prévu. Il se contenta de pousser un profond soupir, et pivota pour se tourner face à son visiteur les bras croisés sur sa poitrine.

— J'ignorais, dit Nick tout bas, que Mgr O'Sullivan était homosexuel.

— Quoi ? Qui a bien pu te raconter un truc pareil ?

— Personne ne m'a rien dit, mais s'il fricotait avec des petits garçons…

— Les pédophiles sont rarement homosexuels, Nick, répondit Tony en secouant la tête.

Visiblement, il n'en revenait pas d'être obligé d'expliquer une chose aussi évidente.

— Je suis étonné qu'on ne t'ait jamais confié une seule affaire de pédophilie, à Boston. Si cela avait été le cas, tu saurais qu'il ne faut pas confondre homosexualité et pédophilie.

— Je suppose que j'ai eu de la chance. En fait, depuis que j'ai quitté le Nebraska, je n'ai jamais eu à traiter une seule affaire impliquant des enfants. Mais toi, comment se fait-il que tu sois si bien renseigné ?

— J'ai soutenu des victimes, à Chicago, expliqua Tony en détournant le regard vers la fenêtre. C'était à Saint-Stephen, mais ce n'était pas une charge officielle. L'archidiocèse n'a pas voulu ébruiter l'affaire.

— Ça n'a pas dû être très agréable, dit Nick en le dévisageant. Je me demande comment tu as fait pour supporter ça. D'autant plus qu'en guise de punition, les coupables ont probablement été *déplacés*, et rien d'autre.

— Je ne l'ai pas su, à l'époque, répondit Tony. Tu comprends, ajouta-t-il en regardant Nick droit dans les yeux, on nous a dit que les choses avaient été réglées.

— Et ça ne t'a pas étonné que ces prêtres ne soient pas poursuivis en justice ?

— Ce n'est pas comme ça que ça marche, voilà tout.

Il avait de nouveau détourné le regard, et il se frotta le menton, comme s'il cherchait les mots justes.

— L'Eglise règle ses affaires elle-même. Elle ne s'en remet pas à la loi, déclara-t-il lentement mais sans condescendance.

Il semblait avoir des remords.

— Les prêtres ne sont pas jugés au même titre que monsieur tout le monde. Ils sont tenus de répondre à une autorité supérieure.

— Ça, je l'ai compris. Tu penses à leur hiérarchie, je suppose ?

— Non, je veux parler de Dieu.

39.

Aéroport d'Eppley
Omaha, Nebraska

Tommy Pakula dut débourser cinq dollars pour un beignet fourré et un grand café-crème, alors qu'il voulait juste un café noir sans crème ni lait ni fioritures. Merde ! Dire qu'au *Radial Highway Café*, il aurait eu pour le même prix du café noir à volonté, plus un toast au bacon et deux œufs… Enfin, c'était tout de même bon, et il avait grand besoin d'un petit coup de fouet. Depuis quelque temps, il avait l'impression de ne plus pouvoir fonctionner sans caféine, comme une batterie qu'il faut régulièrement recharger. Donc, il rechargeait. Il n'avait pas envie de savoir ce qui se passerait s'il se retrouvait brusquement à plat.

Il jeta un coup d'œil au panneau d'affichage des arrivées. Le vol en provenance de Washington avait atterri depuis dix minutes. Où était donc passé l'agent O'Dell ?

Il avait déjà vu défiler deux vagues de passagers, mais aucun gars du FBI. Il les repérait à des kilomètres avec leur costume sombre et ce regard faussement vague auquel rien n'échappait. Il commençait à croire que le type avait raté l'avion. De l'endroit où il s'était posté, devant la librairie, il n'avait pas pu le louper… Il s'adossa au mur, termina son beignet en quelques bouchées et but son café. Merde, ça lui faisait mal au ventre de l'admettre, mais ce breuvage était vraiment délicieux.

Il surveillait une autre volée de passagers qui passaient les portes lorsqu'une femme sortit de la librairie et vint se planter devant lui. Plutôt jeune et séduisante, elle transportait un ordinateur dans un étui en cuir noir.

— Vous êtes l'inspecteur Pakula ? fit-elle sans écorcher son nom.

Il la dévisagea avec attention, en essayant de se rappeler où il l'avait déjà vue.

— Ouais, répondit-il. C'est bien moi.

— Je suis l'agent spécial Maggie O'Dell.

Il faillit en laisser tomber son gobelet de café. Putain ! Il se redressa de toute sa hauteur, libéra sa main droite et l'essuya avant de la tendre à la jeune femme.

— Ravie de vous connaître, agent O'Dell. Ça fait longtemps que vous êtes là ?

— Non, pas très longtemps.

Maintenant qu'il l'observait un peu plus attentivement — tailleur bleu marine et regard faussement vague auquel rien n'échappait —, Pakula se rendait compte qu'elle correspondait parfaitement au profil d'un fédéral. Simplement, il s'était attendu à voir apparaître un homme. Ramsey allait sûrement se foutre de sa gueule quand il lui raconterait ça. Clare aussi. Mais il n'était pas certain que ça ferait rire l'agent O'Dell.

— Comment m'avez-vous reconnu ? lui demanda-t-il.

— Je suis profiler, ne l'oubliez pas ! fit-elle d'un ton faussement sentencieux.

Puis elle sourit.

— Vous n'aviez pas de bagages et vous vous teniez en

retrait, pas du tout comme quelqu'un qui attend un proche. Tout cela ajouté à la présence évidente d'une arme sous votre veste... Sans parler du café et du beignet qui complètent à merveille le tableau.

Pakula eut envie de rire. Pendant qu'il guettait une caricature d'agent du FBI, elle avait cherché une caricature de flic. Il fit mine de se rebiffer.

— Agent O'Dell, je pourrais me sentir offensé par votre description.

— Dans ce cas, nous serions à égalité, rétorqua-t-elle. Parce que je suis certaine que vous vous attendiez à voir apparaître un homme.

Il la regarda droit dans les yeux, et elle ne chercha pas à éviter son regard. Visiblement, elle n'était ni surprise ni vexée. Elle le taquinait juste un peu, pour le plaisir.

— C'est vrai, nous voilà à égalité, dit-il.

Il décida qu'il allait bien s'entendre avec elle, et lui confia les derniers éléments de l'affaire, ceux qui n'apparaissaient pas encore dans le dossier. Elle l'écouta distraitement, tandis qu'il l'entraînait vers l'escalier roulant.

— Nous devons descendre à l'étage en dessous pour récupérer vos bagages, dit-il. Je suis garé juste en face du parking.

— Ça ne vous dérangerait pas qu'on s'arrête une seconde aux toilettes ?

— Bien sûr que non. Il y en a en bas, justement.

Elle s'arrêta et lui sourit.

— Inspecteur, je parlais des toilettes où l'on a trouvé le corps de Mgr O'Sullivan.

Pakula se sentit un peu gêné. Bien sûr... Elle voulait voir le lieu du crime.

— Pas de problème, dit-il. Je vous montre le chemin.

Ils prirent à gauche et suivirent un long couloir.

Pakula pénétra dans les toilettes le premier, pour s'assurer qu'il n'y avait aucun usager de sexe masculin. Puis il fit signe à Maggie O'Dell qu'elle pouvait entrer.

— Nous l'avons trouvé ici, dit-il en s'avançant vers le lavabo du fond. Il était probablement debout, en train de se laver les mains, lorsque le meurtrier est venu se placer derrière lui. Ses lunettes étaient par terre ; il avait dû les enlever. C'est peut-être pour ça qu'il n'a pas vu son assassin arriver. Ou alors, il n'a pas jugé utile de se méfier. En tout cas, le médecin légiste a été formel : d'après l'angle par lequel le couteau est entré, le gars était derrière lui quand il l'a frappé. Il était probablement plus petit que sa victime, mais difficile d'évaluer précisément sa taille. En tout cas, il a passé son bras sous celui du prêtre pour lui planter son arme en plein cœur. Ensuite, il l'a retirée, et Mgr O'Sullivan s'est effondré. L'assassin a écrasé les lunettes avant de sortir tranquillement.

Un homme épais, la quarantaine, entra dans les toilettes. En apercevant Maggie il eut l'air surpris et fit demi-tour pour montrer le logo sur la porte.

— Vous pouvez venir, dit Pakula. Nous ne faisons que passer.

Mais l'homme fit un geste agacé de la main et sortit en murmurant quelque chose à propos du droit à un minimum d'intimité.

— Il n'y a qu'une seule porte, et pourtant personne n'a aperçu le meurtrier, un vendredi après-midi, avec le monde qu'il y avait ? s'étonna Maggie.

— Ces toilettes sont un peu à l'écart et pas très fréquentées. La plupart des gens utilisent plutôt celles qui se trouvent près de la porte ou du tapis des bagages. Nous avons un témoin — il est d'ailleurs mentionné dans le rapport de police — qui prétend avoir croisé, en entrant, un gamin plutôt pressé qui lui est rentré dedans. Tout ce qu'il a pu nous dire c'est qu'il portait une casquette de base-ball et qu'il était petit. Quand ce témoin a découvert le corps du prêtre, il s'est précipité vers la porte, mais le gosse avait déjà disparu.

Maggie revint à la porte et contempla le hall.

— Ce couloir ne donne que sur un seul terminal, n'est-ce pas ?

— Je crois bien, oui. A côté, il y a des toilettes pour dames et un placard qui sert à ranger les produits d'entretien. Nous l'avons fouillé : nous n'y avons trouvé ni arme ni vêtements tachés ni quoi que ce soit dont le meurtrier aurait pu se débarrasser.

— Des caméras de surveillance ?

— Il n'y en a qu'aux abords de la zone de contrôle des passagers.

— J'en ai repéré une dans la librairie. Elle est dirigée vers la sortie, et elle prend sans doute une partie du hall. On peut peut-être voir les gens qui tournent pour s'engager par ici.

— L'image des caméras utilisées dans les commerces est souvent dégueulasse, mais je vérifierai.

— A propos de caméras, où en êtes-vous avec les médias ?

— Comment ça, où j'en suis ?

— Est-ce que vous avez évoqué la possibilité d'un lien avec les autres meurtres de prêtres ? Il y en a eu trois du même genre, si mes souvenirs sont exacts.

— Trois, en effet. Mgr O'Sullivan, un prêtre défroqué de Minneapolis et un autre à Columbia. Celui de Minneapolis a eu lieu le week-end du Memorial Day, l'autre vingt-quatre heures après celui de O'Sullivan. Il existe des points communs entre les trois affaires, mais à mon avis, on ne peut pas affirmer qu'elles soient liées. Du moins, pour l'instant.

Pakula n'appréciait pas la tournure que prenaient les choses. Ramsey avait réclamé la présence du FBI pour calmer l'agitation liée aux enjeux politiques et empêcher les médias de se déchaîner. Et voilà que l'agent O'Dell projetait de remettre de l'huile sur le feu.

— C'est à moi de juger s'il existe ou non un lien, rétorqua Maggie. C'est bien pour ça que vous m'avez fait venir, non ?

— Je suppose, oui. Trois prêtres tués en l'espace de deux mois dans le Middle West. J'imagine que vous pensez à un tueur en série.

— Vous avez une bonne raison de ne pas avoir évoqué publiquement cette hypothèse ?

— Vous voulez dire que j'aurais dû lancer une sorte d'avertissement ?

— Par exemple.

Pakula se demanda ce que Ramsey avait dit à son pote Cunningham. Apparemment, il n'avait pas pris la peine de lui expliquer que dans une ville comme Omaha, il fallait ménager les gens haut placés. Peut-être le lui avait-il seulement laissé entendre ? En tout cas, Pakula n'était pas du genre à y aller avec le dos de la cuillère ; il décida donc de mettre les pieds dans le plat avec l'agent O'Dell.

— Pourquoi voudriez-vous que je m'encombre des médias ? Ils ne feraient que me mettre des bâtons dans les roues et me gêner dans mon travail ! lança-t-il d'un ton suffisant.

— A mon avis, inspecteur, il vaut mieux leur donner quelque chose à se mettre sous la dent. De cette façon, c'est vous qui les manipulez et non l'inverse. On peut même les charger d'une partie du sale boulot sans même qu'ils s'en aperçoivent.

Elle s'apprêtait à sortir des toilettes, mais elle recula pour laisser passer deux hommes qui arrivaient en discutant. Ils s'arrêtèrent net en l'apercevant.

— Bonjour, messieurs, fit-elle en passant devant eux. Bienvenue à Omaha !

Pakula sourit et lui emboîta le pas. N'empêche qu'il n'était pas d'accord pour faire des courbettes aux journalistes.

— Je ne comprends pas votre raisonnement en ce qui concerne les médias, reprit-il. Et je pense que mon chef, Ramsey, aurait une attaque en vous entendant.

— Je ne dis pas qu'il faut tout leur raconter dans les détails, mais s'ils colportent le bruit que ces trois affaires sont liées, ça permettra peut-être de faire remonter à la surface des éléments qu'il nous faudrait des mois pour découvrir sans eux.

— Il n'y a eu aucune plainte pour abus sur mineurs dans le diocèse d'Omaha, si c'est ça que vous avez en tête.

Il parlait tout bas, et lui montra du doigt l'escalier mécanique.

— Vous en êtes certain ?

— Une journaliste de *l'Omaha World Herald* s'est déjà chargée de fouiner de ce côté-là. Elle a même essayé de mettre la brigade des mœurs sur le coup. Mais jusqu'ici, ça n'a rien donné.

Après l'entrevue qu'il avait eue le matin même avec l'archevêque, Pakula le regrettait presque.

L'agent O'Dell mit un pied sur l'escalier, et se tourna vers Pakula pour continuer à lui parler.

— Et les deux autres prêtres ? demanda-t-elle. Rien de sulfureux ?

— Je ne sais pas encore. Mais vous pensez vraiment que les médias pourraient obtenir des renseignements plus facilement que nous ?

— Vous vous rappelez quand le *Boston Globe* a sorti ce papier sur le cardinal Law et les abus sexuels perpétrés dans son diocèse ? Il n'y avait aucune preuve et la police ne pouvait rien faire… La publication de l'article a changé la donne. Tout ce que je dis, c'est que quand il y a de la merde à remuer, le mieux est d'en charger des spécialistes.

Pakula songea aux menaces déguisées de l'archevêque. Pourquoi se serait-il donné la peine de se défendre s'il n'avait rien à cacher ?

Ils arrivaient au bout de l'escalier mécanique.

— Le tapis des bagages est un peu plus loin, sur la gauche, dit-il.

Ils attendirent sur le côté, un peu à l'écart.

— Donc, d'après vous, la succession de ces trois homicides n'a rien d'une coïncidence ?

— C'est aussi votre avis, inspecteur, sinon vous n'auriez pas fait appel à un profiler du FBI.

Elle le regarda droit dans les yeux pour y lire la confirmation de son hypothèse, et ajouta :

— Mais je ne pense pas que nous ayons affaire à un tueur fou qui frappe à l'aveuglette.

— Pardon ? fit Pakula.

Il ne la suivait plus.

— Dans ces trois…

Elle s'arrêta pour ne pas employer le mot *meurtre*. Il y avait trop de monde autour d'eux.

— Ce type adore prendre des risques, et il prépare ses coups avec une précision d'horloger. Dans les trois cas, l'agression ressemble à une exécution froidement préméditée.

Pakula s'était fait la même réflexion, mais il aurait préféré ne pas l'entendre dans la bouche d'un spécialiste du FBI.

— Il faut chercher les points communs, reprit Maggie, et

essayer de deviner qui pourrait être le suivant sur la liste. Pour ça, les médias nous seraient probablement utiles.

— Il n'y aura peut-être pas de suivant.

— Ce serait un soulagement, mais j'ai des doutes. A mon avis, le tueur possède une liste, et il ira jusqu'au bout.

40.

Gwen freina pour ralentir, et Harvey, déstabilisé, faillit valser à travers l'habitacle.

— Je t'embarque encore dans une histoire de fous, lui dit-elle, tout en cherchant des yeux la façade en grès rouge.

Elle avait recopié l'adresse sur un Post-it qu'elle avait accroché sur son tableau de bord. L'original était resté dans son bureau ; elle l'avait soigneusement rangé dans un sac en plastique.

Son cœur battait à ses oreilles. Il ne s'était pas calmé depuis qu'elle avait ouvert cette boîte. Elle s'efforçait de réfléchir, de ne pas se laisser submerger par l'émotion, mais il lui suffisait de regarder les grands yeux marron d'Harvey qui la dévisageait d'un air désolé pour se rendre compte qu'elle n'y parvenait pas. Le chien sentait sa peur. De temps en temps, il lui donnait un coup de langue sur le bras ou sur la main, sans doute pour la réconforter.

— On forme une bonne équipe tous les deux, hein, Harvey ? Cela dit, j'aurais bien voulu que Maggie soit là aussi.

Elle se demanda ce qui se serait passé si elle avait tout raconté à Maggie. Tout… Aurait-elle seulement osé ? En ce moment, elle piétinait son éthique professionnelle. Elle se sentait en partie responsable de ce qui était arrivé à ces malheureuses, à cause de son silence. La psychiatre qu'elle était avait bien du mal à prendre le dessus sur la femme qui hurlait de terreur, tout au fond d'elle, et qui semblait sur le point de craquer.

— Nous y voilà ! fit-elle en freinant de nouveau.

Cette fois, Harvey ne se laissa pas surprendre.

Elle dut attendre qu'une camionnette de livraison s'en aille pour prendre la dernière place qui restait sur le parking. Avant de sortir de la voiture, elle resta un moment à contempler la façade. Elle vérifia le numéro de la rue, mais c'était pour la forme car elle savait qu'elle ne s'était pas trompée. Un peu plus tôt dans la journée, comme Dena ne répondait toujours pas au téléphone, elle avait sorti son dossier pour noter son adresse sur un Post-it, avec l'idée de passer la voir. Elle regrettait de ne pas avoir reconnu la boucle d'oreille, samedi dernier. Peut-être aurait-elle pu la sauver… Seigneur… Le meurtrier était-il le nouvel amoureux de Dena ? Elle se demanda s'il s'amusait simplement à lui faire peur. Il paraissait vraiment imprévisible, et elle espéra qu'il n'était pas allé jusqu'à la tuer. Tout à l'heure, lorsqu'elle avait reconnu l'adresse de Dena au fond de cette boîte, elle avait eu l'impression de se trouver en plein cauchemar.

Elle fourra sa main dans sa poche et la referma sur la clé qui se trouvait, elle aussi, dans la boîte…

Elle contempla fixement la porte d'entrée, puis jeta un coup d'œil autour d'elle. Le petit ami de Dena était-il caché quelque part, en train de la surveiller ? Tout cela était grotesque. Elle regretta de ne pas avoir prévenu la police. Elle avait son téléphone portable sur elle : il était encore temps.

Mais qu'aurait-elle pu dire aux forces de l'ordre ?

Elle inspira profondément, serra un peu plus fort la clé et attrapa la laisse de Harvey. Le gros chien sortit de la voiture à regret, comme si son instinct lui disait qu'ils faisaient une bêtise.

Elle sonna à la porte et attendit, sans cesser de surveiller les alentours, en espérant qu'un voisin se manifesterait pour la renseigner. Comme rien ne bougeait, elle ouvrit avec la clé, et entra.

— Dena ? Vous êtes là ?

Elle s'arrêta dans l'entrée, en guettant la réaction d'Harvey qu'elle gardait tout contre elle. Il bougea doucement les oreilles et pencha la tête pour écouter en reniflant. Apparemment, rien ne le choquait. Ce n'était pas comme la fois où ils avaient trouvé le crâne dissimulé dans le parc. Ce jour-là, il avait suivi l'odeur de la chair en putréfaction aussi bien qu'un chien policier. Il avait commencé par la guider jusqu'à la source, puis il avait tout fait pour qu'elle s'en éloigne. Il avait tiré si fort sur sa laisse qu'elle avait craint d'avoir les os de la main brisés. Mais aujourd'hui, il restait très calme. C'était bon signe. Elle referma la porte derrière lui.

— Dena ? appela-t-elle encore.

Il avait peut-être seulement drogué et attaché la pauvre fille. Juste pour lui montrer qu'elle était en son pouvoir... Gwen se rappela le jour où quelqu'un — probablement *lui* — avait donné rendez-vous à son père en se faisant passer pour elle. Il s'agissait d'une habile stratégie...

L'appartement de Dena n'était pas vraiment bien rangé, mais on n'y discernait aucune trace de lutte. Il y avait pas mal de bibelots sur les étagères poussiéreuses. La poussière était un signe qui ne trompait pas : si quelque chose avait été cassé ou déplacé, ça se serait vu tout de suite.

Gwen avançait doucement, en essayant d'enregistrer tous les détails et sans cesser de surveiller le comportement de Harvey. Soudain, le chien s'arrêta et se mit à gratter la porte d'une armoire. Gwen sentit de nouveau son cœur battre la chamade, et elle dut faire un effort pour continuer à respirer normalement.

Harvey gratouilla plusieurs fois, puis se planta devant l'armoire en contemplant Gwen fixement, pour voir si elle avait remarqué son manège. Elle songea de nouveau à appeler la police. Ce n'était pas trop tard…

Harvey gratta de nouveau et leva les yeux vers elle.

— D'accord, lui dit-elle. J'ai compris. Attends.

Elle sortit un mouchoir de sa poche pour attraper la poignée, en se tenant le plus loin possible de la porte. Sa main tremblait si fort qu'elle fit tomber le mouchoir et dut se baisser pour le ramasser. Harvey paraissait de plus en plus excité, et elle l'écarta. Plus il s'énervait et plus la main de Gwen tremblait. Elle parvint enfin à la refermer sur la poignée, et hésita une dernière fois. Son cœur battait comme une bombe à retardement.

Elle inspira profondément et ouvrit d'un coup sec. Il y eut un bruit confus, et un bocal déversa des bonbons colorés qui dégringolèrent en avalanche sur le sol. Harvey se mit à les lécher frénétiquement en tirant sur sa laisse. Elle le laissa faire, le temps que son cerveau se remette à fonctionner normalement, puis elle l'éloigna de la catastrophe.

— Seigneur, Harvey ! lui dit-elle sur un ton de reproche.

Elle sentit que ses genoux ne pouvaient plus la porter, et alla s'asseoir sur le canapé. Si Harvey se mobilisait ainsi pour des bonbons, c'est qu'il n'y avait pas grand-chose d'autre à sentir dans cet appartement. Ce chien connaissait bien l'odeur du sang ; il avait vainement essayé de sauver son premier maître d'un tueur, au péril de sa vie. Maggie l'avait trouvé sur les lieux du crime et l'avait recueilli. C'était pour ça qu'il était tellement attaché à elle et qu'il se donnait tant de mal pour la protéger.

Gwen eut un peu honte d'analyser les réactions d'un chien comme si elle avait eu affaire à un être humain. Elle n'était pas psychologue pour animaux. Il ne fallait pas se réjouir trop vite, pas avant d'avoir fait le tour des lieux.

Elle entraîna Harvey dans la chambre, puis dans la salle de bains. Mais rien ne retint son attention, et elle commença à se sentir un peu rassurée. Les battements de son cœur et sa respiration se calmèrent progressivement… Jusqu'à ce qu'ils entrent dans la cuisine.

Elle venait de vérifier le réfrigérateur, le four et la machine à laver la vaisselle lorsque le chien se mit à gratter frénétiquement la porte du placard qui se trouvait sous l'évier. Elle s'approcha lentement en essayant de se persuader que c'était facile, qu'il suffisait de l'ouvrir, comme les autres.

Facile à dire, mais pas à faire.

De nouveau, elle sentit cette sueur froide sur son front et sa nuque, ce tremblement qui agitait sa main. Et Harvey qui n'arrêtait pas de tourner sur place…

C'était là-dessous que Dena rangeait sa poubelle. L'odeur la fit d'abord reculer, puis elle se pencha et vit les épluchures de pomme et le marc de café.

— Harvey, la prochaine fois, je te donnerai d'abord à manger.

Elle sourit en lui tapotant la tête, mais il avait l'air nerveux et continuait à tirer. Elle se rendit compte qu'il n'essayait pas de lécher le contenu de la poubelle mais cherchait, au contraire, à s'en éloigner. Il s'agitait tellement qu'il avait fini par s'entortiller dans sa laisse. Puis il poussa un atroce gémissement qui paraissait sortir du plus profond de lui-même, un cri étouffé mais clairement audible, comme s'il souffrait.

Gwen regarda de nouveau dans le placard. Cette fois, elle vit distinctement le sac en plastique enfoui sous les épluchures, le marc de café, les boîtes en carton déchirées et le papier Cellophane — tout ce qu'on trouve généralement à l'intérieur d'une poubelle.

Dans le sac en plastique, les grands yeux de Dena semblaient la dévisager.

41.

Commissariat central d'Omaha
Omaha, Nebraska

Maggie redoutait ces réunions de présentation. La plupart du temps, il fallait supporter les mesquineries qui caractérisaient les relations entre les différents inspecteurs, chacun mettant en avant son travail pour donner plus de poids à sa juridiction. Quelquefois, on avait même droit à des reproches sur les agissements d'untel ou à des remarques sur les bourdes que certains avaient pu faire. Mais Maggie devait reconnaître que Tommy Pakula n'était pas comme les autres. Il ne perdait pas son temps à ces petits jeux stupides et ne cherchait nullement à l'impressionner. En fait, il semblait n'avoir qu'un seul objectif : s'acquitter de sa tâche du mieux possible.

Lorsqu'ils arrivèrent au commissariat du centre-ville, un groupe de travail les attendait. Et, avant que la session de travail ne commence, un officier en uniforme vint, comme par miracle, déposer deux Pepsi Light bien frais devant la jeune femme, alors que tous les autres carburaient au café…

La longue table occupait la moitié de la pièce. En face, sur un tableau noir, quelqu'un avait noté sur trois colonnes la liste des indices pour chacun des trois meurtres. Sur un autre mur étaient affichées des photos des victimes prises sur les lieux des crimes, et une carte du Middle West avec des punaises de couleur placées sur Omaha, Columbia et Minneapolis.

Pakula présenta le groupe à Maggie, et elle eut l'impression d'avoir sous les yeux un échantillon de population réuni pour une campagne en faveur de la tolérance raciale. Ils auraient été parfaits pour une vidéo de démonstration. Il y avait Terese Medina, une superbe noire qui aurait pu faire la couverture de Vogue mais qui travaillait au laboratoire de médecine légale, l'inspecteur Carmichael, une petite femme asiatique plutôt ronde, le chef, Donald Ramsey, un homme d'âge mûr qui portait une chemise kaki toute froissée, et formait un curieux contraste avec le jeune inspecteur Pete Kasab, vêtu d'un costume-cravate impeccable. En bout de table trônait Martha Stofko, le médecin légiste en chef du comté de Douglas, qui parvenait à avoir l'air élégant dans la blouse d'un blanc immaculé qu'elle portait par-dessus sa robe.

Terese Medina distribua aux participants une photocopie de ses conclusions détaillées et des rapports d'autopsie de Stofko. Puis elle disposa au milieu de la table ce qui ressemblait à des échantillons, ainsi que plusieurs photographies d'empreintes.

L'inspecteur Carmichael — Maggie remarqua que Pakula ne l'appelait pas par son prénom — avait posé devant elle une pile de dossiers impressionnante. Sans défroncer les sourcils, elle leur annonça en plaisantant que la solution à toute cette merde se trouvait probablement dans ce tas de paperasse.

Donald Ramsey vint serrer la main de Maggie en la

remerciant d'être venue si vite, puis il laissa à Pakula le soin de mener la danse.

Ramsey paraissait fatigué et soucieux. Il s'était assis près de Kasab, et le contraste que Maggie avait remarqué tout à l'heure entre les deux hommes lui parut encore plus frappant. Ramsey buvait du café et n'avait rien pour prendre des notes, tandis que Kasab avait posé près de lui une bouteille d'eau, une barre de céréales, un petit carnet de notes à spirale. Il tenait son stylo en or à la main, prêt à écrire.

— J'ai mis l'agent O'Dell au courant, déclara Pakula en restant debout. J'espère que cette réunion nous apportera de nouveaux éléments. L'analyse toxicologique a donné quelque chose ?

Il s'adressait à Terese Medina.

— De l'alcool dans le sang. Il avait déjà bu un ou deux verres. D'autre part, on a trouvé dans la blessure des traces d'ammoniaque et de pétrole distillé aliphatique.

— Qu'est-ce que c'est ? demanda Pakula.

— Le pétrole distillé aliphatique est une sorte de solvant qui entre dans la composition d'un certain nombre de produits d'entretien. Avec l'ammoniaque, ça laisse supposer qu'il s'agissait d'un produit destiné à polir les métaux.

— Ainsi, notre tueur prend grand soin de ses couteaux, commenta Carmichael. Rien d'étonnant à ce qu'il ne s'en soit pas débarrassé après le meurtre !

— Je pencherais pour une dague ou un coupe-papier, dit Stofko. En tout cas, un objet auquel le tueur attache une valeur sentimentale, sinon marchande.

— Et vous ? demanda Pakula en se tournant vers Medina. Quoi de neuf ?

— Les poils de chien trouvés sur le dos de la chemise du prêtre appartiennent à un pékinois.

— Putain ! s'exclama Pakula. Vous pouvez déterminer la race d'un chien à partir de quelques poils ?

— Pas toujours, mais cette fois, c'était possible, répondit Medina en souriant.

— J'ai déjà vérifié, intervint Carmichael. O'Sullivan n'avait pas de chien.

— Vous croyez que ces poils se sont collés à sa chemise quand il est tombé par terre ? hasarda Pakula.

— Tout est possible, dit Medina. Mais il n'y avait pas de poils de chien sur le sol des toilettes.

— Je vous rappelle les conclusions de Martha, reprit Pakula : elle pense que le tueur a frappé en se plaçant derrière le prêtre. Il avait sans doute sur lui des poils qui se sont collés à la chemise de la victime. Le principe de Locard, conclut-il.

Maggie vit que tout le monde autour de la table faisait un signe d'assentiment, de la tête ou de la main. Le principe en question était : *L'assassin laisse toujours des traces.*

— Nous cherchons donc un type qui entretient ses couteaux et possède un pékinois, dit Carmichael. Ça ne devrait pas être trop difficile. A quoi ça ressemble, un pékinois ?

— Petit, de longs poils, le museau écrasé, proposa Medina.

— Et dans les rapports concernant les deux autres meurtres ? demanda Pakula. On mentionne des poils de chien ?

— Non, mais tout s'est passé en extérieur. Donc, ils ont pu les louper. Par contre, le médecin légiste de Minneapolis a trouvé des traces d'ammoniaque autour de la blessure. Peut-être encore du produit pour nettoyer les métaux, poursuivit Medina en tournant les pages de son dossier. Et les gars de Columbia mentionnent de la croûte de pain, pas des miettes, dans la poche de chemise de Kincaid.

— Vous plaisantez ? fit Pakula.

— Qu'est-ce que c'est que cette histoire de miettes ?

C'était la première question que posait Maggie.

— *Croûte*, pas miettes, corrigea Medina. Il était peut-être en train de manger un sandwich et il a très bien pu glisser un morceau de pain dans sa poche. Je le fais remarquer parce qu'on a également trouvé des miettes de pain sur le devant de la chemise de Mgr O'Sullivan.

— Des poils de chien dans le dos et des miettes de pain sur le devant ?

Maggie se demanda si cela signifiait que le prêtre mangeait comme un cochon… Quant aux poils de chien, l'animal pouvait très bien appartenir à sa femme de ménage. Ces éléments ne lui paraissaient pas très significatifs, même s'ils prouvaient que Medina faisait du bon travail.

Martha Stofko dut sentir le scepticisme de Maggie.

— L'estomac de Mgr O'Sullivan ne contenait pas de pain, lui dit-elle. Il avait mangé des pommes de terre et de la viande.

— Hum, fit Pakula en riant doucement.

Puis il se tourna vers Carmichael.

— Et dans cette pile, qu'est-ce que tu as d'intéressant ?

— Peut-être bien un suspect, répondit-elle avant d'avaler les cacahuètes enrobées de chocolat qu'elle avait dans la bouche. Tu te souviens de notre ami le père Tony Gallagher ? Celui qui s'est montré un peu évasif mais tellement poli.

Maggie trouva que Carmichael était assez comique, avec ses phrases percutantes qu'elle débitait aussi sérieusement que l'aurait fait un joueur de poker. De toute évidence, la pile de dossiers n'était là que pour le spectacle car elle ne consultait jamais ses notes. Elle n'en avait pas besoin.

— Comme le personnage ne me paraissait pas très clair, j'ai fait quelques recherches. Il y a environ sept ans, il était rattaché à une paroisse de Chicago, à Saint-Stephen du

Martyr. Et il remplaçait justement un certain Gerald Kincaid qu'on venait de déplacer.

— Très intéressant, fit Pakula en buvant une gorgée de café.

Il en était à sa troisième tasse, sans compter celle de l'aéroport.

— Et ce n'est pas fini. Récemment, le père Gerald Kincaid a été mis au vert pendant quelque temps. L'Eglise catholique appelle ça une retraite entre deux affectations. Il a passé huit mois dans un centre de cure à Jemez Springs, Nouveau-Mexique.

— Et on l'a soigné pour quoi ? demanda Ramsey.

L'anecdote avait attiré son attention. Il se pencha en avant, les coudes sur la table.

— Un certain frère Quinn qui travaille là-bas m'a expliqué qu'on y soignait toute une panoplie de maladies. Il a fait pudiquement allusion aux problèmes d'alcool et, bien sûr, aux troubles mentaux et émotionnels.

— Et quel était le problème du père Kincaid ?

Maggie ne put s'empêcher de se pencher en avant, elle aussi. A présent, elle craignait que sa première intuition ne fût la bonne.

— Le frère Quinn m'a affirmé que c'était confidentiel, fit Carmichael.

Sa réponse fut accueillie par des grognements de déception, et elle se leva pour poursuivre :

— Mais je suis revenue à la charge un peu plus tard et cette fois, je n'ai pas demandé à parler à un responsable : je me suis contentée de faire la causette avec une bénévole du standard. Et il s'est avéré qu'elle avait pas mal de choses à raconter.

— C'est bidon, ça ! intervint Pakula d'un air mécontent. Ce ne sont pas des renseignements fiables.

— Je comprends ta réaction, dit calmement Carmichael qui s'était visiblement attendue à cette réponse et ne se laissait pas démonter. Mais je n'avais pas le choix. Tu veux entendre mes informations, bidons ou pas ?

Elle regarda Ramsey qui hocha la tête. Le procédé n'avait pas l'air de le déranger.

— La bénévole, une dénommée Barbara, m'a appris que le père Kincaid avait un petit problème. Dans leur jargon, il s'agissait d'un « comportement inadéquat avec les pré-adolescents ».

— Voilà pourquoi il changeait régulièrement de paroisse, depuis Saint-Stephen du Martyr, conclut Maggie. Ils ont quelque chose là-dessus, à Chicago ?

Mais elle savait que l'Eglise s'arrangeait pour régler ces affaires avec la plus grande discrétion, sans que la police s'en mêle jamais.

— Rien du tout, répondit Carmichael. D'après Barbara, Chicago n'était pas le premier incident. On s'était plaint du père Kincaid dans une bonne douzaine de paroisses, et ses supérieurs avaient dû le déplacer cinq fois. A Chicago, les parents ont menacé de porter plainte et, pour les calmer, l'archevêque leur a promis d'envoyer le père Kincaid dans un centre de soins.

Carmichael marqua un temps d'arrêt et dévisagea ses collègues.

— Il y est donc resté six semaines, après quoi on l'a muté à l'Eglise Catholique de Tous les Saints. J'ai réussi à joindre le président du conseil de ce diocèse et à échanger quelques mots avec la femme de ménage du presbytère — laquelle, soit dit en passant, est une vraie commère. Eh bien, figurez-vous que personne là-bas ne savait que le père Kincaid avait fait un petit stage dans un centre de soins.

— Ça ne m'étonne pas ! lança Maggie en échangeant un regard avec Pakula.

— L'agent O'Dell pense que ces trois meurtres sont liés et que nous avons affaire à un tueur en série, expliqua Pakula.

Tous les yeux se tournèrent vers Maggie, et Carmichael eut un petit sourire.

— Et Daniel Ellison ? reprit Pakula. L'agent Weston dit qu'il a abandonné la prêtrise pour se marier. Donc, il n'était probablement pas pédophile.

— Je n'ai rien trouvé à son sujet, répondit Carmichael. Mais je dirai que ça ne prouve rien. L'Eglise protège bien ses brebis galeuses. Je songeais justement à poser la question à notre ami, le père Tony Gallagher.

— Ah oui ? Et pourquoi ?

— Il semblerait qu'il ait fait son séminaire avec Ellison, à Notre Dame.

— Merde ! fit Pakula. Ce Tony Gallagher est donc lié à nos trois meurtriers.

Maggie vit que Carmichael arborait un grand sourire, comme pour dire qu'il avait enfin compris où elle voulait en venir.

— Et ce n'est pas tout, renchérit l'inspecteur avec l'air de quelqu'un qui a gardé le meilleur pour la fin. Lorsque notre bon père Tony se trouvait à Chicago, il présidait un comité de défense des victimes de pédophiles — une initiative personnelle et pas du tout officielle… Finalement, l'affaire s'est arrangée à l'amiable, comme la plupart du temps. Je pense qu'à cette occasion, il a entendu parler de ce qui s'était passé pour le père Kincaid.

— Comment as-tu obtenu ce renseignement, si l'Eglise s'est arrangée pour étouffer l'affaire ? demanda Ramsey.

— Que veux-tu que je te dise… Il se trouve que les gens

se confient volontiers à moi. Je suppose que ce serait bien si Kasab convoquait de nouveau ce bon Tony pour lui poser quelques questions, non ?

Elle s'adressait à Ramsey et Pakula, mais son regard se posa sur Pete Kasab qui se redressa sur sa chaise en entendant mentionner son nom.

— En effet, convint Pakula. Mais il faut s'attendre à ce qu'il vienne avec son avocat.

Il se tourna vers Ramsey.

— En parlant d'avocats et autres emmerdeurs, l'agent O'Dell pense que nous devrions utiliser les médias, qu'ils nous aideraient sans doute à faire surgir quelques éléments intéressants.

Ramsey croisa les bras sur sa poitrine en s'adossant à son siège, puis se gratta le menton et posa sur Maggie un regard las.

— Expliquez-nous ce que vous attendez de nous, dit-il. On fera ce qu'il faudra.

— Ce serait bien de donner une conférence de presse dès aujourd'hui, dit Maggie. En choisissant soigneusement les informations que nous voulons divulguer. Par exemple, on pourrait lâcher un ou deux mots sur Ellison, pour voir si quelqu'un se manifeste.

Pakula hocha la tête en direction de Maggie, mais elle n'aurait pas su dire s'il lui signifiait simplement son accord ou si elle l'avait convaincu.

— De toute façon, il faut qu'on sache ce que la presse a l'intention de colporter au sujet de Mgr O'Sullivan, fit-il en s'adressant au groupe. Je déteste cette idée, mais je crois que nous allons être obligés d'appeler cette emmerdeuse de *l'Omaha World Herald*.

42.

Cela faisait bien longtemps que Gibson n'avait pas invité quelqu'un à venir chez lui — sans doute depuis la mort de son père, lequel possédait un charme qui agissait comme un aimant. Gibson se rappelait le jour où un ami l'avait raccompagné après l'école… Son père leur avait proposé une partie de basket, et une demi-douzaine de voisins était venue se joindre à eux. Ils riaient tellement que plus personne n'arrivait à mettre la balle dans le panier.

C'était toujours comme ça avec lui, qu'ils sortent pour faire de la luge, qu'ils jouent au ballon ou qu'ils nettoient la voiture dans l'allée. Quelquefois, Gibson se demandait si ses copains le fréquentaient pour lui ou pour son père… Mais avec Timmy Hamilton, c'était différent : il avait tout de suite senti que le courant passait entre eux.

Gibson avait seize ans : un an de plus que son nouveau camarade, ce qui lui permettait de l'appeler « mon petit gars », ce dont Timmy ne semblait pas se formaliser. Il était visiblement impressionné par les connaissances de Gibson. Il ne le considérait pas comme un taré ; il mourait même d'envie de devenir son ami. Gibson avait l'habitude qu'on le mette à l'écart. Il ne s'intéressait pas à ce qui passionnait les garçons de son âge ; il aimait jouer aux échecs, il écoutait des musiques bizarres — son groupe favori était les Stray

Cats —, il collectionnait les vieilles bouteilles de soda et possédait tous les épisodes des X-Files en DVD. Il avait les cheveux trop longs et ne quittait jamais sa casquette de base-ball, même quand les professeurs le lui demandaient. Sauf pendant le cours de sœur Kate.

Sœur Kate était la seule à ne pas le trouver étrange, à ne pas le tenir à l'écart. Peu après la mort de son père, elle lui avait demandé de rester deux fois par semaine après les cours pour l'aider à rentrer les pièces de sa collection sur un programme qu'elle avait créé. Ils parlaient un peu de tout et elle le faisait rire. Jusqu'au jour où le catalogue avait été terminé. C'est à ce moment-là que Mgr O'Sullivan avait commencé à lui demander de venir dans son bureau… Du coup, Gibson avait changé ses habitudes : il se dépêchait de quitter l'école, aussitôt après le dernier cours.

C'était à cause de ces souvenirs qu'il avait rechigné à participer à cette session d'été, alors qu'il appréciait tant la compagnie de sœur Kate. Mais Mgr O'Sullivan ne risquait plus de l'embêter et, finalement, il ne regrettait pas d'être inscrit. Lui aussi aimait les objets anciens ; il commençait même à se constituer une collection.

Pendant le cours, il avait parlé à Timmy du médaillon qu'il avait acheté sur e-bay et, maintenant qu'ils étaient chez lui, il était impatient de le lui montrer. Il le conservait dans cet étrange coffret de bois dont l'intérieur était tapissé d'un rembourrage en velours. Il avait passé tout un samedi après-midi à le nettoyer avec un produit pour faire briller les métaux, en utilisant des Coton-Tige pour atteindre les sillons sans rien abîmer.

— On peut lire la date au dos, expliqua-t-il à Timmy en lui tendant une loupe et en élevant le médaillon pour le mettre en pleine lumière.

— Ouaou ! 1096 ! C'est vieux ! Tu l'as payé cher ?

— Non. Le type qui me l'a vendu n'avait sûrement pas conscience de sa valeur.

En réalité, il craignait que l'objet ne fût une copie, mais Timmy ne risquait pas de voir la différence. Il montra de nouveau l'inscription gravée.

— Ça, c'est du latin, dit-il en caressant le médaillon du doigt. Ça parle de courage et d'honneur. C'est le pape Urbain II qui les a fait graver ; il y en a très peu. J'ai trouvé une photo sur un site qui montrait tout un tas d'objets datant des croisades. Le pape Urbain II, c'est celui qui a lancé la première croisade.

— Je sais : j'ai lu quelques trucs sur les croisades et l'ordre des Templiers. Je m'intéresse beaucoup au Moyen Age. Ma mère trouve que c'est une période trop violente, mais je ne suis pas d'accord avec elle.

Depuis que Timmy était entré, il regardait partout, mais ça ne dérangeait pas Gibson. Il n'avait pas eu l'air effrayé par la pagaille, et il partageait sa passion pour les antiquités. Pourtant, lorsqu'il se rendit compte que Timmy ne quittait plus l'écran des yeux, il eut un instant de panique en songeant qu'un message venait peut-être de s'afficher. Mais il n'y avait rien, et Timmy détourna la tête d'un air gêné, comme s'il avait été surpris en train de faire quelque chose de mal.

— Excuse-moi, dit-il, mais je suis intrigué par ce... ce logo.

Timmy désignait la tête de mort que Gibson avait rangée tout en bas de l'écran mais qui détonnait tellement qu'on ne voyait qu'elle.

— Ce n'est qu'un jeu, répondit Gibson d'un air détaché.

Il était interdit de parler du jeu à qui que ce fût. C'était le maître qui choisissait les participants.

Gibson allongea le bras et mit l'écran en veille.

— Désolé, dit Timmy.

Mais il contemplait fixement Gibson.

— Je me doutais bien que ce n'était qu'un jeu…

— N'en parlons plus, ce n'est rien, fit Gibson en rangeant le médaillon dans le coffret de bois.

— C'est juste que…, poursuivit Timmy en bégayant. J'y joue aussi.

— Quoi ?

— Ce jeu. J'y joue aussi.

— Tu es sûr qu'il s'agit bien du même ?

— Oui. Il faut une invitation pour y entrer. Tu as reçu une invitation, hein ?

A présent, c'était au tour de Gibson de contempler fixement Timmy. Celui-ci ne cilla pas et ne détourna pas le regard. Gibson n'en revenait pas d'avoir en face de lui un participant en chair et en os. Jusque-là, les autres lui paraissaient irréels.

— Et comment tu l'as reçue, ton invitation ? demanda Gibson sans chercher à dissimuler son scepticisme.

— Je surfais sur le net et j'ai reçu un mail qui me proposait de participer à un nouveau jeu.

— Un mail de qui ?

Timmy parut hésiter, et Gibson se dit que c'était parce qu'il ne possédait pas la réponse.

— D'un certain Dévoreur de Péchés, lâcha-t-il enfin.

— Seigneur ! murmura Gibson.

C'était donc la vérité.

— Est-ce que…

Il ne savait pas trop s'il pouvait poser la question, mais après tout, les règles devaient être les mêmes pour tout le monde.

— Est-ce que tu as dû désigner quelqu'un ?

Cette fois encore, Timmy parut hésiter et détourna le regard comme s'il n'était pas certain de vouloir pousser la confidence jusque-là.

— Oui, répondit-il enfin.

— Le mien a été tué ! lança Gibson.

Les mots étaient sortis de sa bouche comme une explosion, comme s'il les avait gardés trop longtemps et qu'il était soulagé de pouvoir enfin parler.

— Oui, je sais que je suis supposé préparer quelque chose pour tuer le mien.

— Non, fit Gibson. Je ne te parle pas du jeu.

Il commençait à paniquer en mesurant l'importance de ce qu'il était en train de raconter.

— Tu veux dire qu'il est mort pour de bon ?

— Oui.

— C'est toi qui l'as tué ?

Gibson ne savait plus comment répondre. Il haussa vaguement les épaules et regarda au loin.

— J'ai souhaité sa mort, dit-il simplement.

— Tu es certain qu'il est décédé ? insista Timmy.

— Oui, j'ai vu son cadavre.

Cette fois, Gibson rencontra le regard fixe de Timmy, et il vit que son ami avait enfin compris.

— J'étais à l'aéroport, vendredi, dit-il en espérant que cela suffirait.

Et cela suffisait. Son nouvel ami savait de quoi il s'agissait. Pas étonnant : les médias n'avaient parlé que du meurtre pendant tout le week-end, et la mère de Timmy était journaliste au *Omaha World Herald*.

Ils demeurèrent silencieux un long moment, puis échangèrent un regard entendu. Un regard désespéré et coupable.

Finalement, Timmy reprit la parole :

— Tu crois que le mien est mort aussi ?

— Je n'en sais rien, répondit Gibson dans un murmure. Mais si ce n'est pas encore fait, je suis prêt à parier que ça ne va pas tarder.

43.

Washington D.C.

Gwen prit le verre d'eau que lui tendait l'inspecteur Racine. Elle était assise sur le canapé de Dena, penchée en avant, les jambes écartées. Elle n'avait plus la nausée mais elle n'avait pas soif. Comme Racine demeurait debout devant elle, elle se força à boire une gorgée pour montrer qu'elle se sentait mieux et qu'elle ne souillerait plus l'endroit en vomissant, au risque de détruire des preuves.

L'inspecteur commençait à s'impatienter, c'était visible.

— Pourriez-vous m'expliquer de nouveau pourquoi vous êtes venue ici ? demanda-t-elle.

Sans lever les yeux, Gwen répondit à la question d'un ton morne, pour la énième fois.

— Dena n'était pas venue travailler. Je lui avais laissé des messages sur son répondeur et je n'obtenais pas de réponse. Ce n'était pas son genre, alors je me suis inquiétée.

Tout cela était la stricte vérité, mais elle ne savait pas comment raconter le reste de l'histoire. Elle l'avait répétée plusieurs fois mentalement, et s'était rendu compte que ça sonnait faux.

— Et vous aviez justement une clé ?

— Oui.

Il était plus facile de se contenter de répondre. Surtout que les vertiges et la nausée avaient repris. Elle avait la sensation de voyager sur des montagnes russes.

— Donc, vous êtes entrée..., poursuivit Racine, les mains sur les hanches.

Sa voix demeurait calme, mais le ton devenait de plus en plus cassant. Décidément, cet inspecteur ne se distinguait pas par sa patience.

— Comme elle n'était pas là, vous êtes allée dans la cuisine pour jeter un coup d'œil à la poubelle ?

Gwen leva les yeux et se passa la main dans les cheveux. Elle aussi en avait marre.

— Je l'ai cherchée dans toutes les pièces, et quand on est arrivés dans la cuisine, Harvey s'est mis à gratter la porte du placard, sous l'évier.

— Justement, parlons de votre chien. Vous l'emmenez partout avec vous ?

Gwen allongea la main pour caresser Harvey. Il ne l'avait pas quittée d'une semelle depuis leur macabre découverte. Il s'était allongé près d'elle quand il avait compris qu'ils ne partiraient pas tout de suite.

— Ce n'est pas mon chien mais celui d'une amie, répondit-elle. Je le garde pour lui rendre service.

Ce fut comme si un éclair de lumière venait de lui traverser l'esprit.

— C'est celui de Maggie, ajouta-t-elle précipitamment. Maggie O'Dell.

Jusque-là, elle n'avait pas encore pris conscience que Racine connaissait Maggie.

— L'agent Maggie O'Dell ?

— Oui. Elle a dû partir ce matin. Elle me laisse souvent Harvey quand elle s'absente.

Gwen vit que Racine contemplait le chien d'un air attendri, alors qu'elle l'avait ignoré jusqu'à cet instant. Elle alla jusqu'à se baisser pour le caresser derrière les oreilles.

— Excuse-moi, mon vieux, fit-elle sur un ton câlin qui était tout à fait nouveau. Quand je pense que tu as passé huit heures dans ma voiture pas plus tard qu'hier, et que je ne t'avais pas reconnu !

Elle se redressa en jetant un coup d'œil autour d'elle, comme pour s'assurer qu'aucun membre de son équipe n'avait surpris cet échange. Malheureusement, son changement d'attitude ne concernait nullement Gwen.

— La victime vivait seule, n'est-ce pas ? Vous a-t-elle parlé d'un petit ami ?

— Oui, elle venait de rencontrer quelqu'un.

— Vous connaissez le nom de ce *quelqu'un* ?

— Non, elle ne me l'a pas dit.

— Savez-vous si elle avait rendez-vous avec lui ce week-end ?

— Ils devaient passer la soirée de samedi ensemble.

Gwen n'en pouvait plus. Racine ne posait pas les bonnes questions et elle-même n'arrivait pas à se confier spontanément.

— Comment l'avait-elle rencontré ? Sur Internet ?

— Je n'en sais strictement rien.

Elle ne pouvait pas affirmer qu'il s'agissait de Rubin Nash. Au fond, elle n'en était pas sûre.

— C'est tout de même étrange qu'elle ne vous en ait pas dit un peu plus sur son nouveau copain, s'étonna Racine en croisant les bras. Surtout si elle vous faisait suffisamment confiance pour vous laisser un double de ses clés.

Gwen ne répondit pas et jeta un coup d'œil du côté du technicien qui s'affairait dans la cuisine. Il avait vidé la poubelle avec précaution, et contemplait à présent les restes de Dena qui gisaient au fond. Il réfléchissait sans doute au meilleur moyen de les ramasser sans les endommager.

— Elle m'a dit aussi qu'elle devait essayer une nouvelle boîte de nuit avec l'un de ses amis, reprit-elle enfin.

Elle se demandait à présent si l'assassin était bien l'un de ses patients.

— Quelle boîte ?

— Elle m'a peut-être dit le nom, mais je ne m'en souviens pas. Ce dont je suis sûre, c'est qu'il s'agissait d'un établissement qui venait d'ouvrir.

— Et le nom de cet ami qui devait l'accompagner ?

— Je ne le connais pas non plus.

Gwen vit le technicien plonger ses deux mains gantées dans la poubelle et, de nouveau, elle se sentit sur le point de vomir. Mais elle ne pouvait détacher les yeux de ce spectacle : elle était comme hypnotisée. Elle savait qu'elle aurait mieux fait de regarder ailleurs. Jusque-là, elle avait cru que Dena avait été assassinée, puis découpée en morceaux. Mais elle s'était trompée… Dans la poubelle, il n'y avait que la tête. On l'avait décapitée, comme les autres. Elle l'avait déjà compris, mais elle ne put s'empêcher de pousser un gémissement quand elle vit que le technicien prenait un tout petit sac — juste assez grand pour contenir une tête.

La main de Racine se posa sur son épaule, mais elle ne leva pas les yeux vers elle et continua à fixer le sac en plastique. Elle ne put s'empêcher de remarquer que la police était vraiment bien équipée.

— Dena n'aimait pas vider la poubelle, même au bureau, commenta-t-elle, toujours sans regarder Racine.

Il s'agissait d'une réflexion stupide, mais elle n'avait pas pu s'empêcher de la faire.

44.

Gibson prit la boîte à chaussures qui se trouvait sous son lit, et monta le son de sa chaîne en fredonnant sa chanson préférée des Stray Cats. Il essayait de s'occuper l'esprit pour éviter de penser au jeu qui devait débuter dans une demi-heure.

Il avait la maison pour lui tout seul : sa mère était partie tout de suite après le dîner pour se rendre à son cours de poésie, et son petit frère, Tyler, en avait profité pour filer chez un copain à qui il restait quelques pétards.

Bref, en temps normal, Gibson aurait savouré sa tranquillité, mais ce soir, il se sentait particulièrement nerveux.

Il installa la boîte sur son bureau, à côté de l'ordinateur, en essayant de ne pas regarder l'écran. Peine perdue : il ne cessait d'y jeter des coups d'œil inquiets. Il s'attendait à une réprimande pour avoir évoqué le jeu avec Timmy. À une réprimande et à une punition bien méritée. Pourtant, rien de tel ne s'affichait.

Il aligna soigneusement sur le bureau les objets de sa collection, les unes après les autres. Puis il attrapa le bidon de Brasso — son produit à nettoyer le métal —, un chiffon doux et des Coton-Tige. Son trésor ne valait pas celui de sœur Kate, mais c'était un bon début.

Il possédait déjà trois médaillons, deux pièces et un crucifix mesurant vingt centimètres. Le type à qui il l'avait acheté sur e-bay lui avait assuré qu'il était authentique, qu'il faisait partie de ceux que les croisés cousaient sur l'écusson de leur vêtement. D'ailleurs, on voyait encore les points d'attache au dos : il en avait vu des reproductions sur un site historique tout ce qu'il y avait de plus sérieux.

Gibson ne l'avait cru qu'à moitié, mais il était quand même fier de son acquisition, qu'elle eût ou non orné l'écusson d'un croisé. De toute façon, c'était une pièce ancienne, et elle ressemblait plus à une arme — une dague ou quelque chose dans ce genre — qu'à un objet religieux. Ça valait sans doute le coup de le montrer à sœur Kate… Tiens, oui, c'était une bonne idée.

Il jeta un regard circulaire dans sa chambre en essayant de se rappeler où il avait fourré son sac à dos. Il ne s'en séparait jamais, même lorsqu'il se déplaçait à vélo. L'attraper en partant était un réflexe, au même titre que mettre sa casquette de base-ball sur sa tête. Il ne regardait presque jamais à l'intérieur et utilisait surtout la poche de côté dans laquelle il fourrait ses clés et sa monnaie. Il était sans doute temps de faire le vide là-dedans.

Il trouva le sac devant la porte de son placard, à côté de ses tennis. En effet, il paraissait plein à craquer : il ne risquait pas d'y faire entrer sa collection.

Il lança le sac sur son lit et l'ouvrit. Il contenait tout un tas de cochonneries, et Gibson secoua la tête d'un air incrédule. Qu'est-ce que c'était que ce porte-documents en cuir marron ? Ça ne lui appartenait pas, il en était certain. Qui avait bien pu le glisser dans son sac ? Il le prit et le posa sur son lit. Merde… Comment ce truc avait-il pu arriver jusque-là ?

45.

Il était près de minuit lorsque Maggie regagna enfin son hôtel. Elle remercia mentalement Cunningham. La chambre qu'il lui avait réservée à l'*Embassy Suites* était bien au-dessus du confort standard dont elle avait l'habitude. De plus, elle ne se trouvait qu'à quelques pâtés de maisons du commissariat, dans un quartier pittoresque, proche du centre-ville, que Pakula avait appelé le Vieux Marché. Il y avait des rues pavées et des vieux entrepôts en briques aux toits plats, transformés en magasins, avec des auvents bordés de petites lumières blanches.

Elle venait d'enfiler sa chemise de nuit et de s'attaquer au plateau du room-service, confortablement installée dans son lit, lorsque le téléphone sonna. Elle essuya la sauce barbecue aux coins de ses lèvres, et tendit la main vers son portable. C'était sûrement Gwen : elle l'avait appelée tout à l'heure, mais n'avait obtenu que son répondeur.

— Maggie O'Dell, fit-elle, la bouche pleine.

— Maggie, désolé de vous déranger aussi tard.

Ce n'était pas Gwen mais Adam Bonzado.

— Julia m'a dit que vous étiez en déplacement... Il doit être 2 heures du matin, chez vous. J'espère que je ne vous réveille pas ?

— Il n'est qu'une heure, ici. Et vous ne me réveillez pas.

Je viens de rentrer à l'hôtel : j'étais en train de dîner dans ma chambre.

Son premier repas de la journée. Elle l'attendait depuis plusieurs heures. Elle lécha ses doigts pleins de sauce.

— Que se passe-t-il ? demanda-t-elle à Adam.

— Julia vous aurait probablement mise au courant, mais je préfère vous faxer directement les informations pour qu'aucun détail ne se perde en route.

— Attendez une minute, il faut que je cherche le numéro de fax de l'hôtel.

Elle descendit vivement du lit, en essayant de ne pas renverser son plateau. Elle avait eu les yeux plus gros que le ventre : il était énorme.

— Vous n'êtes pas encore couché ? fit-il d'un ton déçu. J'espérais vous surprendre en petite tenue.

— En quoi ?

— Eh bien… en pyjama.

Elle se sentit aussitôt rougir.

— Qu'est-ce qui vous fait croire que je dors en pyjama ? lança-t-elle d'un ton taquin.

— Je… Ah… Pardon ?

Elle rit. Décidément, ils n'étaient pas plus à l'aise l'un que l'autre quand il s'agissait de flirter. Mais, de toute façon, ce n'était pas le moment.

Sans lui laisser le temps de poursuivre, elle ajouta :

— Qu'est-ce que vous vouliez me faxer, exactement ?

Elle finit par mettre la main sur la plaquette de l'hôtel, et commença à tourner fébrilement les pages.

— J'ai réussi à mettre à jour le tatouage. Il restait beaucoup plus d'encre que je ne le pensais. Quand j'ai commencé à ôter l'épiderme, les couleurs sont ressorties. C'est souvent le cas. L'encre pénètre jusque dans les couches les plus profondes de la peau.

— Au lieu d'un fax, je préférerais une image par mail. Comme ça, je pourrais voir les couleurs.

— Vous avez raison. C'est une bonne idée.

Il y eut un silence gêné.

— Je crois que je n'ai pas votre adresse e-mail, dit-il finalement.

Elle la lui donna, mais elle était trop impatiente pour attendre un mail.

— Vous avez le tatouage dans son intégralité ?

— Il en manquait un bout, mais j'ai contacté un salon de tatouage à New Haven. Le tatoueur m'a transmis l'image complète. Je vous l'enverrai aussi. C'est une rose rouge dont la tige est enroulée autour d'un poignard au manche rose.

— Un poignard ? C'est ça qu'elle avait sur la nuque ?

— Oui, un peu sur le côté, à droite.

— Il y a un moyen de se procurer la liste des salons qui proposent ce dessin ?

— Bonne question, fit Bonzado. Le type m'a déjà appris que ce dessin est très apprécié des gens qui s'intéressent à ce qu'il a appelé *le D et D pour gonzesses.*

— D et D ?

— Donjons et Dragons. Vous en avez entendu parler, je suppose ?

— En effet, mais je croyais que c'était tombé en désuétude.

— Certains de mes élèves jouent à une nouvelle version, sur ordinateur. Je le sais parce que je les ai entendus en parler entre eux. Mais ça ne s'appelle plus Donjons et Dragons. Il s'agit d'une variante. Ils créent eux-mêmes des personnages en s'inspirant des gens qu'ils connaissent, notamment de ceux qu'ils voudraient pouvoir dominer. J'ai entendu dire, par exemple, que l'un des professeurs d'anglais de l'université était leur cible favorite. Je ne sais pas si ça vous aidera beaucoup, mais j'ai pensé que ça vous intéresserait, en tout cas.

— L'une des victimes était étudiante dans une université technique de Virginie, déclara Maggie. Notre tueur l'a peut-être rencontrée par le biais de ce jeu, sait-on jamais ? Ça expliquerait qu'elle lui ait fait suffisamment confiance pour le suivre dans un endroit isolé.

— Vous croyez que l'assassin pourrait être un étudiant ?

— Non. Il a l'air très organisé, et je pense plutôt à un homme d'âge mûr, même si la folie meurtrière qui le pousse à arracher la tête de ses victimes vient probablement de plus loin — sans doute de l'adolescence.

— Je vais demander à mes élèves comment on entre dans ce jeu. S'il faut une invitation ou si n'importe qui peut y aller.

— Parfait. J'espère que vous n'allez pas découvrir que vous faites aussi partie des personnes qu'ils cherchent à éliminer.

—Aucun risque : ils m'adorent. J'utilise la magie pour les tenir sous ma coupe. Un ancien charme, très vieux. Si seulement je pouvais faire la même chose avec un certain profiler…

Maggie ne trouva rien à répondre et se contenta de lui souhaiter une bonne nuit. Finalement, il ne se débrouillait pas si mal pour flirter.

Elle raccrocha, le sourire aux lèvres.

46.

Venezuela

Le père Michael Keller contemplait fixement son ordinateur. Il n'avait allumé que deux bougies à la citronnelle, et l'écran brillait comme un phare dans la pièce sombre. Un phare qui le guidait vers des réponses qu'il n'était pas sûr de vouloir connaître. Il avait déjà été déconnecté à plusieurs reprises, ce soir, et il avait aussi largement dépassé son forfait, mais il ne pouvait s'empêcher d'essayer de nouveau, impatient et agacé de ces interruptions, comme un joueur à qui l'on retire régulièrement ses cartes.

Il se frotta les yeux. Sa vue se brouillait. La migraine ne lui laissait plus une seconde de paix… Et soudain, il eut une illumination. Comment n'y avait-il pas songé plus tôt ? Il s'en voulait de s'être montré aussi stupide et naïf. Il avait tellement besoin d'un ami qu'il avait préféré ignorer les signaux d'alarme. Rien que le pseudo aurait dû lui mettre la puce à l'oreille. Le Dévoreur de Péchés. Il n'y avait qu'un dingue pour choisir un nom pareil. Mais il s'était d'abord imaginé qu'il avait affaire à une personne cultivée qui faisait référence à une vieille légende catholique. Jamais il ne s'était senti menacé par cette relation. Celui ou celle qui l'avait contacté ne lui avait jamais donné de raisons de se méfier de quoi que ce fût. Jusqu'à maintenant.

Il avait lu et relu les articles qui parlaient de l'assassinat des deux prêtres. Il connaissait vaguement Mgr O'Sullivan pour l'avoir rencontré lorsque lui-même était en poste à Saint-Margaret, à Platte City, dans le Nebraska. Mais cela n'expliquait pas pourquoi son soi-disant ami lui avait envoyé les deux articles avec cet avertissement :

« Peut-être serez-vous le prochain ? »

Il songea au masque de Halloween. Finalement, il s'agissait peut-être d'une menace et pas d'une blague de mauvais goût, comme il l'avait d'abord pensé. Son mystérieux correspondant devait savoir pour le masque…

Aussitôt après avoir reçu le message de menace, il lui avait renvoyé un e-mail :

« Qu'est-ce qui vous fait croire que je pourrais être le suivant ? »

Il n'avait reçu la réponse qu'en fin de soirée. Une réponse qui s'était fichée dans son cœur, comme une balle.

« Je le sais parce que c'est moi qui les ai exécutés et que vous êtes le prochain sur ma liste. »

La fameuse liste apparaissait en pièce jointe. Et son nom y figurait, juste en dessous de celui de Mgr O'Sullivan.

Il avait dû attendre que sa panique se transforme en une douleur diffuse pour commencer à élaborer sa défense. D'abord identifier son ennemi…

Il avait entrepris une recherche effrénée sur Internet, lisant tout ce qui pouvait se rapporter, de près ou de loin, à des dévoreurs de péchés. Mais il n'avait trouvé que des bribes de renseignements. Dans un site, chaque village possédait son dévoreur de péchés, lequel vivait en reclus, un peu à l'écart du groupe. Un autre lui avait proposé une autre version : A la tombée de la nuit, on sortait les cadavres sur le pas des portes, et le Dévoreur de péchés venait manger le pain que l'on avait posé sur la poitrine du défunt : un geste symbolique signifiant qu'il avalait les péchés de l'intéressé et acceptait d'en porter le fardeau. L'internaute auteur de cette prose expliquait ensuite que l'Eglise catholique s'était élevée contre cette pratique qu'elle considérait comme illégale, surtout lorsqu'il s'agissait d'absoudre ceux qui avaient commis des péchés mortels, comme le suicide ou le meurtre d'ecclésiastiques.

Le père Keller essuya son visage trempé de sueur avec la manche de sa chemise blanche. Comme ça ne suffisait pas, il attrapa le bas de la chemise et s'essuya de nouveau. Mais la sueur continuait à dégouliner, et il avait l'impression qu'on lui assénait des coups de marteau sur les tempes.

Il se frappa le crâne à plusieurs reprises pour combattre la douleur, les massages ne lui faisant plus aucun effet.

Il était épuisé. Cette crise de panique l'avait laissé sans forces. Même son thé — ce merveilleux thé — lui donnait la nausée…

Tout à coup, il eut un éclair de lucidité et contempla la tasse fumante comme s'il avait eu devant lui Judas en personne. Son ami… Mais ce n'était pas un ami… Son *ennemi* lui avait envoyé un colis de thé et de biscuits qui l'empoisonnaient petit à petit.

Il essaya de se rappeler s'il avait commencé à se sentir malade en même temps qu'il s'était mis à consommer le contenu du paquet. Etait-ce ainsi que l'autre comptait l'éliminer ? En l'empoisonnant ? Ou bien cherchait-il simplement à l'affaiblir pour qu'il ne soit plus en état de se défendre lorsqu'il viendrait l'achever ?

Il lança la tasse au loin et la regarda s'écraser contre le

mur. Son soi-disant ami voulait jouer ? Eh bien, il allait lui montrer qu'il avait des ressources.

Il tira sa chaise devant l'ordinateur et tapa :

« Vous avez empoisonné le thé. »

L'autre devait attendre derrière sa machine, car Keller reçut la réponse quelques minutes plus tard :

« En effet. Avec de l'aconit. Puisque je ne pouvais pas me déplacer pour vous tuer de mes propres mains, j'ai choisi pour vous une mort lente et douloureuse. »

Pourquoi ? De nouveau, la panique se déchaîna en lui. On aurait dit que quelqu'un lui mordait les entrailles. Mais peut-être était-ce l'effet du poison... Il eut peur qu'il ne fût déjà trop tard.

Il abandonna les e-mails et se mit à chercher des informations sur les prêtres assassinés. Il y trouverait sûrement un renseignement utile. Quelqu'un l'avait mis sur une liste de personnes à éliminer. Il fallait qu'il trouve d'où venait la menace. Mais qui pouvait bien savoir ce qu'il avait fait et où il se cachait ? Il avait beau chercher, il ne trouvait pas la réponse à cette question.

Ce Dévoreur de péchés avait sûrement laissé des empreintes sur le colis. Avec son adresse e-mail, on pouvait sans doute remonter jusqu'à lui par l'intermédiaire du serveur...

Il trouva un nouvel article qu'il n'avait pas encore lu, et l'ouvrit. La photo qui l'illustrait lui sauta à la figure. Il aurait dû être affolé, mais au contraire, il fut presque soulagé de reconnaître le visage de l'un des enquêteurs. Une idée venait de germer dans son esprit. A présent, il savait exactement quoi faire. Ça marcherait. Il le fallait. De toute façon, il n'avait pas le choix.

L'agent spécial Maggie O'Dell accepterait sûrement de payer le prix fort pour coincer un tueur en série.

47.

Jeudi 6 juillet
Campement de Blackwater Bay
Sud de Bagdad, Floride

Corey Lee feignit de ne pas avoir entendu son futur beau-père qui l'appelait, et continua à marcher. Il leva les yeux au ciel, puis contempla son ami, Kevin Potter.

— Tu ne crois pas qu'on devrait ralentir pour qu'il puisse nous rattraper ? demanda Kevin.

Corey secoua la tête.

— Il voudra passer par la route. Ça va prendre des heures.

Corey trouvait stupide de rebrousser chemin, maintenant qu'ils avaient presque atteint la passerelle de bois. Elle se trouvait juste de l'autre côté des arbres. Il connaissait très bien ce raccourci pour l'avoir déjà emprunté avec Kevin, la dernière fois qu'ils avaient campé avec leur groupe. D'accord, il fallait traverser des buissons épais, et on n'y voyait goutte. Mais c'était ça le camping. L'aventure…

Son futur beau-père n'était pas d'accord pour le raccourci. Il prétendait que c'était dangereux ou quelque chose comme ça. Il avait essayé de leur faire peur en leur parlant des mocassins d'eau venimeux et des alligators, mais ça n'avait fait qu'exacerber leur désir d'y aller. Depuis que ce nul encadrait les scouts, il croyait tout savoir de la nature. D'ailleurs, il croyait tout savoir sur tout. Mais Corey appartenait aux scouts depuis trois ans, et il avait grandi près de ces terres marécageuses. Il n'avait pas besoin que le dernier petit copain en date de sa mère lui dicte sa conduite.

Il n'arrivait pas à croire qu'elle puisse épouser cet imbécile, et s'il parvenait à peu près à le supporter à la maison, il était furieux qu'il se mêle aussi de ses loisirs. Quand il s'en était plaint à sa mère, elle lui avait répondu qu'il était temps qu'il arrête de se comporter comme un gamin capricieux et qu'Ethan cherchait seulement à créer des liens entre eux. Justement, Corey n'avait aucune envie de *créer des liens* avec ce crétin en chef, mais il s'était abstenu de le dire à sa mère.

— Je crois qu'il nous suit, fit Kevin.

Ils jetèrent un coup d'œil par-dessus leur épaule, sans cesser de marcher. Corey entendait Ethan qui faisait craquer les branches, mais il ne le voyait pas à cause de l'épaisseur des buissons.

— Il n'est peut-être pas si nul que ça, hasarda Kevin. Tu devrais au moins lui accorder une chance.

Mais Corey secoua la tête.

— Tu parles… Il bisque parce qu'on est plus téméraires que lui et qu'on va lui prouver qu'il a tort… Merde ! Qu'est-ce que ça pue ! s'exclama-t-il en dérapant.

Il essaya de se rattraper aux branches — trop tard —, et entraîna Kevin dans sa chute. Son épaule heurta un tronc, et il sentit l'écorce érafler son coude.

Kevin tomba la tête la première. Corey entendit le bruit mouillé du marécage sous les aiguilles de pin. Son pantalon était trempé. Et putain ! Qu'est-ce que ça puait !

Soudain, il fit un bond. Il ne sentait plus la douleur. Des milliers de petits vers grassouillets grimpaient le long de son jean. Il les balaya frénétiquement du revers de la main. Kevin le regardait, bouche bée. Puis il s'aperçut qu'il en avait lui aussi sur les bras, et se releva vivement. Ils étaient tellement occupés à se débarrasser des asticots qu'il leur fallut quelques minutes avant d'avoir l'idée de baisser les yeux pour voir ce qui les avait fait trébucher. On aurait dit un tas de chiffons noirs et sales, recouvert de boue et de feuilles. La première idée de Corey fut qu'ils avaient été portés jusque-là par l'ouragan Ivan qui avait fait des dégâts dans le coin.

— Qu'est-ce que c'est que ça ? s'exclama Kevin en s'accrochant au bras de son ami.

— Que se passe-t-il ? fit Ethan en se frayant un chemin au milieu des branchages. Je vous avais dit…

Il s'arrêta net en découvrant l'obstacle qui les avait fait trébucher.

— Seigneur ! Mais on dirait un cadavre !

— Sans blague ? fit Corey.

En effet, il apercevait ce qui restait d'un visage sous une nuée de vers blancs et marron qui se tortillaient.

— C'est vraiment dégoûtant, dit Kevin.

Mais il s'approcha pour mieux voir, en même temps que Corey. Lui non plus n'avait jamais vu de cadavre, sauf à la télé ou dans les journaux. Il se demanda s'ils pourraient observer les entrailles.

— Eloignez-vous d'ici, les gars ! ordonna Ethan.

Puis il eut un haut-le-cœur.

Cette fois, ce fut au tour de Kevin de lever les yeux au ciel.

— T'as raison, dit-il. C'est un nul.

48.

Lycée Notre Dame des Lamentations
Omaha, Nebraska

Nick claqua violemment la portière de son Oldsmobile de location. Il passait ses nerfs sur la voiture, mais c'était à Tony qu'il en voulait. C'était déjà assez pénible de ne pas dormir avec Jill. Elle s'était installée chez sa mère et lui chez Christine. C'était ridicule quand on songeait qu'ils étaient des adultes, pas un couple d'adolescents. Le pire, c'était que cette situation semblait convenir à la jeune femme. Elle était visiblement ravie de passer le plus clair de son temps avec ses copines, à faire les magasins pour chercher une robe de mariée et à manger des gâteaux. C'était la première fois qu'ils prenaient une semaine de vacances tous les deux, et ils avaient effectivement prévu d'en profiter pour préparer un peu leur mariage. Mais Jill ne s'occupait que de ça, et elle n'avait plus une minute à lui consacrer.

Il avait tout de même réussi à passer une nuit avec elle, en prétextant qu'il voulait essayer l'hôtel *Embassy* avant d'y réserver des chambres pour leurs invités.

Ce matin, il se trouvait dans le grand lit chaud de l'hôtel, avec Jill lovée contre lui, lorsqu'il avait été réveillé par la voix hystérique de Tony au téléphone. Il avait eu une furieuse envie de l'envoyer paître en lui rappelant qu'il l'avait mis en garde. On ne se moquait pas impunément de la police, même lorsqu'on pensait avoir Dieu de son côté.

Mais il avait tout de même accepté de le rejoindre au lycée une heure plus tard.

— Dis aux inspecteurs que s'ils n'ont pas de mandat d'arrêt, tu n'es pas obligé de te rendre au commissariat, lui expliqua-t-il.

Il ne s'était pas rendu compte qu'il criait. En tout cas, il avait réveillé Jill qui lui avait jeté un coussin à la tête.

Ça ne l'avait pas arrêté. Il avait simplement ramassé son téléphone pour le coincer entre son oreille et son épaule, tout en enfilant sa deuxième chaussure.

Merde !

Il aurait bien voulu avoir le temps de passer chez Christine pour apparaître devant les flics autrement qu'en jean et basket. Mais il valait mieux arriver là-bas le plus vite possible pour faire le tampon entre les inspecteurs et Tony, et rappeler à celui-ci qu'il avançait sur un terrain glissant. Ça ne valait pas la peine de se laisser harceler par la police pour couvrir un collègue ou un supérieur. Surtout dans une affaire de meurtre.

— Dis-leur bien que tu ne peux pas quitter le lycée, avait-il insisté. Tu as une bonne excuse : la session d'été a commencé. Pas question que tu te précipites au commissariat chaque fois qu'ils auront une nouvelle question à te poser. C'est à eux de se déplacer. Donne-leur rendez-vous au bahut. Dans une heure.

Nick gara la voiture devant le lycée, tout en se demandant ce que les flics pouvaient bien vouloir à Tony.

Il le trouva dans son bureau. Il était seul, grâce à Dieu,

et il portait son pantalon noir, sa chemise blanche et son col de prêtre.

— Excellent ! lui dit-il en désignant sa tenue. Ça va leur rappeler qu'ils viennent emmerder un homme de Dieu. Jésus ! Je suis désolé, je ne voulais pas…

Mais Tony souriait.

— Tu sais ce qu'ils te veulent ? demanda Nick.

— Oui. Rien de grave. L'inspecteur Pakula n'a pas fait de difficultés pour se déplacer ; il a même dit qu'ils en profiteraient pour jeter un coup d'œil dans le bureau de Mgr O'Sullivan. Tu as vu les nouvelles, ce matin ?

— Non. C'est ton coup de fil qui m'a réveillé. La nuit dernière, Jill et…

Il se tut. Il y avait certaines choses qu'on ne partageait pas avec un homme d'Eglise, fût-il un ami.

— Un autre prêtre a été assassiné samedi soir, à Columbia, dans le Missouri, lui apprit Tony. La police du Nebraska a fait appel à un spécialiste du FBI pour l'affaire O'Sullivan. Ils pensent que les deux meurtres sont liés.

— Tu plaisantes ? fit Nick en se laissant tomber dans le vieux fauteuil que Tony avait placé dans un coin de la pièce.

Si les flics cherchaient un tueur en série, pourquoi voulaient-ils encore interroger Tony ? Nick ne savait pas s'il devait être soulagé ou non.

Tony dut lire dans ses pensées car il déclara en haussant les épaules :

— Je ne pense pas qu'ils me soupçonnent. Je ne risquais pas d'aller à Columbia dans le Missouri, samedi soir. En voiture, il y en a pour cinq heures.

— Je sais bien qu'ils ne te considèrent pas comme un suspect, répondit Nick, tout en s'étonnant que Tony fût aussi bien informé sur le temps qu'il fallait pour se rendre dans le Missouri en voiture... Donc, reprit-il, le meurtre de Monseigneur était prémédité.

— Il semble bien, dit Tony en regardant par la fenêtre pour guetter l'arrivée de la police.

— J'ai quelque chose à te demander, dit Nick.

Il attendit que son ami tourne les yeux vers lui.

— Tu te souviens de ce que m'a dit Christine ? Elle affirme qu'on s'est plaint de Mgr O'Sullivan... Je comprends très bien que tu ne sois pas autorisé à m'en parler, mais vu les circonstances... Si tu veux que je t'aide, il faut que je sois au courant. Est-ce que quelqu'un a accusé O'Sullivan de... Enfin, tu vois... de ne pas s'être comporté correctement avec un élève ?

Tony regardait toujours par la fenêtre, mais il lui jeta un bref coup d'œil avant de répondre :

— Franchement, Nick, je n'en sais rien. J'ai vaguement entendu des rumeurs à ce sujet, comme Christine. Mais je suis la dernière personne que l'on aurait mise dans la confidence.

— Pourquoi donc ?

— Parce que je les avais avertis que je ne fermerais pas toujours les yeux.

— Tu as dit ça à l'archevêque Armstrong ?

— A Mgr O'Sullivan, fit calmement Tony.

Puis il détourna de nouveau le regard.

— Et je suis certain qu'il l'a répété à l'archevêque, conclut-il.

Nick songea que Tony ne lui disait pas tout, et il décida d'insister.

— Crois-tu que le porte-documents de Mgr O'Sullivan contenait des pièces confidentielles ?

Cette fois, Tony se retourna pour le regarder droit dans les yeux.

— Ce que je vais te dire doit rester entre nous. N'en parle ni à Christine ni aux flics.

Il attendit que Nick acquiesce de la tête pour poursuivre :

— Ça ne m'étonnerait pas. Ça ne serait pas la première fois. Le Vatican bénéficie de l'immunité diplomatique, et tout ce qui se trouve là-bas est en sécurité. Les papiers comme les personnes.

— Tu veux dire que Mgr O'Sullivan allait se réfugier au Vatican ? Il ne devait pas revenir ?

— Non. Il n'avait pas prévu de revenir. Je lui ai parlé la veille de son départ, et il a fini par me l'avouer.

— Ça alors ! s'exclama Nick.

Il n'en revenait pas. Alors, comme ça, Christine avait raison…

— Il n'est donc pas impossible que l'une des victimes de O'Sullivan ait voulu le punir avant qu'il ne disparaisse.

— Ou que quelqu'un ait voulu mettre fin à ses agissements une bonne fois pour toutes.

— Qu'est-ce que tu veux dire par là ?

Mais Tony regardait de nouveau dehors.

— Ils arrivent, annonça-t-il.

Nick remarqua qu'il avait l'air soulagé que leur conversation s'arrête là.

49.

Maggie vérifia encore qu'elle n'avait pas de message sur son portable. Toujours pas de nouvelles de Gwen. Ce n'était pas son genre. Elle commençait à s'inquiéter. Gwen avait des ennuis, elle n'était pas simplement surmenée. Il se passait quelque chose de grave, et son amie ne voulait pas lui en parler. Elle eut envie de composer son numéro une fois de plus, mais Pakula lui montrait déjà du doigt Notre Dame des Lamentations qui se dressait juste devant eux.

L'établissement ne ressemblait en rien à l'idée que Maggie s'en était faite. Il était composé de plusieurs constructions en vieilles briques rouges datant probablement des années 1900, mais en excellent état. Situé en plein centre-ville, le lycée était protégé du carrefour bruyant par de gigantesques érables d'un côté et par le parc du Memorial de l'autre.

Maggie s'était étonnée que l'inspecteur Carmichael ne les accompagne pas, elle qui semblait tellement désireuse d'interroger de nouveau le père Gallagher. D'autant plus que c'était grâce à ses recherches qu'ils avaient de nouvelles questions à lui poser. Lorsque Maggie avait abordé le sujet avec Pakula, il lui avait lancé un regard mauvais, puis il avait marmonné quelque chose au sujet de la nécessité de garder l'esprit ouvert. Il était de mauvaise humeur depuis que le prêtre avait refusé de se déplacer. Il avait d'ailleurs mis ça sur le compte de ce « crétin d'avocat » que le père Gallagher avait appelé à la rescousse.

Pakula entrait dans le parking du lycée lorsque le téléphone de Maggie sonna. Elle vit qu'il s'agissait de Julia. Celle-ci l'avait déjà appelée deux fois pendant qu'elle était en réunion, et elle n'avait pas pu décrocher.

— Ça ne vous dérange pas que je réponde ? demanda-t-elle à Pakula. Je ferai vite.

— Non, allez-y.

— Maggie O'Dell.

— Maggie, enfin ! s'exclama Julia.

Maggie s'était attendue à ce qu'elle fût un peu agacée, mais elle paraissait plutôt soulagée.

— J'ai eu Bonzado, dit-elle aussitôt. Je suis au courant pour le tatouage.

— Nous avons une autre victime, annonça Julia sans préambule.

Maggie s'adossa au siège de la voiture. Elle ne s'attendait pas à ça.

— Il n'a pas perdu de temps ! dit-elle.

— Et ce n'est pas le pire. Il s'agit de la secrétaire de votre amie.

— Pardon ?

— Le Dr Patterson. La victime travaillait pour elle.

— C'est arrivé quand ? Est-ce que Gwen va bien ? Justement, je n'arrive pas à la joindre. Pourquoi ne m'a-t-elle pas appelée ?

Pakula lui lança un regard étonné, et elle comprit qu'elle devait se calmer. Il venait de couper le moteur de la voiture, et il lui montrait la porte d'entrée du lycée.

— Je vous attends dehors, fit-il.

— J'espérais qu'elle vous avait dit quelque chose, répondit

Racine pendant que Pakula sortait de la voiture. Parce qu'elle s'est montrée plutôt circonspecte avec moi.

— Elle devait être sous le choc, Julia !

— Je n'en doute pas une seconde, mais il y a tout de même quelques bizarreries dans cette affaire. Je ne sais pas ce qu'elle nous cache, mais je jurerais qu'elle ne m'a pas tout dit.

— Ce n'est pas son genre ! s'étonna Maggie.

Elle ne put s'empêcher de penser au comportement étrange de Gwen, ces derniers temps. Tout de même, qui aurait pu penser que sa secrétaire serait la prochaine victime du tueur en série ? C'était insensé.

— Elle va bien ? demanda-t-elle encore.

— Je ne la connais pas, alors j'ai du mal à me rendre compte. Elle avait l'air secouée. C'est elle qui l'a trouvée.

— Elle a trouvé… la tête ?

— Oui. Dans l'appartement de la victime. Dans la poubelle, pour être précise.

— Seigneur ! Julia, vous auriez dû commencer par me dire ça !

— Comme sa secrétaire n'était pas venue travailler et qu'elle ne répondait pas au téléphone, elle est passée chez elle pour voir si elle n'était pas malade.

Ça aussi, c'était inhabituel. Maggie commençait vraiment à se poser des questions.

— C'est tout de même bizarre, murmura Julia, comme en écho à ses propres pensées. Quelque chose ne tourne pas rond.

— Ecoutez, Julia. Je m'apprêtais à interroger un témoin, et il va falloir que je vous laisse. Est-ce que je peux vous rappeler plus tard ? demanda-t-elle en consultant sa montre.

— Pas de problème. Je vous raconterai tout en détail.

— Julia…

— Oui ?

— Pourriez-vous prendre des nouvelles de Gwen ?

— D'accord. De toute façon, j'avais prévu de passer à son bureau.

Maggie regarda au loin, à travers le pare-brise, en attendant que son angoisse se fût un peu apaisée. Pauvre Gwen ! Elle la plaignait de tout son cœur, mais elle ne comprenait pas pourquoi elle ne l'avait pas appelée au secours.

Pakula attendait toujours, d'un air détaché.

Maggie sortit enfin de la voiture et, lorsqu'elle rencontra son regard, elle y lut une question silencieuse. Elle sut alors qu'il comprendrait.

— Une affaire, dans le district. L'une de mes amies vient de découvrir sa secrétaire décapitée. Elle n'a trouvé que la tête, pour être précise.

— Merde ! s'exclama Pakula.

Ses cils battirent, mais il n'était pas si choqué que ça. Moins qu'un simple citoyen, en tout cas.

— Vous avez besoin de récupérer. On peut remettre ça à plus tard.

— Non, non. Ça va aller.

Son téléphone sonna de nouveau, et elle l'ouvrit aussitôt, persuadée qu'il s'agissait de Julia ou de Gwen.

— Agent O'Dell, fit une voix d'homme qu'elle ne reconnut pas.

— Oui, répondit-elle en haussant les épaules en direction de Pakula.

Il s'arrêta, la main sur la porte d'entrée du lycée.

— Je suis le père Michael Keller.

Elle crut d'abord à une plaisanterie, et jeta un coup d'œil au cadran de son téléphone, mais il affichait « Numéro privé ».

— Pardonnez-moi, fit-elle, j'ai peur d'avoir mal compris. Qui êtes-vous ?

— Le père Michael Keller. Je suis certain que vous vous souvenez de moi. Je voudrais vous proposer un marché.

Maggie sentit son estomac se nouer. Après les meurtres de Platte City, elle avait traqué le père Keller jusqu'en Amérique du Sud, sans succès. Et voilà qu'il l'appelait tranquillement, comme s'ils avaient été de vieux amis !

— Qu'est-ce qui vous fait croire que j'accepterai un marché avec vous ?

— Je peux vous aider à coincer le type qui élimine les prêtres.

— Vraiment ?

Ainsi, la déclaration qu'ils avaient faite aux médias avait porté ses fruits.

Pourtant, le père Keller se cachait au Chili — enfin, peut-être…

— Comment pourriez-vous m'aider ?

— Je vous le dirai quand je serai sûr que vous acceptez. Je suis prêt à vous apporter les preuves moi-même.

Elle n'en croyait pas ses oreilles. Keller proposait de rentrer aux Etats-Unis après quatre ans de cavale ? Qu'est-ce qui pouvait bien le motiver ?

— Avant d'accepter, j'ai besoin d'en savoir plus, rétorqua-t-elle.

Il y eut un long silence, et elle crut que la communication était coupée ou qu'il avait raccroché.

— Je suis sur la liste, fit-il enfin.

Donc, il y avait bien une liste ! Maggie n'en était pas vraiment étonnée, mais elle se demanda comment Keller avait pu se la procurer… En tout cas, elle comprenait maintenant pourquoi il s'adressait à elle. Il avait peur, et il n'avait pas tort. Si le tueur avait réussi à le débusquer jusqu'en Amérique du Sud, rien ne l'arrêterait.

En entendant parler de liste, Pakula fronça les sourcils et fit un pas vers Maggie.

— De quoi parlez-vous ? demanda-t-elle à Keller.

— Vous le savez très bien, répondit-il. Ou alors, vous êtes moins avancée dans votre enquête que je ne le pensais.

Elle crut déceler une pointe d'angoisse dans sa voix.

— Franchement, je ne crois pas que vous possédiez quoi que ce soit qui puisse nous être utile, fit-elle enfin. Désolée, mais je n'ai pas l'intention d'accepter un marché avec vous.

Elle l'imagina en train de grimacer à l'autre bout du fil, et s'efforça de contenir sa joie.

— Vous n'avez pas envie de connaître le nom des prochaines victimes ?

— Pardon ?

— Je possède la liste complète.

— Vous avez très bien pu l'inventer.

— Oui ? Et comment saurais-je pour Daniel Ellison ? Vous n'avez rien dit aux médias.

Maggie avait maintenant les genoux en coton.

— Son nom figure sur la liste juste avant le mien. Donc, il est déjà mort… J'ai raison, n'est-ce pas ?

Il attendit que sa déclaration fasse son petit effet, et reprit :

— Je suis prêt à vous apporter cette liste, à condition de pouvoir vous la remettre en main propre.

— Et que réclamez-vous en échange, père Keller ?

— Votre protection. Et un antidote. Je crois qu'il a déjà commencé à m'empoisonner.

50.

Campement de Blackwater Bay
Sud de Bagdad, Floride

Le shérif adjoint Wendall Galt arrêta sa voiture de patrouille sur le bas-côté. Une demi-douzaine de scouts s'était groupée au bord du misérable fossé qui délimitait la route, près des fils barbelés qui les empêchaient de passer de l'autre côté. Deux hommes lui firent signe, de toute évidence les adultes qui encadraient cette sortie de groupe — même si l'un d'eux ressemblait à un adolescent attardé.

— J'ai d'abord cru qu'il s'agissait d'un tas de chiffons, fit le petit homme en s'approchant de Wendall. Nous avons empêché les gamins d'y aller. Ce n'est pas la peine qu'ils voient ça. C'est horrible. Seigneur ! Vraiment horrible.

Wendall ne répondit pas et rajusta ses lunettes sur son nez. Il fit un pas en arrière pour s'éloigner de ce type qui se collait à lui, et jeta un coup d'œil du côté des gamins qui trépignaient sur place avec l'air de s'ennuyer ferme. En dépit de l'interdiction de leurs moniteurs, ils avaient probablement envie d'examiner le cadavre. D'ailleurs, Wendall doutait qu'il s'agît d'un être humain. C'était impossible. Les types comme lui… Wendall embrassa du regard le short kaki impeccablement coupé, la chemise à manches courtes avec le joueur de polo brodé sur la poche, et les mocassins en cuir — alors qu'une bonne paire de chaussures de marche aurait été nettement plus appropriée. Oui, les types comme lui faisaient dans leur pantalon quand ils tombaient sur la carcasse d'un cerf.

— Je n'arrive pas à croire que vous êtes venu seul, poursuivit le type.

— Ethan, ça suffit ! dit l'autre.

Mais Ethan était lancé.

— C'est la vérité. Il devrait y avoir des agents de police pour fermer l'espace, des techniciens, le coroner... Pour l'amour du ciel, il y a un mort dans ce marécage ! Et je ne pense pas qu'il s'agisse d'un accident.

— Tout peut arriver, ici, fit Wendall d'une voix nonchalante.

Ça l'amusait de provoquer cet imbécile, et il jubila quand il vit qu'il en restait sans voix, la bouche grande ouverte. Les gens regardaient trop la télévision.

— Comment pouvez-vous être sûr qu'il s'agit bien d'un être humain ? insista-t-il.

Le gars mit sa main en visière sur son front pour se protéger du soleil qui l'aveuglait.

— Vous voulez rire ou quoi ? Je sais encore reconnaître un être humain d'un animal.

Wendall faillit lancer une réplique humiliante, mais il avait déjà eu des ennuis avec le Shérif Poole pour son attitude provocatrice, et il se retint à temps.

— Laissez-moi en juger par moi-même, dit-il avec un petit sourire forcé. Où est le corps ?

Avec un bel ensemble, le groupe montra du doigt les arbres, de l'autre côté des fils barbelés.

Wendall secoua la tête. Il n'y avait même pas de chemin

et pas mal de buissons et de mauvaises herbes. Il prit son temps pour examiner l'endroit avant de franchir la barrière. Les garçons proposèrent de lui montrer le chemin, et il s'apprêtait à leur répondre qu'il n'avait pas besoin d'eux lorsque le type à la grande gueule se mit à hurler qu'il n'en était pas question. Du coup, il accepta leur proposition, en riant intérieurement de sa mine décomposée. Deux des garçons, Corey et Kevin, s'avancèrent en se présentant comme les « découvreurs » du cadavre.

— C'était la première fois que je voyais un mort, fit Kevin qui était resté à côté de Wendall pendant que Corey marchait en tête. Vous croyez qu'on l'a tué ici ou qu'on l'a transporté après l'avoir tué ? La première hypothèse me semble la plus plausible.

Wendall ne répondit pas. Il était inutile d'exciter le gamin : il lui paraissait suffisamment agité comme ça.

— Ça pue, c'est une horreur ! lança Corey par-dessus son épaule. On y est presque, ajouta-t-il en humant l'air comme un chien policier. Vous n'allez pas tarder à sentir. Au début, j'ai cru que c'était des détritus.

Wendall persistait à croire que les gamins avaient une imagination trop fertile. Dans les marécages, un cadavre puait terriblement, même s'il ne s'agissait que d'un oiseau, d'un renard ou d'un tatou.

Il les suivait tout de même, en se battant contre les moucherons qui attaquaient ses bras et sa nuque. Quand on les écrasait, ces saloperies vous collaient à la peau. Il détestait l'humidité du mois de juillet. Il transpirait comme un bœuf ; sa chemise perpétuellement mouillée adhérait à son dos, et il songeait au moment où il retournerait dans sa voiture de patrouille pour mettre l'air conditionné.

Une odeur de viande pourrie pénétra brusquement ses narines, et il s'arrêta net.

— C'est là, dit Corey en montrant du doigt ce qui ressemblait effectivement à une pile de chiffons noirs et sales.

Wendall avança d'un air sceptique, et fit signe aux gamins de rester où ils étaient.

— Qu'est-ce que c'est que ce merdier ? s'exclama-t-il en ôtant ses lunettes pour se pencher au-dessus du tas.

Puis il fit un bond en arrière.

— Jésus Christ ! hurla-t-il.

Il se reprit en se souvenant des deux garçons qui l'observaient, et sa surprise se mua en gêne.

Les mouches voletaient, mais ce n'était rien comparé aux milliers de vers qui se tortillaient tellement qu'il était difficile de savoir ce qu'il y avait en dessous. Wendall s'empara d'une branche pour les écarter, et mit ainsi à découvert un visage, un cou et… Il dégagea un peu mieux le cou pour être bien certain qu'il n'avait pas la berlue.

Il pouvait se tromper, mais il lui semblait bien que le type portait un col blanc. Un col blanc de prêtre.

51.

Maggie craignait que Cunningham ne se mette en colère lorsqu'il apprendrait qu'elle venait d'accepter un marché avec un suspect. Elle allait devoir lui faire comprendre qu'il s'agissait d'une manœuvre et qu'elle n'avait pas l'intention de tenir sa promesse. En fait, elle voulait juste attirer Keller aux Etats-Unis… Mais elle ne pouvait pas expliquer tout ça à Pakula, alors qu'ils se trouvaient devant Notre Dame des Lamentations. Ce n'était pas le moment : ils devaient se concentrer sur l'entretien avec le père Gallagher.

— Vous êtes certaine que vous pourrez assurer ? demanda Pakula.

Elle refusa catégoriquement qu'ils modifient leur programme de la matinée, et lui fit signe qu'elle était prête.

Pakula semblait connaître le chemin. Il suivit un long couloir, puis montra l'escalier.

— Son bureau est au premier, dit-il.

Maggie fit un effort pour se concentrer et observer les lieux, histoire de ne plus penser au père Keller qui allait prendre dans quelques heures un avion pour Omaha. Elle ne voulait pas réfléchir au temps qu'il mettrait pour arriver, aux escales et aux changements qu'il aurait à faire, autant d'occasions pour lui de changer d'avis. Elle s'efforça de ne plus s'intéresser qu'à ce charmant petit établissement scolaire au parquet de bois reluisant, et d'admirer la rampe sculptée et les corniches au-dessus des portes.

Elle remarqua qu'une seule salle de classe était occupée, alors que la session d'été avait commencé et que le père Tony Gallagher était censé ne pas pouvoir s'absenter... Le décor de la pièce attira l'attention de la jeune femme. Les étagères et les murs étaient recouverts d'objets anciens, la plupart médiévaux. Au passage, elle aperçut le professeur, une jeune femme qui tenait une longue épée à la main.

Maggie jeta un coup d'œil à Pakula et vit que lui aussi l'avait remarquée.

— Ils apprennent de ces trucs aux gamins, aujourd'hui ! commenta-t-il.

Le père Tony Gallagher les attendait à la porte de son bureau et leur fit signe depuis l'autre bout du couloir. Maggie ne put s'empêcher de penser qu'il ne ressemblait pas à un prêtre. Beau garçon, avec un sourire irréprochable, il devait avoir quarante ans tout au plus. Son allure générale était plutôt sportive, mais elle remarqua qu'il était menu. Elle essaya de l'imaginer avec une casquette de base-ball, en se demandant s'il pouvait passer pour un adolescent.

— Père Gallagher, sachez que nous apprécions votre coopération, dit Pakula tandis que le prêtre les faisait entrer. Voici l'agent spécial Maggie...

Il n'eut pas le temps de finir.

— Maggie ! s'exclama une voix.

Tommy s'arrêta net sur le pas de la porte et se tourna en même temps que Maggie vers le grand fauteuil inclinable installé dans un coin.

— Maggie O'Dell ! répéta Nick Morelli. Mais qu'est-ce que vous faites ici ?

52.

Nick n'arrivait pas à y croire. Juste au moment où les choses commençaient à se calmer pour lui — excepté le merdier dans lequel l'entraînait Tony —, où il trouvait une direction à sa vie… Voilà qu'il tombait sur Maggie O'Dell ! Et elle était plus belle que jamais, ce qui n'arrangeait rien. Il essaya de se souvenir depuis combien de temps ils ne s'étaient pas vus. Un bon bout de temps… Il n'aurait pas dû avoir ce nœud à l'estomac et les genoux en coton, comme un lycéen.

— Il y a un problème ? demanda Pakula.

Ses yeux allaient de Nick à Maggie.

— Non, non, aucun, affirma la jeune femme. Nick et moi, nous nous connaissons, c'est tout. Nous avons travaillé ensemble sur une affaire à Platte City, il y a quatre ans.

Puis elle se tourna vers Tony et lui tendit la main.

— Père Gallagher, je suis Maggie O'Dell, du FBI.

— Bienvenue à Notre Dame des Lamentations, répondit Tony en lui serrant énergiquement la main.

Mais, en même temps, il jeta à Nick un coup d'œil entendu qui signifiait : « Voilà donc la fameuse Maggie ! » Nick se sentit rougir jusqu'aux oreilles.

— Il y a quatre ans à Platte City, répéta Pakula en se grattant la tête comme si ça pouvait l'aider à se souvenir.

Ça y est, j'y suis ! Gillick et Howard : les meurtriers des deux petits garçons.

Nick faillit réagir, mais il se contenta de hocher la tête en attendant de voir si Maggie rectifierait. Elle n'avait jamais cru à la culpabilité de Gillick, pas plus qu'à celle d'Howard, même si tous les deux se trouvaient en prison et attendaient d'être exécutés. Elle pensait que l'assassin était le père Keller, un prêtre très apprécié de la communauté de Platte City, qui tuait des garçons abusés sexuellement par leurs parents, dans le but de les libérer et de leur procurer un repos éternel.

— Oui, il s'agit bien de cette affaire-là, répondit Maggie en regardant Nick droit dans les yeux.

Une affaire plus complexe qu'il n'y paraissait, ils le savaient tous les deux.

Il y avait eu entre eux beaucoup plus qu'une relation de travail. Ou plutôt *il aurait pu y avoir beaucoup plus*, si elle l'avait voulu. Mais elle avait préféré battre en retraite sans laisser à Nick le temps de s'expliquer ou de défendre sa cause.

— Nick était shérif du comté, à l'époque, expliqua Tony.

— Vraiment ? C'est peut-être aussi pour ça que votre nom me disait quelque chose, dit Pakula. Je n'oublie jamais les noms… En tout cas, c'était une sale affaire.

L'inspecteur se frotta pensivement la mâchoire, et Nick crut remarquer que son regard s'adoucissait. L'espace d'un instant, il le contempla comme un camarade d'infortune.

— J'ai deux filles, ajouta Pakula. Quand on s'en prend à leurs enfants, les parents deviennent fous. L'une de mes filles avait justement l'âge des gamins qui ont été assassinés. Pendant des semaines, on l'a accompagnée partout, ma femme et moi. Tout le monde avait peur... L'un des garçons s'en est sorti, non ?

— Oui, répondit Nick. Mon neveu, Timmy Hamilton.

— Putain de merde ! s'exclama Pakula. Et il va bien ?

— Oh ! très bien, répondit Nick en regardant Maggie, comme si c'était elle qui avait posé la question.

Mais elle paraissait distraite.

— Il va entrer au lycée, ici même, en septembre. En première année.

— Voilà une bonne nouvelle ! déclara Pakula en fourrant ses mains dans ses poches comme s'il ne savait pas quoi en faire.

Nick songea qu'il avait l'air sincère, mais pas très à l'aise dans ce genre de conversations.

— Timmy entre déjà au lycée ? fit Maggie en secouant la tête d'un air incrédule. Et Christine ? Comment va-t-elle ?

— Très bien.

Il fourra lui aussi ses mains dans ses poches, soudain gêné qu'elle lui pose des questions sur sa sœur, sa famille, sa vie, alors que quelques minutes plus tôt, il lui en voulait de ne pas s'intéresser à Timmy.

— Si nous en revenions à nos moutons ? dit-il à Pakula en jetant un coup d'œil à Tony, comme pour lui signifier qu'il fallait prendre le taureau par les cornes.

Il offrit à Maggie le fauteuil qu'il occupait, près de la fenêtre, et elle accepta sans même lui lancer un regard. Il essaya de ne pas penser à son parfum, une odeur fraîche et exotique — un mélange de citron et de noix de coco —, et alla s'installer à l'autre bout de la pièce, près de Tony qui s'était assis derrière son bureau.

Pakula resta debout, appuyé au chambranle de la porte. Nick ne put s'empêcher de penser qu'il ressemblait à un joueur de foot prêt à s'élancer pour shooter dans la balle.

Visiblement, il avait changé d'état d'esprit... Oubliée la franche camaraderie : ils étaient redevenus des adversaires.

C'était la vie. Nick avait l'habitude : c'était comme ça à Boston où il était l'assistant du procureur du comté de Suffolk. Chacun à sa place.

Il jeta un coup d'œil à Maggie en se demandant quel rôle elle avait l'intention d'endosser.

— J'ai écouté les nouvelles, ce matin, commença Tony. Vous semblez penser que le meurtre de Mgr O'Sullivan pourrait être lié à celui d'un autre prêtre à Columbia, dans le Missouri, n'est-ce pas ?

— Oui. C'est une hypothèse, répondit Pakula d'un ton sibyllin.

— Et quel serait le lien entre les deux ? demanda Nick.

— C'est justement pour essayer de le savoir que nous sommes venus interroger le père Gallagher.

Pakula s'était bien glissé dans la peau du méchant inspecteur, comme Nick l'avait subodoré.

— Je ne vois pas en quoi Tony pourrait vous aider, dit-il en regardant son ami.

Il n'arrivait pas à oublier que Tony n'était pas allé jusqu'au bout de sa confession.

— Nous avons trois victimes, même si nous n'en avons évoqué que deux devant les médias. Trois prêtres poignardés en public. Enfin deux prêtres et un défroqué, pour être tout à fait exact, précisa Pakula en croisant les bras, les yeux fixés sur Tony. Je ne peux pas vous donner tous les détails, mais il existe pas mal de ressemblances entre les trois affaires. Le père Gallagher pourra peut-être nous apprendre ce que ces hommes avaient en commun. Il se trouve qu'il les a connus tous les trois...

— C'est vrai ? fit Nick en se tournant vers Tony.

— Vous ne me considérez tout de même pas comme un

suspect, inspecteur ? demanda Tony en évitant le regard de Nick. Si c'est le cas, je pense que mon ami — qui se trouve aussi être mon avocat — va me conseiller de ne pas répondre à vos questions.

— Il ne s'agit pas de cela pour l'instant, intervint Maggie. Mais je vous ferai remarquer que M. Morelli est l'assistant du procureur dans l'état du Massachusetts et qu'il ne peut donc pas vous représenter officiellement.

— C'est la vérité ? demanda Pakula.

Nick resta silencieux et contempla Tony d'un air désolé. Il comprenait maintenant pourquoi Maggie avait accompagné l'inspecteur à cet interrogatoire bidon. Elle était venue pour *observer* Tony. Sans doute le comparait-elle déjà au profil qu'elle avait établi... Il commençait à se demander si la police considérait réellement Tony comme un suspect.

Il dévisagea attentivement son ami. Celui-ci paraissait calme, décontracté, pas du tout déstabilisé par les questions de Pakula. Un instant plus tôt, il avait affirmé à Nick qu'il ne couvrirait pas les agissements coupables de ses collègues, et pourtant, il demeurait distant et évasif. Décidément, Nick ne le comprenait pas.

53.

Aéroport International Reagan
Washington D.C.

Aujourd'hui, il se sentait plus nerveux que d'habitude. Il scruta la foule de l'aéroport. D'après le tableau d'affichage, il allait devoir patienter encore une heure avant l'embarquement. Pourquoi avait-il constamment l'impression d'attendre quelque chose, au cours de sa vie ?

Il souleva son ordinateur portable pour étirer ses jambes, et le reposa sur ses genoux. Grâce à la connexion sans fil — un investissement qu'il ne regrettait pas —, il avait accès à Internet n'importe où. Il cherchait des articles récents sur le meurtre des prêtres et lisait tout ce qu'il trouvait. Deux d'entre eux avaient été tués pendant un week-end de fête et un autre le jour du Memorial.

Il se demanda si le tueur choisissait à dessein des jours fériés. Quand donc était le prochain ? Labor Day, en septembre. Il n'avait pas l'intention de rester sans réagir en attendant le mois de septembre. Cela faisait quatre ans qu'il attendait. Il en avait assez.

Son pied battait la mesure. Il avait de l'énergie à revendre et ne supportait plus de rester inactif. Pourtant, après une crise, sa colère se calmait généralement pendant un mois ou deux… En apparence, bien sûr, mais c'était déjà ça.

Il croyait pourtant avoir appris à canaliser sa fureur. Le jeu, par exemple, l'avait beaucoup aidé. Le fait de créer des personnages lui avait permis d'assouvir ses pulsions à travers des scénarios imaginaires. Ça avait fonctionné un bon bout de temps. Puis il avait ressenti le besoin d'aller plus loin. Quelquefois, il n'arrivait même plus à faire la différence entre ses fantasmes et la réalité. Seule cette froide rancœur qui ne le quittait jamais lui semblait réelle.

A présent, ça faisait deux jours… Et pourtant, il se sentait toujours aussi agité. Il devait absolument se calmer. Et pour ça, il ne voyait qu'un seul moyen.

Il cliqua sur un site météo. Il pleuvait à Boston… Il avait déjà prévu de prendre le métro en arrivant là-bas, comme lorsqu'il était gamin. Il n'avait qu'un seul sac à porter — plus son ordinateur. Il avait tout préparé, tout planifié jusqu'au moindre détail. Ce soir, à 21 heures, tout serait terminé, et il prendrait son vol retour. Il se sentirait bien. Enfin !

54.

Washington D.C.

Gwen Patterson contemplait le Potomac par la fenêtre. Harvey était allongé au pied de son bureau. Au moindre de ses mouvements, il levait la tête, et ses doux yeux bruns la cherchaient. Maggie se plaignait que son chien la surprotégeait : une habitude qu'il avait certainement prise avec son maître précédent. Mais Gwen trouvait ça plutôt touchant et même réconfortant. Elle ne savait pas comment elle aurait traversé cette mauvaise passe sans la rassurante présence de Harvey.

Elle avait annulé tous ses rendez-vous de la journée et engagé une intérimaire qui devait venir le lendemain matin à la première heure. Il suffirait de lui expliquer en quoi consistait son travail, et la vie reprendrait son cours. Il fallait bien remplacer Dena. Demain… tout redeviendrait normal.

Mais Gwen savait qu'elle se mentait à elle-même. Jamais elle ne parviendrait à oublier… Plus rien ne serait comme avant.

Un coup frappé à la porte la fit sursauter.

— Excusez-moi de vous déranger.

Julia Racine se tenait dans l'embrasure de la porte, l'air

hésitant. Gwen songea que pour attendrir l'inspecteur, il fallait qu'elle eût vraiment l'air pitoyable.

— Il n'y avait personne dans l'entrée, dit-elle.

— J'ai décidé de ne pas ouvrir mon cabinet aujourd'hui, répondit Gwen sans quitter son poste d'observation. J'ai pensé que c'était la moindre des choses, étant donné que ma secrétaire vient tout juste d'être décapitée.

Cet humour morbide n'était qu'une réaction de défense, bien sûr, mais elle n'était pas certaine que Racine l'interpréterait correctement.

— J'ai eu Maggie au téléphone, tout à l'heure. Elle m'a demandé de passer voir si vous alliez bien.

— Ah bon ? J'ignorais que cela faisait partie de vos attributions.

Après l'humour morbide, les remarques aigres-douces. Décidément, elle perdait la tête !

— J'avais aussi quelques questions à vous poser, reprit Racine en avançant dans la pièce.

— Je m'en doutais, déclara Gwen.

— Ça vous ennuie ?

— Ça changerait quelque chose, si je vous répondais oui ?

— Je peux revenir plus tard, dit Julia qui avait visiblement décidé de se montrer patiente et polie.

Gwen se demanda ce que Maggie avait bien pu raconter à Racine pour qu'elle ait droit à ce traitement de faveur. Mais peut-être n'était-ce qu'une nouvelle tactique de l'inspecteur en jupons.

— Maintenant ou plus tard, ça ne ferait aucune différence, marmonna-t-elle.

Elle quitta la fenêtre et fit signe à Julia de s'asseoir.

L'inspecteur prit le temps de caresser Harvey, puis elle choisit le fauteuil auprès duquel il était allongé. Il l'avait reconnue et cataloguée parmi les amis. Gwen n'en fut pas ravie, puis elle se dit qu'elle pouvait sans doute faire confiance à son instinct. Jusque-là, il ne s'était jamais trompé.

— Vous me cachez quelque chose, déclara Julia d'emblée.

Elle avait dit ça tranquillement, et Gwen n'eut pas l'impression qu'elle voulait à tout prix lui tirer les vers du nez. Elle s'adossa à son siège, puis sans attendre la réponse, elle poursuivit :

— Au début, j'ai pensé que cela concernait votre secrétaire. J'ai cru que ne vouliez pas nuire à sa réputation.

Sans la quitter des yeux, Racine marqua un temps d'arrêt. Elle l'étudiait. Elle voulait savoir si elle avait touché un point sensible, si elle approchait de la vérité.

— C'est tout de même bizarre qu'on l'ait trouvée chez elle. Le tueur n'a pas l'habitude de procéder de cette manière.

Gwen s'appuya à son bureau. Elle se sentait soudain extrêmement fatiguée.

— Dena n'était sans doute pas comme les autres, répondit-elle d'un ton détaché.

— En effet, acquiesça l'inspecteur avec un calme étudié. Il savait que quelqu'un la trouverait. La différence est là.

De nouveau, elle se tut, comme pour étudier la réaction de Gwen.

Celle-ci croisa les bras et soutint son regard.

— La première victime a été découverte par le propriétaire d'un parking, poursuivit-elle. Je l'ai appelé ce matin pour lui demander comment il l'avait trouvée. Eh bien, figurez-vous qu'il avait reçu un coup de fil anonyme émanant d'une femme. Etrange coïncidence : c'est justement une femme qui a découvert la seconde victime en se promenant dans un parc avec son chien.

Elle baissa les yeux vers Harvey.

— Mais elle a préféré ne pas témoigner, et elle a disparu sans même décliner son identité. La semaine dernière, quand nous avons découvert Libby Hopper, c'était aussi parce qu'une femme nous avait indiqué l'endroit exact où le tueur l'avait déposée. Malheureusement, elle avait utilisé un portable volé, et nous n'avons pas pu la retrouver. Mais pour Dena, pas de mise en scène. Je n'y comprenais rien, jusqu'au moment où je me suis dit qu'après tout, c'était encore une femme et son chien qui avaient trouvé la victime.

Racine continuait à dévisager tranquillement Gwen, comme si elle lisait la vérité dans ses yeux et qu'elle n'avait pas besoin de confirmation.

— Vous croyez avoir tout compris, dit Gwen d'un ton ironique. Dommage que les choses ne soient pas toujours aussi simples qu'elles en ont l'air !

— En effet, rien n'est jamais simple dans la vie.

— Il joignait toujours de subtiles menaces à ses instructions, avoua Gwen dans un souffle.

C'était à peine si elle reconnaissait sa propre voix.

— Je me doutais bien qu'il y avait un truc de ce genre. Il vous a menacée ?

Racine hocha gentiment la tête, mais ses yeux continuaient à sonder Gwen.

— Non. Il m'a fait comprendre qu'il pouvait faire du mal à mes proches. C'était pire.

Gwen avait déjà été menacée par des criminels, au cours de sa carrière : cela faisait partie des risques du métier.

— J'ai cru que je finirais par le débusquer, admit-elle. Toute seule.

— Mais vous vous rendiez compte qu'il se servait de vous, n'est-ce pas ?

— Oui, je m'en rendais compte. Mais c'est fini, maintenant.

55.

Maggie quitta le bureau du père Gallagher en prétextant qu'elle avait des coups de fil urgents à passer. Elle voulait prévenir Cunningham au sujet du père Keller, elle avait hâte d'avoir des nouvelles de Gwen et, par-dessus tout, elle en avait assez de voir Pakula et Nick s'affronter. Elle avait suffisamment observé Tony Gallagher pour savoir qu'il se cantonnerait dans son attitude évasive et qu'il ne leur apprendrait pas grand-chose. Il devait pourtant bien se rendre compte qu'en répondant aux questions de Pakula par d'autres questions, il ne faisait que prolonger l'interrogatoire…

Il paraissait évident que Gallagher leur cachait quelque chose, mais Maggie ne pensait pas qu'il fût un assassin. Pour commencer, il possédait un solide alibi pour samedi soir. Toute la paroisse de Notre Dame des Lamentations pouvait témoigner en sa faveur. Il n'avait pas pu dire la messe de 19 heures à Omaha, dans le Nebraska, et se trouver à 19 h 30 dans le Missouri pour planter un couteau dans la poitrine de Gerald Kincaid.

Pourtant, Maggie ne l'excluait pas tout à fait de la liste des suspects. En dépit de ses vœux sacrés, il correspondait parfaitement au profil qu'elle avait établi. L'assassin s'était probablement convaincu qu'il œuvrait pour le bien. Si les trois victimes avaient abusé de jeunes garçons — dans le cas de Keller, c'était un peu différent puisqu'il les avait tués —, leur homme se comportait en justicier : il punissait ceux qui le méritaient. Tuer ces prêtres était pour lui un mal nécessaire qui visait à empêcher des monstres de faire souffrir des enfants. Il avait entamé une sorte de croisade, en somme. Noble tâche pour un prêtre. Surtout si l'on songeait que l'Eglise catholique avait derrière elle un long passé de croisade contre le mal…

Maggie décida de contacter Cunningham plus tard, quand elle aurait parlé à Pakula. Elle appela Gwen — à son bureau, puis sur son portable. Mais elle n'obtint que des messageries vocales. Elle était de plus en plus inquiète pour son amie. Julia ne répondait pas, elle non plus…

Maggie passa devant la salle de classe qu'elle avait remarquée tout à l'heure avec Pakula. Ce devait être le moment de la pause car elle ne vit personne. Elle revint sur ses pas et s'arrêta devant la porte. Son regard fut immédiatement attiré par de vieilles dagues étalées sur le bureau, posées sur des carrés de tissu noir sur lesquels le métal semblait briller de mille feux. Elle s'approcha pour mieux les observer, mais sans oser les toucher. Il y en avait deux anormalement longues, avec sur la poignée des inscriptions usées par le temps. La jeune femme remarqua que les objets avaient été méticuleusement nettoyés et même polis.

— Vous pouvez toucher, si vous voulez.

La voix surprit Maggie, mais elle ne se retourna pas, et se contenta de jeter un coup d'œil par-dessus son épaule.

La jolie sœur qu'elle avait vue tout à l'heure portait un pantalon kaki et un T-shirt blanc avec un poisson brodé rose et blanc ainsi qu'une inscription : « Pensacola Seafood Festival ».

— Celui-ci ressemble à un stylet du XVIe ou du XVIIe siècle, fit Maggie en montrant l'objet le plus beau des deux :

une fine lame de vingt-cinq centimètres avec un manche recourbé au bout.

Quelques années auparavant, elle avait participé à la prise d'assaut de la maison d'un tueur en série qui collectionnait des stylets anciens. Une leçon d'histoire qu'elle n'avait pas oubliée.

— Bravo ! répondit la jeune sœur avec un sourire radieux qui devait contribuer au succès de ses cours, car en la regardant, on ne pouvait qu'avoir envie de lui faire plaisir.

Maintenant qu'elle s'était approchée, Maggie pouvait voir de fines rides autour de sa bouche. Elle était plus âgée qu'il n'y paraissait au premier regard : sans doute entre trente-cinq et quarante ans, songea Maggy. Comme elle.

— Mais les stylets, poursuivit le professeur, sont plus récents que cette pièce.

Elle prit le poignard et le tendit à Maggie.

— On m'a dit qu'il datait du XIVe siècle et qu'on l'utilisait pour les combats rapprochés.

— Les corps à corps ?

— Oui. Pratique pour trancher la gorge de son adversaire…

— Ah ! fit Maggie en s'efforçant de manipuler l'objet avec le respect qu'il méritait.

— Je me présente : sœur Kate Rosetti.

— Maggie O'Dell.

— Vous êtes venue avec l'inspecteur qui se trouve dans le bureau du père Tony ?

— Oui, mais j'appartiens au FBI.

Elle regarda sœur Kate dans les yeux pour voir si la nouvelle lui faisait de l'effet. Allait-elle, comme Gallagher, se mettre sur la défensive, peser ses mots, manifester le désir de se débarrasser d'elle le plus vite possible ? Mais la sœur soulevait déjà un autre poignard et semblait uniquement soucieuse de lui faire admirer sa collection.

— Celui-ci est l'un de mes préférés, annonça-t-elle en le tournant dans tous les sens pour bien montrer à Maggie le crâne gravé au bout du manche. On appelle ça un talisman ou un couteau magique. Voyez, le serpent ailé qui s'enroule autour du manche et le nœud celtique sur la lame.

— Il est magnifique.

Le mot n'était pas vraiment approprié pour une arme, mais on ne pouvait rester insensible devant le travail de l'artiste qui avait réalisé cette merveille.

— Qu'est-ce qui vous a donné envie de collectionner les armes médiévales ? demanda Maggie en embrassant d'un coup d'œil le bureau, les étagères, les armoires vitrées et les murs.

— Voilà une question pertinente, déclara sœur Kate.

Elle marqua un temps d'arrêt avant de poursuivre.

— La plupart du temps, les gens me demandent comment j'ai fait pour me procurer ou pour me payer les pièces de ma collection.

Elle leva les yeux vers Maggie comme si elle la découvrait, comme si elle venait de comprendre quelque chose.

— Il est rare qu'ils s'intéressent à mes motivations.

Elle sourit de nouveau, en contemplant les étagères d'un air rêveur.

— J'ai passé tout un été avec mon grand-père, dans sa ferme du Michigan, et il me lisait tous les soirs des contes de chevalier en armure.

Elle paraissait brusquement perdue dans ses souvenirs. Ses yeux restaient posés sur sa collection, mais ils ne la voyaient plus.

— J'avais onze ans, poursuivit-elle. Et je venais de passer une année… particulièrement pénible. Je suppose que mes parents m'avaient envoyée là-bas pour m'éloigner et me mettre à l'abri. Je ne suis pas certaine qu'ils auraient été ravis d'apprendre à quoi nous passions nos soirées, grand-père et moi. Mais c'était exactement ce dont j'avais besoin. Des chevaliers accourant au secours de la veuve et de l'orphelin. C'était… rassurant.

Elle se tourna de nouveau vers Maggie, mais son sourire avait changé. Il était plus doux, et peut-être plus sincère. C'était un sourire de connivence, celui d'une personne qui sait qu'elle partage avec son interlocuteur un passé tragique. Maggie se demanda ce que cette femme pensait avoir en commun avec elle. Elles venaient tout juste de se rencontrer…

— C'est difficile de se procurer l'un de ses objets ? demanda Maggie, tout en songeant au diagnostic du médecin légiste selon lequel Mgr O'Sullivan avait été tué avec un poignard.

— Non, très facile.

Sœur Kate avait répondu sans hésiter le moins du monde, et elle n'avait pas non plus paru surprise par la question.

— J'ai moi-même acheté plusieurs poignards, ainsi que des épées, sur Internet. On fait beaucoup d'imitations, de nos jours, alors il faut se montrer très prudent. Mais, armes ou pas, imitations ou pas, aux yeux de la loi ce sont des antiquités, et n'importe qui peut se les procurer. Lorsque je voyage, je les transporte tout bonnement dans ma valise. Ça ne m'a jamais posé de problème.

— Vous disiez qu'on faisait beaucoup d'imitations ? Pourquoi ?

— Je crois que ce sont surtout les adolescents qui achètent ce type d'objets, et la plupart d'entre eux n'ont pas les moyens de s'offrir une pièce authentique. J'ai cru comprendre que le thème de certains jeux sur Internet tournait autour des croisades, des chevaliers — de l'époque médiévale, en somme. Ces jeux sont très populaires auprès de mes étudiants. L'un d'eux a même apporté aujourd'hui un début de collection. Il a réussi à se procurer de très beaux objets à un prix tout à fait raisonnable.

Elle montra du doigt une boîte de bois posée sur son bureau et qui était restée ouverte. Maggie jeta un coup d'œil à l'intérieur et remarqua immédiatement un crucifix doré ressemblant à un poignard. Sœur Kate lui expliqua que les étudiants de Bonzado jouaient sur Internet à des jeux inspirés de Donjons et Dragons et qu'ils allaient jusqu'à se faire tatouer des symboles médiévaux. Il y avait aussi des collectionneurs d'armes, ajouta-t-elle.

L'homme qui avait découvert le corps de Mgr O'Sullivan dans les toilettes de l'aéroport disait avoir croisé un adolescent portant une casquette de base-ball. Après tout, le tueur pouvait très bien être un adolescent, victime d'un prêtre pédophile. Cela ne contredisait pas la thèse du vengeur…

— Vous comptez rester longtemps en ville ? demanda sœur Kate.

Maggie eut envie de lui répondre qu'elle resterait jusqu'à ce qu'un autre homme d'église soit assassiné ailleurs.

— Je ne le sais jamais à l'avance, dit-elle seulement.

— Moi aussi, je voyage pas mal pour donner des conférences et participer à des fouilles. Je sais à quel point on peut s'ennuyer lorsqu'on mange seul dans sa chambre ou au restaurant à des heures impossibles. Si vous souffrez de la solitude, n'hésitez pas à m'appeler.

— Merci beaucoup, répondit Maggie.

Elle ne put s'empêcher de se demander ce qui motivait la proposition de sœur Kate. Mais sans doute était-ce de la déformation professionnelle. Elle passait son temps à analyser les gens, si bien qu'elle n'était même plus capable d'accepter une invitation à dîner sans se poser des questions.

Elle jeta de nouveau un coup d'œil autour d'elle.

— Vous êtes libre demain soir ? demanda-t-elle, comme si elle voulait se prouver à elle-même qu'elle avait tort de se méfier.

— Oui. Dans quel hôtel êtes-vous descendue ?

— A l'*Embassy Suites*, dans la Dixième avenue.

— Près du quartier du Vieux Marché… Il y a plein de bons restaurants par là. J'en connais un excellent dans la Onzième rue : *M's Pub*. Nous pourrions nous y retrouver vers 19 heures.

La pause était terminée. Les élèves rentraient dans la classe.

— D'accord, fit Maggie. Alors, à demain !

Elle prit son temps pour sortir et observa les étudiants qui s'installaient nonchalamment, avec cet air perpétuellement dégoûté qu'adoptent les adolescents. Après tout, peut-être que Pakula et elle cherchaient dans la mauvaise direction ? Peut-être qu'ils ne voyaient pas ce qui se trouvait juste sous leur nez ?

En tant que profiler, Maggie avait l'habitude de rechercher les points communs entre plusieurs crimes. Elle savait aussi que n'importe qui était capable de tuer et qu'il ne fallait éliminer personne d'emblée.

Elle remarqua deux gamins qui portaient une casquette de base-ball. L'un d'eux ôta la sienne et la posa sur sa table, révélant une longue chevelure blonde, sale et en broussailles. Il avait à peu près la même taille qu'elle — comme ses camarades —, et il était plutôt fin.

Le médecin légiste avait noté dans son rapport que

pour enfoncer un couteau ou un poignard bien aiguisé dans le cœur de quelqu'un, il n'était pas nécessaire d'avoir beaucoup de force. Donc, un adolescent avait très bien pu le faire.

56.

Gwen se frotta les yeux et se passa la main dans les cheveux. Elle n'en pouvait plus.

— Vous pouvez m'expliquer de nouveau les règles de ce petit jeu ? lui demanda Julia.

— Je vous répète qu'il ne s'agissait pas d'un jeu, répondit-elle en essayant de conserver son calme.

Elle avait l'horrible sensation que des cafards la dévoraient de l'intérieur. Ce devait être à cause de la caféine qui rongeait son estomac. Deux jours à boire du café sans rien manger. Pas étonnant qu'elle se sente la tête vide !

— J'avais pourtant cru comprendre…, insista l'inspecteur d'un ton persiflant.

Elle allait et venait devant le canapé sur lequel s'était installée Gwen. Rubin Nash s'était lui aussi assis plus d'une fois à cet endroit précis. Gwen le revoyait en train de se vanter d'avoir encore *emballé* une jolie petite étudiante. Gwen avait toujours interprété cela comme un besoin d'affirmer sa virilité. Dans les films, lorsqu'une femme séduisait un adolescent, on prétendait qu'il le vivait comme un exploit. Mais Nash s'était senti tellement dominé qu'il l'avait vécu comme une castration, et il en avait gardé des séquelles. Aurait-elle dû se douter qu'il était capable de violences, capable de tuer ?

Racine s'arrêtait de temps à autre pour contempler la carte, les messages et la boucle d'oreille — toutes les pièces à conviction que le dingue avait envoyées à Gwen et qu'elle avait étalées sur son bureau, dans leur sac en plastique à fermeture Eclair, bien étiquetées. Elle y avait même ajouté le verre dans lequel Nash avait bu.

— Rien de tout cela ne prouve que le tueur soit l'un de vos patients, déclara l'inspecteur. Si nous avons de la chance, nous trouverons peut-être des empreintes, mais ça m'étonnerait.

Elle se tourna vers Gwen.

— Quand revoyez-vous celui que vous soupçonnez ?

— Nous avons calé sa séance le samedi matin parce qu'il s'absente souvent en semaine pour son travail.

— Il se déplace ?

— Oui, il est représentant. Je crois qu'il vend des logiciels. Il couvre une région qui va du nord de Boston au sud de la Floride.

— En voiture ou par avion ?

— Pardon ?

— Quand il se déplace pour son travail, reprit lentement Julia comme si elle s'adressait à une enfant, il prend sa voiture ou l'avion ?

— Je n'en ai pas la moindre idée, répondit Gwen qui fronça les sourcils en essayant de se souvenir s'il lui en avait parlé. Quelle importance ? demanda-t-elle.

— On n'a pas encore retrouvé les corps, dit Julia.

Gwen se dit qu'elle devait avoir l'air perdu parce que Racine crut bon de poursuivre :

— S'il parcourt de longues distances en voiture, ça expliquerait qu'il ait pu cacher les corps assez loin pour qu'on ne les trouve pas.

— Et Dena ?

Gwen crut voir l'expression de l'inspecteur s'adoucir, comme si elle se rappelait brusquement que la femme qu'elle interrogeait avec tant de froideur venait de traverser une dure épreuve et qu'elle éprouvait de la compassion pour elle.

— C'est la même chose que pour les autres, dit-elle en s'excusant presque.

Gwen prit son visage dans ses mains et se frotta les paupières pour effacer l'image qu'elle avait devant les yeux. Mais elle savait que c'était peine perdue, qu'elle n'oublierait jamais cette affreuse vision.

— Les messages, reprit Racine. Ils sont tous arrivés ici ?

— Oui. Dans la boîte aux lettres du hall ou au bureau de la réception qui se trouve au rez-de-chaussée. La première boucle d'oreille a été déposée samedi dans une enveloppe kraft. Dena l'a trouvée sur son bureau après la séance de Nash.

Elle se tut, rêveuse.

— A votre avis, il s'attendait à ce que je m'aperçoive qu'il s'agissait d'un bijou appartenant à Dena ?

— Peut-être, dit Racine. Si c'est le cas, c'était probablement pour vous provoquer, poursuivit-elle en regardant Gwen dans les yeux, comme si elle guettait sa réaction. Pour vous montrer qu'il pouvait vous approcher de très près. Si vous avez raison et que le tueur est bien le garçon que Dena venait de rencontrer, ça explique comment il s'est procuré cette boucle et ses clés. Bien que rien ne laisse penser qu'il l'ait assassinée chez elle.

Racine parut hésiter, mais elle continuait à dévisager Gwen avec insistance.

— Si vous aviez reconnu cette boucle, vous en auriez parlé à la police ?

Elle avait repris un ton dur et froid.

Gwen songea qu'elle essayait de la culpabiliser. Mais c'était superflu : jamais elle ne se pardonnerait la mort de Dena.

57.

Tommy Pakula en avait vu assez. Dès que Maggie O'Dell avait quitté le bureau du père Gallagher, l'attention de Morelli s'était envolée. Ils avaient peut-être travaillé ensemble sur une affaire, quatre ans plus tôt, mais il n'y avait pas que ça. On aurait dit que Morelli avait une dent contre l'agent O'Dell. Finalement, Pakula était parti en annonçant aux deux hommes qu'il les recontacterait sans doute d'ici peu.

Dans le couloir, il rencontra O'Dell qui sortait d'une salle de classe, et leva un sourcil étonné en constatant qu'elle fouinait ouvertement, sans chercher le moins du monde à se montrer discrète.

— Du nouveau ? lui demanda-t-il.

— Ça se pourrait. Vous en avez terminé avec le père Gallagher ?

— Oui, j'en avais marre de ces deux guignols. J'aurais dû leur envoyer Carmichael.

Ils descendirent les escaliers, et il la laissa passer devant.

— En tout cas, je peux vous dire que Morelli a un problème avec vous. Vous croyez qu'il va nous mettre des bâtons dans les roues ?

Il eut l'impression qu'elle souriait, mais il ne la voyait que de dos.

— Je dirais qu'il y a entre nous une affaire qui n'a pas été tout à fait résolue, dit-elle avec peut-être une pointe d'ironie.

— Ah bon ?

— Mais n'ayez crainte, je veillerai à ce que ça n'interfère pas dans notre enquête, ajouta-t-elle sérieusement.

— Je voulais simplement m'assurer que ce crétin ne vous casserait pas les pieds. Si jamais c'est le cas, prévenez-moi : je remettrai les choses en place.

Elle s'arrêta au bas de l'escalier et leva les yeux vers lui.

— Essayeriez-vous de me protéger, inspecteur Pakula ?

Il s'arrêta net. Il avait envie de rentrer sous terre.

— Ça fait un bail que personne n'a joué les grands frères avec moi, poursuivit-elle en souriant. C'est plutôt agréable, au fond.

Puis, sans lui laisser le temps de s'exprimer sur le sujet, elle fila en direction de la porte.

Dans la voiture, elle lui rapporta sa conversation avec sœur Kate au sujet des armes médiévales que les jeux de rôles sur Internet avaient remises à la mode, et partagea avec lui les conclusions qu'elle en avait tirées : il était possible que l'assassin fût un adolescent abusé par un prêtre.

Il la laissa parler sans l'interrompre, en l'écoutant avec un intérêt non dissimulé.

— Vous oubliez quelque chose, dit-il enfin. Je vois mal comment un adolescent entre quinze et dix-sept ans aurait pu faire seul l'aller-retour de Minneapolis à Omaha.

— Les meurtres ont toujours lieu pendant le week-end, comme vous l'avez sûrement remarqué. Mais vous avez raison, je n'avais pas réfléchi à ce problème. Tout ce que je dis, c'est que cette hypothèse est à envisager.

— L'hypothèse selon laquelle le tueur serait un adolescent ?

— Ils sont peut-être deux ou plus. Inspirés par les jeux Internet sur le thème des croisades.

— Vous croyez vraiment que des adolescents pourraient préméditer un truc pareil et exécuter quelqu'un au milieu de la foule ? Poignarder un prêtre de sang-froid et s'éloigner comme si de rien n'était ? Vous voulez que j'envisage sérieusement cette éventualité ?

— Ça vous paraît difficile à croire, n'est-ce pas ?

— Oui, en effet.

— Je comprends, mais il va tout de même falloir essayer. Personne n'aurait pu imaginer que deux adolescents construiraient des bombes au propane pour les placer dans la cafétéria de leur lycée ni qu'ils prendraient deux fusils à canon scié, une carabine 9 mm semi-automatique, un pistolet 9 mm, et qu'ils tireraient froidement sur douze élèves et un professeur.

— Dylan Klebold et Eric Harris sont des cas extrêmes, répliqua Pakula.

Les arguments de Maggie O'Dell l'avaient ébranlé, certes, mais l'hypothèse lui paraissait tellement dérangeante qu'il répugnait à l'envisager, ne fût-ce qu'un instant.

— Vous pensiez plutôt à un vengeur fou ! lui rappela-t-il.

— Justement ! Les jeux dont je vous parle, ceux qui sont si populaires auprès des adolescents, mettent en scène la lutte du bien contre le mal. Ils font passer l'idée que lorsqu'on se bat pour le bien, il faut éradiquer le mal par tous les moyens. Vous me suivez ?

— Admettons que vous ayez raison, que rien ne soit impossible. Pour tout vous dire, je commençais moi-même à croire qu'il pouvait y avoir plusieurs tueurs, mais de là à accuser des gamins... Non, je n'arrive pas à me faire à cette idée.

— Ça fait dix ans que je poursuis des meurtriers, Pakula. Croyez-moi, s'il y a une chose que j'ai apprise, c'est qu'il ne faut écarter personne a priori.

— Vous pensez à l'affaire de Platte City ?

Pakula n'avait pas oublié les rumeurs qui avaient circulé à l'époque.

— Vous avez déclaré que le vrai coupable se baladait toujours en liberté, insista-t-il. Et que vous étiez persuadée qu'il s'agissait d'un jeune prêtre catholique.

— En effet. Et je n'ai pas changé d'avis, répondit-elle en contemplant par la vitre de la voiture la succession de boutiques et de restaurants du quartier Dundee, près de Underwood Avenue.

— Pourquoi ne l'avez-vous pas poursuivi ?

— Oh, je l'ai fait !

Cette fois, elle lui lança un regard, et il crut lire la colère dans ses yeux. Puis, de nouveau, elle tourna la tête pour contempler le paysage.

— Tout le monde à Platte City — le shérif Morelli y compris — semblait satisfait d'avoir des coupables à mettre derrière les barreaux. Timmy Hamilton a réussi à s'échapper et il a été sauvé. Une belle fin, en somme, qui plaisait à tout le monde.

— Et Timmy ? Il n'a pas pu donner une description de son ravisseur ?

— Non. Le type portait en permanence un masque en caoutchouc de Richard Nixon... Je comprends que les gens aient eu envie d'oublier tout ça le plus vite possible. Ils avaient deux hommes en prison, les assassinats et les enlèvements avaient cessé... Donc...

— Evidemment, on les comprend, acquiesça Pakula.

— Oui, mais personne ne s'est formalisé quand le père Michael Keller a brusquement disparu. Même l'archidiocèse d'Omaha ignorait où il se trouvait. Il s'était volatilisé.

Elle se tut, et Pakula jeta un coup d'œil dans sa direction. A présent, elle paraissait ailleurs. Elle avait posé les mains sur ses genoux, et tripotait distraitement un fil qui dépassait de sa veste.

— Je l'ai pisté pendant un certain temps, reprit-elle, comme si elle éprouvait le besoin de se justifier. Du mieux que j'ai pu. Même si je savais que je n'en avais plus le droit, légalement. J'étais persuadé qu'il était impliqué dans cette affaire, mais je ne pouvais m'appuyer que sur des rumeurs, et il avait quitté le pays. J'ai appris qu'un prêtre parlant américain s'était installé dans une petite paroisse près de Chiuchin, au Chili. Malheureusement, lorsque j'ai eu le renseignement, il avait déjà filé dans un autre village. Ensuite, j'ai perdu sa trace.

— Mais il ne peut tout de même pas se balader comme ça, sans que l'Eglise soit au courant ? Comment fait-il ? Il arrive dans un endroit et il annonce qu'il est le nouveau prêtre ?

— Eh bien oui. D'après ce que je crois savoir, c'est exactement de cette façon qu'il procède. Il choisit des villages pauvres et isolés, où les gens doivent parcourir des kilomètres pour assister à une messe. Vous imaginez leur joie ! Un homme de Dieu qui s'installe chez eux... Ils ne se posent pas beaucoup de questions : ils sont trop contents. Ils doivent se mettre en quatre pour lui donner envie de rester. Ça ne m'étonnerait pas qu'ils acceptent même de garder le secret sur sa présence.

— Malheureusement, dit Pakula, ce ne serait pas la première fois qu'un criminel échapperait à la justice.

Il remua les épaules avec une petite grimace. Il avait peut-être un peu trop forcé sur le punching-ball, ce matin.

— Mais il n'est peut-être pas parti pour toujours, reprit Maggie.

— Qu'est-ce qui vous fait dire ça ?

— C'est lui qui m'a appelée, juste avant que nous entrions dans le lycée.

— Merde alors ! s'exclama Pakula. Vous plaisantez ?

Puis il se rappela.

— Vous avez parlé d'une liste. Il est dessus ?

— Oui.

A présent, elle souriait.

— Et qu'est-ce qu'il voulait ?

— La protection du FBI. Et des soins médicaux. Il pense que l'assassin l'a empoisonné.

— Ça ne tient pas debout ! dit Pakula.

Il était plus que sceptique.

— Pourquoi pense-t-il que le FBI accepterait de le protéger alors qu'il s'est caché pendant quatre ans dans sa putain de forêt vierge ?

— Parce qu'il peut nous communiquer la liste complète.

— Il possède un exemplaire ?

— C'est ce qu'il dit.

— Et vous le croyez ?

— Il savait, pour Daniel Ellison.

Pakula se tourna vers elle pour la regarder, puis il se rappela qu'ils approchaient d'un stop.

— Vous avez déjà accepté le marché qu'il vous proposait, n'est-ce pas ? fit-il en gardant les yeux fixés sur la route.

— Il va falloir en informer Ramsey, déclara-t-elle tranquillement.

Pakula sentait déjà la sueur lui dégouliner dans le dos. Il s'empressa de mettre l'air conditionné.

— Pas tout de suite, répondit-il. Nous avons rendez-vous avec une journaliste dans une demi-heure.

Il avait besoin de rester concentré. En fait, il avait aussi besoin de souffler un peu. Cette affaire lui donnait mal à la tête ; il la trouvait de plus en plus compliquée.

— Si on allait déjeuner ? proposa-t-il. *La Casa's*, ça vous dirait ? C'est la meilleure pizzeria du quartier.

— Ils ont de la saucisse italienne ?

— Oui, ils la servent avec du fromage.

— Ça marche, fit-elle.

— Merde ! s'exclama Pakula qui venait de comprendre en un éclair. Hamilton. Le gosse. Le neveu de Morelli. Timmy Hamilton. Vous lui avez bien demandé des nouvelles de sa sœur, Christine ?

— C'est exact. Pourquoi ?

— Je viens de faire le rapprochement. La journaliste que nous devons rencontrer — celle du *Omaha World Herald* — s'appelle Christine Hamilton.

58.

Debout devant la salle d'histoire, Gibson attendait Timmy qui était allé téléphoner à sa mère pour lui demander la permission de rentrer un peu plus tard. Tout à l'heure, Timmy avait cru reconnaître la femme qui parlait avec sœur Kate. Il prétendait qu'il s'agissait d'un agent du FBI. Gibson avait eu envie de lui répondre : « Mais, oui, bien sûr ! Et mon père c'est le pape ! » mais il s'était retenu. Il appréciait beaucoup Timmy ; son amitié lui faisait du bien et il ne voulait pas la perdre.

La veille, ils avaient découvert qu'ils habitaient le même quartier, et Gibson lui avait proposé de passer un moment chez lui après les cours...

Il se demanda pourquoi Timmy mettait tant de temps à revenir. Et aussi pourquoi il ne possédait pas de téléphone portable. Ça lui paraissait incroyable.

Aujourd'hui, Gibson se sentait bien. A sa grande surprise, sœur Kate avait manifesté de l'intérêt pour sa collection. Elle s'était même déclarée impressionnée qu'il ait pu dénicher et négocier à un prix raisonnable des pièces authentiques. De très belles pièces, avait-elle ajouté. Il avait réussi à épater sœur Kate ! Et ça l'avait mis d'excellente humeur.

Il se demanda s'il allait montrer à Timmy le porte-documents qu'il avait trouvé dans son sac à dos, et dont il n'avait pas le courage de se débarrasser. Il l'avait soigneusement rangé au fond de son armoire, après y avoir découvert des papiers à l'en-tête de Mgr O'Sullivan. Il n'avait aucune envie de conserver un objet susceptible de lui rappeler ce type, pas même une simple feuille de papier.

Il balança son sac à dos par-dessus son épaule et s'appuya au mur. Peut-être que Timmy avait perdu du temps en allant faire de la monnaie au bureau. Leur vieux téléphone ne prenait que les petites pièces de vingt-cinq cents. Il n'y en avait plus beaucoup en circulation, de ces appareils… Il sourit en songeant que sœur Kate manifesterait certainement le désir de le récupérer lorsque l'administration du lycée se déciderait à le remplacer.

— Qu'est-ce que vous faites, à traîner dans les couloirs ?

Gibson se redressa. Le grand type au nez crochu qui se trouvait hier dans le bureau de Mgr O'Sullivan s'avançait vers lui, en le montrant du doigt, comme s'il avait voulu le coller au mur avec un rayon laser. Ça marchait, d'ailleurs : Gibson ne pouvait plus ni bouger ni respirer.

— Le cours est terminé, il me semble.

— Je… euh…

— C'est bien vous que j'ai vu hier en train de rôder autour du bureau de Mgr O'Sullivan ?

Le gars se penchait au-dessus de lui ; il le dominait de toute sa hauteur, le doigt toujours pointé, mais cette fois sur sa poitrine.

— Pourquoi n'êtes-vous pas parti avec les autres ?

— Je… J'attends…

— Vous avez rendez-vous avec quelqu'un ? fit le grand type en regardant autour de lui. Pour un échange, peut-être…

— Hein ?

— Vous faites vos petits trafics quand tout le monde est parti ? insista-t-il d'un ton menaçant, en enfonçant un peu plus son doigt sur les mots *trafics* et *parti*.

Gibson ne voyait pas à quoi il faisait allusion, mais son cœur battait si fort qu'il allait sûrement exploser si l'autre le touchait encore une fois avec son doigt crochu.

— Qu'est-ce que vous avez dans votre sac ? De la drogue ? C'est pour ça que vous attendez ? Pour vendre vos cochonneries ? Ouvrez-moi ça !

Gibson serra son sac contre lui. Ce type lui foutait la trouille. Il se retint de prendre ses jambes à son cou.

— Je vous ai posé une question, il me semble !

Gibson évitait le regard de l'homme, comme s'il craignait qu'il ne fût porteur de quelque maléfice. Il savait qu'il avait tort : il aurait dû le fixer droit dans les yeux pour lui montrer qu'il n'avait pas peur. L'ennui c'était que, justement, il *avait* peur.

— Donnez-moi ce sac, dit l'homme en tendant le bras.

Gibson ne put se contrôler. Il se tourna vers la gauche et essaya de s'enfuir. Mais l'homme avait déjà attrapé l'une des lanières du sac, et tirait tellement fort qu'il faillit faire tomber Gibson.

— Que se passe-t-il ?

C'était la voix de frère Tony, mais Gibson ne le voyait pas. La large silhouette noire de l'homme le lui cachait.

— Tout va bien, fit le type d'une voix changée, presque douce, en relâchant légèrement la pression qu'il exerçait sur le sac.

Gibson en profita pour se libérer complètement, et il s'enfuit en direction de l'escalier. Il ne prit pas la peine de répondre lorsque le frère Tony lui demanda si ça allait. De toute façon, le frère Tony aurait donné raison à l'autre : l'adulte, le Darth Vador de Notre Dame des Lamentations.

Gibson ne ralentit pas en atteignant le bas de l'escalier. Il poussa la porte du hall et fila le plus vite possible, sans se retourner.

59.

Centre Saint-François
Omaha, Nebraska

Maggie marqua un temps d'hésitation, mais Christine eut l'air parfaitement à l'aise en la reconnaissant. Elle leur fit un signe de la main, tout en se faufilant entre les tables de l'immense pièce où une bonne douzaine de bénévoles répondaient au téléphone. Quand elle arriva à leur hauteur, elle serra Maggie dans ses bras.

— Vous avez l'air en pleine forme ! lui dit-elle.

Puis elle tendit la main à Pakula.

— Je suis Christine Hamilton. Et vous êtes l'inspecteur Pakula, je suppose. Merci d'avoir accepté de vous déplacer jusqu'ici.

— L'inspecteur Sassco m'a assuré que vous aviez des informations pour nous. Pas de coup fourré, hein ?

— Non, inspecteur. Croyez-moi, ce n'est pas mon genre. Je suis comme vous : je cherche simplement à comprendre ce qui se passe.

Maggie jeta un coup d'œil à Pakula pour voir s'il avait confiance en Christine, puis à Christine pour voir si elle avait l'air réglo. Elle ne put s'empêcher de penser que dans l'affaire de Platte City, Christine avait utilisé tout ce qu'elle pouvait pour décrocher les gros titres. A l'époque, elle avait besoin de faire ses preuves. L'enlèvement de son fils lui avait donné une bonne leçon, mais pour combien de temps ? Avait-elle réellement changé ?

— Voyons ce que vous avez à nous proposer, fit Pakula sans rien laisser paraître de ses sentiments.

— Vous connaissez le centre ? demanda-t-elle en les guidant à travers le dédale des tables.

Elle était obligée de crier pour couvrir le bruit des sonneries de téléphone.

— Saint-François date d'il y a vingt ans. Au départ, c'était un foyer d'accueil pour femmes et enfants. Ensuite, on y a installé une ligne verte pour les victimes de mauvais traitements, ainsi qu'un centre de distribution de nourriture pour les plus démunis.

Tout en traversant la pièce, Maggie observait. La plupart de ceux qui répondaient au téléphone restaient silencieux ; ils écoutaient. Ceux qui parlaient s'exprimaient d'une voix douce et très basse.

— On va s'installer à côté, fit Christine en désignant une porte dans le fond.

Maggie fut surprise par l'aspect confortable et accueillant de la pièce qui ressemblait à un salon, avec un canapé, des fauteuils, une table basse et une bibliothèque qui recouvrait tout un pan de mur. Il y avait même, dans un coin, un plateau roulant avec des boissons et du café encore fumant qui sentait merveilleusement bon. Lorsqu'ils entrèrent, une femme s'en servait une tasse et un jeune homme remplissait son assiette de petits sandwichs. Tous deux se tournèrent vers les arrivants, attendant visiblement les présentations.

— Oh ! s'exclama Pakula. Dommage que nous sortions de table. Si j'avais su…

Il ne parut pas surpris que Christine ait invité deux personnes à assister à l'entrevue, mais Maggie se demanda où elle voulait en venir.

— Agent O'Dell, inspecteur Pakula, voici Brenda Donovan et son fils, Mark.

Brenda et Mark leur lancèrent un bonjour chaleureux, mais sans leur serrer la main. Maggie les observa attentivement pendant qu'ils finissaient de se servir. La femme portait un pantalon bleu en polyester, un T-shirt en tricot brodé d'un ours en patchwork et des sandales blanches un peu usées. Elle avait les mains abîmées par les travaux ménagers. Ses ongles et ses cheveux étaient coupés court, sans doute pour qu'ils nécessitent un minimum d'entretien. Brenda donnait l'impression d'avoir travaillé sans relâche toute son existence. On voyait qu'elle avait durement gagné tout ce qu'elle possédait — y compris ses yeux cernés et les cheveux gris qui dissimulaient presque entièrement ce qui avait dû être autrefois une magnifique couleur d'un brun chaud.

Son fils, lui, semblait avoir été épargné par la dureté de leur vie. Maggie jugea qu'il n'avait pas encore vingt ans. Il avait un physique de gamin mou trop gâté. Ses cheveux courts étaient encore humides, comme s'il sortait tout juste de la douche, et ses yeux gonflés laissaient supposer qu'il n'avait pas beaucoup dormi. Il avait rempli son assiette de raisin et de saucisson. Si Christine avait fait venir ces deux-là pour leur soutirer des confidences, elle avait sûrement pensé que la nourriture contribuerait à leur délier la langue.

Elle croisa le regard de Pakula et hocha la tête devant l'assiette qu'il venait de remplir.

— Je n'arrive pas à refuser la nourriture que l'on m'offre, expliqua-t-il d'un ton d'excuse.

Et il alla s'asseoir dans l'un des grands fauteuils, en

face du canapé où les Donovan s'étaient réfugiés l'un près de l'autre.

Maggie déboucha une bouteille de Pepsi Light en jetant un regard envieux sur le reste du buffet.

— Vous avez vu Nick, ce matin, n'est-ce pas ? lui dit Christine qui venait de la rejoindre.

Elle parlait à voix basse pour ne pas être entendue du reste du groupe.

— Oui, répondit Maggie. J'ignorais qu'il était revenu à Omaha : je le croyais à Boston.

Elle ne précisa pas qu'elle savait de source sûre qu'il travaillait encore le mois dernier comme assistant du procureur dans le comté de Suffolk. C'était l'un des avantages qu'offrait le FBI : quand on y travaillait, on avait accès à toutes sortes d'informations, parfois même sans le vouloir.

— Il travaille toujours à Boston, dit Christine en se servant à son tour un verre de Pepsi auquel elle ajouta des glaçons. Vous ne vous rendez pas compte à quel point vous l'avez fait souffrir ! lâcha-t-elle brusquement.

— Pardon ?

Maggie se tourna vers Christine en se demandant si elle plaisantait. Un an plus tôt, elle avait appelé chez Nick, et une femme lui avait répondu qu'il était sous la douche. Elle se souvenait encore de la flèche qui s'était plantée dans son cœur, ce jour-là. Depuis, elle avait tout fait pour accepter que Nick ne l'eût pas attendue, qu'il eût préféré vivre sa vie.

— Désolé, dit Christine d'un ton qui paraissait sincère. Je n'aurais pas dû vous en parler. S'il le savait, il me tuerait… N'empêche qu'il a été réellement blessé quand vous l'avez laissé tomber.

Elle eut un léger sourire.

— D'autant plus que c'était la première fois qu'une femme le quittait.

— Quand je l'ai *laissé tomber* ? répéta Maggie en essayant de ne pas élever la voix.

Elle jeta un rapide coup d'œil du côté du Pakula. Il avait tourné la tête vers elles.

— C'est lui qui m'a laissé tomber, corrigea-t-elle dans un murmure.

— Ce n'est pas sa version de l'histoire, dit Christine avec un petit sourire entendu.

Maggie ne voulait pas penser à Nick Morelli en ce moment. Ce matin, lorsqu'elle l'avait vu, elle n'avait pas eu mal. Son esprit était ailleurs, préoccupé par l'arrivée imminente du père Keller. Elle comprenait à présent pourquoi Pakula avait eu l'impression que Nick lui en voulait. S'il était persuadé qu'elle l'avait quitté… Apparemment, il n'avait pas compris pourquoi elle avait préféré prendre ses distances, après l'affaire de Platte City… Mais qu'est-ce que ça pouvait bien changer, maintenant ?

Elle en était là de ses réflexions lorsque Christine se pencha vers elle d'un ton conciliant.

— Ne vous en faites pas, dit-elle. Il s'en est remis. Il va même se marier dans un mois.

60.

Pakula avala un adorable sandwich miniature et en enfourna aussitôt un autre, tout en terminant son café. Lorsqu'une affaire lui donnait du fil à retordre, il se calmait les nerfs en se gavant. C'était le cas en ce moment.

— Pas mauvais, fit-il en hochant la tête vers Brenda Donovan qui continuait à le fixer par-dessus sa tasse de café.

Son fils demeurait silencieux, comme absent. Il n'avait pas ouvert la bouche, en dehors d'un vague bonjour lorsqu'ils étaient arrivés. A présent, il s'empiffrait sans vergogne, à la même vitesse que Pakula, sans lever les yeux de son assiette.

Christine Hamilton proposa à O'Dell l'autre fauteuil en face du canapé, puis elle alla se chercher une chaise et s'installa au milieu du petit groupe, entre les représentants de la loi et les victimes. Car Pakula l'avait déjà compris : les Donovan étaient là pour témoigner.

Ainsi, Christine avait l'intention de les prendre par les sentiments, peut-être même de les choquer pour les bousculer un peu. Elle ne se rendait pas compte que Pakula en avait vu d'autres, et de bien pires. Comme un nouveau-né jeté dans les toilettes d'un *Gas'n Shop* ou une banale dispute de couple qui s'était mal terminée, le mari ayant crucifié sa femme sur le mur du salon avec un pistolet à clou.

— Chaque fois que j'ai raconté mon histoire à l'inspecteur Sassco, commença Christine, il m'a demandé de prouver ce que j'avançais, sans tenir compte du fait qu'en tant que journaliste, je ne pouvais pas citer mes sources. Mark et sa mère ont accepté de venir ici aujourd'hui. C'est très courageux de leur part, mais vous devez savoir qu'ils ne souhaitent pas porter cette affaire devant la justice.

Pendant la déclaration de Christine, Pakula n'avait pas quitté Mark des yeux. Celui-ci gardait le nez dans son assiette. Il n'avait levé la tête qu'une fois, pour boire une gorgée de Coca.

Puis Pakula se rendit compte que Christine l'observait. Elle attendait qu'il accepte clairement les conditions.

— C'est entendu, dit-il en hochant la tête.

Il jeta un coup d'œil vers O'Dell, mais elle paraissait distraite. Elle pensait probablement au père Keller.

— Brenda, nous vous écoutons, dit Christine d'un ton brusque et un peu maladroit.

La femme posa sa tasse de café, et commença son récit en joignant les mains.

— Quand mon mari est mort…

Elle n'avait pas cessé de regarder Pakula depuis qu'il était entré, mais à présent, ses yeux fixaient le vide.

— … Mark l'a très mal vécu, poursuivit-elle. Ils étaient si proches, tous les deux… Monseigneur O'Sullivan — à l'époque, il n'était que père O'Sullivan — m'a proposé de venir dîner régulièrement chez moi pour passer du temps avec mon fils. Il prétendait qu'il s'inquiétait à son sujet. J'ai été élevée avec l'idée qu'accueillir un prêtre, c'était attirer la grâce sur sa maison. Vous ne pouvez sûrement pas comprendre cela, ajouta-t-elle tristement en secouant la tête.

— Je comprends parfaitement, intervint Pakula. Je suis moi-même catholique.

— Moi aussi, renchérit O'Dell.

Le regard de la femme alla de l'un à l'autre. Pakula se demanda si le fait de savoir qu'ils étaient catholiques lui inspirerait confiance ou l'inciterait, au contraire, à se méfier.

— Lorsque Mark m'a raconté ce que le père O'Sullivan lui faisait quand il allait le border dans son lit… J'ai honte de l'avouer… Je ne l'ai pas cru. Il n'avait que dix ans… On a de l'imagination à cet âge.

— Je disais la vérité, déclara Mark.

Ils tournèrent tous la tête de son côté, comme s'ils étaient surpris de s'apercevoir qu'il était bien présent et qu'il écoutait.

— Je sais, je sais…, fit Brenda en dodelinant de la tête. Mais quand j'ai enfin réussi à rassembler mon courage pour annoncer au père O'Sullivan que je ne voulais plus qu'il vienne chez nous, il m'a répondu que si je croyais les mensonges de mon fils, je n'étais plus digne de dîner dans sa maison.

Elle leva les yeux vers eux pour voir s'ils comprenaient ce qu'elle voulait dire. Devant leur air surpris, elle crut bon d'expliquer :

— Sa maison, c'était l'église. Il m'interdisait la communion. J'étais désespérée. Je ne pensais pas qu'un prêtre pouvait se montrer aussi cruel. Je suis donc allée me plaindre auprès de l'archevêque Armstrong.

Pakula tourna la tête vers Maggie. Elle écoutait avec attention, penchée en avant sur son fauteuil.

— Comment a réagi l'archevêque ? demanda Christine pour encourager Brenda.

— Il n'a pas eu l'air surpris. Je suppose que le père O'Sullivan l'avait prévenu. Il m'a demandé pourquoi je voulais détruire la réputation d'un excellent prêtre avec mes mensonges. Puis il m'a pris la main en me demandant de prier pour lui. Quand j'ai compris qu'il parlait du père O'Sullivan et non pas de mon fils, je suis partie. Depuis, j'ai pris mes distances avec l'Eglise.

Il y eut un long silence gêné que Pakula ne chercha pas à briser. Il savait que les mots n'apporteraient aucune consolation à cette femme et que sa blessure ne se refermerait jamais. Elle avait juste besoin que quelqu'un l'écoute.

— Mark n'a pas été la seule victime de Mgr O'Sullivan, dit enfin Christine. J'en ai rencontré sept autres : des garçons qui ont aujourd'hui entre treize et vingt-cinq ans. L'archidiocèse a versé un million de dollars à deux d'entre eux pour acheter leur silence. Un autre m'a avoué que son père avait renoncé à demander de l'argent parce que l'archevêque lui avait promis d'envoyer O'Sullivan se faire soigner. Et effectivement, à la suite de cet épisode, O'Sullivan a disparu pendant deux mois.

Pakula se frotta le menton. Il n'était pas vraiment surpris. Il avait entendu plusieurs fois évoquer les scandales qui avaient ému le pays, mais il n'y avait pas vraiment prêté attention. Il s'était même disputé avec Clare à ce sujet, car il trouvait bizarre que les gamins ne se défendent pas et qu'ils attendent des années pour tout révéler. Il ne pouvait s'empêcher de penser que tout cela cachait le plus souvent une histoire de gros sous. D'accord, un prêtre qui se livrait à des attouchements sur de jeunes garçons était un être abject, et ses victimes ne pouvaient être que traumatisées… Mais est-ce que ça valait un million de dollars ? Clare lui avait répondu qu'il n'avait aucune idée de ce que ces enfants avaient enduré.

— Vous avez sûrement beaucoup souffert, dit-il à Brenda. Mais vous auriez dû aller trouver la police plutôt que l'archevêque.

— Je sais, répondit-elle.

— Mais qui la police aurait-elle cru, d'après vous ? demanda Mark d'un ton furieux qui fit sursauter sa mère.

— Mark, j'ai une question à vous poser, dit Pakula. Pourquoi n'avez-vous pas demandé à O'Sullivan d'arrêter ?

— Je n'avais que dix ans, répondit le garçon d'une voix basse et calme.

Il avait réussi à refouler sa colère… pour un temps.

— A mes yeux, reprit-il, les prêtres étaient des hommes de Dieu… Il entrait dans ma chambre et il s'agenouillait près de mon lit.

Mark leva les yeux et les regarda tour à tour, comme pour s'assurer qu'ils l'écoutaient. Pakula sentit nettement la tension qui régnait dans la pièce.

— Il me disait que Dieu et mon papa nous observaient depuis le paradis. Ensuite, il me demandait de fermer les yeux et de réciter le Notre Père avec lui. Pendant la prière, il glissait sa main sous mes draps, puis dans mon pyjama. Il attrapait mon sexe et il me masturbait. Tellement fort, parfois, que ça me faisait mal. Une fois, j'ai ouvert les yeux. J'ai vu qu'il avait défait la fermeture Eclair de son pantalon et qu'il se masturbait de l'autre main.

Mark se tut et regarda Pakula droit dans les yeux.

— Il n'arrêtait pas de me répéter que mon père et Dieu nous regardaient, reprit-il d'une voix d'enfant. Pour moi, c'était bien la preuve qu'on ne faisait rien de mal, sinon ils ne nous auraient pas laissés faire.

Puis, comme s'il avait encore besoin de se justifier, il ajouta :

— Je n'avais que dix ans.

61.

Presbytère du Saint Sacrement
Boston, Massachusetts

Le père Paul Conley appuya encore une fois sur la sonnette. Mais qu'est-ce qu'elle faisait ? Il tendit le cou pour essayer de voir de l'autre côté de la porte sans bouger de son siège. Il avait installé son bureau de façon à pouvoir surveiller à la fois le salon et la cuisine — enfin, un bout de la cuisine —, en faisant simplement glisser son fauteuil vers la droite. Mais là, il n'y avait pas trace d'Anna Sanchez.

Il hésita à sonner une troisième fois. Décidément, elle commençait à se faire vieille. Il avait essayé de convaincre le comité de la paroisse qu'il lui fallait quelqu'un de plus jeune et de plus énergique. Quelqu'un qui pourrait s'occuper du ménage, de la cuisine, et lui préparer du café frais quand il en avait besoin. Etait-ce trop demander ?

Il vérifia sa tasse. Malheureusement, elle était vide : pas la moindre goutte dans le fond. Il se pencha de nouveau vers la cuisine. Cette fois, il donna un méchant coup sur la sonnette. Marre d'avoir une sourde à son service !

— Madame Sanchez ? cria-t-il.

Elle avait peut-être décidé d'ignorer la sonnette, mais elle ne pouvait tout de même pas l'ignorer, lui !

Il avait également fait remarquer aux membres du comité que la vieille femme était de plus en plus lente et qu'elle n'entendait que lorsque ça l'arrangeait. Il se demandait — mais peut-être se faisait-il des idées — si certains ne s'étaient pas fait un plaisir de répéter ses propos à l'intéressée. Il soupçonnait en particulier Mme MacPherson, cette harpie qui n'aurait rien pu garder pour elle, même si le Seigneur en personne le lui avait demandé.

— Madame Sanchez ! hurla-t-il encore. Je voudrais du café !

Comme rien ne bougeait du côté de la cuisine, il poussa un énorme soupir, quitta à regret son confortable fauteuil en cuir en le repoussant bruyamment, et attrapa sa tasse vide. Il s'arrêta sur le pas de la porte pour jeter un regard circulaire dans le salon. Personne. Mais où était-elle donc passée ?

Il s'attendait à la trouver devant l'évier ou à la voir surgir de la buanderie. Mais arrivé dans la cuisine, il s'arrêta net en portant une main à son cœur.

— Qu'est-ce que… ?

Un jeune homme qu'il ne connaissait pas était tranquillement assis à table, devant une tasse de café.

— Bonjour, père Paul.

Puis il but une longue gorgée.

— Il en reste dans la cafetière, fit-il en désignant du doigt le comptoir. Mme Sanchez vient probablement de le faire, il est encore chaud.

— Qui êtes-vous ? C'est Mme Sanchez qui vous a ouvert la porte ?

De nouveau, il la chercha des yeux dans la pièce, puis par la fenêtre.

— Je dois avouer que je suis déçu que vous ne me reconnaissiez pas, mon père. Ça fait quatorze ans que nous ne nous sommes pas vus, mais tout de même…

— Vous êtes le jardinier ?

Il venait de remarquer la hachette posée près de la porte donnant sur le jardin, à côté d'une valise noire.

— Elle a oublié de vous payer, c'est ça ?

Il rajusta ses lunettes pour mieux dévisager le jeune homme. Il travaillait forcément pour le presbytère. Mme Sanchez n'aurait pas laissé entrer n'importe qui !

— Non, je ne suis pas jardinier. Mais je me suis permis de prendre un outil dans la cabane, dit-il calmement, en buvant une autre gorgée.

— Si vous voulez qu'elle vous paye, ne vous en faites pas. Elle ne doit pas être bien loin.

Il alla jusqu'à la porte de la buanderie et appela :

— Madame Sanchez ?

— J'ai grandi dans votre paroisse, dit le jeune homme. J'étais même été enfant de chœur. Je suis blessé que vous ne me reconnaissiez pas, mon père.

— Vraiment ?

Le père Conley revint sur ses pas pour l'étudier de plus près, mais non, décidément, ce visage ne lui disait rien. Et ce jeune homme avait beau prétendre qu'il était blessé, il n'en avait pas du tout l'air.

— Ça fait vingt ans que j'officie dans cette paroisse, rétorqua-t-il. Je ne peux pas me souvenir de tous les enfants de chœur qui sont passés par là.

A présent, le jeune homme avait mis sa tasse de côté et il déployait sur la table un grand sac en plastique qui ressemblait à ceux dans lesquels on met les vêtements sortant du pressing. Ce garçon venait peut-être chercher sa soutane qui avait besoin d'être nettoyée ? Mais pourquoi se présenter au presbytère au lieu d'aller directement à l'église ?

— Je me doute bien que vous ne pouvez pas vous souvenir de tout le monde, dit-il en se levant.

Il avait complètement déplié le sac, et il le tenait bien tendu entre ses deux poings fermés.

— Mais je pensais que vous n'oublieriez jamais ceux que vous aviez violés, mon père.

C'était trop tard. Un voile de plastique s'abattait sur son visage, lui coupant la respiration. Il voulut se défendre et griffa les mains qui continuaient à enrouler le sac autour de sa tête. Puis il sentit quelque chose le serrer à la base du cou.

Il se débattit pour reprendre sa respiration et enlever ce plastique qui l'étouffait, mais il n'y parvint pas et, bientôt, il sentit que ses forces l'abandonnaient.

Il se mit à tourner sur lui-même comme un fou, se cogna contre le comptoir en faisant tomber la vaisselle et les casseroles qui s'écrasèrent sur le sol. Il les vit, mais ne les entendit pas. Il tomba à genoux. Ses mains essayèrent encore de percer ce plastique qui s'enfonçait dans sa gorge, tandis qu'il tentait désespérément de respirer en ouvrant la bouche comme un poisson hors de l'eau.

Enfin, quand il se laissa glisser jusqu'à terre, il eut tout juste le temps de remarquer les yeux vitreux et sans expression de Mme Sanchez qui le fixaient.

62.

Maggie rentra à l'hôtel complètement épuisée. Elle avait à peine échangé quelques mots avec Pakula sur le trajet entre le centre Saint-François et l'*Embassy Suites*. Il comptait prévenir Ramsey de l'arrivée du père Keller. Celui-ci n'aurait qu'à s'arranger avec Cunningham pour décider des procédures à mettre en place afin de l'accueillir. Elle s'était sentie soulagée qu'il s'occupe de tout, mais bien sûr, ça ne la dispenserait pas de rencontrer Keller puisqu'il avait bien précisé qu'il voulait traiter avec elle et avec personne d'autre.

Elle ne prenait pas cela comme un privilège. Il savait très bien qu'elle l'avait pourchassé le plus longtemps possible et que c'était à cause d'elle qu'il avait dû se déplacer perpétuellement. En l'obligeant à le protéger, il lui faisait un pied de nez.

A un moment donné, pendant le récit de Mark Donovan, elle s'était sentie proche de ce tueur qui éliminait les prêtres. Keller avait commis des crimes atroces. Elle avait vu les corps des jeunes garçons qu'il avait assassinés, et elle n'était pas près de l'oublier. Pourtant, il avait échappé à la justice. Elle avait du mal à accepter l'idée qu'un salaud qui avait torturé des enfants puisse s'enfuir et poursuivre son œuvre maléfique ailleurs. C'était injuste et immoral que ce monstre continue à sévir sans être le moins du monde inquiété.

Parfois, elle avait envie qu'il disparaisse de la surface de la terre, qu'il ne puisse plus jamais recommencer à faire du mal à un innocent... Or, c'était exactement ce que faisait le tueur qu'elle traquait avec Pakula. Il s'arrangeait pour que les prêtres pédophiles qui sévissaient impunément ne puissent plus recommencer. La seule différence entre eux, c'était que Maggie portait un badge.

La comparaison ne lui paraissait pas du tout réjouissante. Normal : aucun représentant de la loi n'aurait voulu convenir qu'il poursuivait les mêmes buts qu'un meurtrier.

Elle traîna vaguement dans le hall de l'hôtel, hésitant à s'installer au bar pour boire un Scotch. Cela lui arrivait quand elle se sentait trop déprimée par les horreurs dont elle était témoin.

Finalement, elle fila droit dans sa chambre et, aussitôt entrée, elle ouvrit son téléphone portable. Elle ne prit même pas la peine d'écouter les messages : elle savait déjà que Gwen ne l'avait pas appelée. Elle composa son numéro et fut surprise de l'entendre décrocher à la troisième sonnerie.

— Gwen, ça va ? fit-elle aussitôt.

— J'en ai un peu marre qu'on me pose toujours la même question.

— Ce n'est pas à moi qu'il faut le reprocher. Pour l'instant, je n'ai pas eu l'occasion de te la poser car tu n'as pas daigné répondre à mes coups de fil. J'étais folle d'inquiétude, tu sais ?

Gwen ne répondit pas, et Maggie se rendit compte qu'elle faisait exactement ce qu'il ne fallait pas. Si son amie n'avait pas répondu à ses appels, c'était justement pour éviter d'entendre ce genre de commentaires.

— Excuse-moi, dit-elle. Mais j'étais vraiment inquiète, je t'assure.

— Je crois que Racine est en train de se demander si elle doit m'arrêter ou non, dit Gwen.

— T'arrêter ? Mais pourquoi ?

— Tu ne lui as pas parlé, aujourd'hui ?

— Je l'ai eue au téléphone ce matin, répondit Maggie en reculant pour s'asseoir sur le bord de son lit. Qu'est-ce qui se passe ?

— C'est compliqué, répondit Gwen d'une voix lasse.

— Ça ne fait rien. Explique-moi.

Elle l'écouta sans l'interrompre. Gwen lui expliqua pourquoi elle soupçonnait l'un de ses patients, Rubin Nash, d'être le coupeur de tête. Elle lui raconta aussi qu'elle avait reçu des messages, une carte, des boucles d'oreilles et même un téléphone portable, le tout envoyé par le tueur et déposé à son bureau. Elle lui avoua enfin qu'elle avait été soulagée d'apprendre qu'elle était sur l'affaire en tant que profiler, parce qu'elle espérait lui soutirer des renseignements et pouvoir ainsi débusquer le meurtrier sans mettre ses proches en danger.

Maggie regretta de ne pas être près d'elle pour la réconforter autrement qu'en ponctuant de temps en temps ses phrases par un vague « bien sûr » ou « continue ».

Puis Gwen se tut, et Maggie crut qu'elle avait terminé, mais elle ajouta d'une voix à peine audible :

— Je sais que j'aurais dû me confier à toi. Depuis le début.

— Tu as cru bien faire, dit Maggie. Tout le monde peut se tromper. Moi aussi, j'ai fait des erreurs dans ma vie.

— Mais personne n'est jamais mort à cause de toi !

— C'est faux. Tu oublies Albert Stucky.

Maggie frissonnait encore en prononçant ce nom. Stucky représentait pour elle l'incarnation du mal. Il avait joué avec elle au chat et à la souris ; il s'était amusé à tuer les femmes qu'elle rencontrait. Quatre malheureuses, qui n'avaient commis d'autre crime que de se trouver par hasard en contact avec elle, étaient mortes avant qu'elle n'arrive à le coincer...

Gwen raccrocha en remerciant son amie et en lui promettant de la rappeler le lendemain matin.

Pour une fois, songea Maggie, les rôles étaient inversés. D'habitude, c'était Gwen qui la réconfortait, qui tenait le rôle de confidente. Mais, comme souvent dans la vie, il arrivait que la roue tourne.

Maggie ôta ses chaussures, puis sa veste qu'elle installa sur le dossier d'une chaise. Elle défit la boucle de son étui de revolver et le posa près du téléphone. Elle portait toujours une veste, même en plein mois de juillet, pour dissimuler son arme. Les gens s'adressaient différemment à une femme armée. Ça pouvait présenter des avantages, mais la plupart du temps, c'était plutôt un handicap.

Elle ouvrit le minibar. Elle mourait de soif, mais elle ne se sentait pas la force de chercher un distributeur de boissons dans l'hôtel. Elle allait sortir une bouteille d'eau lorsque ses yeux tombèrent sur un flacon de Chivas. Elle hésita. Finalement, elle n'avait pas tellement soif. Elle avait surtout besoin d'un remontant... Elle s'empara de la bouteille miniature qui lui parut encore plus petite une fois dans sa main. Ça ne valait même pas le coup. Finalement, elle prit les deux — l'eau et le Chivas —, et les posa sur la table de nuit en se disant qu'avec des glaçons, ça irait.

Elle prit le seau à glace, s'assura qu'elle avait bien la carte permettant d'accéder à sa chambre, et sortit en chaussettes, à la recherche d'une machine à distribuer des glaçons, tout en songeant que quelques secondes plus tôt, elle avait essayé de se faire croire qu'elle n'avait pas la force de partir en quête d'un soda. Enfin, après une journée pareille — un coup de fil d'un prêtre assassin, la confession d'un pauvre gamin violé et le souvenir d'Albert Stucky —, elle avait bien droit à un verre d'alcool.

Elle trouva ce qu'elle cherchait au bout du couloir, et elle remplissait déjà son seau lorsqu'elle entendit des pas qui s'approchaient, puis s'arrêtaient, puis s'éloignaient.

Elle se retourna. Nick Morelli se tenait derrière elle, pieds nus, en short et T-shirt, un journal sous le bras et la carte magnétique de sa chambre à la main.

— Merde ! fit-il. Avec tous les hôtels qu'il y a dans cette ville, il a fallu qu'ils te mettent dans celui-là.

63.

Nick savait qu'il aurait dû s'excuser. Il avait déjà eu cette sensation tout à l'heure, à Notre Dame des Lamentations. Il s'était montré un peu sec avec Maggie. C'était en partie justifié parce qu'il devait défendre Tony… Mais là, il n'avait plus de raisons, c'était ridicule.

— Ce n'est pas moi qui soupçonne ton ami, répéta-t-elle d'un air accablé, en regardant partout autour d'elle comme si elle cherchait un moyen de s'échapper. Mais je vais te donner un conseil. Dis-lui qu'il ne devrait pas esquiver continuellement les questions de la police. Ce n'est pas dans son intérêt : ça laisse supposer qu'il a quelque chose à cacher.

Nick s'appuya au mur et croisa les bras sur sa poitrine.

— Je le lui ai déjà dit, fit-il en laissant brusquement tomber toutes ses défenses. Mais il ne m'écoute pas.

Elle le regarda droit dans les yeux, et il crut revenir quatre ans en arrière, à l'époque où ils travaillaient ensemble sur l'affaire de Platte City… Décidément, elle cherchait à se rapprocher de lui chaque fois qu'elle le sentait mal à l'aise et déstabilisé.

— Tu crois qu'il a vraiment quelque chose à cacher ? demanda-t-elle.

— Je n'en sais rien. Mais on se connaît depuis l'âge de

six ans. C'est un gars têtu, qui sait manier la rhétorique, mais il ne tuerait jamais personne.

— Même s'il pensait agir pour le bien de la société ?

— Qu'est-ce que tu veux dire par là ?

Elle posa le seau à glace entre ses pieds, comme si elle n'avait même plus la force de le porter, puis s'adossa au mur et croisa les bras pour adopter la même pose que lui. Elle avait enlevé sa veste et ne portait qu'un chemisier blanc, rentré dans sa jupe. Il la trouva plus belle que jamais. En dépit de son air las, elle paraissait… rayonnante. Il se demanda si elle avait bien laissé derrière elle les démons du passé.

— Je suis convaincue, expliqua-t-elle, que le type qui exécute les prêtres se prend pour un justicier. Il croit obéir à Dieu lui-même.

Nick se sentit parcouru d'un léger frisson. Léger, mais suffisamment présent pour lui rappeler qu'il avait eu lui-même un doute. Tony avait dit à Mgr O'Sullivan qu'il ne se contenterait pas de fermer les yeux et de rester les bras croisés si les accusations portées contre lui s'avéraient fondées. Qu'est-ce que ça signifiait exactement ?

Il allait répondre à Maggie lorsqu'une femme apparut au bout du couloir, un seau à glace à la main. Maggie s'effaça pour lui laisser la place devant la machine. La femme leur adressa un grand sourire, et ils parlèrent de la pluie et du beau temps pendant qu'elle se servait. Puis elle repassa devant eux, toujours souriante. Elle croyait sans doute déranger un début d'amourette.

Elle prit son temps pour s'éloigner, et ils attendirent tous deux qu'elle eut refermé sa porte pour reprendre leur conversation.

— L'endroit n'est pas très bien choisi pour parler de tout ça, fit remarquer Nick en souriant.

Il eut envie de lui demander de venir dans sa chambre,

mais il n'osa pas. Il espérait secrètement que l'idée viendrait d'elle, sans toutefois savoir ce qu'il lui répondrait.

Ce soir, il était seul. Jill était sortie avec sa mère et l'une de ses demoiselles d'honneur. Elle avait une chose importante à faire, mais quand elle le lui avait expliqué, il ne l'avait écoutée que d'une oreille distraite. Résultat : il ne s'en souvenait pas. Tout ce qu'il savait, c'était qu'elle resterait dormir chez sa mère… Mais pourquoi pensait-il à ça maintenant ?

Il se sentit ridicule.

— Il faut que j'y aille, dit finalement Maggie pour rompre le silence. J'ai des coups de fil à passer.

Elle ramassa son seau à glace, sans pour autant s'éloigner.

— Oui, moi aussi, dit-il.

— Dans ce cas, bonsoir.

— Bonsoir.

Il fila tout droit, sans se retourner. Puis il se rendit compte qu'ils allaient dans la même direction.

Il songea que le Seigneur avait un étrange sens de l'humour lorsqu'il la vit entrer dans la chambre qui faisait face à la sienne.

64.

Gibson refusa de dîner en prétextant qu'il ne se sentait pas très bien. Il rassura sa mère : ce n'était pas grave ; elle n'avait pas besoin d'appeler le médecin.

En fait, il avait vraiment mal à l'estomac, mais c'était à cause de Darth Vador qui l'avait cloué au mur. Il en était encore tout retourné, et il voulait juste qu'on lui fiche la paix. Si cela n'avait tenu qu'à lui, il aurait même passé quelques jours enfermé dans sa chambre. Il n'était même pas certain d'avoir envie d'assister au cours de sœur Kate, le lendemain. S'il séchait, sa mère ne le remarquerait sûrement pas : elle quittait la maison avant lui et rentrait après lui. Si Tyler acceptait de fermer sa grande gueule, il ne risquait rien. Il ressentait le besoin de s'isoler pour réfléchir tranquillement. Le silence de Tyler, il pouvait l'acheter. Il suffisait de découvrir dans quelle connerie il s'était fourré cette semaine.

Il s'installa à son ordinateur. Surfer lui calmerait peut-être les nerfs. Il n'avait plus joué depuis que… Depuis Mgr O'Sullivan, à l'aéroport. Ça faisait combien de jours, déjà ?

Il alluma la machine et attendit que Windows s'amorce, tout en ramassant son sac. Il devait bien y avoir là-dedans une barre de céréales ou autre chose à se mettre sous la dent.

Il fourra sa main à l'intérieur et chercha à tâtons, pour éviter d'avoir à vider le sac. Ses doigts rencontrèrent un papier d'emballage. Victoire ! Il s'agissait d'un Snickers et, juste comme il le sortait, il vit une alerte e-mail s'afficher à l'écran.

Il avait échangé son adresse mail avec Timmy, et il songea aussitôt que c'était son ami qui lui écrivait : il devait s'étonner qu'il ne l'ait pas attendu cet après-midi.

Gibson cliqua pour lire le mail. Oui, c'était sûrement Timmy. L'objet du message était :

« Qu'est-ce qui t'a pris ? »

Mais avant même qu'il eût déchiffré le texte, il vit s'afficher un deuxième mail, provenant celui-là du Dévoreur de péchés. Il sentit son estomac se nouer.

« Attention ! »

Il cliqua vivement, avant d'être totalement tétanisé.

Tout en haut, en lettres capitales, le dévoreur avait écrit :

« TANT QUE TU GARDES CE PORTE-DOCUMENTS, TU NE RISQUES RIEN. NE T'INQUIÈTE PAS. JE NE LAISSERAI PERSONNE TE FAIRE DU MAL. »

A cet instant, quelqu'un sonna à la porte du rez-de-chaussée. Gibson ne bougea pas : sa mère pouvait ouvrir, elle n'était pas encore partie à son cours du soir.

Ainsi, le dévoreur savait pour le porte-documents… Mais comment l'avait-il appris ?

Abandonnant son ordinateur, Gibson alla fouiller dans le fond de son armoire.

Si le dévoreur savait qu'il était à l'aéroport, c'est qu'il s'y trouvait aussi. Peut-être même que c'était lui qui avait glissé ce porte-documents dans son sac à dos. Peut-être avait-il vu l'assassin de Mgr O'Sullivan ?

Gibson s'installa sur le bord de son lit. Il commençait à comprendre. Il avait proposé le nom de Mgr O'Sullivan dans les personnages à éliminer. Le Dévoreur de péchés était le seul à le savoir. C'était donc lui l'assassin.

Sa mère l'appela depuis le bas de l'escalier. Il eut la tentation de l'ignorer, mais c'était inutile. S'il ne répondait pas, elle monterait.

Gibson fit un effort pour se lever de son lit et aller jusqu'à la porte.

— Quoi ? cria-t-il.

— Descends une minute, mon chéri, il y a quelqu'un qui veut te parler.

Timmy, sans doute.

— Une seconde ! J'arrive !

Il referma bruyamment sa porte, puis la rouvrit tout doucement et s'avança dans le couloir sur la pointe des pieds pour voir de qui il s'agissait. Il entendait déjà la voix de sa mère — un murmure inquiet :

— Je suis certaine que vous faites erreur, frère Sebastian.

Le reste se perdit dans la cage d'escalier, mais Gibson crut entendre le mot « drogue ».

Merde !

A présent, il apercevait l'homme auquel sa mère s'adressait. Il ne voyait que son dos, mais pas de doute possible : c'était Darth Vador.

Il eut du mal à se maîtriser pour retourner sans bruit jusqu'à sa chambre. Il s'enferma à l'intérieur, puis regarda autour de lui avec des yeux d'animal traqué. Il fallait qu'il sorte de là. Il éteignit son ordinateur, défit les câbles et les enroula autour de la machine, puis fourra le tout dans son sac à dos. Ensuite, il alla chercher l'argent qu'il avait dissimulé dans une cachette. Enfin, il rangea le porte-documents dans la poche arrière de son sac.

Il fit glisser très doucement la fenêtre pour l'ouvrir.

L'air tiède et humide de la nuit lui fouetta le visage. Il vérifia que personne ne se promenait sur le trottoir. Le soleil venait juste de disparaître derrière les arbres, mais par une nuit pareille, il fallait être timbré pour mettre un pied dehors.

Cela faisait plus d'un an qu'il n'avait pas utilisé ce chemin pour quitter la maison. Sa mère était rarement là ; il sortait comme il voulait.

Il fallait se laisser glisser sur le toit du porche, puis sauter dans l'herbe. Il espéra qu'ils ne le verraient pas au moment où il atterrirait en bas, et décida de passer le plus à gauche possible pour emprunter ensuite l'allée latérale. Merde, il ne pouvait pas prendre sa bicyclette : elle était garée juste devant le porche !

Il resserra les lanières de son sac à dos pour ne pas risquer d'abîmer son ordinateur portable.

Il n'avait aucune idée de l'endroit où il pouvait aller ni du moment où il reviendrait, et il jeta un dernier regard nostalgique à sa chambre — son havre de paix — en se demandant s'il en trouverait jamais un autre. Puis il partit sans se retourner.

65.

Tommy Pakula rentra chez lui par la porte de derrière et trouva Clare devant l'évier de la cuisine. Avant de déposer les deux pizzas qu'il tenait à la main, il alla l'embrasser dans le cou, et reçut en récompense une gentille pichenette sur la joue.

— Tu as bon goût, lui dit-il. On peut peut-être se passer des pizzas.

— Les filles sont affamées, répondit-elle en se tournant vers lui avec un sourire triste.

Il comprit aussitôt que quelque chose la tracassait.

— Qu'est-ce qui se passe ?

Elle mit un doigt sur sa bouche. Donc, c'était sérieux.

— Angie ne va pas bien, murmura-t-elle en jetant un coup d'œil inquiet du côté du salon.

— Elle est malade ?

— Non. Elle a reçu une lettre de Creighton, aujourd'hui. Elle va sûrement te la montrer. Mais n'aborde pas le sujet toi-même. Attends qu'elle t'en parle.

— Qu'est-ce qu'il y a dans cette lettre ?

Il posait la question, mais il avait compris et il sentait déjà son estomac se nouer.

— Ils lui retirent la bourse qu'ils lui avaient promise.

Ils disent qu'ils n'ont pas assez d'argent. Apparemment, ils viennent seulement de s'en apercevoir !

— Pas assez d'argent ? C'est des conneries, une excuse bidon.

— Tommy ! lança Clare à voix basse.

— Tu sais très bien d'où ça vient, reprit-il sur un ton plus mesuré, sans toutefois cacher sa colère.

— Ne sois pas si catégorique…

Son portable sonna. Il eut envie de l'arracher de sa ceinture et de l'envoyer à travers la pièce, mais il attendait un appel de Ramsey.

— Il faut que je réponde, dit-il.

Elle acquiesça en silence, et emporta les deux boîtes de pizza dans la salle à manger où la table était déjà mise.

— Pakula, grogna-t-il.

— J'ai eu ton message, commença Ramsey sans même dire bonjour. Je dois parler avec Cunningham dans une heure. Tu as une idée de ce que le père Keller veut nous proposer ?

— Il prétend qu'il possède une liste où figurent les prêtres assassinés. S'il y a d'autres noms, ça peut nous mener jusqu'à l'assassin. Mais il ne la donnera qu'à O'Dell, en main propre. Et à condition qu'on accepte de le protéger.

— Elle pense qu'il est régulier ?

— Elle pense qu'il a peur. Son nom est sur la fameuse liste.

Ramsey se tut, et Pakula attendit ses commentaires en regardant Clare mettre des glaçons dans leurs verres et verser le thé. Sa façon de bouger avait le don de l'apaiser.

— Cette affaire ne va pas tarder à nous péter à la figure, lâcha finalement Ramsey.

Pakula fut surpris : il ne s'attendait pas à ça.

— Figure-toi, reprit Ramsey, que ma femme a appris

une nouvelle surprenante, aujourd'hui : sa subvention pour l'hôpital vient d'être supprimée. Je ne pense pas que ce soit une coïncidence.

Pakula tourna le dos à Clare et s'éloigna le plus possible.

— Il est arrivé le même genre de mésaventure à ma fille, dit-il. Elle a reçu aujourd'hui une lettre lui annonçant que la bourse qui lui avait été attribuée ne pouvait finalement pas être versée pour cause de fonds insuffisants.

— Merde ! Tu plaisantes ?

Il y eut un silence.

— Bon, je crois qu'on a compris, maintenant. Ça devait arriver. On s'en doutait un peu.

— En effet, dit Pakula.

Il se garda d'ajouter que, malgré tout, il ne pensait pas que ce connard d'archevêque irait jusque-là ni qu'il réagirait aussi vite.

— Il va nous tirer dessus à boulets rouges quand il saura ce que j'ai appris cet après-midi.

— Qu'est-ce que tu as appris ?

— Mgr O'Sullivan avait un faible pour les jeunes garçons. Et l'archevêque était au courant.

— Sans blague ?

— Au fait, à propos du marché que Keller a proposé à O'Dell… Tu crois que ton pote Cunningham va en faire une jaunisse ?

— Pas quand je lui aurai appris que nous en sommes déjà à cinq prêtres assassinés.

— Cinq ?

— Le shérif adjoint du comté de Santa Rosa, en Floride, a trouvé un cadavre qui pourrissait dans un marais depuis plus d'une semaine. Il m'envoie demain matin une copie du rapport d'autopsie.

— Et le cinquième ?

— Au nord de Boston.

Ramsey s'interrompit, et Pakula l'entendit farfouiller dans ses papiers.

— Je viens de recevoir l'information ; je n'ai pas encore tous les détails. D'après ce que je crois comprendre, ça s'est passé aujourd'hui, dans la matinée... C'est effrayant, Pakula. Je me demande si notre type n'a pas franchi un cap, s'il n'est pas en train de perdre complètement la boule.

— Effrayant pourquoi ?

— La victime est le père Paul Conley, de l'église du Saint Sacrement. On a retrouvé sa tête posée bien en évidence sur l'autel de son église.

66.

Gibson s'était installé dans un petit box du *Goldberg's Bar and Grill* situé entre la Cinquième et Dodge Street. Il avait commandé un cheeseburger et des frites, pour que la serveuse ne lui reproche pas d'occuper à lui tout seul un box prévu pour quatre. Il croyait qu'il n'avait pas faim, mais ça sentait tellement bon que ça lui avait ouvert l'appétit. Du coup, il avait tout dévoré sans même s'en apercevoir, probablement pour se calmer.

Il avait appelé sa mère depuis le restaurant. Elle était dans tous ses états parce que frère Sebastian avait réussi à la convaincre qu'il vendait de la drogue. Il s'était défendu et lui avait reproché de croire un étranger plutôt que son fils. Enfin, il avait tout fait pour la rassurer.

Il ne pouvait pas lui dire que frère Sebastian avait probablement inventé cette fable pour récupérer le porte-documents, mais il l'avait mise en garde : ce type-là était dangereux ; mieux valait le tenir à distance. Là, elle avait éclaté d'un rire hystérique en lui disant qu'il faisait de la paranoïa et que justement, c'était la preuve qu'il se droguait.

— Maman, je ne me drogue pas. Je te le jure : il faut que tu me croies !

Ensuite, il lui avait menti en prétendant qu'il allait s'installer chez un ami pour quelques jours. La vérité, c'est qu'il n'avait pas encore demandé à Timmy si c'était possible. Sa mère aurait préféré qu'il rentre tout de suite, bien sûr, mais elle n'avait pas trop discuté. Par contre, elle avait exigé le nom, le numéro de téléphone et l'adresse de cet ami. Il s'en était sorti en répondant qu'il l'appellerait aussitôt arrivé là-bas.

Si elle se mettait dans un état pareil pour une histoire de drogue complètement bidon, comment réagirait-elle si elle apprenait qu'un prêtre était mort par sa faute ?

Il prit l'annuaire du restaurant — il était presque en lambeaux — et le porta jusqu'à sa table. S'il ne parvenait pas à trouver le numéro de Timmy ou si sa mère n'acceptait pas qu'il vienne dormir chez lui, il n'avait pas de solution de rechange. Il n'avait confiance en personne d'autre, sauf peut-être en sœur Kate. Elle l'avait déjà sauvé, il ne l'avait pas oublié, même s'il y pensait le moins souvent possible.

Un jour qu'il sortait du bureau de Mgr O'Sullivan — c'était la quatrième ou la cinquième fois, et il se sentait dans une espèce de brouillard, comme chaque fois qu'il subissait ses assauts dégradants —, il avait heurté sœur Kate dans le couloir. Sa braguette était encore ouverte ; il était mort de honte. Il en rougissait encore.

Mais sœur Kate avait pris la chose très calmement. Elle lui avait demandé s'il se sentait bien et, comme il avait hoché la tête, elle avait insisté pour qu'il monte se reposer dans sa classe quelques instants. Elle l'avait même autorisé à se servir un Pepsi dans son petit réfrigérateur. Puis il l'avait entendue marcher à grands pas vers le bureau de O'Sullivan. Elle n'avait pas frappé : elle était entrée et elle avait claqué la porte derrière elle. Puis il avait entendu des bruits de voix étouffées, et il lui avait semblé qu'ils se disputaient.

Après cet épisode, Mgr O'Sullivan ne l'avait plus appelé dans son bureau. Sœur Kate avait dû faire quelque chose. Elle avait compris ce qui se passait, mais elle ne lui en avait jamais parlé, et elle n'avait pas non plus changé d'attitude à son égard.

Ça faisait longtemps qu'il n'avait pas repensé à cette histoire. En général, il évitait. Mais aujourd'hui, il n'avait pas pu s'en empêcher. Le frère Sebastian l'avait impressionné. Il l'effrayait autant que Mgr O'Sullivan…

L'adresse de sœur Kate Rosetti n'était pas dans l'annuaire, et Gibson alla à H, pour Hamilton. Il trouva une Christine Hamilton, dans Cass Street, le même quartier qu'eux. Il devait s'agir de la mère de Timmy. Il mémorisa le numéro.

Il ne savait pas quelle heure il était, et il n'y avait pas d'horloge chez *Goldberg*. Il hésitait un peu à appeler. Il craignait que Timmy ne soit déjà couché et que sa mère refuse de le lui passer.

Il glissa un billet sous la bouteille de ketchup, comme le faisait autrefois son père. Puis il attrapa son sac à dos et l'ajusta soigneusement. Ensuite, il quitta son box pour se diriger vers la cabine téléphonique. Là, il s'installa confortablement, respira un grand coup et composa le numéro en priant pour que ce soit Timmy qui réponde.

Mais la chance n'avait pas l'air de lui sourire.

— Bonsoir ! fit une voix de femme.

— Euh… Est-ce que Timmy est là ?

Il y eut un silence, et Gibson sentit son cheeseburger lui peser sur l'estomac.

— Il est tard, dit la femme. Puis-je savoir qui est au bout du fil ?

— Son ami Gibson. On s'est rencontrés au cours de sœur Kate.

— Ne quitte pas, Gibson.

Elle avait répété son nom sans hésitation, comme si elle le connaissait. Il ne savait pas si c'était une bonne ou une mauvaise chose, et il se demanda ce que Timmy avait bien pu lui raconter à son sujet.

Timmy ne tarda pas à prendre l'appareil.

— Salut, Gibson ! Où t'étais passé, cet après-midi ?

— Je suis désolé de ne pas t'avoir attendu. Je me suis fait coincer par un oiseau de malheur. Je te raconterai ça plus tard. Pour l'instant, je cherche un endroit où dormir. Tu crois que ta mère serait d'accord pour que je passe la nuit chez toi ?

— Attends, je lui demande.

— Maman, est-ce que mon copain peut dormir ici ? cria Timmy.

Gibson ne pouvait entendre la réponse, et il attendit en tremblant.

— Elle est d'accord à condition que tu appelles ta mère, pour la prévenir. Désolé, ajouta-t-il comme s'il pensait que cette condition allait contrecarrer les projets de Gibson.

— Je suis chez *Goldberg*. Tu peux m'indiquer le chemin pour aller chez toi ?

— Attends !

Puis il cria à l'intention de sa mère :

— Il est chez *Goldberg* !

Ensuite, il se tut pour écouter ce qu'elle répondait.

Merde ! Gibson eut peur qu'elle ait changé d'avis. Dans ce cas, où allait-il passer la nuit ?

— Gibson, reprit Timmy. Ma mère demande s'il te reste de quoi nous acheter deux portions de pommes de terre sautées aux champignons. Elle te remboursera quand tu arriveras.

Gibson retint un soupir de soulagement.

— Bien sûr ! répondit-il.

67.

Washington D.C.

Il était près de minuit quand il arriva chez lui. Son avion avait décollé à l'heure et le trajet en taxi de l'aéroport à sa maison s'était déroulé sans encombre. Pourtant, ce tambour qui cognait dans sa poitrine n'avait pas mis de sourdine. Son cœur battait contre ses côtes au point qu'il avait l'impression d'avoir des bleus. Ses muscles crispés lui faisaient mal. Il se sentait épuisé.

Il alluma la télévision, puis son ordinateur, tout en cherchant la chaîne qui diffusait les nouvelles de Boston. Il enleva son polo trempé de sueur et le lança dans un coin. Il avait dû se débarrasser sur place de son T-shirt des Boston Red Sox et de ses vieilles Nike. Quel dommage ! Heureusement qu'il avait apporté de quoi se changer… Il s'était démené avec une telle fureur qu'il ne s'était pas rendu compte que le sang giclait partout sur lui et sur les murs de la cabane à outils, pendant qu'il découpait le père Paul en petits morceaux pour le faire tenir dans trois sacs-poubelle. Quelquefois, il se laissait tellement emporter qu'il se souvenait à peine de ce qui s'était passé. Il se voyait agir, comme un spectateur impuissant, extérieur à la scène.

Ensuite revenait le calme, celui qui précède ou suit la tempête. Pour se laver, il avait utilisé la douche du jardinier, près de la cabane à outils, en savourant la tranquillité de l'après-midi, tout au fond de ce grand jardin où il savait que personne ne viendrait le déranger, à l'abri des grands chênes et des haies en fleurs. En dépit de l'air un peu trop sec et chaud de ce mois de juillet, il s'était senti merveilleusement bien. Il avait eu l'impression de se retrouver dans le jardin d'Eden, lavé de sa culpabilité, de sa haine, de ses péchés. Mais pourquoi son cœur s'emballait-il comme ça ?

Il vit apparaître la vieille église sur l'écran de son téléviseur. C'était un flash spécial de Fox News. Il ne mit pas le son et se contenta de lire le bandeau qui défilait. L'image montra l'église, puis le presbytère. Le commentaire annonçait que le père Paul Conley avait été victime d'un meurtre atroce. On parlait aussi de Mme Sanchez, et ses entrailles se nouèrent. Il regrettait amèrement d'avoir dû la tuer. Mais elle se trouvait en travers de son chemin, et il n'avait pas eu le choix.

Dommage, on ne mentionnait pas sa petite mise en scène ! Il était entré dans l'église par-derrière, en utilisant la clé du père Paul, et il avait placé sa tête bien en évidence sur l'autel. On ne parlait pas non plus du reste du corps. Il sourit. Il avait déposé les sacs quelques pâtés de maisons plus loin, dans une allée derrière le *Joe's Seafood Grill and Bar* où les ordures de la semaine débordaient déjà des poubelles puantes. Il avait mis le père Paul au-dessus du tas, sac après sac. Une place qui lui revenait de droit.

Oui. Son cœur battait la chamade, mais il se sentait bien : il était satisfait de lui.

Il avait éteint la télévision et se dirigeait vers son lit lorsqu'il aperçut l'alerte e-mail qui s'affichait sur l'écran. On aurait dit le clin d'œil de quelqu'un qui connaissait son secret. Il contempla fixement son ordinateur, en luttant contre la vague de panique qui l'envahissait.

Il alla cliquer sur le bouton pour ouvrir, sans même s'asseoir. Comme il s'y attendait, le message venait du Dévoreur de péchés. Une seule ligne, qui l'affola au point qu'il se précipita vers la porte pour s'enfermer à double tour.

« Qu'as-tu fait ? »

68.

Vendredi 7 juillet
Commissariat du District
Washington D.C.

Gwen Patterson attendait sur la chaise pliante que Julia Racine lui avait offerte. L'inspecteur avait disparu depuis quelques minutes, mais Gwen avait l'impression que ça faisait des heures. Elle se demandait pourquoi elle avait tellement insisté pour la faire venir au commissariat. Avait-elle l'intention de l'arrêter ? A moins qu'elle ne veuille simplement l'interroger ici, au milieu du bruit et de l'agitation, en dehors de son contexte habituel, afin de l'arracher à ce qu'elle devait considérer comme le *confort douillet* de son cabinet.

— Il y a eu plusieurs plaintes déposées contre lui pour agression sexuelle, fit brusquement la voix de Racine derrière elle.

Gwen sursauta, mais l'inspecteur fit mine de ne pas s'en apercevoir. Elle posa bruyamment un dossier sur son bureau — ou plutôt sur l'une des piles qui l'encombraient déjà —, puis posa une fesse sur la surface libre.

— Mais pas de preuves. La bonne nouvelle, c'est que nous avons ses empreintes dans nos archives. La mauvaise, c'est qu'elles ne correspondent pas à celles que nous avons trouvées sur les pièces que vous nous avez fournies. C'est pour ça qu'il consulte chez vous ? Parce qu'il tabasse les femmes quand il veut coucher avec elles ?

Gwen essaya de ne paraître surprise. D'ailleurs, l'était-elle vraiment ?... Au fond, c'était logique que Rubin Nash ne lui ait jamais parlé de ses démêlés avec la police ou de sa façon d'aborder les femmes. Il ne voulait pas qu'elle sache qu'il les brutalisait... Quand avait-il commencé à les tuer ? Pourquoi n'avait-elle rien décelé pendant les séances ?

— J'ignorais qu'on avait porté plainte contre lui, dit-elle.

Elle devait avoir l'air sur la défensive parce que l'inspecteur la contempla en fronçant les sourcils. Etait-elle déçue ou furieuse ? Difficile à dire. De toute façon, avec Racine, l'un n'allait pas sans l'autre.

— Vous n'êtes pas en train de me faire le coup du secret professionnel, j'espère ?

— Vous savez bien que je ne peux pas tout vous révéler.

Encore... Elle le lui avait pourtant déjà expliqué un certain nombre de fois.

Racine leva les yeux au ciel et poussa un profond soupir.

— La raison pour laquelle il consulte chez moi est confidentielle, reprit Gwen le plus calmement possible. Mais si vous me demandez mon opinion d'expert, je peux vous dire qu'il a de gros problèmes avec les femmes. Il leur en veut.

Cette fois, Racine la dévisagea en penchant la tête de côté. Son petit air sarcastique et malin commençait à s'effacer.

— Bien, dit-elle très lentement, comme si elle expliquait les règles d'un nouveau jeu. Selon vous, est-ce que ce problème pourrait s'étendre à d'autres ?

— A d'autres ? Qu'entendez-vous par là ? Vous pensez à sa famille, à ses amis ?

Gwen commençait à en avoir marre.

— Je ne voudrais pas me montrer grossière, mais je me demande ce que je fais là, inspecteur. Nous avons déjà longuement parlé de tout ça, et si vous aviez d'autres questions, vous auriez pu me les poser par téléphone.

Si on avait l'intention de l'inculper, Gwen préférait le savoir. Elle en avait par-dessus la tête de tourner autour du pot.

— Je vous ai fait venir parce que j'attendais des informations dont je voulais vous faire part tout de suite.

Elle regarda par-dessus son épaule, puis par-dessus la tête de Gwen, comme si elle guettait quelqu'un.

— De nouvelles informations ? Seigneur, il a recommencé à tuer ?

— Pas sûr. Nous avons une victime, mais ça n'a peut-être rien à voir avec les affaires précédentes. Pour l'instant, nous examinons les points communs. Ça s'est passé dans les environs de Boston et… Oh, ça y est…

Elle se leva pour accueillir un agent en uniforme qui entrait avec un dossier.

— Nous allons bientôt avoir les premiers éléments, reprit-elle en feuilletant les pages.

Sans lever les yeux, elle poursuivit :

— O'Dell m'a dit que vous aviez travaillé comme expert auprès du FBI, que vous dressiez des profils de criminels.

— C'est exact, mais ça fait quelques années que…

— Voilà un tueur qui semble être pris d'une rage incontrôlable au moment où il tue ses victimes, au point de les découper en morceaux. Mais il arrive ensuite à se calmer suffisamment pour tout nettoyer, faire disparaître le corps et placer la tête dans un endroit stratégique.

— Je sais tout ça, inspecteur Racine ! lança Gwen d'un ton exaspéré.

Mais où Julia Racine voulait-elle en venir ? Elle avait un profil, pratiquement le nom du tueur… Qu'est-ce qu'elle voulait de plus ?

— Il a choisi ses victimes au hasard, à l'exception de Dena Wayne. Libby Hoper était étudiante. Une autre des victimes devait également être très jeune, si l'on en croit le tatouage qu'elle portait et qui est lié à un jeu Internet très populaire parmi les jeunes gens. Et Rubin Nash semble préférer les femmes jeunes.

— Je ne comprends pas où vous voulez en venir, inspecteur.

Cette fois, Gwen commençait à perdre patience. Elle était sur des montagnes russes depuis quelques jours, et elle n'en pouvait plus.

— Que voulez-vous savoir, exactement ?

— Je voudrais savoir si Rubin Nash pourrait défouler sa hargne sur d'autres personnes que les jeunes filles qu'il pêche dans les boîtes de nuit. Est-ce qu'il serait capable de ça ?

Racine poussa devant elle une photocopie couleur. Une image qui semblait tout droit sortie d'un film d'horreur. Une tête décapitée au milieu d'une église, flanquée de deux bougies.

— Voilà tout ce qui reste du père Paul Conley.

69.

Tommy Pakula n'en croyait pas ses oreilles.

— Comment ça, *plus d'un meurtrier* ?

— Avant de venir ici, j'étais sur une affaire de meurtres en série, à Washington, expliqua Maggie. Un type qui décapitait ses victimes.

— J'en ai entendu parler. Mais il ne s'attaquait qu'aux femmes, il me semble.

— Oui. Enfin, d'après ce que nous savons.

— Et c'était dans les environs de Washington. Rien à voir avec Boston.

— Ecoutez, fit Maggie, je vois mal notre suspect aller jusqu'en Floride pour assassiner un prêtre, puis l'abandonner dans un marécage et revenir ensuite à Boston pour installer la tête d'un autre sur un autel.

— Il a peut-être complètement perdu la boule, intervint Carmichael en reculant de quelques pas, comme si elle voulait éviter de se trouver entre Pakula et O'Dell.

— On peut tout envisager, répliqua Maggie. Mais enfin, même s'il perd la boule, un tueur en série suit toujours un schéma. Là je ne peux pas dresser de profil : c'est trop incohérent.

— Hier, vous m'avez dit le contraire ! s'écria Pakula qui commençait à perdre patience.

Ils pataugeaient de plus en plus, et voilà que O'Dell leur avouait à son tour qu'elle ne savait plus où donner de la tête — sans vouloir faire de mauvais jeux de mots.

— Souvenez-vous, leur dit-elle, quand vous avez appris les deux nouveaux meurtres, vous doutiez sérieusement qu'un seul homme ait pu commettre tous ces actes.

— C'est exact, répondit Pakula avec un petit sourire ironique, en levant les mains en signe de reddition. D'accord. Admettons que vous ayez raison et qu'il y ait deux assassins, que l'un se charge du Midwest et l'autre de l'Est et du Sud… Comment communiquent-ils ?

Il fourra ses mains dans ses poches et s'adossa au mur, tout en contemplant Maggie qui arpentait nerveusement la pièce. Il la sentait nerveuse, ce qui le déstabilisait. Il se demanda si c'était parce qu'elle n'avait pas de réponses à leur apporter ou si elle était sur la brèche à cause du marché passé avec Keller. Il s'efforçait de paraître serein et de ne pas bouger, en espérant que son calme finirait par déteindre sur elle. Carmichael ne l'aidait pas beaucoup. Elle semblait extrêmement tendue, elle aussi.

— Ils sont peut-être en contact par Internet.

— Si ça continue, vous allez m'annoncer que nous avons affaire à deux adolescents qui jouent à Donjons et Dragons.

— Vous plaisantez, pas vrai ? fit Carmichael en les dévisageant à tour de rôle.

— D'après l'agent O'Dell, notre assassin… *Nos* assassins pourraient être des adolescents abusés par des prêtres. Corrigez-moi si je me trompe, fit-il d'un ton sarcastique, en se tournant vers Maggie. Deux gamins inspirés par les jeux qui circulent en ce moment sur Internet — les croisés et tout le bataclan — et qui auraient décidé de faire régner la justice.

Carmichael n'éclata pas de rire et ne leva pas les yeux au ciel. Avant même qu'elle ouvre la bouche, Pakula sut qu'elle allait se ranger du côté de Maggie O'Dell. Il était en mauvaise posture.

— Evidemment, s'il s'agit de deux adolescents, ça expliquerait certaines bizarreries, commenta Carmichael d'un air songeur. A cet âge-là, ils sont imprévisibles et souvent incohérents. Ça expliquerait aussi Boston. Un seul gamin n'aurait pas pu faire ça.

On frappa à la porte de la salle de conférence, et un agent en uniforme passa sa tête dans l'embrasure.

— Kasab est prêt. Il m'a chargé de vous dire qu'il vous attend à *L'Embassy Suites*. Votre invité refuse de venir au commissariat.

— Merci Bernie, dit Pakula.

Il jeta un coup d'œil à Maggie. Elle était devenue pâle comme un linge, et le contemplait fixement.

— Vous avez mis Keller dans le même hôtel que moi ?

— C'est Ramsey et Cunningham qui ont arrangé ça ; je n'y suis pour rien. Tout ce que je sais, c'est qu'ils ont eu votre ami Keller au téléphone, cette nuit. Je précise qu'on m'a demandé de le traiter avec égard, comme un invité.

— Ce qui signifie ?

— Je n'en sais trop rien. C'est la première fois que je suis confronté à ce genre de situation. Il faut qu'il se sente bien accueilli et rassuré, je suppose. De façon à ce qu'il nous en dise le plus possible. Il veut qu'on se déplace, donc on va se déplacer et le rencontrer en terrain neutre. Il a probablement peur qu'on décide de l'arrêter.

— L'arrêter… Si ça ne tenait qu'à moi, je ne me contenterais pas de lui passer les menottes, grommela O'Dell avec une rage contenue qui étonna Pakula et Carmichael.

— Nous devrions y aller tout de suite, fit Pakula en

attrapant sa veste posée sur le dossier de la chaise et en la mettant sur son bras.

Il faisait déjà très chaud quand il était arrivé ce matin. Il appréhendait de sortir.

— Ne faisons pas attendre cet invité de marque ! Je suis sûr qu'il a quantité de choses intéressantes à nous apprendre et qu'il va nous permettre d'avancer dans notre enquête.

— Je trouve dingue que Cunningham l'ait installé dans le même hôtel que moi, dit Maggie.

— C'est peut-être pour des raisons financières, dit Pakula. On a passé un accord avec cet établissement, et il nous fait une réduction.

Maggie lui lança un regard qui en disait long sur ce qu'elle pensait de leur foutue réduction.

70.

La mère de Timmy était partie travailler, et Gibson avait réussi à convaincre son ami de sécher le cours de sœur Kate. Il n'avait d'ailleurs pas eu trop de mal : il avait suffi qu'il lui raconte comment le frère Sebastian lui était tombé dessus dans les couloirs du lycée et avait ensuite débarqué chez lui sans crier gare… Ils étaient installés devant la télévision avec leurs bols de céréales. Ils avaient mis l'émission d'Ellen DeGeneres en espérant que ça leur changerait les idées, mais même la séquence audition-danse n'avait pas réussi à les captiver.

— A ton avis, comment il a fait pour trouver mon adresse ?

— Facile, répondit Timmy. Il a dû la demander à frère Tony ou à sœur Kate.

— A frère Tony, plutôt. Sœur Kate ne l'aurait pas renseigné. Je la connais.

— Comment tu peux être certain qu'il s'intéresse à ce porte-documents ? Et puis, d'abord, qu'est-ce qu'il y a dedans ?

Gibson hésita et prit une pleine bouchée de céréales, histoire de se donner le temps de réfléchir. Mais il avait besoin de faire confiance à quelqu'un, et Timmy semblait être la bonne personne. Après tout, lui aussi participait au jeu.

— Je pense que ce truc contient des papiers importants concernant Mgr O'Sullivan.

— Des papiers ?

— Oui. Genre rapports... Tu vois ce que je veux dire ? Des plaintes, quoi.

— Tu as porté plainte contre lui, toi ?

Gibson leva la tête et écarta quelques mèches de cheveux qui lui tombaient dans les yeux. Ses doigts s'attardèrent sur son front, à la recherche de boutons prêts à sortir.

— Non, répondit-il finalement. Et toi ?

— Moi non plus, dit Timmy en se rongeant l'ongle de l'index.

Gibson remarqua qu'il n'avait presque plus d'ongles à ronger. Ça devait être comme ça qu'il se calmait les nerfs. Chacun ses tics.

— Personne ne m'a cru, à part ma mère. Et les flics n'ont pas voulu l'écouter. Il y avait déjà deux types en prison : ils étaient persuadés de tenir le coupable.

— Deux ?

Timmy n'avait jamais abordé clairement le sujet. Gibson pensait qu'il préférait éviter de se rappeler tout ça. Exactement comme lui. A présent, il se rendait compte que son ami avait probablement vécu une expérience pire que la sienne.

— Oui, ils étaient deux, répondit Timmy. Celui qui m'a enlevé portait un masque en caoutchouc, avec la tête d'un ancien président des Etats-Unis — un vieux, déjà mort. Je n'ai jamais vu son visage.

— Tu as été *enlevé* ?

Timmy cessa de se ronger les ongles et croisa les bras sur sa poitrine.

— Oui, mais j'évite d'y penser.

— Désolé, fit Gibson sans rien trouver d'autre à dire.

— Non, ça va, t'inquiète pas. Avant, je faisais des

cauchemars. C'était bizarre, d'ailleurs. Je n'avais pas peur mais je voulais à tout prix découvrir le visage qui se cachait derrière le masque.

— Qu'est-ce qui te fait croire qu'il s'agissait d'un prêtre ?

— Oh… Des petits détails, sans doute sans importance… Les flics m'ont dit que ça ne prouvait rien.

Il replia ses jambes sous lui, prêt à se rouler en boule.

— Le père Keller échangeait des cartes de base-ball avec les enfants de chœur. Le type au masque m'en a apporté. Et puis, il y avait les chaussures… Le père Keller portait toujours des tennis blanches impeccables, comme le type qui me retenait prisonnier.

— Et ceux qu'on a arrêtés ?

— Il y en avait un qui ne portait jamais de tennis. Quant à celles de l'autre, elles étaient dégueulasses.

Gibson sourit.

— Maigres preuves.

— En effet, convint Timmy en se dépliant, comme s'il ne se sentait plus menacé.

Il tendit le bras vers son bol de céréales.

— Le père Keller s'est enfui quelque part en Amérique du Sud : je n'ai plus de raisons d'avoir peur de lui. J'ai proposé son nom parce que je pensais que ça m'aiderait à exorciser mes peurs. Tu comprends ? Et d'ailleurs, ça a marché. Ça fait longtemps que je n'ai plus fait de cauchemars.

Gibson hocha la tête d'un air entendu. Ses cauchemars à lui s'étaient arrêtés après la mort de Mgr O'Sullivan.

— Tu crois qu'on devrait parler à quelqu'un de ce porte-documents ? fit brusquement Timmy.

— Personne ne croira qu'on l'a glissé dans mon sac sans que je m'en aperçoive.

Gibson avait déjà réfléchi à la question, et il ne voyait pas qui il pouvait bien mettre dans la confidence. Sœur Kate, peut-être, mais il ne voulait pas lui attirer des ennuis.

— Oui, tu as raison, répondit Timmy.

Il avala bruyamment le lait qui restait dans le fond de son bol, puis il y eut un long silence. Ils réfléchissaient tous les deux à la question.

— J'ai entendu ma mère dire qu'il y avait eu d'autres prêtres assassinés, fit enfin Timmy. Tu crois que ça a aussi un rapport avec le jeu ? Que leurs noms avaient été choisis par d'autres participants ?

Cette fois, Gibson haussa les épaules. Il posa son bol de céréales à côté de celui de Timmy, puis s'adossa confortablement au dossier du canapé.

— D'après moi, dit-il, chaque fois qu'on élimine un personnage du jeu...

Il fit une pause et contempla son copain.

— La personne qu'il représente est éliminée aussi.

— Mais qui est derrière tout ça ? demanda Timmy.

Gibson remarqua qu'il n'avait pas l'air choqué ou surpris par sa théorie.

— Le Dévoreur de Péchés se trouvait forcément à l'aéroport le jour de la mort de Mgr O'Sullivan. Sinon, il n'aurait pas pu savoir que j'y étais aussi. Il est au courant pour le porte-documents. C'est peut-être même lui qui l'a glissé dans mon sac.

Cela faisait du bien à Gibson de parler enfin ouvertement. Il n'en pouvait plus de retourner tout ça dans sa tête.

— Le Dévoreur de Péchés est aussi le seul à connaître les noms de tous les personnages.

Ils échangèrent un regard. Gibson commençait à comprendre, mais il avait encore du mal à y croire. Au départ, il ne s'agissait que d'un jeu, d'un moyen de se libérer de leur colère et de leur angoisse, de se sentir mieux, de gérer l'expérience douloureuse qu'ils avaient vécue.

— Le Dévoreur de Péchés m'a envoyé un message pour me dire que je ne risquais rien tant que je gardais ce porte-documents avec moi, qu'il ne laisserait personne me faire du mal.

— Et tu lui fais confiance ?

La question méritait réflexion. Grâce au jeu, Gibson se sentait plus fort. Chaque fois qu'il y participait, il pensait à ces amis inconnus qui jouaient avec lui, derrière leur écran. Jamais il n'avait songé que le jeu pourrait lui attirer des ennuis. Ni qu'il pouvait s'agir d'une manipulation.

— Oui, je crois que oui, répondit-il enfin.

— Tu crois que c'est quelqu'un qu'on connaît ? demanda Timmy.

— Non, je l'aurais reconnu à l'aéroport.

— Il a très bien pu se déguiser ! objecta Timmy.

— C'est possible. En plus, il y avait un monde fou.

— Je peux te demander quelque chose ? fit Timmy en s'adossant lui aussi au canapé et en posant ses mains sur ses genoux.

— Bien sûr !

— Qu'est-ce que tu faisais là-bas ?

— Comment ça ?

— Pourquoi t'es allé à l'aéroport, vendredi ?

Gibson se sentit rougir et détourna le regard en feignant de s'intéresser au nouvel invité d'Ellen. Pourtant, il n'aurait pas dû se sentir gêné, il en avait conscience. Timmy savait par quoi il était passé et il avait vécu encore pire que lui…

— J'étais venu au lycée, le matin. Je voulais savoir si sœur Kate avait besoin d'un coup de main pour préparer sa classe, mais elle n'était pas là. En passant devant le bureau de Mgr O'Sullivan, je l'ai entendu qui se disputait avec le frère Tony. Ils ne m'ont pas vu.

Timmy se tut et attendit qu'il poursuive.

— Il a dit à frère Tony qu'il partait définitivement. Ça va sans doute te paraître bizarre, mais je voulais m'assurer que c'était vrai. Je suis donc allé à l'aéroport cette nuit-là pour le regarder monter dans l'avion. Mais il est entré dans les toilettes et il n'en est jamais ressorti.

Gibson n'aimait pas se rappeler tout ce sang. Il sentait encore l'odeur. Il revoyait le regard fixe du prêtre...

Il secoua la tête pour chasser cette image.

— J'avais tellement envie qu'il s'en aille...

Sa voix se brisa, et il s'efforça de reporter son attention sur l'écran. Cette fois, il s'agissait d'une sorte de talk-show.

— Je n'ai pas souhaité sa mort, ajouta-t-il en essuyant du revers de la main une larme qui menaçait de couler sur sa joue. Mais tu sais quoi ?

Cette fois, il se tourna vers Timmy et le regarda droit dans les yeux. Il avait dit le plus difficile ; il pouvait aller jusqu'au bout.

— Je suis content qu'il ne soit plus sur cette terre. C'était vraiment un salaud.

C'est à ce moment-là qu'ils entendirent quelqu'un tourner la clé dans la serrure et ouvrir la porte d'entrée du duplex. Ils sursautèrent tous les deux et se penchèrent pour essayer de voir qui était dans l'entrée. Merde ! Sûrement la mère de Timmy. Elle allait être furieuse de constater qu'ils avaient séché les cours. Timmy était tétanisé. Il savait que sa mère ne se mettrait même pas en colère : elle se contenterait de lui dire qu'il la décevait. Et c'était pire...

Mais ce fut un homme qui s'encadra dans la porte, et Gibson eut un mouvement de recul. Il ne savait pas quoi faire, et il regarda Timmy. Visiblement, il était aussi surpris que lui.

Gibson s'enfonça dans le canapé. Puis l'expression de surprise du gars fut remplacée par un air furieux. Ouais, pas de doute, il était mécontent de les trouver là.

— Qu'est-ce qui se passe ici ? lança-t-il.

71.

Nick n'avait pas voulu effrayer les garçons. Il était tout simplement d'une humeur massacrante. Il n'avait pratiquement pas fermé l'œil de la nuit. Et en plus, au lieu de changer d'hôtel, il avait gardé la chambre. Qu'est-ce qui lui prenait, merde ! Il allait bientôt se marier…

— Tu n'avais pas cours, aujourd'hui ? demanda-t-il à Timmy.

Les deux garçons arboraient un air tellement coupable qu'il avait déjà compris.

— Euh… On… Euh…

Timmy n'arrivait même pas à répondre, et il jeta un coup d'œil désespéré à son ami, comme pour implorer son aide. Mais il n'avait rien à attendre de son côté. Gibson aurait certainement disparu dans un trou de souris s'il avait pu.

— Christine n'est pas au courant, je suppose ?

Timmy renonça à mentir et hocha piteusement la tête.

— Mais on a une bonne raison.

— Je l'espère pour toi ! Tu en auras besoin quand ta mère te demandera des explications.

— Tu ne vas pas m'obliger à le lui dire ? Oncle Nick…

— Il me semble que tu dois respecter les règles fixées par ta mère. Je n'y peux rien : ce n'est pas moi qui commande ici… Si tu me présentais ton ami ?

— Ah oui, pardon. C'est Gibson. Gibson, je te présente mon oncle Nick, fit Timmy en les désignant tour à tour avec beaucoup de solennité. Dis, oncle Nick, pourquoi t'as pas dormi chez nous, comme c'était prévu ?

— J'avais réservé une chambre à l'*Embassy Suites*.

— L'hôtel qui est dans le quartier du Vieux Marché ?

— Oui.

— Super. Il y a un minibar dans la chambre avec des M&M's à cinq dollars le paquet et du Coca à six dollars la canette ?

— Oui. Gibson, tu es inscrit au cours de sœur Kate, toi aussi ?

Nick commençait à se demander si le copain de son neveu avait une langue.

— Oui, monsieur.

Nick eut envie de rire, mais il se contenta de sourire et secoua la tête.

— Tu peux m'appeler Nick et me tutoyer, d'accord ?

— D'accord.

— Alors, qu'est-ce qui se passe ? Vous avez séché pour regarder des âneries à la télé en mangeant des céréales ? Ça ne me paraît pas très folichon, comme programme.

Nick remarqua qu'ils jetaient tous les deux des regards anxieux du côté d'un certain sac à dos posé contre la table basse. Ils avaient visiblement quelque chose à cacher… Mais ce n'était pas le pire… Christine allait être folle de rage quand elle s'apercevrait que Timmy gaspillait cinq cents dollars pour rester tranquillement à la maison à discuter avec un copain.

Les deux adolescents n'eurent pas le temps de répondre car on frappa à la porte. Ils firent un bond, et Nick secoua la tête en les regardant. De toute évidence, il se passait quelque chose. Il ne s'agissait pas seulement de sécher un cours pour se la couler douce.

— Ne prenez pas la fuite ! murmura-t-il en pointant un doigt dans leur direction.

Puis il se dirigea vers la porte d'entrée en se disant qu'il s'agissait probablement d'un livreur.

Mais l'homme à la peau blanche et au nez crochu qu'il trouva derrière la porte n'avait rien à livrer, et il plissait ses petits yeux noirs comme s'il était surpris de se trouver face à lui.

— Que puis-je pour vous ? demanda Nick en le dévisageant.

Ce visage lui disait vaguement quelque chose, mais il ne parvenait pas à se souvenir où il l'avait rencontré.

— Je suis bien chez Mme Hamilton ?

— Vous êtes attendu ? lui demanda Nick.

Il venait de reconnaître le prêtre qui fouinait dans les affaires de Mgr O'Sullivan, à Notre Dame des Lamentations.

— Je suis le frère Sebastian, répondit-il, tout en essayant de regarder par-dessus l'épaule de Nick.

Nick eut l'impression que le type n'avait aucune envie de s'expliquer mais qu'il s'y sentait obligé, malgré tout.

— Timmy Hamilton et Gibson McCutty ne sont pas venus en classe, ce matin.

Nick attendit la suite, mais elle ne vint pas.

— Ah ! fit-il. Et vous êtes chargé de venir les chercher ?

Le comportement de ce type avait quelque chose de louche, et Nick décida de ne faire aucun effort pour se montrer aimable.

— Mme McCutty m'a dit que son fils avait passé la nuit ici. Il est toujours là ?

Il parlait d'un ton pincé qui dissimulait mal sa colère.

— McCutty, répéta Nick comme s'il réfléchissait. Ça ne me dit rien.

Tony n'était pas le seul à éluder les questions dérangeantes tout en évitant de mentir. Un point commun entre les prêtres et les hommes de loi, sans doute…

— Ils ne sont pas là ?

— Je ne les vois pas. Et vous ?

Le frère Sebastian leva un sourcil en dévisageant Nick, mais celui-ci soutint son regard.

— Très bien, dit-il enfin.

Puis il tourna le dos et s'éloigna.

Nick demeura sur le pas de la porte à le regarder partir.

Le grand homme noir se retourna une dernière fois pour jeter un coup d'œil par-dessus son épaule. Nick sourit et lui fit un signe de la main, comme s'il n'avait pas remarqué son air renfrogné. Il ne savait pas qui était ce crétin, mais il était persuadé qu'il ne venait pas pour s'assurer que Timmy et Gibson allaient bien. Il se demandait maintenant si ce n'était pas à cause de lui que les deux garçons n'avaient pas voulu se rendre au lycée. Ça devait être le cas. Sinon, comment expliquer qu'ils aient préféré la télé à un cours passionnant qui parlait d'épées et de poignards anciens ?

Le frère Sebastian grimpa dans une Lincoln noire étincelante, et Nick attendit que la voiture démarre avant de refermer la porte. Lorsqu'il revint dans le salon, Gibson et Timmy regardaient vers l'entrée avec l'air de deux gamins qui l'ont échappé belle.

— C'était vraiment gentil de ta part, oncle Nick. Tu as été redoutable.

Mais Nick lança à son neveu un regard qui effaça aussitôt

son sourire victorieux et qui incita Gibson à s'enfoncer un peu plus dans le canapé.

— Vous allez enfin me dire ce qu'il se passe ? gronda-t-il.

72.

Le père Michael Keller se frotta encore une fois les yeux pour chasser ce brouillard. Il avait failli changer d'avis pendant les deux heures de transit à Chicago. Pas parce qu'il regrettait mais parce qu'il avait les entrailles en feu. Il avait passé deux heures dans les toilettes de l'aéroport à vomir tripes et boyaux. Et lorsque la nausée s'était calmée, sa vue avait commencé à lui jouer des tours.

Arrivé à Omaha, son état avait encore empiré : il voyait tout en double, en triple, démultiplié. Un inspecteur et un agent de police en uniforme l'attendaient. Et brusquement, ils avaient été trois, puis douze… Il avait traversé le hall escorté par toute la troupe — il avait renoncé à les compter —, en essayant de lutter contre l'horrible sensation de se déplacer dans un couloir tapissé de glaces déformantes.

Il avait exigé d'aller à l'hôtel, sans passer par le commissariat. La chambre était superbe : on ne s'était pas fichu de lui. Il y avait même un minibar, un four à micro-ondes et un petit salon. Ça le changeait de sa cabane minable.

Il était resté trop longtemps dans la forêt vierge. Tout lui paraissait merveilleux : les bouteilles de shampoing miniature, les serviettes blanches moelleuses, l'immense lit, la moquette tellement douce qu'on avait l'impression de marcher sur un lit de feuilles. Il s'apercevait que le confort moderne lui avait manqué. Ah, l'air conditionné ! Il avait oublié à quel point ça pouvait être agréable… Mais il n'avait plus l'habitude, et dans la voiture qui l'avait conduit de l'aéroport à l'hôtel, il avait eu tellement froid qu'il avait réclamé un thé au réceptionniste, dès son arrivée. Un bon thé, rien de tel pour calmer ses nerfs à vif et apaiser son estomac. Un thé sans aconit.

Le jeune inspecteur était aux petits soins pour lui. Il s'était même inquiété de savoir si la chambre lui convenait et s'il désirait autre chose. Il lui avait également annoncé que les autres n'allaient pas tarder à arriver. Puis un serveur lui avait apporté un plateau avec de quoi se faire un thé, et l'inspecteur était parti demander à la réception si la pièce qui servait pour les réunions d'affaires était libre en ce moment.

Le père Keller se leva pour contempler son plateau. Une carafe en porcelaine remplie d'eau chaude, une tasse et une théière en fine porcelaine de chine, une assiette contenant un assortiment coloré de sachets de thé, un pot à lait en inox et une assiette avec des petits morceaux de sucre en forme de cubes. Comme si ça ne suffisait pas, on y avait ajouté un panier recouvert d'une serviette en papier dans lequel il trouva un véritable trésor : des biscuits et des muffins encore chauds.

Il se frotta les mains de contentement, sans quitter des yeux ce festin inespéré. Il osait à peine le toucher, de peur de découvrir que c'était un mirage. Il finit tout de même par sélectionner un sachet de thé, et respira l'arôme qui s'en dégageait.

Dès la première gorgée, une douce chaleur se mit à couler dans ses veines.

Il avait eu tort de s'imaginer qu'il pouvait se passer de telles douceurs. Il venait de vivre quatre ans en enfer — une punition qu'il n'avait pas méritée. Il avait essayé de mettre ce temps à profit, mais ils étaient trop nombreux à avoir besoin de lui, à vivre misérablement, à avoir faim, à souffrir de la négligence ou à subir les assauts sexuels des adultes. Il lui arrivait de se sentir écrasé par l'ampleur de sa tâche. Il ne pouvait pas tous les sauver. Mais les yeux tristes et sombres d'Arturo étaient comme une fenêtre sur sa propre enfance ; ils lui rappelaient ce qu'il avait traversé lorsqu'il n'avait personne pour lui venir en aide. Pour Arturo, il avait tenu à faire un effort. Ce gamin n'était entouré que de gens qui le maltraitaient ou abusaient de lui… Non, il n'aurait jamais pu partir sans avoir sauvé Arturo.

Un coup frappé à la porte le tira brusquement de sa rêverie. Il aurait préféré ne pas répondre. Peut-être s'agissait-il seulement d'un membre du personnel qui venait chercher le plateau. Ou du policier chargé de sa surveillance qui venait voir s'il n'avait besoin de rien…

Il entrouvrit à peine la porte. L'inspecteur était déjà de retour.

— Nous sommes prêts à vous entendre, dit-il.

La magie du thé s'envola aussitôt.

73.

Washington D.C.

Il avait appelé pour prévenir qu'il était malade, et son patron n'avait pas eu l'air ravi. Deux jours d'absence. Aujourd'hui, ce n'était pas trop grave, mais pour demain, il allait falloir annuler un rendez-vous à Saint-Louis — et une place d'avion, sans être sûr de récupérer le prix du billet. Ce radin l'aurait fait voyager dans la soute à bagages si on lui avait proposé des places à bas prix. La semaine dernière, il l'avait envoyé en Floride sur liste d'attente. Putain, sur liste d'attente… Ce n'était pas une façon de bosser, ça ! Il s'en foutait d'être viré. De toute façon, en ce moment, il se foutait de tout : seul comptait ce cœur qui cognait tellement fort qu'il en avait mal au dos. Bientôt, tout son corps ne serait plus qu'une souffrance.

Pour l'instant, il n'avait pas ouvert l'e-mail qui clignotait sur son ordinateur, mais il n'allait pas pouvoir l'ignorer éternellement. Il avait l'impression que ce truc l'observait ; il le sentait traverser les murs comme un rayon laser et le suivre dans toutes les pièces. C'était absolument ridicule. Le Dévoreur de Péchés ne pouvait pas le voir… Mais comment avait-il su ?

Il se mit à faire les cent pas devant l'écran. Il n'avait pas menti à son patron : il était vraiment malade. Il avait envie de vomir et il était fiévreux. Ce matin, il s'était à peine reconnu en se regardant dans le miroir. On aurait dit qu'il avait perdu des cheveux, et son visage avait pris un teint jaunâtre. Il avait les yeux gonflés et injectés de sang à cause du manque de sommeil.

Il s'était réveillé en sursaut, au milieu de la nuit. Mme Sanchez le contemplait fixement, debout dans un coin de sa chambre… Ce cauchemar l'avait tellement impressionné qu'il n'avait pas pu se rendormir. Il regrettait d'avoir dû la supprimer. Elle n'était pas comme ces putes qui avaient besoin qu'on leur enlève le diable du corps. Elle ne méritait pas ça. Il n'avait pas eu le choix, voilà tout… Mais comment le Dévoreur de Péchés pouvait-il savoir ?

Il contempla fixement l'écran, de loin. Quand il avait été invité à participer au jeu, il avait dû proposer un nom. Il avait choisi le père Paul Conley. Mais ça ne lui avait pas suffi de l'éliminer dans un jeu de rôles. Il voulait le voir mort. Il voulait être là quand il exhalerait son dernier soupir… Alors, il était passé à l'action.

Le Dévoreur de Péchés avait peut-être tout simplement regardé les informations et, en apprenant la mort du prêtre, il avait aussitôt recherché le participant qui avait proposé le nom de Paul Conley. C'est-à-dire *lui*. Il se demanda s'il devait s'attendre à une punition ou à être dénoncé à la police.

Mais peu lui importait. De toute façon, il s'était montré extrêmement prudent : il n'avait rien laissé derrière lui… A part cette fichue tasse de café. Merde ! Ça, c'était une vraie connerie. Il avait tout nettoyé, tout emballé soigneusement dans des sacs-poubelle, et il avait oublié une tasse avec ses empreintes. Lorsqu'il s'en était aperçu, il était trop tard pour aller la récupérer. Tant pis. Il avait fait ce qu'il avait à faire. Il ne pouvait plus revenir en arrière. Le père Conley ne ferait plus jamais de mal à personne.

Il eut une bouffée d'adrénaline et se décida à traverser la pièce pour ouvrir cet e-mail. Il se sentait prêt à affronter la vérité.

Le message venait bien du Dévoreur de Péchés. Il disait :

« Tu n'as pas respecté les règles du jeu. »

74.

Embassy Suites
Omaha, Nebraska

Maggie se frictionna les épaules. Elle était frigorifiée. Il faisait un froid de canard dans cette pièce, et un vieux proverbe lui trottait dans la tête depuis un moment : « Quand il gèlera en enfer… » C'était de circonstance : elle s'apprêtait à signer un pacte avec le diable et elle n'en revenait toujours pas. Techniquement parlant, Cunningham s'était chargé des détails de l'entrevue, mais c'était tout de même elle qui allait s'asseoir à la table, en face du démon.

— Vous ne trouvez pas qu'on meurt de froid ici ? demanda-t-elle à Pakula qui buvait son cinquième café de la journée.

— Pas du tout. Justement, je me disais qu'on était bien mieux que dehors.

Comprenant qu'il ne voterait pas pour faire baisser la climatisation, elle laissa tomber et se servit une tasse de thé.

L'*Embassy Suites* leur avait préparé une pièce à la dernière minute, mais on ne s'était pas fichu d'eux pour le buffet. Elle ne put s'empêcher de penser que Pakula serait ravi — encore de la nourriture gratuite ! Pour l'instant, il semblait se contenter du café. Elle s'était rendu compte qu'il mangeait frénétiquement dès qu'il était angoissé. Donc, en ce moment, il devait se sentir parfaitement calme. Elle se demanda si elle était la seule à mesurer l'importance de cette rencontre avec Keller.

— Ramsey doit connaître quelqu'un de haut placé dans cet hôtel, dit-elle en soulevant le couvercle en acier d'un plat rempli de fruits et de cubes de fromage.

Elle jeta un coup d'œil à Pakula par-dessus son épaule, et lança :

— Mais ils ont oublié les beignets !

Il la regarda d'un air étonné, et elle sourit en songeant que Tully — son partenaire habituel — lui manquait. Elle prétendait vouloir mener seule son combat contre le mal, mais en fait, Tully l'aidait énormément : il avait le don de la calmer dans les situations stressantes, notamment avec ses plaisanteries de mauvais goût.

Mais il n'était plus temps de faire de l'humour. La porte s'ouvrait déjà, et l'inspecteur Kasab laissait passer devant lui le père Michael Keller — comme s'il méritait des égards !

Maggie fut surprise en le voyant. Il avait vieilli. Sa peau était bronzée et tannée comme du cuir ; ses cheveux étaient poivre et sel. Apparemment, son séjour en Amérique du Sud l'avait abîmé : elle ne reconnaissait pas le jeune prêtre séduisant à l'allure juvénile qu'elle avait rencontré quatre ans plus tôt.

Il tenait une boîte en carton dans ses mains, avec précaution, comme si elle contenait un objet fragile. En entrant, il jeta un regard circulaire dans la pièce, et ses yeux se posèrent à peine sur Maggie. On aurait dit qu'il cherchait une sortie de secours… Sans doute avait-il peur de tomber dans un piège.

Pakula se présenta. Lui aussi se montrait poli à l'extrême, presque amical. Keller n'était pourtant pas un dignitaire… Lorsque l'inspecteur se tourna vers elle, elle recula.

— Pas besoin de présentations, dit-elle en regardant le prêtre droit dans les yeux. Le père Keller et moi sommes de vieux amis. N'est-ce pas, mon père ?

Puis, sans lui serrer la main, elle alla poser sa tasse de thé à l'autre bout de la table et s'installa.

— J'aimerais être sûr que nous ne sommes pas des ennemis, agent O'Dell, dit-il de cette voix douce et profonde qu'elle n'avait pas oubliée. Ça ne vous dérange pas que je vous appelle Maggie ?

— Si.

— Pardon ?

— Ça me dérange.

Elle but tranquillement une gorgée de thé pendant que les trois hommes la dévisageaient d'un air abasourdi, comme s'ils avaient devant eux un témoin qui vient interrompre une cérémonie de mariage en apportant le fameux élément qui s'oppose à l'union.

Elle sentait déjà la tension qui emplissait lentement la pièce, comme un nuage de brouillard avançant au-dessus d'un lac. Bon, elle serait donc le trouble-fête, la grincheuse, celle qui venait gâcher cette amicale réunion. Peu lui importait. Keller n'était pas un gentleman, et elle ne lui faisait aucunement confiance.

Elle but un peu de thé en espérant que ça la réchaufferait, ouvrit son carnet de notes et se mit à tambouriner sur la table avec son stylo pour signifier qu'elle était prête.

— Si vous avez besoin de quoi que ce soit, je suis dans le couloir, dit Kasab à Pakula.

Ce dernier acquiesça d'un signe de tête, et Kasab sortit en fermant la porte derrière lui.

Maggie ne quittait pas Keller des yeux. Elle fixait sur lui un regard ostensiblement méfiant. Pakula toussota d'un air embarrassé. Ils ne se connaissaient pas depuis longtemps, mais elle comprit que c'était une façon de la rappeler à l'ordre. Il voulait sans doute qu'elle se montre un peu plus aimable.

Il prit sa tasse et se leva pour aller la remplir.

— Vous voulez du café, père Keller ?

Maggie avait très envie de lui dire de cesser ce petit jeu.

— Je préférerais du thé, si ça ne vous ennuie pas, répondit Keller en montrant du doigt la tasse de Maggie.

— Très bien… Vous prenez du sucre, du lait ?

— Il y a des petits sucres en forme de cubes ?

Pakula souleva quelques couvercles.

— Je n'en vois pas, dit-il enfin.

— Bon, sans sucre ni lait, alors.

Merde ! Maggie en avait assez. Ils n'étaient pas venus ici pour papoter autour d'une tasse de thé.

Ils finirent quand même par se retrouver assis tous les trois. Maggie avait choisi un bout de table, pour ne pas se retrouver face à Keller. Pakula était à sa droite et Keller à sa gauche, avec sa tasse de thé et sa précieuse boîte.

Keller avait souhaité rencontrer Maggie seule, mais Ramsey et Cunningham avaient tout de même eu le bon sens d'exiger que Pakula assiste à l'entretien. Quoique… Maggie se demandait si Cunningham s'était soucié en priorité de sa sécurité ou de celle de Keller.

Elle observa le prêtre avec attention. Il n'avait vraiment pas l'air en forme. Ses joues étaient creuses, et ses yeux injectés de sang. Elle constata avec un certain plaisir que des gouttes de sueur perlaient au-dessus de sa lèvre supérieure. Il portait un pantalon kaki et une chemise blanche à manches longues sur un maillot de corps. Excepté une auréole de transpiration sous les bras, ses vêtements étaient propres et repassés, mais en y regardant de plus près, on s'apercevait que le col de chemise était passablement usé. Il ne devait pas être facile de trouver des chemises de qualité et un pressing digne de ce nom dans la forêt vierge.

Elle s'attarda longuement sur ses mains, la seule partie de son corps qui n'avait pas souffert de ce long exil. Elles étaient toujours bien soignées, sans la moindre callosité, les cuticules repoussées, les ongles nets et coupés court. Elle remarqua ses longs doigts fins qu'il bougeait avec délicatesse, comme s'il accomplissait un cérémonial religieux. Il soulevait sa tasse de thé pour la porter à ses lèvres comme s'il s'apprêtait à boire le contenu du calice. Elle ne put s'empêcher de penser que ces mêmes mains avaient torturé de jeunes garçons.

Il se tenait assis, bien droit contre le dossier de son fauteuil, mais son regard de bête traquée trahissait sans conteste son inquiétude.

Une fois encore, Maggie se demanda s'il craignait d'être tombé dans un traquenard. Il savait qu'elle avait enfin obtenu ce qu'elle attendait depuis si longtemps : le voir assis en face d'un inspecteur de police.

— Qu'est-ce qu'il y a dans votre boîte ? lui demanda-t-elle.

Puis, sans même attendre sa réponse, elle ne put s'empêcher de le provoquer.

— Un couteau à viande ? Des sous-vêtements de petits garçons ?

Il était très fort. Il soutint son regard sans ciller et répondit calmement :

— La personne que vous recherchez m'a envoyé des e-mails

et des colis. J'ai apporté tout ce qui me venait d'elle. Vous trouverez sûrement ses empreintes.

— Envoyés comment ? Par la poste ?

— Oui, par la poste. Sauf un, qui est arrivé comme ça, sans être passé par aucun service de transport.

— Donc, il vous a envoyé des colis ? reprit Maggie. Et comment vous a-t-il trouvé ?

Keller haussa les épaules, comme si la réponse lui paraissait évidente.

— Par l'Eglise, probablement.

— Moi aussi, j'ai fait des recherches auprès de l'Eglise. Et on m'a répondu que personne ne savait où vous étiez.

— L'Eglise protège ses prêtres. Vous avez dû vous en rendre compte récemment.

— Vous voulez dire qu'ils m'ont menti délibérément ?

— Ils ont toujours su où me joindre.

Maggie ne savait pas s'il disait la vérité, mais elle n'était pas loin de le croire. Après leur rencontre avec les Donovan, elle n'avait pas une très haute opinion de l'Eglise catholique.

— Qui vous a apporté l'autre paquet ? demanda Pakula.

— Pardon ? Quel autre paquet ?

— Celui qui n'est pas arrivé par la poste.

— Arturo, un jeune garçon du village. Un vieil homme lui avait demandé de me le remettre.

Il allongea le bras pour prendre sa tasse de thé.

— Si jamais cet enfant a fouillé le colis avant de vous le donner, ce sont ses empreintes que nous risquons d'y trouver, fit remarquer Pakula.

— Je suis certain qu'il ne l'a pas fait, déclara Keller en reposant aussitôt sa tasse.

Maggie remarqua que ses mains s'étaient mises à trembler légèrement.

— Arturo était l'un de mes meilleurs enfants de chœur. C'était un brave garçon. Jamais il n'aurait fait une chose pareille.

Maggie sentit son estomac se nouer. Il venait de parler de cet enfant au passé.

— *Etait* un brave garçon… Pourquoi *était* ?

Keller posa les yeux sur elle, puis regarda sur sa gauche, comme si la réponse se trouvait par là.

Maggie eut l'impression qu'il était complètement absent. Etait-ce l'effet du poison ?

— Il était enfant de chœur, répondit-il enfin. Il ne l'est plus. Du moins, plus avec moi, ajouta-t-il, le regard dans le vide.

Pakula ne semblait pas avoir remarqué ce changement d'état, et il voulut en revenir au sujet qui lui paraissait important.

— Ça m'étonnerait beaucoup qu'on trouve des empreintes là-dedans, dit-il à Keller.

— Je pense qu'il a raison, renchérit Maggie. Tout ça ne va pas nous servir à grand-chose.

Keller ramena la boîte vers lui d'un geste protecteur, et l'entoura de ses deux bras.

— Je ne vois pas pourquoi il aurait pris des précautions puisqu'il pensait que j'allais crever tout seul dans mon coin. De toute façon, même s'il n'y a pas d'empreintes, il reste la liste. Je l'ai dit à l'agent O'Dell. Je possède l'intégralité de la liste.

— Et pourquoi figurez-vous sur cette liste, mon père ? demanda Maggie.

— Je n'en ai pas la moindre idée.

— Vraiment ?

Elle attendit, tout en remarquant avec satisfaction les gouttelettes de sueur qui se formaient sur le front du prêtre et au-dessus de ses lèvres. Il remua légèrement sur sa chaise et posa ses coudes sur la table, en clignant à peine des paupières.

Maggie avait déjà rencontré des assassins persuadés qu'ils n'avaient rien fait de mal, au point que même le détecteur de mensonges échouait à les confondre. Keller devait faire partie de cette catégorie. Il pensait accomplir une mission sacrée, elle l'avait compris quatre ans plus tôt. Il s'était donné pour tâche de sauver les jeunes garçons victimes d'abus sexuels. Tandis que le Dévoreur de péchés les vengeait en tuant leurs persécuteurs, le père Keller, lui, avait choisi de mettre fin à leurs tourments en les envoyant directement au paradis…

Keller dut se rendre compte qu'ils attendaient une réponse car il répéta :

— J'ignore pourquoi mon nom se trouve sur cette liste.

— C'est tout de même étrange…, commença Maggie d'une voix calme mais qui contenait tout de même une pointe de sarcasme.

On pouvait bien lui pardonner un petit écart. Elle se retenait pour ne pas l'attraper par le col et lui dire elle-même pourquoi il se trouvait sur cette liste. Mais elle poursuivit à peu près calmement :

— Nous savons que les prêtres assassinés ont été accusés de maltraitance sur de jeunes garçons. Nous soupçonnons les garçons en question d'avoir livré le nom des prêtres à l'assassin. Vous ne voyez vraiment pas qui aurait pu donner votre nom, père Keller ?

Elle le contempla fixement afin de le déstabiliser, mais ce fut peine perdue : il ne cligna même pas des yeux.

— Je suis persuadé qu'il s'agit d'une erreur, dit-il.

— Une erreur ?

Maggie n'en croyait pas ses oreilles. Il n'espérait tout de même pas leur faire avaler ça ?

Elle se tourna vers Pakula pour le prendre à témoin, mais son visage était de marbre. Il ne semblait ni agacé ni abasourdi. Décidément, il était meilleur qu'elle pour le bluff.

— Quand il vous envoyait des e-mails, il utilisait quel nom ? demanda-t-il sur le ton de la conversation.

— Le Dévoreur de péchés.

— Vous voyez qui pourrait s'affubler d'un tel surnom ?

— Non. Mais j'ai effectué quelques recherches. Le Dévoreur de péchés était une figure importante de la société du Moyen Age. On sortait les morts sur le pas des portes et l'on déposait de la nourriture sur leur poitrine — du pain, le plus souvent. Quand tout le monde était endormi, le Dévoreur de péchés venait manger ce qui se trouvait sur le défunt pour prendre ses péchés en charge symboliquement.

— Du pain ?

Pakula secoua la tête et lança un regard entendu à Maggie.

— Il y avait des miettes de pain sur le corps de Mgr O'Sullivan et dans la poche de chemise de Kincaid. C'est vraiment dingue, cette affaire !

— Attendez une minute, intervint Maggie. Nous avons un assassin qui cherche à éliminer des pédophiles. Pourquoi voudrait-il se charger de leurs péchés ?

— Je pense, fit Keller en se frottant la mâchoire et en essuyant subrepticement sa lèvre supérieure, que cette personne cherche à laver de tout péché les jeunes garçons pour qui il tue.

Il avait dit cela avec un respect teinté d'admiration, oubliant un instant que cette même personne essayait de l'éliminer.

— Est-ce que ça correspond au profil que vous avez dressé, agent O'Dell ? ajouta-t-il en s'adressant à Maggie.

Elle soutint son regard. Sa théorie n'était pas inintéressante. Le Dévoreur de péchés tuait pour libérer les jeunes garçons de leurs bourreaux, mais aussi pour libérer leur âme des tourments qu'ils avaient endurés.

— Oui, répondit-elle. Ça correspond tout à fait. Vous avez probablement raison.

Keller ouvrit de grands yeux, comme s'il n'était pas sûr d'avoir bien entendu. Pakula eut l'air aussi surpris que lui.

— Il sauve les jeunes garçons en tuant ceux qui les martyrisent..., commença Maggie.

Elle marqua un temps d'arrêt, et reprit en contemplant fixement le père Keller :

— Ce n'est pas comme vous, mon père, qui les tuez pour les délivrer de l'enfer qu'ils vivent sur terre.

Les deux hommes se turent. Ils ne s'attendaient pas à cette provocation. Keller tripota nerveusement sa boîte. Dans la pièce devenue silencieuse, Maggie entendait nettement ses longs doigts nerveux qui s'agitaient.

— C'est bien ce que vous avez fait pour Arturo, n'est-ce pas ? Vous l'avez sauvé avant de quitter le Venezuela ?

— Agent O'Dell, intervint Pakula d'un ton calme mais teinté d'agacement, je crois qu'il vaut mieux en rester à la question qui nous préoccupe aujourd'hui. Nous avons un assassin en liberté. Il faut l'arrêter.

— C'est vrai, fit Maggie en dévisageant Keller avec insistance.

C'était exactement ce qu'elle aurait voulu faire. Arrêter un meurtrier qui se promenait en liberté depuis quatre ans. Mais elle se cala sur son siège et croisa sagement les mains pour être sûre de ne pas envoyer son poing dans le visage en sueur de ce salaud plein de suffisance.

— Montrez-nous ce que vous avez, dit Pakula, tout en jetant un regard en coin à Maggie.

— J'ai mis aussi un exemplaire des e-mails, reprit Keller sans quitter Maggie des yeux. Vous pouvez retrouver l'émetteur d'un e-mail par son fournisseur d'accès, n'est-ce pas ?

— Possible, fit Pakula. Mais ce serait mieux si nous avions votre ordinateur.

— Je l'ai apporté. Il est dans ma chambre d'hôtel.

— Malheureusement, poursuivit Pakula, il existe des moyens de se camoufler, et j'ai bien peur que nous n'arrivions pas à suivre la trace de ces e-mails.

— Mais le FBI est super équipé pour ce genre de choses, non ?

Maggie sentit une pointe de déception dans sa voix.

— Bon. Quoi d'autre ? reprit Pakula tout en regardant sa collaboratrice.

Il commençait lui aussi à perdre patience et à douter de la bonne foi de leur interlocuteur.

— Une copie de la liste, fit Keller en tapotant le couvercle de sa boîte. Le nom du père Paul Conley y figure.

— Et le père Rudolph Lawrence ? demanda Pakula.

— Lawrence, non, ça ne me dit rien.

— Vous en êtes certain ?

— Croyez-moi, j'ai épluché cette liste. N'oubliez pas que j'y ai trouvé mon nom. Je la connais par cœur.

— Il y a combien de noms ?

— Vingt-sept, en me comptant.

Pakula laissa échapper un long soupir. Il échangea un regard avec Maggie, puis se frotta les yeux d'une main, tout en caressant son crâne rasé, de l'autre.

— J'ai promis de vous confier tout ce qui pourrait permettre de capturer cette personne. Mon intérêt est que vous la trouviez. Mais, avant de vous donner mes documents…

Sa voix trembla légèrement.

— J'ai besoin de quelque chose.

Maggie eut envie de l'envoyer paître. Bien sûr, il avait attendu le moment stratégique pour dévoiler ses exigences. Ils n'étaient même pas certains que ses informations soient fiables. Mais Pakula s'était penché en avant et remuait sur son siège. Il voulait voir cette liste.

— Nous vous écoutons, dit-il sans demander son avis à Maggie.

— Comme je l'ai déjà signalé à l'agent O'Dell, on m'a empoisonné, et je pense que c'est avec de l'aconit.

Maggie eut envie de rire, mais elle se contenta de murmurer :

— Excellent choix…

Les deux hommes l'ignorèrent.

— Il a dû en mettre dans les sachets de thé qu'il m'a envoyés. C'est comme ça qu'il avait l'intention de m'éliminer.

— Mais comment vous en êtes-vous aperçu ? demanda Pakula.

— Il me l'a dit, tout simplement. Il paraissait très fier de sa trouvaille.

Keller essuya son front : il était moite de sueur, en dépit de la fraîcheur qui régnait dans la pièce. Maggie lui trouvait les pupilles dilatées, et il avait fermé un poing sur ses genoux, comme s'il souffrait.

— Qu'attendez-vous de nous ? demanda Pakula.

— L'antidote de l'aconit. Ça s'appelle de la digitaline. On en trouve dans les médicaments pour le cœur. C'est un cardiotonique. Vous m'en apportez à l'hôtel et je vous remets la boîte ainsi que mon ordinateur.

Il se leva en repoussant une mèche de cheveux qui collait à son front, et Maggie le vit faire la grimace, comme si ce simple geste lui était pénible. Elle ne savait plus quels étaient les symptômes en cas d'empoisonnement à l'aconit, mais elle avait appris qu'il s'agissait d'un produit fréquemment utilisé au Moyen Age. Apparemment, le Dévoreur de péchés avait un faible pour cette période de l'Histoire.

Pakula se leva, lui aussi, en quêtant d'un regard l'approbation de Maggie.

Elle resta assise.

— Pourquoi est-ce que vous nous faites confiance ? demanda-t-elle à Keller. Vous savez très bien que je vous considère comme un assassin.

En dépit de son malaise — il devait s'appuyer à la table pour ne pas vaciller —, sa voix ne trembla pas quand il plongea ses yeux dans ceux de Maggie.

— Parce que vous m'avez donné votre parole, agent O'Dell. Et que je suis bien placé pour savoir que vous la tiendrez.

75.

Après s'être longuement entretenu au téléphone avec Ramsey, Pakula consulta la liste des personnes qui lui avaient laissé un message. Un collègue de Pensacola l'avait appelé, mais ça ne devait pas être urgent, et il décida qu'il l'écouterait plus tard. Kasab avait raccompagné Keller dans sa chambre avant qu'il n'ait un malaise ou que O'Dell ne lui saute dessus pour l'étrangler. On voyait bien qu'elle ne pensait qu'à ça. Pourtant, le pauvre homme était plutôt mal en point. Pakula doutait qu'on l'eût empoisonné ; il pensait plutôt au paludisme. Mais Keller avait l'air sûr de son fait.

— La femme de Ramsey est médecin dans un centre médical, dit-il à Maggie. Elle va nous procurer le produit que Keller réclame.

Il se demanda si elle l'avait entendu. Elle faisait de nouveau les cent pas dans la salle de conférence de l'hôtel — beaucoup plus grande que la petite pièce qui remplissait cet office au commissariat.

— Ce garçon, murmura-t-elle. Arturo. Keller l'a tué avant de partir, j'en suis certaine.

Pakula poussa un long soupir. Elle ne semblait pas se préoccuper de savoir s'il partageait son point de vue. Elle était perdue dans ses réflexions… Evidemment, il ne connaissait pas Keller aussi bien qu'elle. Il n'avait pas vu ses petites victimes avec leurs poitrines lacérées… N'empêche que lui aussi, il avait du mal à supporter que l'on puisse s'en prendre à de jeunes innocents. Il comprenait aisément que ça la rende folle d'être obligée de faire des courbettes à un monstre. Cela dit, l'homme face auquel ils s'étaient trouvés aujourd'hui était un être pitoyable…

— Ecoutez, O'Dell, dit-il. Même si vous avez raison au sujet de Keller, même si c'est lui le meurtrier de Platte City, même s'il a tué Arturo, nous n'avons rien de tangible contre lui. Je sais que vous aurez du mal à l'accepter, mais il va falloir laisser tomber.

Il n'était pas en colère, et il espéra que sa voix traduisait la sympathie qu'il ressentait pour elle en ce moment.

— Si vous persistez dans cette attitude, vous risquez d'entraver l'enquête en cours, ajouta-t-il.

Au lieu de répondre, elle marmonna en riant :

— De l'aconit…

— Pardon ?

— Notre tueur… Il a un certain sens de l'humour.

— Attention ! dit Pakula sur le ton de la plaisanterie. J'ai comme l'impression que vous commencez à l'admirer.

Il fallait qu'elle se concentre sur ce *tueur*, pas sur le père Keller.

— Vous ne trouvez pas que c'est particulièrement atroce de s'en prendre à des enfants ?

Sa question sonnait comme une provocation.

— Sans aucun doute, répondit Pakula d'une voix ferme.

Il n'avait pas hésité une seconde.

— Surtout quand il s'agit d'adultes qui utilisent leur position sociale pour les dominer et leur imposer des horreurs, non ? Allez, inspecteur, nous savons tous les deux que Mark Donovan n'est pas un cas isolé.

— Je suis d'accord.

Il croisa les bras sur sa poitrine. Il avait compris ce qu'elle cherchait à faire.

— D'après vous, combien de pédophiles se promènent tranquillement en liberté après avoir été réhabilités ?

— Je vous vois venir, avec vos gros sabots, agent O'Dell.

— Je pourrais par exemple vous parler de cette petite fille violée, puis brûlée vive par un pédophile qui venait tout juste de sortir de prison. Des cas comme celui-là, j'en ai à la pelle.

Elle se tut et passa la main dans ses cheveux. On voyait qu'elle était furieuse de se sentir impuissante. Mais elle avait oublié Keller et c'était l'essentiel.

— Vous savez aussi bien que moi, reprit-elle sans préambule, que les pédophiles sont des récidivistes. L'Eglise se contente de déplacer les prêtres soupçonnés de violences sexuelles sur enfants — en quinze ans, il y en a eu mille cinq cents. Ou bien elle les envoie dans une clinique pendant quelques semaines, sous prétexte d'un traitement miracle.

Elle s'interrompit pour se frictionner les épaules — elle avait encore froid.

— Le Dévoreur de péchés en a assez de constater que les actions se reproduisent, encore et toujours, et que personne ne fait rien pour y remédier. Je reconnais que je ne peux pas m'empêcher d'éprouver pour lui une certaine sympathie.

Pakula constata qu'il ne s'était pas trompé : c'était bien ce qu'il craignait.

— C'est votre nouveau profil ? demanda-t-il avec un grand sourire pour détendre l'atmosphère. Hier, vous parliez de deux adolescents abusés sexuellement, passionnés par les jeux sur Internet.

— Ce n'est pas incompatible, rétorqua-t-elle en se remettant à marcher. Les adolescents ont souvent un sens de la justice plus aigu que celui des adultes.

— La tête d'un prêtre posée sur un autel… Ce n'est pas ma conception de la justice.

Elle se taisait, à présent, et il se demanda si elle réfléchissait à sa remarque ou si elle essayait simplement de s'imaginer la tête du père Paul Conley sur l'autel.

— Je ne crois pas que ce soit le même homme qui a tué Mgr O'Sullivan et le père Paul Conley, dit-elle enfin.

— Il y aurait donc deux assassins ?

Pakula doutait toujours que des gamins puissent être les auteurs de ces monstruosités, mais il commençait à croire à la thèse des deux meurtriers… Raison de plus pour ménager le père Keller et s'intéresser à ce qu'il avait à leur montrer.

— Vingt-sept noms, fit-il en s'asseyant et en secouant la tête. Il en reste donc vingt et un à éliminer, si l'on considère que le père Keller est sauvé.

— D'après vous, pourquoi le père Lawrence ne figure-t-il pas sur la liste ? demanda Maggie.

Mais elle ne lui laissa pas le temps de répondre.

— Parce que cette liste est bidon ! lança-t-elle. Le tueur savait que Keller la remettrait aux autorités. Bien sûr, il y a inclus ceux qui venaient d'être assassinés, pour que ce soit crédible. Mais le reste n'est qu'un écran de fumée. Il veut nous orienter dans la mauvaise direction, pour pouvoir continuer d'agir à sa guise.

Elle était revenue se servir une tasse de thé. Elle en buvait trop. Comme lui avec le café. Ils carburaient tous les deux aux excitants. Super !

Elle avait déjà repris sa marche, un peu plus lentement à cause de la tasse fumante.

Il se leva de table pour s'étirer les jambes et le dos. Il avait passé trop de temps assis. Mais il n'alla pas plus loin que le buffet. Il avait envie de goûter à ces charmants amuse-gueules offerts par la maison. Il choisit quelques cubes de fromage, et se donna bonne conscience en se promettant de taper sur son punching-ball un quart d'heure de plus, le lendemain.

— Le père Lawrence a pu être victime d'une erreur.

Il goûtait le raisin lorsqu'il se rappela qu'il avait un message à écouter.

— Attendez, fit-il, j'ai reçu un appel de mon copain de Pensacola.

Il sortit son portable et l'ouvrit.

« Tommy, disait Pensacola, je vais essayer de faire court. Je n'ai pas grand-chose de nouveau, mais j'ai fini par trouver un témoin qui a bien voulu me révéler le secret du père Rudy. Il aimait les petites filles, pas les petits garçons, mais c'était bien un pédophile. La victime dont on m'a parlé avait onze ans. Appelle-moi si tu veux des détails. »

Pakula referma son téléphone et le contempla fixement. Puis il se laissa tomber dans l'un des grands fauteuils installés dans un coin de la pièce. Depuis le début, il trouvait cette affaire écœurante. Mais cette fois, c'en était trop. Sa plus jeune fille, Madeline — son bébé —, venait tout juste d'avoir onze ans, et il l'imagina violée par un prêtre… Il comprenait O'Dell, à présent. Lui aussi avait un goût de bile dans la bouche et une furieuse envie de se défouler en tapant sur quelque chose.

Il leva les yeux. O'Dell ne déambulait plus dans la pièce ; elle attendait, plantée devant lui.

— De quoi s'agit-il ?

Elle paraissait inquiète en le regardant : elle devait lire le dégoût sur son visage.

— Rien de certain encore, dit-il. Juste des rumeurs.

Apparemment, le père Rudy s'intéressait aux petites filles de onze ans.

O'Dell ferma les yeux et inspira profondément, comme si elle était sur le point de se trouver mal.

— Donc, il avait bien sa place sur cette liste, dit-elle enfin.

Pakula hocha la tête.

— Dans ce cas, je me demande pourquoi son nom n'y figure pas.

76.

Washington D.C.

Gwen contemplait les embouteillages par la fenêtre de son bureau. Depuis son dernier entretien avec l'inspecteur Julia Racine, elle se sentait plus que jamais nerveuse et préoccupée. Elle avait réussi à assurer ses rendez-vous de la journée en dépit des gaffes de son intérimaire qui avait bloqué la photocopieuse, cassé la nouvelle cafetière et raccroché au nez des correspondants en croyant les mettre en attente. Il y avait même dans le lot un sénateur qui prétendait avoir un problème urgent mais qui n'avait pas jugé bon de rappeler. Gwen ne regrettait pas d'avoir laissé Harvey chez elle. Le chien serait devenu fou au milieu de cette pagaille.

— Vous avez besoin d'autre chose, madame Patterson ? Euh… docteur Patterson ? demanda la jeune fille depuis le pas de la porte.

Gwen la regarda attentivement. Autrefois, elle aurait exigé d'elle une tenue correcte à la place de ce T-shirt ultra court et hyper moulant, mais en y réfléchissant bien, ça n'était pas un gage de tranquillité puisque ses précédentes assistantes, bien que très élégantes, avaient laissé entrer un tueur dans son cabinet.

— Non, Amanda : vous pouvez y aller.

— Je suis désolée pour la cafetière ; je vous en achèterai une autre.

— Non, ne vous en faites pas pour ça, répondit Gwen.

La pauvre fille ne se doutait pas que l'appareil coûtait l'équivalent d'une semaine de son salaire.

— Vous pouvez partir. A demain.

— Merci docteur Patterson, fit-elle en lui adressant son premier sourire.

En rentrant, elle allait probablement se plaindre de sa journée auprès de sa colocataire, de sa mère ou de son petit copain. Gwen songea que c'était une chance d'avoir quelqu'un avec qui partager ses peines et ses joies, et ça lui donna envie d'appeler Maggie. Pour quelqu'un qui passait son temps à vanter à ses patients le pouvoir libérateur de la parole, elle ne s'en servait pas souvent. Il était peut-être temps pour elle de s'y mettre.

Elle aussi avait besoin de rentrer pour se reposer. Elle venait de glisser son ordinateur portable et quelques dossiers dans son attaché-case lorsque le téléphone sonna. Elle n'avait pas envie de décrocher, mais elle le fit quand même, comme par réflexe.

— Dr Patterson à l'appareil, fit-elle.

— Salut, Doc, ici Julia Racine.

Pas question de se détendre, donc. Après une conversation avec Racine, elle allait sûrement avoir besoin d'un petit remontant.

— Que puis-je pour vous, inspecteur ?

Mais elle avait plutôt envie de dire « Qu'est-ce que vous voulez encore ? »

— Les gars de Boston ont trouvé dans la cuisine du prêtre des empreintes sur une tasse de café : probablement celles du tueur. J'ai pensé que vous aimeriez savoir que ce ne sont pas celles de Rubin Nash.

— Vous croyez que ça va me soulager ?

Nash ne s'était pas déplacé jusqu'à Boston pour couper la tête de ce prêtre. Et après ? Ça ne prouvait rien. Gwen se doutait déjà que ce dernier meurtre n'avait rien à voir avec les autres.

— Ça veut simplement dire qu'il n'est pas passé du meurtre de femmes à celui de prêtres ! lança-t-elle.

— Ecoutez..., fit Racine.

Gwen l'entendait à peine ; il y avait un bruit de fond derrière elle, sans doute celui de la circulation. Elle devait appeler de sa voiture.

— Le père Conley a été étranglé, et le tueur a utilisé une hachette pour séparer la tête du corps. Ça ne vous rappelle rien ? On dirait même qu'il a fait ça dans la cabane à outils du jardin du presbytère.

Gwen n'avait pas besoin de ce genre de détails.

Elle ne put s'empêcher de penser à Dena. Dena découpée en morceaux... Pourquoi Racine n'allait-elle pas plutôt raconter ça à Maggie ou à Tully ? Personnellement, elle ne voulait plus se plonger dans cet univers sordide, et elle se jura de ne plus jamais remplir le rôle de profiler, après cette affaire.

— Ces précisions, continua Racine, nous ne les avons pas divulguées aux médias. Donc, le tueur de Boston n'a pu copier personne.

— Pourquoi me dites-vous tout cela, inspecteur ?

— Je patauge. Et si vous n'avez rien de plus concret contre Nash, je ne peux pas le convoquer pour un interrogatoire.

Gwen se frotta les yeux et lutta contre l'impulsion de lui raccrocher au nez. Elle poussa un bruyant soupir.

— J'ai fait ce que j'ai pu, dit-elle. Je vous ai dit tout ce que je savais, je vous ai transmis toutes les pièces à conviction que je possédais. Ce n'est pas suffisant ?

— Ça aurait pu suffire si nous avions trouvé des empreintes.

— Je croyais qu'il y en avait une sur la carte du parc !

— Elle n'appartient pas à Nash.

A présent, Racine devait crier pour se faire entendre.

— Ecoutez, Doc, il faut que je vous laisse. S'il vous vient une idée, appelez-moi.

Gwen voulut répondre, mais Racine avait déjà raccroché. Elle commençait à penser qu'en effet, l'inspecteur pataugeait sérieusement. Si l'empreinte de la carte n'appartenait pas à Nash, cela signifiait peut-être qu'il était passé par quelqu'un d'autre pour faire ses envois. Histoire de les dérouter un peu plus.

Elle venait de refermer son attaché-case quand elle entendit la porte d'entrée s'ouvrir. Amanda avait dû oublier quelque chose ou alors elle n'avait pas fermé à clé en sortant.

Gwen ne se sentait pas capable de supporter un livreur de plus ou un quelconque réparateur, mais ce fut James Campion qui s'encadra dans la porte.

— Bonjour, docteur Patterson, dit-il d'une voix blanche.

Gwen remarqua tout de suite que quelque chose ne tournait pas rond. On aurait dit qu'il avait dormi avec ses vêtements. En plus, il avait les cheveux en bataille, les yeux gonflés et injectés de sang… lui toujours si élégant.

— James ? Que vous arrive-t-il ?

— Il faut que je vous parle, docteur Patterson.

— Vous êtes blessé ?

— Non. Enfin, pas dans le sens où vous l'entendez.

Elle savait qu'elle aurait dû lui demander de revenir le lendemain matin, lui dire qu'à cette heure-ci son cabinet était fermé. Mais il paraissait tellement désespéré et paniqué qu'elle eut peur qu'il ne fasse une bêtise si elle le renvoyait. Elle se rappela les marques sur son poignet. Il avait des tendances suicidaires.

— Entrez et asseyez-vous, fit-elle.

Il se mit à arpenter la pièce en jetant un coup d'œil au-dehors chaque fois qu'il passait devant la fenêtre, comme s'il craignait d'avoir été suivi. Elle n'aimait pas voir un patient dans cet état. Elle redoutait toujours qu'il perde le contrôle de lui-même.

— Nous pouvons parler, James, lui dit-elle. Mais il faut d'abord vous asseoir et vous calmer.

Finalement, il s'arrêta et chercha son regard.

— Ça cogne dans ma poitrine, ça cogne dans ma tête, murmura-t-il d'une voix de petit garçon, en montrant du doigt son cœur, puis son front. Ça ne veut pas s'arrêter. Je crois que c'est parce que je n'ai pas respecté les règles du jeu.

77.

Hôtel Embassy Suites
Omaha, Nebraska

Nick attendait la fin de la journée avec impatience. Il avait convaincu Christine de laisser Timmy passer la nuit avec lui à l'hôtel et d'appeler Mme McCutty pour que Gibson les accompagne. Mais il avait dû se donner du mal. Au début, elle s'était montrée plus que réticente.

— En somme, tu veux les récompenser pour avoir séché l'école ! avait-elle hurlé au téléphone. Tu sais combien me coûte cette session d'été ?

Pour la convaincre, Nick lui avait parlé du frère Sebastian.

— J'ignore ce qui se passe, avait-il dit, mais je peux t'assurer que ce type me file la chair de poule.

— C'est le bras droit de l'archevêque...Tu crois qu'il essaye de faire pression sur moi à travers Timmy ? En ce moment, j'écris un article qui ne va pas lui plaire.

— Mais qu'est-ce que tu t'imagines ? Qu'il va te laisser défrayer la chronique à ses dépens sans lever le petit doigt ?

Sa grande sœur était d'une naïveté… Il n'en revenait pas.

— Bon, dans ce cas, ce n'est peut-être pas une mauvaise idée que les garçons passent la nuit ailleurs, avait-elle dit. Je vais appeler la mère de Gibson pour lui en parler.

Le pouvoir de persuasion de Nick avait également fonctionné avec Jill, mais pour Jill, il n'avait pas grand mérite : elle n'était pas difficile à convaincre. Elle ne semblait absolument pas déçue de devoir annuler une soirée avec lui pour s'occuper de l'arrangement floral. D'ailleurs, le traiteur devait lui apporter des échantillons qu'elle comptait goûter avec ses demoiselles d'honneur…

Nick commençait à se demander si elle n'était pas plus excitée par la perspective de la cérémonie que par celle de passer sa vie avec lui. Il constatait avec étonnement que les préparatifs d'un mariage pouvaient transformer une femme intelligente, active et raffinée en une idiote qui passait son temps à feuilleter des magazines, à fouiller dans des malles et à faire les boutiques. Même lorsqu'ils étaient ensemble, elle finissait toujours par lui parler de petits-fours, de sandwichs au cresson et de pièce montée. La pièce montée… Très important, ça… Ne serait-il pas plus raisonnable d'en commander deux ?

Ils avaient certainement parlé d'autre chose à un moment ou à un autre, mais là, tout de suite, aucun exemple ne lui venait à l'esprit.

Enfin, mieux valait ne plus penser à tout ça. Il préférait se réjouir en contemplant les mines de Timmy et de Gibson qui s'émerveillaient de tout ce qu'ils voyaient dans cet hôtel.

Il s'était arrêté à *Target* pour acheter à Gibson de quoi se changer, car le gamin mourait de trouille à l'idée de repasser chez lui. Leur shopping s'était transformé en une formidable partie de rigolade, et les deux garçons avaient insisté pour enfiler tout de suite leurs nouveaux vêtements, même si ça n'était que pour se pavaner dans l'entrée de l'hôtel.

— Est-ce qu'on pourrait aller manger une glace chez *Ted and Wally's*, tout à l'heure ? demanda Timmy.

— Je crois qu'on ferait mieux de ne pas bouger de la chambre ce soir, et de nous contenter du room-service, répondit Nick. Il y a peu de chance que votre charmant copain vous cherche dans le quartier du Vieux Marché, mais sait-on jamais… Mieux vaut ne pas prendre de risque.

Gibson et Timmy échangèrent un sourire ravi. Ils ne pensaient déjà plus à frère Sebastian. Nick fut heureux de les voir rassurés, mais il n'était pas tranquille pour autant. Le frère Sebastian avait fouillé de fond en comble le bureau de Mgr O'Sullivan, agressé Gibson au lycée et menti à sa mère en lui racontant que le gamin vendait de la drogue. Apparemment, il ne s'embarrassait pas de scrupules pour parvenir à ses fins.

Nick se rendait bien compte que Timmy et Gibson ne lui avaient pas tout dit. Pour l'instant, ils refusaient de répondre à ses questions, mais il comptait bien revenir à la charge lorsqu'ils auraient le ventre plein. De toute façon, le plus important pour ce soir était de les mettre à l'abri des foudres de frère Sebastian : le bras droit de l'archevêque, comme l'appelait Christine.

Nick était tellement absorbé dans ses pensées qu'il ne remarqua pas l'homme qui les observait, assis sur un canapé dans le hall de l'hôtel.

78.

Le père Michael Keller commençait à sentir les effets de la digitaline. Mais ce n'était probablement que l'effet de son imagination. L'antidote ne faisait sûrement pas effet aussi rapidement. Pourtant, les sueurs froides avaient cessé. Du côté de l'estomac, ça allait mieux aussi. Sa vue, par contre, restait encore floue.

Confortablement installé dans le hall de l'hôtel, il écoutait la musique diffusée par les haut-parleurs — une version revue et corrigée du *Canon* de Pachelbel qui frisait le massacre. Dehors, les touristes arpentaient les rues pavées du Vieux Marché, encombrées par les cars, les bus et les trolleys. Tout ce qui l'agaçait prodigieusement autrefois lui paraissait presque agréable, maintenant, et il appréciait le spectacle sans réserves… jusqu'à ce qu'un homme et deux adolescents passent la porte tournante de l'hôtel.

Il sut immédiatement qu'il connaissait cet homme, mais il ne parvint pas à mettre un nom sur son visage. Plus important encore, le jeune garçon qui portait le T-shirt orange lui parut familier. Il en déduisit qu'ils avaient dû faire partie de la paroisse de Saint-Margaret, à Platte City.

Il ne cessait de les observer du coin de l'œil, tout en sirotant une tasse de thé. Cet hôtel était un rêve, un véritable paradis sur terre. Il aurait voulu pouvoir y rester toujours, mais maintenant qu'il avait remis tous les documents et son ordinateur à Maggie O'Dell et à l'inspecteur Pakula, il n'allait pas tarder à partir.

Pendant le vol qui l'avait amené jusqu'ici, il avait eu le temps de réfléchir. Pas question de retourner en Amérique du Sud. Certes, il monterait dans l'avion, comme il l'avait promis à l'agent O'Dell. Mais il n'avait plus de raisons de se punir. Avec tous les éléments qu'il leur avait fournis, la police et le FBI n'allaient pas tarder à coincer le Dévoreur de péchés. En attendant, il fallait qu'il se trouve une petite paroisse tranquille. Il avait songé à un village où personne ne le connaîtrait, dans les environs de Chicago, peut-être...

En arrivant, il dirait qu'il était envoyé par l'archidiocèse, comme d'habitude. Il faudrait des mois, voire plus, avant que quelqu'un ne s'aperçoive que ce n'était pas vrai. A ce moment-là, il prendrait ses affaires et chercherait un autre endroit. Ça marcherait.

La seule chose qui le tracassait, c'était la question que lui avait posée Maggie. Elle lui avait demandé pourquoi il se trouvait sur la liste. Depuis, il avait compris qu'il n'y aurait pas de répit pour lui tant qu'il ne se serait pas débarrassé de celui qui avait livré son nom au Dévoreur de péchés.

Il fut de nouveau distrait par l'homme et les deux adolescents. L'homme parlementa avec l'employé de la réception, puis il se tourna vers les garçons et s'adressa à celui qui portait le T-shirt orange en l'appelant Timmy.

Brusquement, ce fut le déclic. Timmy Hamilton ! Celui qui avait donné son nom au Dévoreur de péchés ne pouvait être que Timmy Hamilton. Le seul qu'il n'avait pas tué.

79.

Gwen essayait de calmer James Campion. Après ses balbutiements de petit garçon, il était entré dans une colère noire. Elle ne l'avait jamais vu dans cet état. Il ne cessait de répéter qu'il n'avait pas respecté les règles, mais elle ne savait pas de quoi il parlait.

— Les règles du jeu ! hurla-t-il quand elle lui posa la question. Le Dévoreur de péchés a dû me lancer un sort ou quelque chose de ce genre… Vous croyez que c'est possible ?

Gwen réussit finalement à le faire asseoir sur le canapé, mais il ne cessait de s'agiter. Elle commençait à penser qu'il pouvait devenir violent, et se surprit à jeter un coup d'œil du côté de la porte pour s'assurer qu'elle pourrait filer en vitesse si cela s'avérait nécessaire. Durant ses séances, il s'était toujours montré aimable et respectueux. Elle ne se rappelait pas qu'il eût seulement élevé la voix, même quand il évoquait les épisodes les plus terribles de son enfance.

Son enfance…

Comment n'y avait-elle pas pensé plus tôt ?

James Campion avait été violé par un prêtre.

A présent, son esprit marchait à toute allure : elle fouillait dans sa mémoire pour rassembler les pièces du puzzle. Pourquoi ne se souvenait-elle pas de la paroisse où il avait grandi ? Ce n'était pas ici, elle en était certaine. A Boston ? Elle eut un doute, brusquement. Mais peut-être devenait-elle vraiment parano ? Elle était obsédée par ce tueur, elle le voyait partout…

— Calmez-vous, James, fit-elle. Et expliquez-moi de quel jeu il s'agit. Vous ne m'en avez jamais parlé.

Elle s'exprimait avec beaucoup de douceur car elle savait que James en avait besoin.

— Si vous ne me dites pas tout, je ne pourrai pas vous aider. Vous comprenez ?

Il hocha la tête et elle chercha son regard. Il fallait qu'il se souvienne que cet endroit représentait pour lui un havre de paix, qu'il y était en sécurité — suffisamment pour aborder des sujets dont il n'osait parler avec personne.

Du coin de l'œil, elle vit ses mains qui torturaient les pans de sa chemise. Il ferma les poings et les serra à en avoir les articulations exsangues.

Brusquement, Gwen eut presque peur et se demanda si elle avait vraiment envie de savoir ce qui était arrivé à cet homme, ce qu'il avait fait.

— Parler, dit-il, ça soulage sur le moment.

Il s'exprimait d'une voix posée, mais sa tension était presque palpable.

— Vous m'avez aidé au début. Beaucoup. Mais ensuite, vous m'avez poussé à parler de mon problème. Je ne pourrai jamais m'en débarrasser si j'en parle tout le temps. Ça n'a fait que réveiller ma colère. Le jeu ne me suffisait plus, nos séances ne me suffisaient plus. Vous non plus — il lâcha le pan de sa chemise pour pointer un doigt vers elle — vous ne me suffisiez plus.

Il se leva lentement, sans la quitter des yeux, comme s'il venait d'avoir une révélation.

— C'est votre faute ! lança-t-il. C'est vous qui avez fait

remonter tout ça à la surface. Vous vouliez que je parle, que je me souvienne. Il a fallu que je ressasse encore et encore ces détails écœurants. C'est vous qui l'avez voulu. C'est à cause de vous que j'ai fait ça.

Gwen comprit brusquement qu'elle s'était trompée. L'assassin, l'homme qui lui avait envoyé des messages, une carte — celui qui essayait désespérément d'attirer son attention —, n'était pas Rubin Nash mais James Campion. Une erreur de jugement qui allait lui coûter cher.

80.

Pakula avait insisté pour que Maggie rejoigne sa chambre et *décompresse un peu*, selon ses termes. Il lui avait également donné des instructions pour qu'elle se tienne à distance du père Keller. Elle avait obéi, tout en songeant qu'il y avait encore beaucoup de travail et qu'elle aurait pu se montrer utile : il fallait retrouver les prêtres qui figuraient sur la liste, et les contacter, puis remuer ciel et terre pour remonter la piste du Dévoreur de péchés — les spécialistes d'Internet feraient de leur mieux, même s'il y avait peu d'espoir que ça aboutisse… Mais Maggie avait rendez-vous pour dîner avec sœur Kate, si bien qu'elle s'était sentie presque soulagée que Pakula et Kasab se chargent du reste.

Elle se sentait épuisée et déçue. Elle avait l'impression d'avoir perdu la bataille. Ils mettraient peut-être la main sur celui qu'ils recherchaient, mais Keller serait toujours libre. Et Pakula avait raison au moins sur un point : elle devenait folle à l'idée que ce salaud allait probablement continuer à assassiner de jeunes garçons.

Dire qu'elle avait espéré le coincer, l'obliger à avouer… Mais il n'était pas si bête. Deux hommes attendaient dans les couloirs de la mort parce qu'il avait réussi à semer suffisamment de fausses preuves contre eux. Il avait manipulé la police, le système judiciaire et l'Eglise catholique — tout cela pour demeurer en liberté et poursuivre sa mission sacrée qui consistait à *sauver* les petits garçons. Elle venait de lui redonner du pouvoir. Après avoir obtenu la protection et les soins de la police, il se sentait probablement plus fort et sûr de lui que jamais. Et s'il avait tué ce pauvre Arturo, il ne retournerait probablement pas au Venezuela comme il le promettait.

Une fois dans sa chambre, Maggie vérifia ses messages, mais il n'y en avait pas. Elle n'attendait pas de nouvelles de Racine ou de Gwen, mais elle espérait que l'une des deux l'appellerait pour la tenir au courant des progrès de l'affaire de Washington D.C. Elle était convaincue que la mort du père Conley avait un rapport avec celle des autres prêtres — après tout, il se trouvait sur la liste —, mais aussi avec celle des quatre femmes décapitées. Pourtant, le même homme n'avait pas pu se charger de tout ce monde. Y avait-il deux assassins qui travaillaient ensemble, tout en poursuivant des buts différents ?

Elle enfila un jean, et décida de garder son blazer pour pouvoir emporter son arme. En sortant de l'hôtel, elle respira avec volupté l'air chaud de l'été, et savoura les odeurs de la rue en traversant le Vieux Marché, ce quartier au charme désuet, regorgeant de boutiques et de restaurants. De temps en temps, elle voyait même passer un attelage. Des effluves de chocolat, de cigare, d'ail et d'écurie lui parvenaient tour à tour. Tout ça au milieu du bruit de la circulation, des Klaxon, des piétinements des chevaux et des artistes de rues. Pakula lui avait appris que les immeubles en briques de quatre à cinq étages reconvertis en habitation dataient des années 1900 et avaient été autrefois de grands entrepôts. A présent, il régnait dans ce quartier une atmosphère quasi magique, grâce aux jolies lumières qui brillaient un peu partout, et surtout aux musiciens.

Elle se laissa emporter par le flot de la foule et se dépêcha de traverser devant l'agent en uniforme. Elle trouva *M's Pub* presque trop vite. Sœur Kate avait pris une table en terrasse. Elle se leva et lui fit signe.

— Vous préférez peut-être dîner à l'intérieur ? demanda-t-elle aussitôt.

— Non. Il fait bon. Dehors, ce sera parfait.

Sœur Kate ressemblait moins que jamais à une religieuse, avec son short en lin, sa chemise noire en tricot et ses sandales. Elle se rassit en brossant le devant de sa chemise d'un air gêné.

— Le chien de ma colocataire, expliqua-t-elle. Je l'adore, mais il se débarrasse de ses poils sur moi.

Elles commandèrent toutes deux un verre de vin, et sœur Kate insista pour qu'elles goûtent en entrée les coquilles St Jacques à la mozzarella.

— Je vais vous paraître curieuse, dit Maggie. Mais votre colocataire… est-ce une religieuse ?

— Oui. J'en ai deux, en fait. Des nonnes. On partage une maison dans Dundee, tout près de Notre Dame des Lamentations.

— Vos colocataires enseignent là-bas ?

— Elles ne sont pas enseignantes, répondit sœur Kate en souriant devant l'air surpris de Maggie. Nous avons tout de même le droit de choisir d'autres carrières.

Comme la serveuse apportait le vin, elle se tut.

— Sœur Loretta gère des appartements qui appartiennent à notre ordre religieux. Nous la surnommons le vautour.

Maggie ne put s'empêcher de rire. Elle sentait se dissiper la tension de l'après-midi.

— Et l'autre ? demanda-t-elle.

— Sœur Danielle fabrique des programmes informatiques.

— Vraiment ?

— Elle a créé pas mal de logiciels pour les hôpitaux. Le père Tony en utilise un pour travailler en ligne avec les étudiants. Sœur Danielle est un as : elle m'a beaucoup appris. Grâce à elle, j'ai pu concevoir moi-même des programmes pour classer ma collection et pour gérer mon emploi du temps — entre autres. Autre qualité très appréciable, elle se débrouille toujours pour me trouver des billets d'avion à des prix défiant toute concurrence. Je vais à Chicago ce week-end pour moins de cent dollars — aller et retour.

— Vous êtes en train de changer radicalement ma vision des religieuses.

— De mon côté, je me rends compte que j'étais pleine d'idées préconçues concernant les agents du FBI.

— Pardon ?

— Ce n'est pas comme ça que j'imaginais un profiler.

Maggie leva son verre de vin :

— Touché ! dit-elle.

— Je suppose que cette affaire a aussi radicalement changé votre vision des prêtres.

Maggie la contempla par-dessus la table, dans la lumière du soleil couchant. A présent, ses yeux ne riaient plus.

— On signale des cas de pédophilie un peu partout dans le pays, dit Maggie en essayant de prendre un ton détaché. Pourquoi croyez-vous que ce soit aussi répandu ?

Sœur Kate but tranquillement une gorgée de vin avant de répondre :

— Certains disent en plaisantant que s'il y avait plus de femmes prêtres, il y aurait moins d'affaires de pédophilie. La hiérarchie devrait réagir. Ces prêtres n'ont pas seulement violé la loi des hommes : ils bafouent celle de Dieu. On devrait les juger pour ce qu'ils ont fait. Malheureusement, sous prétexte de protéger l'Eglise, certains évêques oublient de protéger les enfants.

Elle se tut de nouveau, comme si elle réfléchissait à quelque chose de précis.

— Mais rassurez-vous, les mauvais prêtres sont tout de même moins nombreux que les bons.

Maggie se demanda dans quelle catégorie elle rangeait le père Tony Gallagher, et si elle serait prête à le couvrir dans le cas où il déraperait. Par exemple, s'il incitait des adolescents à participer à un jeu consistant à exécuter des pédophiles, s'il leur apprenait à combattre le mal par le mal ou plutôt à accepter un mal nécessaire pour faire triompher le bien…

— La justice est parfois incompréhensible, dit-elle en plongeant son regard dans celui de Kate.

— J'imagine que vous savez de quoi vous parlez, répliqua la religieuse.

Maggie se rendit brusquement compte qu'elle essayait de la jauger.

— Comment faites-vous pour gérer ça ? Votre sens de la morale n'est jamais heurté par le code moral du FBI ?

Maggie eut envie de lui répondre qu'elle ne croyait pas si bien dire et qu'elle en avait eu un exemple flagrant pas plus tard qu'aujourd'hui. Accepter un marché avec un assassin d'enfants pour coincer un autre assassin qui vengeait ces mêmes enfants… Effectivement, cela heurtait son sens de la morale.

— C'est très juste, admit-elle. Quelquefois, je suis obligée de faire des choses que je réprouve. Pas vous ?

Le sourire de sœur Kate disparut brusquement, et Maggie crut déceler une lueur de tristesse dans ses yeux.

— Il m'arrive aussi de transgresser certaines règles, ajouta Maggie.

— Lesquelles ?

— Celles du FBI.

Sœur Kate retrouva son sourire.

— Mon grand-père disait que la fin justifie parfois les moyens.

— Celui qui vivait dans le Michigan et vous racontait des histoires de chevaliers en armure volant au secours de la veuve et de l'orphelin ?

— Vous avez une excellente mémoire, dit sœur Kate. Il m'a appris des choses merveilleuses sur la vie, la justice. Il était formidable.

— Quelle chance d'avoir un tel grand-père !

— Et vous ?

— Pardon ?

— Vous avez eu de la chance ? Quelqu'un près de vous pour voler à votre secours ?

— Je ne vois pas ce que vous voulez dire, répondit Maggie.

— Je crois posséder un don, expliqua doucement sœur Kate. Si je pèche par orgueil en disant cela, j'en demande pardon à Dieu, ajouta-t-elle en haussant les épaules et en suivant distraitement des yeux quelques touristes qui traversaient la rue. J'ai un sixième sens pour détecter les gens qui ont souffert pendant leur enfance. Ils se sont forgé une carapace, et c'est à cela que je les reconnais.

Elle se tourna vers Maggie et la regarda fixement.

— Vous avez subi des violences sexuelles quand vous étiez enfant, n'est-ce pas ?

81.

En regagnant sa chambre, Nick avait les bras chargés de victuailles achetées dans la boutique de l'hôtel. Donc, il lui était impossible de frapper à la porte de Maggie, en passant…

— Dégonflé ! murmura-t-il pour lui-même, tout en se trouvant ridicule.

Il devait bien avouer que Maggie O'Dell lui faisait toujours autant d'effet, et ça le rendait furieux. Après tout ce temps, il aurait dû n'éprouver qu'un sentiment de colère. Mais sa colère s'évanouissait aussitôt qu'il plongeait dans ses beaux yeux sombres. Il avait honte de l'admettre, mais jamais une femme ne l'avait bouleversé à ce point. Et pourtant, elle ne se donnait pas vraiment la peine de le séduire.

Il arrivait devant sa propre chambre et dut frapper avec le coude car il ne risquait pas de sortir la carte d'accès, chargé comme il l'était.

Gibson ouvrit si brusquement que Nick sursauta. Son chargement faillit tomber et il le rattrapa de justesse.

— Laisse-moi t'aider, dit Gibson en tendant le bras.

Nick baissa un peu le volume de la télé. La carte du room-service était étalée sur le lit, et les deux gamins avaient disposé les coussins de façon à se faire un coin-salon sur le lit.

— J'ai repéré deux films sympas, annonça Gibson en étalant sur le couvre-lit les victuailles apportées par Nick.

— Où est Timmy ? demanda Nick.

— Tu ne l'as pas rencontré dans le hall ?

— Non, j'étais dans la boutique de l'hôtel.

Gibson eut l'air sincèrement étonné.

— Mais le type de la réception a appelé, il y a deux minutes : il a dit que tu avais besoin de Timmy, qu'il devait descendre pour t'aider à porter les provisions !

— Quoi ? Je n'ai jamais demandé à la réception de…

L'estomac de Nick descendit en piqué.

— C'est toi qui as décroché le téléphone ou c'est Timmy ?

— C'est Timmy.

Nick vit que Gibson commençait à s'inquiéter sérieusement, et il fit un effort pour dissimuler sa propre panique.

— Je retourne en bas, dit-il. J'ai dû le louper.

— Je vais avec toi.

— Non !

Il avait hurlé, et Gibson tressaillit.

— Tu restes ici, reprit-il plus calmement. Au cas où il reviendrait. Je ne veux pas qu'on passe notre temps à se courir après dans l'hôtel.

— D'accord.

— J'en ai pour deux minutes, ajouta Nick en posant sur l'épaule de Gibson une main qui se voulait rassurante. Tout va bien, ne t'en fais pas. On a dû se croiser.

Mais dès que la porte fut refermée derrière lui, il se mit à courir vers les ascenseurs. Si frère Sebastian s'amusait à ce petit jeu, c'est qu'il était capable de tout. Mais que voulait donc cet oiseau de malheur ?

82.

Timmy Hamilton ne l'avait pas reconnu. C'était presque trop facile.

Keller avait appelé leur chambre tout en surveillant Nick qui faisait son marché. Quand le gamin était descendu, il s'était présenté à lui comme un membre de la police d'Omaha. Ce n'était qu'un demi-mensonge. En ce moment, il travaillait pour les flics. Il lui avait même montré le badge qu'il avait piqué à Kasab quand celui-ci avait enlevé sa veste pour aller aux toilettes. Résultat : Timmy le prenait pour un inspecteur.

Ce garçon l'avait trahi, mais il allait quand même s'arranger pour le faire souffrir le moins possible. Sa mission n'était pas facile, mais il en acceptait volontiers le fardeau.

Il raconta à Timmy qu'il avait rencontré son oncle et qu'ils s'étaient donné rendez-vous dans une chambre réservée par la police.

— Mais l'employé de la réception m'a demandé de descendre le rejoindre ! objecta Timmy.

Il avait l'air un peu méfiant, mais il ne voulait visiblement pas contrarier un inspecteur.

Keller haussa les épaules comme s'il n'y comprenait plus rien.

— C'était probablement avant que je le rencontre.

— On ne peut pas l'attendre ici ? demanda Timmy.

— Tu veux lui donner un coup de fil ?

L'offre suffit à endormir la méfiance du garçon qui secoua la tête et lui emboîta le pas.

Arrivé à son étage, Keller le laissa passer devant lui et se débarrassa du badge qu'il glissa entre deux piles de serviettes posées sur un chariot. Pendant tout le trajet jusqu'à sa chambre, il ne cessa de répéter à Timmy que son oncle et son ami ne tarderaient pas à les rejoindre.

Devant la porte, Timmy hésita. Pour le rassurer, Keller lui proposa d'attendre dans le couloir, tout en lui conseillant de se montrer prudent car il avait cru remarquer que quelqu'un les suivait. Du coup, Timmy s'engouffra dans la chambre en regardant par-dessus son épaule d'un air inquiet. Pour lui, le danger venait de l'extérieur, et cet homme était censé l'en protéger.

Timmy n'avait pas tout à fait tort : Keller souhaitait l'aider. Comme les autres. Le pauvre enfant avait toujours affirmé qu'on ne le maltraitait pas, qu'il se faisait facilement des bleus. Mais ils disaient tous ça pour couvrir leurs parents. A présent, il avait l'air en bonne santé, bien qu'un peu maigre. Mais les cicatrices intérieures ne disparaissaient jamais. Keller était bien placé pour le savoir.

— Tu peux t'asseoir, dit-il.

— Non, merci. Je préfère attendre debout.

Il resta près de la porte à se dandiner d'un pied sur l'autre. Keller détestait qu'on se dandine.

Le téléphone sonna, juste au bon moment.

— Allô ? fit Keller d'un ton faussement surpris.

— Bonsoir, monsieur Keller. C'est la réception. Vous avez demandé qu'on vous appelle.

— Oui, Timmy est avec moi. Et vous, où êtes-vous ?

Il jeta un coup d'œil au gamin.

— C'est la réception, monsieur, répéta l'employé.

— Et vous en avez pour combien de temps ?

— Pardon ? Mais de quoi parlez-vous ?

Keller continua comme si de rien n'était.

— Entendu, fit-il. Nous vous attendons.

— Je regrette, monsieur, mais je ne vois pas…

Keller raccrocha brusquement, mettant fin à ce double monologue.

— Ils vont être un peu en retard, expliqua-t-il à Timmy. Ton oncle avait un truc à régler.

Il fallait qu'il trouve quelque chose — et vite — pour mettre le gamin à l'aise, pour qu'il arrête de se dandiner comme ça.

— Sers-toi, en attendant. Prends quelque chose dans le minibar.

L'œil de Timmy s'alluma.

— C'est vrai ? Je peux ?

— Oui, vas-y. Et apporte-moi un Coca, pendant que tu y es.

Il avait eu une bonne idée. A présent, Timmy souriait. Agenouillé devant le réfrigérateur, il faisait l'inventaire des trésors qu'il recelait.

Oui, ça allait être facile. Presque trop.

83.

Gwen ne pensait qu'à la porte — en tant qu'issue de secours. Son instinct lui conseillait de prendre ses jambes à son cou pour échapper à James. Sa dernière expérience en compagnie d'un fou, c'était avec Eric Pratt, et il avait essayé de lui planter un stylo dans la gorge.

Et cette fois, il n'y avait pas d'agent en uniforme de l'autre côté de la porte, prêt à voler à son secours : Tully n'allait pas se précipiter pour maîtriser son agresseur. Seule, elle n'avait aucune chance de prendre le dessus physiquement ; il fallait donc qu'elle parvienne à le calmer. Si elle réussissait à l'apaiser un peu, il relâcherait son attention et elle en profiterait pour s'enfuir.

La colère de Campion se manifestait par violentes bouffées qui retombaient presque aussitôt. Il s'était placé de façon à lui bloquer l'accès à la sortie, et il la contemplait calmement mais avec méfiance. Elle devait avant tout le convaincre qu'elle n'était pas son ennemie.

— Je vous comprends, James. La façon dont le père Paul Conley a trahi votre confiance était inacceptable. Il méritait une punition.

Elle avait envie de lui faire remarquer que placer sa tête sur un autel entre deux bougies était un peu exagéré, mais elle se retint. Il fallait qu'elle le soutienne sans la moindre réserve.

— A présent, conclut-elle, il ne fera plus de mal à personne.

— C'est vrai, fit-il en hochant la tête. Je l'avais déjà tué dans le jeu, mais ça ne suffisait pas. Il continuait ses cochonneries.

— Et les autres, James ?

— Quels autres ? Les autres prêtres ?

— Non, les jeunes femmes. Il y en a eu quatre, n'est-ce pas ? Parlez-moi un peu d'elles. Pourquoi les avoir tuées ?

— Vous parlez des putes.

— Pardon ?

— Je les rencontrais sur Internet. On *chattait* un peu, le temps de faire connaissance. Vous m'aviez dit que je devais m'efforcer de développer des relations normales avec les femmes. Vous vous souvenez ? C'est vous qui me l'avez conseillé.

De nouveau, il paraissait angoissé.

— Oui, c'est vrai. Je m'en souviens parfaitement, dit Gwen d'un ton conciliant.

Les relations avec les femmes avaient toujours préoccupé James. Il ne parvenait pas à établir le contact avec elles. Il savait que son attitude immature par rapport au sexe était une séquelle du viol qu'il avait subi pendant son enfance. Il en parlait calmement, sans colère. Il disait qu'il avait besoin de prendre son temps et d'établir une relation basée sur la confiance avant d'en venir au sexe. Le sexe... Il en avait peur. A présent, Gwen mesurait à quel point.

— C'était agréable, reprit-il, ces conversations sur Internet.

Son regard était loin, perdu dans ses souvenirs. Excellent. Il allait bientôt baisser sa garde.

— Oui, comme ça vous aviez le temps de mieux vous connaître, renchérit-elle. Sans la pression d'un rendez-vous.

— C'est vrai. On discutait de tout et de rien — de jeux, de films, des infos. Mais, au bout d'un moment, elles voulaient me rencontrer : c'était systématique.

Son front se plissa et il serra la mâchoire, tellement fort qu'elle entendit grincer ses dents.

— Ça aurait pu se passer plutôt bien, sauf que… elles voulaient qu'on aille dans un endroit tranquille. Et ça, c'était pour une bonne raison… vous voyez ce que je veux dire ? demanda-t-il en levant vers Gwen un regard éploré.

— Elles voulaient une relation plus intime ?

— Elles voulaient coucher avec moi ! lança-t-il d'un ton mauvais, tandis que son visage redevenait sombre.

Gwen s'en voulut de sa maladresse. Au lieu de le persuader qu'elle était dans son camp, elle l'excitait. Pourtant, il y avait encore une question qu'elle tenait à lui poser.

— Et Dena ?

— Qui ça ? fit-il en levant vers elle des yeux hagards.

— Dena Wayne, ma secrétaire.

Elle se demanda si elle parviendrait à conserver son attitude détachée s'il traitait Dena de pute.

— Je m'imaginais qu'elle n'était pas comme les autres. Elle était vraiment gentille avec moi. Je l'aimais beaucoup. On s'est bien amusés. On a beaucoup parlé, aussi. J'aurais bien voulu, avec elle… mais je voyais toujours son visage à lui. Chaque fois, c'était pareil. Il était devant mes yeux ; je sentais son odeur, sa présence. J'avais envie de lui arracher la tête. Alors, j'ai fini par le faire. A travers ces femmes, c'était lui que je tuais. Il m'a fallu du temps pour le comprendre.

Ses yeux rencontrèrent ceux de Gwen. Ils passaient de la colère au délire, du calme au désespoir.

— Quand je vous ai déposé la première boucle d'oreille, c'était pour que vous m'arrêtiez.

— Je... Je ne l'ai pas reconnue, balbutia-t-elle.

Elle avait l'impression qu'on venait de lui injecter un liquide glacé dans les veines. Dire qu'il avait tout fait pour qu'elle intervienne et que, pendant ce temps-là, elle soupçonnait Rubin Nash.

Comme s'il ne l'avait pas entendue, il poursuivit :

— Les messages et la carte, c'était aussi pour que vous m'aidiez. Mais vous n'avez rien fait du tout.

Elle avait reculé jusqu'à son bureau, et cherchait à tâtons quelque chose qui aurait pu lui servir d'arme. Mais sur son bureau, il n'y avait plus rien : elle l'avait rangé juste avant qu'il entre. Il fallait qu'elle se rapproche de son attaché-case, posé sur un fauteuil.

— Je vais vous aider, James, dit-elle pour gagner du temps. Je peux arranger tout ça.

— Non, vous ne pouvez pas. Merde !

La violence de sa voix la fit encore reculer et, de nouveau, elle se retrouva collée à son bureau, en serrant l'attaché-case contre son cœur, comme un bouclier. Malheureusement, il était bien fermé, et il était impossible de glisser une main à l'intérieur.

— Vous ne pouvez rien faire, répéta-t-il. Moi, je sais ce qui va me libérer.

Il sortit un petit revolver de sa poche et le pointa sur elle.

Gwen crut que son cœur allait lâcher. Elle eut brusquement le souffle court et les paumes moites.

— James, où vous êtes-vous procuré cette arme ?

Elle avait à peine réussi à murmurer cette phrase. A présent, il ne fallait plus songer à dissimuler sa peur. Elle ne comprenait pas qu'il sorte ce revolver. Il n'avait pas tiré sur ses victimes ; Racine disait qu'il les avait étranglées. Mais après tout, on n'avait retrouvé que les têtes...

— James, dit-elle d'une voix tremblante, posez ce revolver.

Elle se demanda s'il était utile de le supplier. Elle songea à crier, mais elle doutait que quelqu'un l'entende.

— Ça fait du bien, dit-il en secouant l'arme. Ça va m'aider, j'en suis sûr. Je l'ai achetée il y a quelques jours. J'avais l'intention de m'en servir avec le père Paul, mais je ne pouvais pas prendre l'avion avec une arme.

A présent, il souriait. Il avait l'air très calme. Presque trop. Ses mains ne tremblèrent pas du tout quand il étendit les bras.

— C'est vraiment bon. Beaucoup mieux que n'importe laquelle de nos séances. Je me sens fort. Le père Paul, je voulais voir la peur dans ses yeux. Mais j'ai obtenu mieux que ça. J'ai entendu son dernier souffle. Et ensuite, la vie s'en est allée de ce salaud.

Puis il se tut et tendit l'oreille, comme s'il avait entendu du bruit. Un instant, Gwen eut l'espoir qu'il s'agissait de l'ascenseur. Quelqu'un dans le couloir, peut-être... Mais elle ne perçut que le roulement de tambour de son cœur qui battait à ses oreilles.

James pencha la tête, puis sourit.

— Mon cœur..., dit-il. Il s'est calmé.

Elle eut envie de lui dire que le sien, par contre, battait la chamade.

— Vous n'auriez pas dû m'obliger à me souvenir de tout ça, docteur Patterson, dit-il en secouant la tête.

Elle se rendit compte qu'il allait vraiment le faire. Elle ne parvenait plus à avaler sa salive ni à respirer. Ses genoux menaçaient de se dérober sous elle. Si elle tombait, est-ce qu'il l'abattrait ? Il semblait à présent regarder très loin au-delà d'elle. Elle eut envie de lui foncer dessus pour le désarmer. Qu'avait-elle à perdre ? Une balle en plein visage ou dans la poitrine, quelle différence ?

— Vous n'avez pas su me comprendre, insista-t-il.

Elle ne put s'empêcher de penser qu'il parlait comme un juge. Son juge… et son bourreau.

— Je vous ai tendu cent fois la perche, mais ça n'a servi à rien.

— James, vous n'allez pas faire ça ! s'écria-t-elle.

Mais il n'entendait plus rien.

— Je vous pardonne, dit-il en appuyant sur la détente.

La douleur sembla s'épanouir comme une fleur, dans tout son corps. Elle ne se vit pas tomber, mais, une fois à terre, elle aperçut James Campion qui mettait l'arme dans sa bouche et tirait une seconde fois. Ensuite, elle sombra dans un trou noir.

84.

M's Pub
Nebraska

Maggie n'avait jamais cru au pouvoir libérateur de la parole. Remuer les vieux souvenirs n'était qu'une perte de temps : il n'en sortait rien de constructif. Mieux valait les laisser où ils étaient. Tout le monde avait un fardeau à porter. Pour certains, il était un peu plus lourd, voilà tout. Elle n'en avait jamais parlé à personne — sauf une fois, à Gwen. A quoi bon revivre les mauvais moments ? Elle préférait, au contraire, oublier l'haleine chargée de whisky et les mains baladeuses des petits amis de sa mère qui essayaient de la coincer dans les coins ou de se *frotter un peu* — comme ils disaient — lorsqu'elle n'avait que douze ans.

Elle décida donc de ne pas entrer dans les détails avec sœur Kate.

— Disons que les soupirants de ma mère ne se comportaient pas en gentlemen.

Sœur Kate hocha la tête. Elle avait compris.

— Quel âge aviez-vous ?

— Douze, treize. Quand j'ai eu quatorze ans, ma mère

s'est enfin décidée à les emmener à l'hôtel. L'un d'eux avait proposé une partie à trois…

— Je vois, fit sœur Kate.

Elle n'avait l'air ni surpris ni horrifié.

— Vous restiez donc seule le soir ?

— Oui, mais pour moi c'était un soulagement, avoua Maggie.

Elle n'avait pas eu besoin d'étudier la psychologie pendant plusieurs années pour comprendre que ces événements avaient pesé lourd dans sa vie d'adulte.

— Vous ne croyez pas que c'est la raison pour laquelle vous êtes entrée au FBI ? demanda sœur Kate.

— Qu'entendez-vous exactement par là ?

Maggie n'avait pas envie que cette conversation se transforme en séance d'analyse.

— Peut-être aviez-vous besoin de jouer vous-même le rôle du chevalier qui n'était pas venu vous sauver ?

Maggie but une gorgée de son vin. Elle avait la bouche sèche. Si cette conversation se prolongeait trop longtemps, elles allaient devoir commander une deuxième bouteille.

— Et vous ? demanda-t-elle. Vous disiez que votre grand-père vous avait sauvée. De quoi ?

— Ce n'était pas très différent de ce que vous avez vécu. Ça s'est passé quand j'avais onze ans. Mes parents avaient un ami qu'ils recevaient souvent et en qui ils avaient entièrement confiance. On peut même dire qu'ils le vénéraient. Il venait dîner à la maison un dimanche par mois.

Ses yeux se perdirent au loin, de l'autre côté de la rue.

— Ma mère se donnait toujours du mal pour cuisiner quand il était là. Le plus souvent, elle mitonnait un rôti en cocotte, avec des carottes et des pommes de terre. Il adorait ça. Après le dîner, il proposait toujours de m'accompagner dans ma chambre pour me border et me lire une histoire.

J'avais beau dire que j'étais une grande fille et que ça n'était pas la peine, il insistait. Et donc, pendant trois mois, il m'a masturbée dans mon lit en se masturbant en même temps.

Elle contempla de nouveau Maggie, sans doute pour juger de l'effet que lui faisait son histoire. Maggie se taisait, incapable de parler.

— Au début, poursuivit-elle, mes parents ne m'ont pas crue. Mais, comme il y a certains détails qu'une gamine de onze ans ne peut pas inventer, ils ont fini par se rendre à l'évidence.

Elle tendit la main pour attraper son verre de vin, et but une gorgée.

— Depuis, je déteste le rôti en cocotte, conclut-elle en souriant.

— Une chose m'étonnera toujours, dit Maggie. Chacun a sa manière de gérer les vilaines expériences de son passé, sa rencontre avec le mal. La plupart des tueurs en série ont été violés pendant leur enfance, et ça leur donne envie de se venger sur de pauvres innocents choisis au hasard. Vous, par contre, vous avez dédié votre vie à la religion.

— Et vous au FBI ! répliqua sœur Kate. Nous sommes deux chevaliers en armure.

85.

Nick essayait de ne pas paniquer, mais il ne pouvait s'empêcher de penser que l'histoire se reproduisait, que le cauchemar recommençait.

C'était injuste. Et impossible. Timmy n'était plus un bébé : il n'aurait pas suivi n'importe qui. On l'avait peut-être embarqué de force… Le frère Sebastian était bien plus costaud que lui.

Nick regrettait amèrement de ne pas avoir enseigné des rudiments de self-défense à son neveu… Il secoua la tête. La culpabilité ne ferait pas avancer les choses.

Il avait demandé à l'employé de la réception qui l'avait appelé dans sa chambre, mais celui-ci était formel : il n'avait reçu aucun appel extérieur pour Nick Moretti. Il se rappelait vaguement avoir transféré un appel provenant de l'hôtel, mais ça n'avait pas de sens. Ça ne collait pas.

Nick chercha Gibson partout — à la piscine, au centre de fitness, sur la terrasse, au restaurant et dans le salon. Il demandait à tous ceux qu'il croisait s'ils n'avaient pas vu un gamin de quatorze ans portant un T-shirt orange. Il se sentait comme un père qui a perdu son enfant.

Il fit tous les étages et interrogea les femmes de ménage. Celles qui ne parlaient pas anglais se contentèrent de hausser les épaules. Les autres lui répondirent par la négative.

Finalement, au bout d'une heure, il retourna dans sa chambre.

— Il a appelé ? demanda-t-il aussitôt à Gibson.

— Non. Tu ne l'as pas vu ?

Gibson s'était assis sur le bord du lit, et il se balançait d'avant en arrière.

— J'ai fait le tour de l'hôtel : personne ne l'a vu. On dirait qu'il s'est volatilisé.

Nick se mit à faire les cent pas devant la fenêtre, puis il s'arrêta pour contempler le Vieux Marché en contrebas. En tant qu'adulte, il devait conserver son calme et rassurer Gibson... Mais il ne pouvait s'empêcher de penser à ce qui s'était passé quatre ans plus tôt, lorsqu'un dingue avait enlevé Timmy et qu'ils avaient failli le perdre...

Mais où était-il passé, merde ? Il se demanda s'il devait prévenir sa sœur. Non ! Pas la peine de l'inquiéter pour rien : Timmy ne devait pas être loin. Il ne s'était quand même pas envolé !

— Tu crois qu'il a pu sortir faire un tour dans le quartier du Vieux Marché ? demanda-t-il à Gibson. Pour acheter quelque chose ou par curiosité ?

Gibson haussa les épaules.

— Il vaut mieux que je te raconte tout, dit-il soudain en poussant un gros soupir.

Et il sortit de son sac à dos quelque chose qui ressemblait à un porte-documents.

86.

Maggie venait tout juste de refermer la porte de sa chambre lorsqu'on frappa. Elle ouvrit. C'était Nick Morelli, les cheveux en bataille, avec un regard de fou. Il était accompagné d'un adolescent qui demeurait légèrement en retrait.

— Désolé de te déranger, Maggie, dit-il. Mais j'ai vraiment besoin de ton aide.

Il avait l'air absolument paniqué. Quant au gamin, il se balançait d'un pied sur l'autre, comme s'il se préparait à partir en courant.

— Qu'est-ce qu'il y a ? demanda-t-elle.

— Timmy a disparu.

— Comment ça, disparu ?

— Pendant que je faisais des courses, en bas, quelqu'un a téléphoné dans ma chambre. C'est Timmy qui a répondu et…

— Attends, coupa-t-elle. Timmy était avec toi, ici, à l'hôtel ?

— Oui. Il devait passer la nuit ici, avec son copain Gibson. Mais, pendant mon absence, un type a appelé la chambre en se faisant passer pour l'employé de la réception. Il a donné rendez-vous à Timmy dans le hall.

Nick poursuivit son explication, mais Maggie l'écoutait à peine. Elle songeait à Keller.

— Aujourd'hui, ajouta-t-il, un homme est venu chez Christine.

Il se tut, regarda à droite et à gauche, et baissa la voix.

— Un membre de l'archidiocèse. Frère Sebastian. Il cherchait Timmy et Gibson. Je crois que c'est lui qui a embarqué Timmy.

— Quelqu'un du bureau de l'archidiocèse aurait enlevé Timmy ?

Ça n'avait aucun sens.

— Les garçons ont en leur possession des documents qui intéressent l'évêque, murmura-t-il.

Maggie regarda l'adolescent qui se cachait derrière Nick, mais quand leurs yeux se croisèrent, il baissa le nez.

— C'est une histoire longue et compliquée, reprit Nick en jetant lui aussi un coup d'œil au jeune garçon. Ils jouaient tous les deux sur Internet. On leur a demandé de donner le nom d'un prêtre qui leur avait fait du mal.

Il secoua la tête et se frotta les yeux.

— Ça paraît dingue.

— Pas du tout, répondit Maggie qui commençait à comprendre. Et Timmy a donné le nom du père Keller, n'est-ce pas ?

Nick et Gibson la contemplèrent tous deux d'un air surpris.

— Comment le sais-tu ?

— Peu importe, répondit-elle. Je n'ai pas le temps de vous expliquer. Le père Keller se trouve dans cet hôtel, ajouta-t-elle en refermant la porte de sa chambre.

— Qui ça ?

— Le père Keller.

Elle s'en voulait, à présent, d'avoir provoqué Keller en lui disant que quelqu'un avait sûrement donné son nom au Dévoreur de péchés.

— Qu'est-ce qu'il est venu faire ici, bon sang ? s'exclama Nick.

Il paraissait en colère, mais à sa voix, elle comprit que la panique avait déjà repris le dessus.

— Il faut appeler l'inspecteur Pakula, dit-elle en fourrant sa main sous sa veste pour ajuster l'étui de son arme.

Gibson écarquilla les yeux en apercevant le revolver, mais Morelli ne broncha pas.

— Rentre dans ta chambre, Nick. Et préviens Pakula.

— Tu penses que c'est Keller qui a enlevé Timmy, c'est ça ?

Il aurait été parfaitement inutile de lui mentir.

— Probablement, dit-elle.

— Et tu connais le numéro de sa chambre ?

Cette fois, elle hésita avant de répondre :

— Oui, je le connais.

— Alors, allons-y ! fit Nick en s'éloignant dans le couloir.

Maggie ne le suivit pas.

— Tu ne représentes plus la loi, Nick, lui rappela-t-elle.

— Peut-être, mais je suis encore l'oncle de ce gosse. Vite, on perd du temps !

— En effet, tu perds du temps en discutant mes ordres.

— Gibson peut se charger de prévenir Pakula. Pas vrai, Gibson ? lança Nick en posant la main sur l'épaule de l'adolescent, comme s'il se rappelait brusquement qu'il fallait le protéger, lui aussi.

— Tu ne viens pas avec moi, Nick. Et plus tu discutes, plus tu retardes mon intervention.

— Merde, Maggie ! hurla-t-il en donnant un violent coup de poing contre le mur.

Au bout du couloir, une femme ouvrit la porte de sa chambre et passa la tête à l'extérieur.

— D'accord, fit Nick. Tu as gagné.

Elle fila aussitôt sans se retourner. Elle s'attendait à ce qu'il la suive, mais elle l'entendit rentrer dans sa chambre. Pourtant, elle n'était pas dupe de la manœuvre. Il attendait simplement qu'elle se fût un peu éloignée pour ressortir.

Elle tourna au coin, comme si elle allait prendre l'ascenseur, mais elle fonça dans l'escalier. Il menait directement dans le salon, mais de là, elle irait où elle voudrait sans que Nick puisse la suivre ni voir à quel étage elle se rendait.

Il fallait tout de même faire vite. Elle craignait d'arriver trop tard.

87.

Le père Michael Keller écoutait Timmy lui parler du cours de sœur Kate. Il lui avait décrit avec force détails les épées, les coupes et les instruments exposés dans la classe. Ils avaient discuté des croisades et de l'attitude de l'Eglise catholique qui avait tué des milliers de gens pour étendre le Christianisme.

Ils avaient aussi parlé de la nuit des Templiers, en buvant tout le Coca du minibar et en dévorant un sachet de Prinkle, quelques barres chocolatées et un paquet de nounours.

Keller ne savait pas depuis combien de temps ils étaient ensemble dans cette chambre, mais ça ne l'inquiétait pas. La digitaline commençait à faire son effet, et il se sentait beaucoup mieux, bien qu'encore légèrement fiévreux. Son cœur battait calmement. Le gamin commençait à lui faire confiance. Il avait laissé un message sur le répondeur du room-service en faisant croire à Timmy qu'il avait son oncle au bout du fil, si bien que le gamin ne s'inquiétait pas.

Un violent coup frappé à la porte les fit sursauter tous les deux.

Il devait s'agir d'une femme de chambre. Elle apportait sûrement les serviettes supplémentaires qu'il avait réclamées en prévision des saletés qu'il aurait à nettoyer quand il se serait occupé de Timmy. Il regarda par le judas, mais ne vit personne.

Il tourna doucement la poignée, et la porte s'ouvrit à la volée. Il la prit en pleine figure et alla valdinguer contre le mur.

A travers le brouillard, il n'y voyait rien. Il porta instinctivement la main à son nez. Elle était pleine de sang. Il avait le visage en feu.

Quelqu'un le coinça contre le mur, et il sentit le canon d'un revolver contre sa tempe. Au même moment la porte claqua.

— Ne bouge pas, salaud ! fit une voix de femme qu'il reconnut aussitôt. Je serais trop contente de voir ta cervelle sur les murs.

— Bonsoir, agent O'Dell.

Il s'efforçait de paraître calme, mais le sang coulait dans sa gorge. Il détestait le goût de son propre sang. Ça lui rappelait son beau-père, et ça le paniquait.

— Qu'est-ce qui se passe ? cria Timmy à l'autre bout de la chambre.

— Reste où tu es, Timmy ! Tu te souviens de moi ? Je suis l'agent Maggie O'Dell.

— Oui, je me souviens. Je vous ai vue, l'autre jour, quand vous êtes passée au lycée.

— Toi aussi, reste où tu es ! lança-t-elle à Keller en le poussant contre le mur.

Ce fut à ce moment-là qu'il se rendit compte qu'elle lui bloquait le bras derrière le dos et que ça lui faisait horriblement mal.

— Détendez-vous, agent O'Dell, dit-il en regrettant que sa voix trahisse sa peur.

A présent, sa vue était redevenue normale. Il discernait

nettement le sang qui coulait entre ses doigts et le long de son bras. Ce spectacle lui donna la nausée et le vertige.

— Je ne comprends pas, déclara Timmy. Il fait partie de la police d'Omaha !

— C'est ce qu'il t'a dit ?

— Il a mal compris, intervint Keller qui avait du mal à parler tant elle lui faisait mal en lui tordant le bras sans pitié.

Le papier peint bon marché lui râpait la joue et, brusquement, il revit son beau-père en train de le pousser contre le mur, bien des années auparavant. Cela réveilla sa colère. Mais aussi sa peur.

— Je lui ai dit que je travaillais avec la police, reprit-il.

Il cracha un peu de sang, mais ça dégoulinait toujours dans le fond de sa gorge, et il faillit vomir.

— Il t'a fait du mal, Timmy ?

— Du mal ?

— Ça va ? Tu n'as rien ?

— Je ne lui ai pas fait de mal, affirma Keller.

— Ta gueule ! Ce n'est pas à toi que je pose la question.

Elle poussa le canon de son arme tellement fort contre sa tempe qu'il eut un goût de métal dans la bouche. Mais peut-être était-ce le goût du sang ?

— Timmy, je t'ai demandé s'il t'avait fait du mal.

— Je vais bien. On a discuté tranquillement.

— Quoi ?

En dépit de la violente douleur qu'il ressentait entre les deux yeux — elle lui avait sûrement cassé le nez —, le ton abasourdi fit sourire Keller.

— On a parlé des chevaliers, des croisades, des trucs comme ça. C'est tout.

Keller aurait voulu voir le visage de O'Dell. Elle regrettait sûrement de ne pas avoir une bonne excuse pour lui tirer tout de suite une balle dans la tête. Et quand les autres seraient arrivés — parce qu'elle avait appelé du renfort, on pouvait lui faire confiance —, elle leur aurait dit qu'elle n'avait pas eu le choix, qu'elle avait été obligée de lui vider son chargeur dans la poitrine pour protéger le gamin.

— Timmy, tu ne le reconnais toujours pas ?

Il y eut un silence. Keller entendait la respiration saccadée de l'agent O'Dell. Elle aussi avait du mal à rester calme.

— C'est le père Keller, dit-elle enfin.

Et elle le tourna vers Timmy pour qu'il puisse bien l'observer. A présent, le garçon le contemplait d'un air horrifié, et il eut le temps de le voir reculer avant que l'agent O'Dell ne l'écrase de nouveau contre le mur. Cette fois, l'arme fit un étrange déclic lorsqu'elle l'appuya sur sa tempe.

— Qu'est-ce que vous faites, agent O'Dell ?

— Ce que j'aurais dû faire il y a quatre ans, dans ce tunnel. Vous vous en souvenez, n'est-ce pas ? Sous le cimetière. Là où vous m'avez planté votre couteau à viande dans le dos.

— Vous vous trompez. Vous ne savez pas ce que vous dites. Vous devriez...

— Si je l'avais fait à ce moment-là, j'aurais probablement sauvé la vie de plusieurs garçons. Celle d'Arturo, par exemple. Combien en avez-vous tué, en quatre ans, mon père ?

— Vous n'avez pas le droit ! Vous êtes un agent du FBI.

Il reconnaissait à peine sa propre voix. Elle était haut perchée. Elle ressemblait à un sanglot.

— Justement, mon devoir est de traquer le mal et de le détruire.

Il eut l'impression qu'elle était possédée. Il avait envie de tourner la tête pour la regarder, mais il craignait qu'elle ne profite du moindre de ses mouvements pour tirer. Son estomac le tiraillait ; les muscles de son visage tressaillaient, et il se retint de sangloter pour ne pas avaler encore plus de sang.

Quelqu'un frappa à la porte et son cœur fit un bond. O'Dell ne bougea pas d'un millimètre.

— Police ! cria une voix. Ouvrez !

Il retint sa respiration. Elle ne bougeait pas et le tenait toujours aussi fermement. Il avait la sensation que le canon de son arme creusait un trou dans sa tempe.

— O'Dell ! reprit la voix. C'est Pakula. Vous allez bien ?

Elle ne répondit pas, mais il entendait sa respiration haletante, et il laissa échapper une sorte de geignement qui venait du plus profond de sa gorge.

— O'Dell ? Vous êtes là-dedans ? Vous n'êtes pas blessée ?

— Je vais parfaitement bien, dit-elle enfin.

— Nous allons entrer !

Il y eut un silence, et Keller vit la porte s'ouvrir lentement. Il voulut décoller son visage du mur, mais elle le plaqua de nouveau, avec une telle violence qu'il en fut à moitié assommé.

— Qu'est-ce que vous foutez, O'Dell ?

Pakula avait l'air inquiet, lui aussi.

— Ce que j'aurais dû faire il y a quatre ans.

— Allez, O'Dell, fit Pakula en regardant autour de lui. Le gamin va bien, laissez tomber !

— Il va bien parce que je suis arrivée à temps.

— Ça va, mon garçon ? demanda Pakula.

— Oui, répondit Timmy.

Mais Keller trouva que la voix de l'adolescent n'était pas vraiment convaincante — un peu trop aiguë et tremblotante.

— Nous avons parlé, c'est tout ! affirma Keller.

— S'il lui a fait quoi que ce soit, dit Pakula calmement, on va s'occuper de lui. Allez, O'Dell, lâchez-le !

Il était près d'elle. Keller se demanda ce qu'il attendait pour tendre le bras et lui prendre ce revolver des mains.

— Timmy, sors d'ici ! dit Maggie d'une voix plus calme.

Keller n'entendit pas le garçon bouger.

— Tout de suite ! hurla-t-elle.

Cette fois, Timmy obéit. Il passa devant eux en courant.

— Je vous dis que je ne lui ai pas fait de mal, plaida encore Keller.

Il savait pourquoi elle tenait tant à ce que Timmy sorte de la chambre. C'était pour lui éviter d'assister à son exécution : ça lui aurait donné des cauchemars pour toute sa vie.

— O'Dell, reprit Pakula d'une voix angoissée. Laissez tomber, je vous dis. Vous n'allez tout de même pas faire ça !

Keller geignit de nouveau et laissa échapper quelques sanglots nerveux. Puis, brusquement, il se sentit libre.

Elle avait baissé son revolver et lâché son bras, mais il n'osait pas encore s'éloigner du mur. Il ne se détendit que lorsqu'elle partit en passant devant Pakula. Il se concentra alors sur sa respiration et ferma les paupières. Puis il crut entendre la porte se fermer.

Quand il ouvrit de nouveau les yeux, il était seul.

Il alla pousser le verrou et se dirigea en titubant vers la salle de bains. Il fut choqué en découvrant le visage ensanglanté qui le contemplait dans le miroir. Heureusement, il n'avait pas le nez cassé.

Il ôta ses vêtements trempés et passa sous la douche où il resta longuement à s'asperger le visage et à se rincer la bouche, en laissant l'eau tiède couler sur sa tête et emporter sa douleur.

Lorsqu'il se glissa dans un pantalon propre, il se sentait déjà mieux. Il avait presque oublié cet épisode désagréable.

Il se dirigea vers sa valise. A l'intérieur, sur le dessus, il trouva sa boîte de bois. Il souleva le couvercle, écarta les articles de journaux, le flacon d'antidote, la fiole d'éther, et caressa doucement le slip du petit Arturo, avant de soulever les autres caleçons sous lesquels il avait caché son couteau. Puis il poussa un long soupir de soulagement, remit le tout en place et ferma la valise.

88.

Maggie jeta un coup d'œil au réveil. Il était 3 heures du matin. Impossible de dormir. Elle était trop énervée par cette journée. Pourtant, Timmy était en sécurité, maintenant. Nick lui était reconnaissant, et Christine tenait un article qui pouvait lui valoir le prix Pulitzer... Mais le père Michael Keller était libre comme l'air...

Puisque Timmy avait donné le nom du père Keller au Dévoreur de péchés, elle pensait qu'il se rappellerait certains détails pouvant permettre d'impliquer ce salaud. Mais il ne s'agissait que de vagues éléments, assez pour asseoir sa conviction intime et celle de Christine mais insuffisants pour inculper le prêtre. On ne pouvait pas le coincer. Quant à ce qui était arrivé aujourd'hui... Keller s'était fait passer pour un inspecteur de police, il avait même exhibé un badge volé, mais cela ne suffisait pas à Pakula pour obtenir un mandat d'arrêt.

Donc, dans deux jours, elle devrait tenir parole et le laisser partir, quelque part dans la forêt vierge, en Amérique du Sud. Pourtant, elle était plus que jamais convaincue qu'il continuerait à assassiner de jeunes garçons.

Elle était reconnaissante à Pakula. Non pas de l'avoir empêchée de loger une balle dans la tête de Keller — elle regrettait encore de ne pas avoir tiré —, mais de ne pas lui avoir fait remarquer qu'il était intervenu à temps.

Après avoir laissé Timmy avec Christine, Nick et Gibson, il l'avait raccompagnée jusqu'à sa chambre. Elle s'attendait à un sermon ou à une engueulade, mais il lui avait parlé avec beaucoup de douceur. Il comprenait qu'elle ait eu envie de buter Keller, puisqu'elle était persuadée qu'il continuait à assassiner des enfants. Mais ils n'avaient rien de sérieux contre lui. Aujourd'hui, le prêtre n'avait commis aucun crime. Certes, il avait manipulé Timmy, mais le gamin l'avait suivi délibérément, et il ne lui était rien arrivé de fâcheux. A aucun moment Keller n'avait manifesté de l'agressivité à son égard.

Pakula préférait se concentrer sur frère Sebastian. Il se demandait quel était son rôle dans cette histoire, et notamment dans ces jeux sur Internet. Maggie avait même cru comprendre que l'inspecteur soupçonnait frère Sebastian d'être le Dévoreur de péchés. Pourtant, Timmy et Gibson assuraient que le maître du jeu essayait de les protéger, pas de leur faire du mal. L'invitation était venue après qu'ils avaient *chatté* sur des sites où des enfants maltraités essayaient de se réconforter les uns les autres. Le maître les avait contactés pour leur proposer de l'aide. Tout ce qu'il leur demandait, c'était de donner le nom de la personne qui avait abusé d'eux. Ils s'étaient dit qu'il s'agissait uniquement d'en faire un personnage pour leur jeu, un personnage qui les aiderait à exprimer leur colère et leur rancœur. Jamais ils n'avaient pensé que quelqu'un se chargerait d'éliminer physiquement ces prêtres pédophiles.

Maggie avait laissé plusieurs messages à Gwen et à Racine. Elle avait hâte de leur exposer sa théorie. Le père Conley n'avait pas été tué par le Dévoreur de péchés, elle en était certaine. Un autre que lui avait pris le relais dans l'affaire de Boston, quelqu'un qui participait au même jeu que Gibson et Timmy et qui avait décidé d'éliminer lui-même son tourmenteur.

Elle roula sur le ventre, enfouit son visage dans son oreiller et poussa un soupir exaspéré. En plus, elle avait le problème Nick Morelli à gérer. Il l'avait serrée dans ses bras quand elle lui avait rendu Timmy, et elle n'avait pas envie de se souvenir à quel point ça lui avait fait du bien... De toute façon, il se mariait dans un mois.

La sonnerie de son téléphone portable la fit sursauter. Elle trébucha en sortant du lit et chercha l'appareil à la lueur de la faible lumière qui sortait de la salle de bains. Elle laissait toujours la salle de bains allumée avec la porte entrouverte quand elle dormait à l'hôtel, au cas où elle voudrait se lever dans la nuit...

Son portable était dans la poche de sa veste, là où elle l'avait laissé.

— Maggie O'Dell.

— O'Dell, c'est Racine.

— Vous savez l'heure qu'il est ? protesta Maggie.

Mais elle était soulagée de l'avoir au bout du fil.

— Ecoutez, O'Dell, je suis très maladroite quand il s'agit d'annoncer une mauvaise nouvelle, alors n'en rajoutez pas.

— Qu'est-ce qui se passe ? C'est Gwen ?

Racine ne répondit pas, mais son silence était suffisamment éloquent. Il s'agissait bien de Gwen.

Maggie recula jusqu'à son lit, chercha le rebord avec sa main gauche et se laissa lourdement tomber sur le matelas. Elle sentait déjà un poids à l'estomac.

— Elle a eu un problème, dit enfin Julia d'une voix qui se voulait apaisante. L'un de ses patients lui a tiré dessus, hier soir.

— Oh mon Dieu !

— Et ensuite, il a retourné l'arme contre lui.

Plusieurs secondes s'écoulèrent. Maggie essayait de reprendre sa respiration et de maîtriser le tremblement qui la secouait. Elle avait très froid brusquement.

— Elle est toujours en salle d'opération, dit Julia.

Maggie crut qu'elle avait mal entendu.

— Elle est vivante ?

— Elle a eu beaucoup de chance : son attaché-case a amorti l'impact. Sinon, elle recevait la balle en plein cœur.

— Elle va s'en sortir ?

— Oui, je pense. Elle a perdu beaucoup de sang, mais les médecins ont l'air optimiste... C'est James Campion qui a fait ça. Nous sommes pratiquement certains qu'il est l'auteur du meurtre de Boston, ainsi que de celui des quatre femmes. Nous vérifions les empreintes, en ce moment. Votre amie avait raison : il s'agissait bien d'un de ses patients. Elle s'était juste trompée de personne.

Maggie n'écoutait plus. Elle ne songeait qu'à Gwen.

— Racine, dit-elle en s'allongeant sur le lit. Vous n'avez pas menti : vous n'êtes pas fameuse pour annoncer les mauvaises nouvelles. J'ai cru qu'elle était morte. Vous m'avez fichu une de ces frousses !

— Dans ce cas, nous sommes quittes, O'Dell. Parce que votre amie aussi m'a fichu une sacrée frousse.

89.

Vendredi 9 juillet
Bureau de l'archidiocèse d'Omaha

Tommy Pakula se rendait compte qu'il jubilait un peu trop. Il s'était installé dans le même fauteuil que la dernière fois, face au bureau de l'archevêque Armstrong et, comme la dernière fois, il l'attendait. Mais ça ne le dérangeait pas le moins du monde. Il n'allait pas tarder à boucler l'une des affaires les plus compliquées de sa carrière. Bien sûr, ils n'avaient pas réussi à tout mettre à plat, mais il y avait fort à parier que James Campion était bien le tueur en série qu'ils recherchaient. Au cours des dernières semaines, Campion avait beaucoup voyagé pour son travail. Il était allé à Saint-Louis et à Tallahassee, en Floride. De Saint-Louis, il avait très bien pu faire un saut à Columbia et à Omaha.

Il avait tellement envie que ce soit Campion qu'il avait tendance à oublier le meurtre de Minneapolis. Mais Carmichael essayait d'établir un lien entre Campion et le frère Sebastian — lequel aurait très bien pu se charger du meurtre de Minneapolis. Il n'avait pas écarté l'hypothèse de Maggie : il pouvait y avoir deux tueurs qui se partageaient la tâche. Sebastian se serait chargé de Mgr O'Sullivan et de Daniel Ellison, et Campion aurait exécuté les autres.

Pourtant, quelque chose le tracassait encore. D'après Maggie O'Dell, James Campion avait tué le père Paul Conley qui l'avait violé quand il était enfant de chœur — ce qui expliquait la rage avec laquelle il s'était acharné sur lui. Mais Campion était mort, et bien des points qui auraient mérité d'être éclaircis ne le seraient jamais.

Il gardait aussi le père Tony Gallagher dans un coin de sa tête — et Carmichael était de son avis. Avant qu'il ne quitte le commissariat pour se rendre à l'archevêché, elle lui avait rappelé que le père Tony avait déjà témoigné en faveur des victimes de viols, et que cela cadrait avec le profil établi par Maggie O'Dell. Le Dévoreur de péchés tuait pour défendre et protéger les jeunes garçons en faisant disparaître leurs tourmenteurs de la surface de la terre. Elle lui avait fait également remarquer que le père Tony avait sûrement eu accès à une liste de prêtres pédophiles et de leurs victimes.

Comme la première fois, une porte s'ouvrit sur le côté, interrompant sa réflexion. L'archevêque entra lentement et s'installa derrière son bureau en lui adressant un léger signe de tête.

— Monsieur Pakula, fit-il de sa voix docte. J'ai cru comprendre que vous aviez des informations importantes à me communiquer au sujet de la mort de Mgr O'Sullivan. Auriez-vous déjà un suspect ?

— C'est possible, répondit Pakula en s'adossant à son fauteuil.

Le dossier de bois lui faisait mal au dos, mais ça n'avait pas d'importance. Il consulta sa montre.

— En ce moment même, l'un de mes collègues embarque un suspect pour l'interroger.

Il sourit intérieurement. Il voyait déjà Kasab et Carmichae escortant frère Sebastian jusqu'au commissariat.

— Voilà une bonne nouvelle, commenta l'archevêque en croisant les mains sur son bureau et en se redressant de toute sa hauteur sur son ridicule trône. Nous allons enfin pouvoir oublier cette vilaine histoire.

— C'est un peu tôt. Nous n'en sommes pas là.

— Bien entendu, acquiesça l'archevêque. Je suppose qu'il va vous falloir du temps pour régler tous les détails. Ensuite il y aura le procès... Je voulais juste dire que nous allions enfin avoir l'esprit tranquille.

Pakula se baissa sans un mot, puis ramassa le porte-documents en cuir qu'il avait posé au pied de son fauteuil et le lança sur le bureau rutilant.

— Nous avons fini par mettre la main dessus ! annonça-t-il en contemplant avec satisfaction le visage de l'archevêque qui devenait blême.

— Seigneur... Est-ce que c'est... ?

— Le porte-documents de Mgr O'Sullivan. Il était bourré à craquer de rapports, de lettres, d'expertises médicales. Edifiant ! Je comprends pourquoi vous vouliez mettre tout cela à l'abri au Vatican.

— Je ne sais pas ce que vous pensez avoir trouvé, monsieur Pakula, rétorqua l'évêque en se calant dans son fauteuil et en retrouvant toute sa superbe. Mais je pense que le mieux serait de classer cette affaire le plus rapidement possible, d'autant que Mgr O'Sullivan n'est plus là pour se défendre.

— Vous avez raison, dit Pakula en se levant.

L'évêque eut l'air surpris et jeta un coup d'œil à l'attaché-case, comme s'il s'apprêtait à bondir si Pakula faisait mine de repartir avec.

— Mais nous ne pouvons pas faire grand-chose en ce qui concerne l'affaire de ce pauvre Mgr O'Sullivan, poursuivit-il.

Elle suivra son cours, que ça nous plaise ou non. Vous ne devinerez jamais qui m'a remis ce porte-documents...

Il attendit que l'archevêque se tortille d'un air embarrassé sur sa chaise pour lâcher la bombe.

— Une journaliste ! Rien que ça.

Il avait réussi son petit effet. L'archevêque eut l'air effaré. Il devint tout blanc et ouvrit la bouche. Pakula avait rêvé de le voir avec cette tête-là. Il était satisfait. Il se détourna, puis jeta un dernier regard par-dessus son épaule.

— Ah, au fait, j'oubliais ! Vous serez certainement content d'apprendre que j'ai reçu un coup de fil de l'université de Creighton. Ils se sont excusés : ils avaient fait une erreur au sujet de la bourse de ma fille.

Il secoua la tête.

— Je me demande comment une chose pareille a pu se produire.

Il connaissait déjà la réponse, et n'attendit pas que l'archevêque la lui donne. Cet entretien s'était déroulé au mieux — encore mieux qu'il ne l'avait cru.

Il sortit en abandonnant à Armstrong l'attaché-case en cuir et les documents — enfin, les photocopies des documents. Les originaux étaient déjà en route vers le bureau du procureur du comté de Douglas.

90.

Nick observait sa sœur. Elle était en train de houspiller le photographe du journal ainsi que la petite blonde qui rédigeait les gros titres… Elle revint vers lui en souriant. On voyait qu'elle était dans son élément — ou, comme auraient dit Timmy et Gibson, dans *sa zone*.

— Tu ne choisis pas tes gros titres toi-même ? fit-il en prenant un air dégoûté.

— Je te l'ai déjà expliqué, répondit-elle en lui donnant une tape sur le bras. Mais tu ne m'écoutes jamais.

— Je t'écouterai sûrement quand tu auras gagné le prix Pulitzer.

— C'est ça, moque-toi de moi !

Mais elle ne put s'empêcher de sourire. L'idée lui plaisait, même si elle savait que ce n'était pas du « tout cuit ».

— A quelle heure on récupère les garçons pour les emmener déjeuner ?

Elle consulta sa montre.

— Le cours de sœur Kate se termine plus tôt, aujourd'hui. J'ai encore un ou deux détails à régler et on y va.

Elle tira quelques pages d'un dossier et se mit à griffonner dans la marge.

— On ne devrait peut-être pas les récompenser en les invitant à déjeuner ! dit Nick.

Elle sourit, tout en continuant à écrire. Elle croyait qu'il plaisantait.

— Je suis très sérieux, insista-t-il.

Il attendit qu'elle lève les yeux vers lui pour poursuivre :

— L'autre soir, j'ai eu très peur. J'ai cru que ça recommençait comme il y a quatre ans.

— Mais tout va bien, maintenant. Je préfère ne pas penser à ce qui aurait pu arriver. Sinon, moi aussi je vais avoir peur.

— J'ai pensé que ce serait bien si j'étais un peu plus souvent avec vous.

— Oui, sûrement, dit Christine en riant. Mais Jill n'apprécierait sûrement pas que tu fasses des allers-retours perpétuels entre Omaha et Boston.

— Si je venais m'installer par ici, je n'aurais pas besoin de faire des allers-retours.

— Jill n'acceptera jamais de vivre ici, Nicky ! Je la connais. Elle s'amuse parce qu'elle prépare son mariage avec ses demoiselles d'honneur, mais sa vie est à Boston. Elle veut se faire une place dans son prestigieux cabinet : Foster, Campbell et je ne sais qui.

— McDermont, acheva Nick.

Christine leva brusquement les yeux vers lui, comme si elle venait de comprendre.

— Tu n'as pas l'intention d'annuler le mariage ?

— Je n'ai rien dit de tel.

— Mais tu y penses ?

— Je n'ai pas dit non plus que j'y pensais.

— C'est à cause de Maggie ?

— Christine ! fit-il d'un ton moqueur. Tout ce que j'ai dit, c'est que ce serait bien que je passe un peu plus de temps avec vous.

A présent, elle souriait franchement. Non, ce n'était pas un sourire : plutôt une grimace.

— Bien. Puisque tu prétends que ça n'a plus d'importance, je vais te dire quelque chose.

Elle se leva pour se pencher vers lui, et jeta autour d'elle un regard méfiant de conspiratrice — précaution inutile puisque personne ne prêtait attention à eux.

— Maggie assure qu'elle ne t'a jamais quitté, annonça-t-elle d'un ton de gamine. En fait, pendant que tu te désespérais, elle était persuadée que c'était toi qui l'avais laissé tomber.

Il eut l'impression de recevoir un seau d'eau sur la tête.

— Mais ça n'a plus aucune importance, n'est-ce pas ? conclut Christine.

91.

Bien que Cunningham le lui eût fortement déconseillé, Maggie avait tenu à assister au départ de Keller. Elle voulait s'assurer qu'il prenait bien l'avion pour l'Amérique du Sud — en espérant ne plus jamais le revoir. Elle avait même envisagé de l'accompagner jusqu'à Chicago pour lui faire prendre sa correspondance. Après tout, avait-elle dit à Cunningham, il pouvait très bien décider d'aller se perdre dans un petit village d'Amérique du Nord.

D'après Cunningham, elle n'avait plus à s'occuper de ça. D'accord pour qu'elle regarde Keller monter dans son avion à Omaha, mais pas plus. Elle avait respecté sa part du marché ; son rôle s'arrêtait là. Pour lui, ça semblait facile.

Keller avait refusé de faire le trajet jusqu'à l'aéroport avec elle, et Pakula avait trouvé un compromis en l'installant dans une voiture de patrouille avec un agent en uniforme chargé de le surveiller.

Keller avait l'air satisfait de son escorte, et Maggie aurait donné n'importe quoi pour lui ôter cet air suffisant. Elle était folle de rage à l'idée qu'il se retrouve libre comme l'air. Et pourtant, elle le regardait, impuissante, se présenter au contrôle d'embarquement.

Elle n'y pouvait plus rien. Inutile de retourner le couteau dans la plaie : mieux valait tourner la page. Elle avait des choses importantes à faire, comme s'occuper de Gwen qui reprenait doucement le dessus mais qui lui avait paru faible et vulnérable, ce matin, au téléphone. Gwen se faisait du souci pour Harvey. Pourtant, Racine s'en occupait certainement de son mieux. Elle prétendait qu'elle allait bien, mais Maggie savait qu'elle ne surmonterait pas de sitôt le traumatisme qu'elle venait de vivre, et elle avait décidé de la rejoindre, même s'il restait dans cette affaire certains éléments qui auraient mérité d'être éclaircis.

En sortant du terminal, elle faillit heurter sœur Kate Rosetti.

— Bonjour, Maggie. Vous rentrez chez vous ?

— Non, pas avant demain. Et vous ? Où allez-vous ?

Maggie la reconnaissait à peine : elle portait un jean, un T-shirt coloré avec « Pensacola Seafood Festival » brodé sur le devant, des chaussures de tennis, et elle portait un simple sac fourre-tout à l'épaule. Ses cheveux étaient humides, comme si elle sortait de la douche.

Quelqu'un hurla dans un haut-parleur de ne pas laisser les bagages sans surveillance.

— Je donne une conférence à Chicago, ce week-end, dit sœur Kate quand elles purent de nouveau s'entendre.

— C'est vrai. Vous m'en avez parlé, l'autre soir.

— Un dernier boulot et j'en aurai terminé.

— Ça ne va pas vous manquer ?

— Non, pas du tout, répondit-elle.

Puis elle sourit et mit sa main sur son cœur, comme un boy-scout qui va prêter serment.

— Je le jure sur la tête de mon grand-père : après ça, je m'arrête.

— En tout cas, vous voyagez léger. On voit que vous avez l'habitude.

— Je m'organise. J'ai là-dedans mes affaires et quelques

pièces de ma collection. J'enregistre tout. Je ne voudrais pas qu'on m'empêche de monter dans l'avion pour quelques vieilles dagues du XIIIe siècle, ajouta-t-elle en riant.

Maggie ne put s'empêcher de rire avec elle.

Le haut-parleur les interrompit de nouveau.

Les passagers du vol 1290 pour Chicago sont priés de se présenter à l'embarquement porte 14.

— C'est mon vol. Il vaudrait mieux que j'y aille.

Mais elle ne bougea pas.

— J'ai vraiment été ravie de vous connaître, Maggie.

— Moi aussi. Vous m'avez appris beaucoup de choses sur les poignards.

— Prenez soin de vous, fit sœur Kate d'une voix soudain grave.

Elle serra Maggie contre elle, de son bras libre.

— Vous aussi, fit Maggie.

Elle la regarda s'éloigner, puis montrer sa carte d'identité pour accéder à la zone d'embarquement. Les passagers étaient presque tous passés, et il n'y avait plus grand monde. Sœur Kate se retourna une dernière fois et lui fit un signe de la main. Puis elle sortit une casquette de base-ball de son sac et la mit sur sa tête.

Maggie la vit disparaître. Elle ne put s'empêcher de sourire. Dans cette tenue, on aurait pu la confondre avec l'un de ses élèves. Brusquement, en un éclair, elle songea que sœur Kate pouvait passer pour un adolescent…

A présent, la vérité lui parvenait par vagues — des flashes de lumière, des détails, des petits éléments qui n'avaient pas de sens isolément… Sœur Kate se déplaçait toujours avec une partie de sa collection. Elle avait donné une conférence à St Louis, le week-end où le père Kincaid avait été assassiné à Columbia… Maggie avait bien regardé la carte de Pakula, et elle se rappelait les punaises de couleur marquant les endroits où les meurtres avaient eu lieu. Columbia n'était pas très loin de St Louis. Quant à Mgr O'Sullivan… ça n'avait été qu'un jeu d'enfant. Elle l'avait poignardé, puis elle avait filé se changer dans les toilettes pour dames, juste à côté. Son arme, elle l'avait probablement glissée dans les bagages à enregistrer… Vraiment un jeu d'enfant !

Maggie s'appuya au mur de la librairie, laissant la place aux passagers qui traversaient le hall. Ses genoux la soutenaient à peine, mais son cerveau continuait à fonctionner à plein régime. Une religieuse victime dans son enfance d'abus sexuels, ça cadrait parfaitement avec le profil qu'elle avait établi. Sœur Kate avait peut-être surpris Mgr O'Sullivan en flagrant délit avec un élève de Notre Dame des Lamentations.

Maggie essaya de se rappeler ce que sœur Kate lui avait raconté. L'homme qui l'avait violée… Une personne en qui ses parents avaient confiance et qu'ils admiraient beaucoup… Peut-être s'agissait-il d'un prêtre ? Puis Maggie se souvint du T-shirt. Sœur Kate était originaire de Pensacola, en Floride. Etait-elle la petite fille violée par le père Rudy, celui qu'on avait retrouvé dans un marais, à Santa Rosa ? Voilà pourquoi il ne se trouvait pas sur la liste. Elle n'avait pas eu besoin de noter son nom pour s'en souvenir.

Mais que venait faire James Campion dans tout ça ? Pakula s'apprêtait à tout lui mettre sur le dos. Maggie n'avait jamais pensé que James Campion pût être le Dévoreur de péchés. Campion avait joué sur Internet, comme Timmy et Gibson, et il s'était impatienté en voyant que son prêtre à lui était toujours en vie. C'était pour cette raison qu'il ne cessait de répéter à Gwen qu'il n'avait pas respecté les règles du jeu.

Maggie passa la main dans ses cheveux et se frotta les yeux. Elle n'avait pas beaucoup dormi au cours des dernières nuits, et elle n'avait peut-être pas les idées claires. Pourtant… Elle revit sœur Kate en train de se plaindre des poils de chien — celui de sa colocataire —, le soir où elles avaient dîné ensemble. Or, on avait trouvé des poils de chien sur la veste de Mgr O'Sullivan. Son autre colocataire était un as de l'informatique : elle lui avait appris à élaborer des programmes. Pourquoi pas un jeu sur Internet ? Et elle savait sûrement par cette même colocataire que la police d'Omaha ne risquait pas de remonter jusqu'à elle par son adresse e-mail.

Tout cela paraissait invraisemblable. N'empêche que ça collait drôlement bien.

La voix dans le haut-parleur annonça la fin de l'embarquement pour le vol 1290 à destination de Chicago.

Maggie se rappela brusquement que le vol 1290 pour Chicago était aussi celui du père Keller.

Seigneur !

Sœur Kate avait parlé d'un dernier travail. Le père Keller devait rester deux heures à Chicago avant de prendre un vol pour le Venezuela.

Maggie jeta un coup d'œil à sa montre, et se précipita sur le panneau de départ. Il restait encore quinze minutes avant le décollage. Elle avait son badge, son arme et son téléphone portable. Elle pouvait tout arrêter. Ça foutrait sûrement une belle pagaille, mais c'était possible.

Puis elle se mit à réfléchir. Elle se revit, la nuit précédente, luttant pour ne pas appuyer sur la détente. Elle revit le regard fuyant du père Keller quand elle lui avait demandé pourquoi il parlait d'Arturo au passé. Il n'avait jamais cessé d'assassiner des enfants, et il ne cesserait jamais. En plus, elle était intimement persuadée qu'il n'avait aucune intention de retourner en Amérique du Sud.

Sœur Kate avait parlé d'un *dernier déplacement*. Maggie comprenait à présent ce qu'elle avait voulu dire. Ce serait bien le dernier ; elle l'avait juré sur la tête de son grand-père.

De nouveau, Maggie consulta sa montre. Plus que dix minutes, mais elle avait encore le temps d'intervenir. Elle resta sans bouger, appuyée au mur, à regarder le flot incessant des passagers. Puis elle se redressa doucement, parut hésiter une dernière fois, et se dirigea d'un pas décidé vers la sortie.

92.

Le père Michael Keller attendit patiemment que la vieille dame qui bloquait le passage s'installe. Il avait souffert, lors du dernier vol, et il craignait une rechute. Mais ce vol-ci serait moins long que le précédent : il n'avait pas l'intention d'aller très loin.

Il regrettait un peu de ne pas avoir pu sauver Timmy. Devoir abandonner sa mission si près du but, quel dommage ! Son nez était encore enflé et irrité — histoire de lui rappeler qu'il devait se montrer plus prudent, à l'avenir.

La vieille femme s'assit enfin sur son siège, et il put avancer. Sept, huit, neuf, dix… On lui avait attribué le fauteuil 11 B. Il ne cessait de se répéter que le vol jusqu'à Chicago ne serait pas trop pénible. Juste une heure. Il constata avec plaisir qu'il serait entouré de deux charmantes jeunes femmes plutôt menues qui ne lui boufferaient pas toute la place.

Il installa son bagage à main au-dessus.

— Excusez-moi, j'ai le siège 11 B. C'est celui du milieu, je crois, fit-il à la jeune femme assise du côté de l'allée.

— Je vous en prie, fit-elle en repoussant en arrière ses longs cheveux blonds.

Elle se leva pour le laisser passer.

— Merci, dit-il.

Ils s'installèrent tous les deux. Il venait à peine de boucler sa ceinture que la femme près du hublot se tourna vers lui.

— Vous allez à Chicago ? lui demanda-t-elle.

— Oui, répondit-il sans la moindre hésitation. Et vous ?

Elle acquiesça.

— Vacances ou travail ? demanda-t-il.

— Travail, soupira-t-elle. Permettez-moi de me présenter : je m'appelle Katherine Rosetti.

Par miracle pourtant, China survit à ses blessures. Désormais seul témoin dans une affaire qui menace d'ébranler la haute société de Dallas, elle reçoit la protection d'un inspecteur, Ben English. Commence alors une course contre la montre pour identifier l'assassin avant qu'il ne retrouve la jeune femme…

Mortel enjeu, de Tara Taylor Quinn • N° 257

Kate Whitehead avait tout pour elle. La richesse. La renommée. Un mari très en vue. Jusqu'au jour où, enceinte de six mois, elle a fui l'enfer qu'elle vivait au quotidien auprès de cet homme aussi influent que violent.

Deux ans plus tard, Kate est devenue Tricia Campbell. Elle a donné naissance à un petit garçon et refait sa vie à San Diego. Mais elle qui vit dans la hantise d'être retrouvée découvre soudain avec stupeur que son mari est accusé de l'avoir tuée. Pour Tricia, il faut désormais choisir : laisser un innocent risquer la peine capitale pour un crime qu'il n'a pas commis, ou le sauver au risque de le voir ensuite se retourner contre elle… et son enfant.

Les serments du cœur, de Susan Wiggs • N° 258

A Winslow, petite station balnéaire du Rhode Island, Rosa Capoletti savoure pleinement le succès de son restaurant. Quelle belle ascension pour elle qui est partie de rien… Mais sa vie est bouleversée le jour où elle voit resurgir Alex Montgomery, un riche héritier avec qui elle a connu autrefois une folle passion – jusqu'à ce qu'il la quitte sans un mot au moment où elle faisait face à une douloureuse tragédie familiale. Le temps a passé depuis, mais l'un et l'autre constatent vite que, entre eux, l'amour est toujours là, intact. Seulement, peuvent-ils se donner une nouvelle chance, quand tant de non-dits et de malentendus les séparent ?

Dangereuse alliance, de R. J. Kaiser • N° 111 (Réédition)

Une femme traquée. Voilà ce qu'est devenue Stephanie Reymond à la mort de son mari. Parce que celui-ci s'est compromis avec des truands, elle se retrouve soudain poursuivie par des hommes bien décidés à récupérer les millions de dollars qu'ils avaient confiés au défunt. Et ils sont prêts à tout pour ça. Y compris à tuer… Seule face à eux, Stephanie ne peut que fuir. Fuir… et espérer ne pas commettre une grave erreur en décidant de s'en remettre à un marin au passé trouble, Jack Kidwell, pour l'aider à s'en sortir vivante…

La collection BEST-SELLERS est en vente au rayon poche Harlequin.

COMMANDE... COMMANDE... COMMANDE...

Ces volumes sont disponibles auprès du Service Lectrices dans la limite des stocks. Si vous souhaitez commander certains titres, cochez les livres choisis et indiquez vos coordonnées dans le bon de commande ci-joint.
Chaque volume est vendu au prix de 6,18 €, auquel s'ajoutent 2,40 € par colis pour la participation aux frais de port et d'emballage.
N'envoyez pas d'argent aujourd'hui, une facture accompagnera votre colis.

Renvoyez ce bon à : Service Lectrices HARLEQUIN
CÉDAP / BP 77 - 94232 CACHAN CEDEX.

Mme ☐ Mlle ☐ Si abonnée, n° : ☐ ☐☐☐☐☐☐☐

NOM ____________________

Prénom ____________________

Adresse ____________________

Code Postal ☐☐☐☐☐ Ville ____________________

____________________ Tél. : ☐☐ ☐☐ ☐☐ ☐☐ ☐☐

Adresse e-mail ____________________

Date d'anniversaire ☐☐ ☐☐ ☐☐☐☐

Signature indispensable

Le **Service Lectrices** est à votre écoute au **01.45.82.47.47**
du lundi au jeudi de 9h à 17h et le vendredi de 9h à 15h.

Conformément à la loi Informatique et Libertés du 6 janvier 1978, vous disposez d'un droit d'accès et de rectification aux données personnelles vous concernant. Vos réponses sont indispensables pour mieux vous servir. Par notre intermédiaire, vous pouvez être amené à recevoir des propositions d'autres entreprises. Si vous ne le souhaitez pas, il vous suffit de nous écrire en nous indiquant vos nom, prénom, adresse et si possible votre référence client. Vous recevrez votre commande environ 20 jours après réception de ce bon.

Offre réservée à la France métropolitaine et soumise à acceptation.

Composé et édité par les
éditions Harlequin
Achevé d'imprimer en février 2006

BUSSIÈRE
GROUPE CPI

à Saint-Amand-Montrond (Cher)
Dépôt légal : mars 2006
N° d'imprimeur : 60085 — N° d'éditeur : 11952

Imprimé en France